KB167867

폭 넓은
'라는 렁 뮤'

검은 달무리, 금빛 숲

해연 장편소설

III

완결

9. 여정

풀벌레 우는 아늑한 밤이었다. 타닥거리는 소리가 간헐적으로 귓전을 울린다. 열기가 훅 올라오는 불가에 앉아 일렁이는 불길을 들여다보고 있자니 캠프파이어를 즐기는 양 운치가 있었다. 불꽃놀이를 즐기면 딱 어울릴 분위기. 하지만 그런 걸 할 만큼 한가한 상황은 아니었다.

산산한 바람이 불어오는 대기는 고요했고 밤하늘에는 물속에서 반짝이는 수정처럼 맑은 별빛이 가득했다. 오가는 여행자들에 의해서 자연스레 만들어진 숲 가까운 공터에서 우리는 불을 쬐고 있었다.

그래, 우리는. 난 그 표현을 곱씹으며 흘낏 옆쪽을 돌아보았다.

둘밖에 포함되어 있지 않은 그 단어에, 새로이 포함된 한 명이 맹수처럼 샛노란 눈으로 모닥불을 유심히 응시한다. 아무렇게나 널브러져 주저앉은 모습이 자유분방하여 거칠었다.

이라칼. 본신은 거대한 괴물인 이 새로운 일행과 함께 여행을 한 지 여러 날이 흘렀다. 강행군이라 할 만큼 기의 쉴 새 없는 여정이었다.

나보단 더 도움이 될 거라는 그의 말을 입증하듯 이라칼은 사고를 치긴커녕 이 미숙한 여행자들을 능숙하게 이끌있다.

확실히 그는 아주 쓸모 있었다. 일단 무력적으로도 강인하여 지치지도 않고, 말도 잘 돌보며 길도 잘 찾고 먹을 것도 곧잘 구해 왔다.

다른 건 몰라도 가장 중요한 건 식량 문제. 되도록 마을에 들르지 않을 것이기에 가장 걱정되는 문제였다. 마스터는 세 끼 꼬박꼬박 먹어야 하는 어린이니까. 그렇다고 변변찮은 걸 먹일 수는 없는 노릇이고. 난 기껏해야 열매를 주워 오는 것밖에 할 수 없었으나 그는 달랐다.

이라칼은 사냥감을 잡아 오고, 인간이 먹을 수 있는 버섯이나 나물도 캐 왔다. 버섯이나 나물을 구분하는 건 숲지기가 하는 걸 봤다고 하는데, 몹시도 능숙해서 전직이 숲지기가 아닌가 싶었다. 편견일지도 모르겠지만, 괴물이 육류가 아닌 버섯과 나물을 섭취할 것 같진 않은걸.

하지만 그게 나았다. 스스로의 야생성을 증명하듯, 어디선가 피를 뚝뚝 흘리는 새를 잡아온 이라칼이 눈앞에서 목을 비틀고 깃털을 뽑기 시작하자 난 질색할 수밖에 없었다. 세상에!

나도 까탈 떨고 싶진 않다. 하지만 하도 끔찍한 광경에 딴 데 가서 하라는 말이 절로 나왔다. 유희용 사냥도 아니고 먹기 위한 사냥을 하는데 뭐라고 할 건 아니었지만, 도살 장면을 지켜보는 건 내 섬세한 감수성에 몹시 무리가 된다.

이라칼은 '예민하긴' 하고 투덜대면서도 이후론 손질된 고기만 가져와서 구웠다. 처음엔 안 먹어서 다행이라고 찝찝하게 쳐다보던 나도, 갓 구운 고기 맛을 한번 보고 나니 흠뻑 빠져 버려서 식사 시간만 고대하게 되었다.

이라칼은 훌륭한 사냥꾼이라 음식을 그다지 많이 섭취하지 않는 마스터가 먹고도 남을 만큼 사냥감을 충분히 수급해 왔고, 그 때문에 내 몫도 돌아왔던 것이다.

그가 가져다준 이점이 자연스레 내 마음도 바꿔 놓았다. 무인도에 맨몸으로 떨어져서도 사는 데 지장 없을 능력자. 게다가 원래 먹을 걸 주는 사람에게 호감이 가지 않겠어?

그 때문에 난 최근 들어 이라칼에게 대단히 친밀감을 느끼고 있었다. 이라칼은 전혀 그렇지 않아서, 여전히 내게 불만을 표하며 툴툴 거리곤 했음에도 그마저도 귀여웠다.

이라칼은 마스터가 자기 위에 있는 건 당연하지만, 내가 그의 위에 있는 걸 괴물 특유의 본능으로 용납하기 어려운 듯했다. 내가 그보다 강함에도 녀석은 호시탐탐 내게 기어오를 준비가 되어 있었다. 그렇다고 싸움을 걸진 못했지만.

이라칼이 식사의 모든 걸 도맡는 건 아니었다. 그는 뭔가를 불로 맛있게 굽는 데는 소질이 있었지만, 그가 배우지 못한 요리는 전혀 시도하지 못했다.

늘 구운 고기만 먹을 수는 없는 노릇이니 좀 더 다양하게 조리하는 건 내 몫이었다. 난 별로 요리에 조예가 없다. 하지만 이라칼이 구해 오는 식재료는 워낙 신선해서 뭘 하든 맛이 괜찮았다. 수프를 끓이든, 국을 끓이든 뭐든.

가장 중요한 문제가 해결되었으니, 그 외의 거의 모든 건 순탄하게 흘러갔다.

결국, 이라칼이 하는 그 모든 일은 마스터를 위해서였다. 마스터의 정체를 까발린 녀석은 거기에 심히 마음의 부채를 느끼는 것 같았다.

아무리 마스터가 그 정체 모를 '왕'이란 존재라 하여도 생판 처음 만난 이인데, 녀석은 충실한 하인처럼, 아니 갓 회사에 취직한 의욕 넘치는 신입처럼 자기가 도움이 된다는 걸 어떻게든 인정받고 싶어 했다. 물론 나한테가 아니라 마스터한테.

정작 그 마스터는 그 모든 걸 무심히 관조했다. 내가 감탄하고 말았던 갓 구운 새고기를 먹으면서도 미각을 느끼지 못하는지, 마스터는 그저 무반응이었다. 강아지 같은 눈빛으로 제 왕의 칭찬을 바라는 이라칼이 안쓰러워질 지경이다. 하지만 이라칼도 내가 맛있게 먹든 관심이 없으니까. 쌤쌤이지, 뭐.

여하간 이라칼은 우리 일행에서 막강한 영향력을 발휘하고 있었다. 녀석은 오늘도 제가 숲에서 캐내 온 야생 고구마를 불에 굽고 있었는데, 그 눈빛이 매우 신중했다.

난 턱을 괴고 솔솔 풍기는 구수한 냄새를 맡았다. 잘 구워진 고구마의 노릇노릇한 속살을 생각하니 군침이 고였다.

이라칼은 날고기든 구운 고기든 다 먹지만, 굳이 따지자면 날것을 선호하는 편이었다. 고구마도 날것으로 먹지는 않느냐고 물었더니 구워야 수분이 날아가서 당도가 높아진단다.

잠시 후, 난 그 먹음직스러운 냄새를 도저히 이기지 못하고 입을 열었다.

"이제 다 된 거 아니야?"

"3분만 더 기다려."

3분 짜장도 아니고, 아까부터 계속 기다리게 만드나. 불만을 품은 난 꼭 식충이가 된 것 같은 기분에 반성하고 조신하게 기다렸다.

이라칼은 곧 불가에서 잘 구워진 고구마를 끄집어냈다. 화끈 열기가 느껴져 손이 델 것 같았다. 난 주저 없이 고구마 하나를 집어 들어 깠다. 필연적으로 따라와야 할 통증은 없었다.

내 손 거죽이 남들보다 유독 두껍기 때문이 아니라, 요즘 들어 계속 몸 안에 축적하고 있는 탓에, 넘쳐흐르는 마력이 자연스레 나를 보호하고 있었기에.

노오란 살갗이 드러나고, 김이 폴폴 올라오는 고구마를 한입 베어 문 난 잠시 행복감에 잠겼다. 야영 중에 갓 불로 구워 낸 이 맛, 길거리에서 파는 것도 댈 게 아니다. 옆에서 이라칼이 조심스럽게 껍질을 까고 있었다.

상전보다 먼저 처먹는 내가 마음에 들지 않는지 눈을 부라리는 얼굴에 웃음이 났다. 그래, 넌 열심히 수발을 들라고. 난 먹을 테니까.

"뜨거우니 조심해서 드세요."

이라칼은 깐 고구마를 천에 둘둘 말아서 조막만 한 아이한테 공손히도 쥐어 주었다. 나 같은 조급함이 없는 마스터는 드러난 고구마의 표면이 먹어도 혀가 데지 않을 만큼 식을 때까지 기다렸다.

먹어도 달리 칭찬 같은 건 하지 않을 텐데, 수라를 든 왕 앞에서 치하가 떨어지기를 기다리는 양 이라칼이 기대에 찬 눈빛을 보였다.

그 모습이, 어쩐지 그리 오래되지 않은 과거를 상기하게 해서 기분이 씁쓸했다. 난 고구마 하나를 다 해치우고 새로 하나를 더 들었다.

그를 일행에 들인 건 현재까지 보면 퍽 잘한 일이었지만, 어딘지 모르게 불안한 느낌이 드는 것도 사실이었다. 본성이 거칠지는 않다고 하나, 이라칼을 아직 완전히 믿는 건 무리였다. 그 믿음이, 지금의 내게는 중요했다.

녀석이 하는 걸 보면서, 내 할 일이 줄어든 것에 대해서 자격지심이 들었던 건 아니다. 하지만 그가 있다면 내가 없어도……. 상관없는 게 아닐까.

그런 생각을 하면서 가슴이 허전해지지 않았다곤 말 못 하리라.

그래, 그게 내가 바라던 바였다. 누군가가 내 자리를 대체하거나 해서, 마스터에게서 내가 필요 없어지는 것. 혹은 내가 없이도 마스터가 안전해지는 것. 그렇게 되면 내가 떠날 수 있을 테니까.

그리고 이토록 빠르게, 내 자리를 대체할 이가 나타났다. 아직 내가 그를 떠나도 될진 불분명하나 이라칼이 계속 따를 생각이라면 난 그에게 마스터를 맡겨두고 이별을 고할 수 있었다. 이후 내 세계로 돌아가는 방법을 알아보면 되겠지.

하지만 마스터는 내게 단순히 떠맡겨야 할 물건이 아니었다. 그게 문제였다. 마스터를 떠난다는 데, 난 일순 공포심마저 느꼈다. 정겹다거나 다정스럽진 않아도 마스터가 있는 곳이 내게 집이었다. 그의 곁이 내 자리였다. 이제까지, 이곳 세계에 떨어진 이후로 쭉 그랬다.

그런 그를 떠나서, 알아낼 수 있을지 확신조차 할 수 없는 '돌아가는 방법'을 찾아 민들레 홀씨처럼 세상을 떠돌아야 한다. 그 까마득함이라니.

특별히 소란스럽게 굴지 않은 한 위협이 될 만한 일은 없을 터.

마탑에서도 나보단 마스터를 추적하는 데 힘을 쓸 것이고, 그들이 날 쫓는다 한들 도망치는 것 정도는 가능할 테지. 그것들은 두렵지 않다.

다만, 혼자가 되는 것이 두려웠다. 둘이라 하여 서로 사이가 돈독한 것도 아님에도. 내가 끝을 말한다면 그것이 의미하는 바는 정말로 단절이기에.

내가 그를 떠난다면, 마스터는 그를 계약 위반으로 규정짓고, 힘을 되찾게 되는 날 내게 대가를 취하려 들 텐데.

원래 세계로 돌아가고 싶은 내 갈망을 결코 이해하지 못할, 그토록 이분법적인 자라. 그럼에도 그와 갈라서는 게 두려워서.

그렇다고 해서 마스터에게서 직접, '떠나도 좋다.'라든가, '네가 필요 없다.'라는 말을 듣는 것도 원치 않았다. 아니, 실은 내가 원하는 게 뭔지도 모르겠다.

……고구마나 먹어야지.

그 도피에 가까운 결론은 아주 빠르게 났고 받아들여지는 데 거리낌이 없었다. 난 목이 막히도록 빠르게 고구마를 목구멍으로 밀어 넘겼다.

내적 갈등이 심하면 입으로 뭘 먹어도 맛을 모른다던데 내겐 전혀 그렇지 않았다. 도리어 스트레스가 좀 풀리는 듯 마음이 이완된다.

마지막 남은 고구마에 손을 뻗는 순간, 눈앞에서 가로채였다. 동시에 타박이 날아왔다.

"그만 좀 먹어! 나도 먹어야지."

……먹을 필요도 없으면서, 라고 통명스레 생각했지만 그건 나도 마찬가지다.

오래 산 영물답게 이라칼도 덩치에 비해서 무척 조금 먹는 편이었다. 하지만 난 아예 먹지 않아도 되니까, 정말 초인이 된 것 같지. 화장실도 안 가고, 그러고 보니 생리도 안 하네…….

마지막 건 걱정해야 할 만한 일이었지만, 난 흘려 넘겼다. 나도 모르게 임신한 게 아니라면, 아직은 신경 쓸 만한 일이 아니다.

오늘 밤엔 슬슬 대화를 시도해야 했다. 그간 마스터가 며칠 몸이 안 좋기도 해서, 캐물을 만한 기회가 없었거든. 이라칼과 나 둘 중 누구도 쉴 필요가 없었지만, 마스터는 그렇지 못해서.

흔들리는 마차에서 여행만 하는 것도 몸에 무리가 가는 듯, 마을을 떠난 지 얼마 안 되어 그에겐 또다시 열이 올랐다.

이라칼은 왕이 아파한다는 사실에 현실감을 느끼지 못하는 듯 경악했지만, 그 사실이 그만치나 쇠약해진 왕을 보필하고 있다는 의무감으로 치환된 듯했다.

그가 구해 온 약초가 잘 들어 마스터는 금세 원래 상태로 돌아왔다. 다만 그 원래 상태라는 게 별로 건강하지는 않아서, 난 마스터를 건강하게 만들어야 할 필요성을 느꼈다.

마차에 앉아만 있으니 체력이 저하되는 것 같아서 하루에 조금씩 걷는 걸 권유해 보았지만, 딱 한 시간 걸은 결과로 마스터는 다음 날 종일 앓아야만 했다. 세상에, 몸이 어찌나 연약하신지!

그 연약하신 마스터와 함께 여행도 하고, 사람도 피하고, 음식도 구해 오고……. 요양 가는 병약한 도련님 모시는 양 그동안의 여정은 고단했다. 그 모든 건 이제 안정을 찾았고, 이제 바란으로 가는 국경에 부쩍 가까워졌다. 하루 이틀이면 닿을 만한 거리다.

이라칼에게 들려줘야 할지 고민이 되어서 입을 다물고 있었던 감도 있는데 따돌리고 말할 수도 없었기에, 난 미루어 두었던 의문을 꺼내었다.

"마스터, 여쭤보고 싶은 게 있어요."

조금 전까지 순한 양처럼 고구마를 먹던 마스터가 내게 시선을 향했다. 먹는 게 서툴 만도 한데 입가에 부스러기 하나 묻히지 않은 모습이 단정하여 왠지 모르게 아쉬웠다.

난 딴생각을 하지 않으려고 애쓰며 물었다.

"바란에 숨겨 둔 힘이라는 거요. 그게 어떤 건지 알고 싶어요. 제 검처럼 물건의 모습을 하고 있나요? 인간이 사는 곳에 숨겨 두기에는 너무도 큰 힘이잖아요. 이미 누구 손에 들어가지 않았을까요? 아니면 마스터가 눈치채기 전에 어딘가 다른 곳으로 옮겨졌다거나요."

마력석이 그러하듯 마력을 품은 무엇이 유용하다는 걸 익히 알려진 사실이다. 내가 회수한 검은 숲 전체에 안개를 흩뿌려서 스스로를 감추었지만, 바란은 사람이 사는 도시다. 만약 바란에 마스터의 숨겨진 힘이 있다면, 그건 어떤 식으로든 존재가 알려졌을 터. 그만한 마력을 담고 있는 기물을 모르고 넘어가기엔, 그들도 장님은 아닐 테니까.

그러므로 난 도착하기 전에 골치 아픈 상황을 좀 상정해 봐야 했다.

"그 검, 역시 왕의 마력이었구나. 그런 기물을 받다니, 인간 주제에."

뭐라고 구시렁거리는 소리가 들려왔지만, 난 깔끔하게 무시하기로 했다. 마스터가 특유의 명료한 대화 방식으로 답했다.

"그 힘은 틀림없이 바란에 있다. 바란이 붕괴하지 않았다면 그 힘은 건재할 것이다."

"붕괴하지 않았다면, 이라는 건?"

"바란의 도시는 고대 유적 위에 세워졌다. 그 고대 유적을 유지하는 근본이 되는 힘이니."

"고대 유적을 유지하는 근본이 된다면, 그 위에 도시를 세웠으니 이미 그 힘을 사용하고 있지 않을까요?"

"불가하다. 그는 마탑의 힘을 그들이 이용할 수 없는 이유와 같다."

마스터만이 다룰 수 있는 힘이라는 것. 그렇다면 내가 검을 회수할 수 있었던 건? 의문이 일었으나 난 빠르게 답을 찾았다. 마스터가 어떤 식으로든 내게 자격을 부여했기 때문에.

고대 유적이란 게 어떻게 만들어졌는지는 모르겠지만, 마스터가 고대에 그 일을 했단 건 알겠다. 그의 정체에 대해 궁금하다기보단 불가사의할 지경이었다. 난 좀 더 캐내 보려는 셈으로 한 가지 물음을 더했다.

"왜 바란에다가 힘을 심어 두신 거예요? 고대 유적을 유지하는 힘이라면, 자연스레 그렇게 되었을 것 같지는 않고 마스터가 의도하고 심어 두셨을 거 같은데."

내 검이야 숲에 떡하니 박혀 있었으나, 인간의 눈에 띄지 않을 장소였다. 거기라면 숨겨 놨다고 할 만하지만 이 경우는 좀 다른 이야

기다. 뭔가 목적이 있었을 것이다.

"필요한 일이었다."

마스터는 짤막하게 답하곤 눈을 내리감았다. 더 이상 질문을 허용하지 않겠단 단절감이 느껴졌다.

이건 말해 줄 수 없단 거겠지? 뭘 또 꽁꽁 감추는 건지. 짜증이 인 난 차게 내뱉었다.

"네, 그러시겠지요."

나는 그가 잠들면 이라칼을 불러내어 정보를 캘 계획을 세웠다. 마스터를 혼자 남겨 두지 않을 정도로 가까우면서, 대화가 들리지 않을 만큼 적당히 먼 곳으로.

난 남은 고구마를 해치우고 있는 이라칼을 주의 깊게 주시했다. 그리고 이십여 분이 지나 마스터가 수면에 들었다싶을 무렵, 다짜고짜 말했다.

"장작을 좀 구해 와야겠어. 내일 아침까지 쓰기엔 부족할 것 같아."

"그 정도는 네가 좀 하지."

귀찮은 표정으로 툴툴대면서도 이라칼은 자리에서 몸을 일으켰다.

난 그냥 나무와 장작감으로 쓰기 좋은 나무를 잘 구분할 줄 몰랐고, 이라칼은 덜 습윤한 재질의 나무를 고를 줄 알았으므로 장작을 구해 오는 건 확실하게 그의 소관이었다.

이라칼이 적당히 멀어졌다 싶었을 때 난 재빨리 그를 따라나섰다.

"이라칼!"

"왜 따라온 거야? 왕을 혼자 내버려 두면."

"이 정도 거리는 괜찮잖아. 잠깐 말할 게 있어서."

"뭔데?"

이라칼은 인간식의 화법에는 별로 익숙하지 않은 편이었다. 생활력은 있을망정 이리저리 구슬려서 실실 캐내는 화법에는 다소 야했다. 일전에 비밀을 누설한 적이 있어서 경계심을 품을 법도 했지만, 그리 치밀한 성미는 아니니.

"난 그동안 널 다시 봤어. 마스터를 열심히 섬기는 모습에 말이야. 사실 처음에는 우리 상황이 워낙 좋지 않았잖아. 알다시피 마스터는 쇠약해지셨고, 우리에겐 뒤를 쫓는 적이 있지. 그래서 널 일행으로 받아들였지만 완전히 믿기 어려웠는데, 이제는 네 진심을 알 것 같아."

오그라드는 소리를 하면서도 난 제법 태연했다. 느는 건 뻔뻔함뿐이다.

"그, 그랬어? 당연한 거지. 왕을 섬기는 건 내 의무인걸."

이라칼은 금세 헤벌쭉해져서, 내게 심히 가책을 불러일으켰다. 하지만 그렇다고 그만둘 수는 없는 일이었다.

"뭐, 하지만 너희는 본능에 새겨진 대로 왕을 섬기잖아. 그리고 마스터는 쇠약해진 상태이니, 본능에 따르기를 거부할 수 있지. 예를 들어…… 이 기회를 틈타 왕에게 도전한다든가."

난 말을 내뱉고 슬쩍 눈치를 살폈다. 그건 마스터도 언급한 적 있는 가능성이었다. 하지만 이라칼은 펄쩍 뛰었다.

"무슨 소리야! 감히 왕께 도전하다니, 그런 건 절대 있을 수 없는 일이야!"

"그러면 너 말고 다른 괴…… 마법 생물체들도 마스터를 따를 거라는 이야기야? 그럼 그들도 불러들이는 쪽이 좋지 않겠어?"

그렇다면 내게는 더 잘된 일 아닌가. 이라칼 하나에게 마스터를 맡기긴 못 미더우니 마법 생물체 여럿을 끌어들여 서로 감시하고 보좌하게 하면 되니까. 그런데 그게 당연히 가능한 거라면 마스터가 그들을 규합하지 않을 리 없다는 생각이 들었다.

"꼭 그렇진 않아."

이라칼은 머뭇거리며 말했다.

"날 때부터 새겨진 본능이 우리를 지배하는 건 사실이지만, 우리에게도 자유의지가 있어. 왕께선 본신의 몸이 아니니 우리를 따르게 할 지배력을 가지고 있지 못해서. 나도 겨우 알아봤다고. 하지만 알아보고도 뭐랄까, 꼭 따라야 한단 느낌은 들지 않았어."

그럼에도 불구하고, 이라칼은 마스터를 따르기로 결심했다. 그 마음이 거짓되지는 않겠지만, 난 녀석의 가벼운 언동을 보건대 세상구경을 하고자 하거나, 호기심을 느꼈기 때문일 거라고 생각했다.

"왕께서는 우리를 복종시킬 수 있음에도 너무도 오랜 시간 자신을 감추며 우리를 자유롭게 했기 때문에…… 좀처럼 그분을 따르려 들지 않을 거야. 아, 그래. 이 기회를 틈타 왕을 없애려는 그런 정신 나간 녀석이 있을 수도 있지. 멍청하거나 너무 오랫동안 살아서 뇌가 퇴화한 늙은이던가."

"마스터께 적대적일 수도 있다는 거구나."

"그래, 하지만 대개는 저 깊은 곳에 처박혀 있으니 만날 일도 없지. 게다가 왕에게 다다를 수조차 없는 녀석들이야. 약해진 틈을 노린다 고한들 불사에 가까운 왕을 살해할 수는 없는 일이니 헛된 반항이지."

"다다를 수 없다는 건?"

"왕이 온전한 상태였다면, 그 마탑의 마법사들이 과연 왕을 봉인할 수 있었을까? 하지만 발치까지 근접한 그들조차도 왕을 죽이지는 못했지. 그건 불가능한 일이니까. 같은 논리야. 하물며 우리들은 왕의 근처에 머무는 것도 허락되지 않았어. 우리는 왕이 존재한단 것만 알 뿐, 그 실재를 가까이한 적이 없지."

이라칼은 입이 트였는지 마구 의미심장한 소리를 해 댔다. 그 때문에 난 다소 복잡한 상념에 사로잡혔다.

난 내가 엘로힘을 부화시키며 마력을 한껏 끌어다 쓴 것이, 마스터를 뒤흔들었다는 사실을 알고 있었다. 그게 마스터를 온전하지 못하게 만들었음은, 그 이유를 떠나서 자명하다.

"너는 마스터가 왜 그런 모습을 취하고 있는지 모르겠다고 했지. 인간들하고 엮일 이유가 없다고."

여기까지 언급하는 건, 지난번 대화의 연장이었다.

제가 너무 많은 걸 털어놓고 있단 걸 눈치채지 않을까 싶었지만,

다행히도 이라칼은 별로 의식하지 않는 듯했다. 절대 비밀 같은 건 말해 주면 안 될 상이다.

"우리의 왕이신데, 당연하지. 우리들이 비마법 생물들과 같이 살아가지 않듯이, 왕이 인간의 모습을 취하고 너 같은 인간과 함께하는 건 이상한 일이라고. 나로서는 왕의 의중을 알 수 없지만 말이야."

이라칼이 못마땅하게 쳇, 소리를 냈다.

"그건 마스터가 마탑의 주인이고, 날 거두었기 때문이지. 애초에 마탑은 왜 세운 거야?"

"그 마탑을 세운 이후로 왕께 제약이 생겼고, 우리는 좀 더 자유로워졌지. 하지만 어째서 그런 제약을 왕께서 감수해야 했는지는 몰라. 무언가 뜻하시는 바가 있겠지."

불현듯 저 땅 속 깊은 곳에서 흘러나오는 소리처럼, 어떤 기억이 무겁게 나를 스치고 지나갔다. 그 말.

'내게 있어서 마력은 육신을 구성한다.'

왜인지는 모르게, 그 말이 첨예한 깨달음으로 뇌리를 긁었다. 그 마력은 마탑에서 난 것. 그러나 마탑의 근원이 되는 마력은 마스터에게서 비롯되었다. 기이한 순환 구조.

마법 생물체라도 본연의 마력이 머무는 육신은 가지고 있다. 육신이 파괴된다는 것은 죽음을 말한다. 마력이 육신을 구성한다지만, 마력이 소실되어도 마스터가 완전히 존재의 종말을 맞이하지 않는다는 건, 그 뜻은······.

어떤 의심이 뭉실뭉실 피어올랐다. 하지만 가시화되듯 명확한 실체는 아니었다. 어렴풋하게 이지러지는 연기 같은 것.

난 이상스럽게 가라앉는 기분을 감추고 빙긋 웃었다.

"엘로힘을 알아? 그가 내게 이상한 말을 하던데, 해석해 줄 수 있겠어? 넌 똑똑하니까."

"엘로힘이라, 들어 본 적 있지. 그는 몇천 년을 살아온 불새잖아. 나는 어리기에 그의 통찰을 따라가지 못한다고. 그래도, 뭐 들어 줄 수는 있어."

역시 이 녀석을 움직이는 건 약간의 칭찬과 아부같은데. 난 재빨리 물었다.

"그는 내가 유성이라고 말했지. 모든 걸 바꿔 놓을 수 있다고. 그게 무슨 뜻일 거라고 생각해?"

이라칼은 이채를 띤 눈으로, 잠시 생각해 보는 듯하더니 내게 답을 해 주려고 했다. 분명히 그 입술이 달싹이는 것이 보였다. 그러나 곧 이라칼의 얼굴이 하얗게 질렸다. 그의 입에서 다른 소리가 튀어나왔다.

"금, 제가……."

이라칼이 무너지듯 바닥에 무릎을 꿇었다. 녀석의 눈에 고통이 차오르며 눈물이 고였다. 갑자기 왜 이러는 거지? 당황한 난 바로 그에게 손을 뻗었다.

"네 손이 닿는다면 고통이 더해질 것이다."

어둠 속을 미끄러지는 뱀처럼 그 음성이 들려온 순간, 온몸에 소름이 일어섰다. 너무도 놀라, 성대가 얼어 버렸기에 망정이지 비명을 지를 뻔했다.

그 모르게 정보를 캐내느라 뜨끔한 정도가 아니었다. 이성으로 논할 수 없는, 맹목적인 공포.

등 뒤로 모닥불의 은은한 붉은빛을 진 채로 서 있는 마스터는 그 빛조차 바래는 양 검었고, 인형이 걸어 다니는 양 기괴했다.

그 감정을 담지 않은 채 날 응시하는 눈은 생명체의 것이라 하기엔 지독히도 어두웠다. 어떤 빛도 흡수되어 종적도 없이 사라질 것 같은 심연. 그러나 그 심연은 고요하게 자리하던 때와는 다르게 확연하게 존재를 드러내고 있었다.

전신이 뭉개질 듯한 압박감 속에서 난 더듬더듬 입을 열었다.

"마, 마스터 마력을 사용할 수 없으시다고 하셨잖아요."

"본능에 새겨진 금제는 마력과는 무관한 것. 더욱이 그는 내게 복종을 자처한 자이니."

적어도 마스터의 지근거리에서 비밀을 토설한다면, 금제에 걸리게 된다는 것일 터.

그래, 마스터는 둔하지 않았다. 이라칼이 자리를 비운 동시에 내가 따라갔다면 수상하게 여길 법하다. 작은 인기척에도 잠에서 쉽사리 깨어나는 이였으니.

난 궁지에 몰린 생쥐처럼 외쳤다.

"물어볼 수도 있죠! 마스터가 말을 안 해 주시니, 저도 알고 싶었다고요!"

"그러기에 좋은 기회라 여겼더냐."

"그러면 안 될 이유라도 있나요?"

난 반항적으로 그를 노려봤다. 한 배를 타고도 모든 걸 꽁꽁 감추고서, 내게 일부나마 드러나는 것도 극도로 경계한 그에게 그런 말할 자격이 있을까? 난 내게 알아야 할 권리가 있는 것처럼 느꼈다.

그러나 단호하리만치 분명한 대답이 돌아오자,

"내가 허락지 않은 무엇도 넌 알아서는 안 된다."

밀려온 돌이 목구멍을 콱 막는 것 같다.

난 입술을 잘근잘근 씹었다. 도대체 왜?

마스터는 가볍게 시선을 돌려 궤적을 긋듯 이라칼에 다다랐다. 이라칼은 고통을 참으며 마스터 앞에 고개를 조아렸는데, 그 모습이 복종하는 노예를 보는 양 몹시도 거북했다.

"너와 아힌과의 모든 대화를 금한다."

"마스터!"

일행이면서 말 한마디 나누지 말라는 소리야? 이해를 하고 말고의 수준이 아니었다. 분노에 두려움이 싹 달아나, 난 퍼뜩 다가서서 그의 어깨를 붙들었다. 작디작은 몸이 붙들려 흔들린다.

"무슨 짓이세요?"

이갈림 섞인 물음에 마스터는 고요히 날 올려다봤다. 그의 두 눈은 내 어깨만큼의 높이에도 이르지 못하니, 진실로 올려다보는 눈길은 아니었다.

"네가 그에게서 답을 유인하니, 아예 불가하도록 막을 수밖에."

진짜, 한 대 후려치고 싶었다. 마스터가 원래 모습이었다면 감히 그를 향해 손을 올리지는 못했을 테고, 어린아이인 지금도 그건 마찬가지이지만, 정말로 그랬다. 냄비 끓듯 속이 부글거린다.

"그럼 말해 보라고요!"

목에 왈칵 힘이 들어가, 공기 중에 새된 소리가 팍 터져나간다.

"왜 난 안 되는지! 왜, 도대체 왜냐고요! 그놈의 본능이란 이유만으로 생판 처음 보는 저 녀석도 마스터를 알아봤는데 왜 난 몰라야 하는지!"

마스터는 무정할 만치 차가운 눈으로 읊조렸다.

"너의 앎이 내게 해가 되기 때문이다."

"해가…… 된다고요? 어떻게 그럴 수 있죠? 내가 뭐라도 되는데요! 내게 무슨 힘이 있다고요!"

기가 찼다. 정말 내가 뭐라도 되느냐고. 아무것도 아는 게 없고, 하는 거라곤 그를 졸졸 따라다니며 수발을 드는 것뿐인 내가, 어떻게 마스터에게 해가 될 수 있는지.

설사 그렇다 하더라도, 그를 돕고 따르는 내게 그게 할 말인가? 마스터가 내 마음이 어떤지 조금도 생각해 주지 않는 건 하루 이틀 일이 아니고 꼴사납게 울고 싶지도 않았지만,

그렇지만…… 분하다 못해 속이 터진다. 애써 참아 봐도 눈시울이 뜨거워진다. 난 파르르 떨리는 입술로 뱉어냈다.

"내가 원하는 게…… 뭔지, 알잖아요. 난 그것밖에 바라는 게 없는데."

내가 원하는 건 돌아가는 것. 내 집으로. 내가 살던 세계로. 그 하나밖에 없는 내가, 무슨 이유로 당신에게 해를 끼치겠어. 그럴 능력이 되고 되지 않고를 떠나서.

마스터가 여전한 어조로 잘랐다.

"그것이 운명이니."

몹시도 현실감 없게 들리는 말이었다. 운명, 그게 뭐라고. 가장 현실적인 이에게서 나온 그 비현실적인 말은, 그 자체로 힘을 담고 있는 양 나를 갈랐다. 슥 잘린 단면 그대로 분리되듯 따로 노는 괴리감.

이세벨. 난 결코 잊을 수 없는 이름을 되뇌었다. 내게 운명이라는 단어는 그가 죽인 이름과 한몸이었다. 속이 울렁거렸다. 난 토해 내듯 말했다.

"그 운명이란 게 뭔데요……."

그래, 운명. 그게 마스터를 움직이는 단어였다. 엘리야가 말하지 않았나. 이세벨이 운명을 입 담는 순간, 마스터는 마치 살아 있는 것 같았다고. 그 운명이란 게 뭐길래 당신은 그녀를 죽였지? 당신의 운명이 나와 어떤 상관이 있기에.

"네게 가장 중요한 게 무어냐."

마스터는 다짜고짜 물었다. 난 아연한 채 눈을 깜빡였다. 귀환. 그도 알고 나도 아는 뻔한 답이었다.

"그를 포기한다면 말해 주마."

손에서 힘이 빠졌다. 그 말뜻을 이해한 순간, 난 그를 찌를 듯이 노려보았다. 그런 조건을 건다는 건, 결코 말해 주지 않겠다는 의미로밖에 해석되지 않는다. 그래, 그 뜻 외에 다른 뭐가 있겠어? 포기한다는 말, 거짓으로라도 못할 거 뭐 있겠냐는 생각이 스쳤다.

그러나 내가 입을 열기도 전에 마스터의 말이 이어졌다.

"네겐 나를 따를 본능이 없다. 또한 네가 바라는 바가 있지. 그럼에도 내가 너에게 말하지 않음을 탓하나."

내가 진정 그의 편이라기엔, 품은 목적과 뜻이 다르기에 도리어 마스터가 하고자 하는 일에 방해가 될 수 있어 말하지 않는다는…… 소리인가.

내 입에 털컥 자물쇠가 걸렸다. 그가 말한 그대로 속속들이 사실이니, 반박할 말을 찾을 길이 없다.

어떻게 당신이 단정 짓느냐고, 내게 마냥 감추기만 하면 그걸로 다 되느냐고. 꿀 먹은 벙어리가 된 입안에서 갖은 외침이 맴돌았다.

그러나 마스터의 판단이다. 그가 그렇다는데, 그리 확신한다는데 뭐라 말할 수 있지? 뭘 조금이라도 알아야 논할 여지가 있지 않겠어.

입술만 짓씹고 있는 날 마스터는 고요한 눈으로 응시했다. 그의 입술이 열렸다.

"그러나 단언컨대 네가 원하는 걸 줄 수 있는 자는 나뿐이니."

일순, 무슨 뜻인지 이해가 가지 않았다. 귀를 거친 그 말이 뇌리에서 돌아든 순간, 난 소리를 내지를 뻔했다. 그게 정말이냐고. 당신이…… 나를 돌려보낼 수 있는 거냐고.

……돌이켜 보면 난 들은 적이 있었다. 꽤 오래된 일이나 첫 만남에서. 멋모르고 혼란에 빠져 있던 내게 그때 마스터가 한 말이 선연하다. 돌아갈 수 있느냐고 물었을 때 그는,

'불가능에 가깝지. 그렇게 할 수 있더라도 내가 그렇게 하지 않을 거니까.'

분명히 그리 말했었다. '내가'라고. 다시 말해, 그렇게 할 수 있는 이가 마스터뿐이고 그가 그럴 의향이 없기에 불가능에 가깝다는 것. 그를 다시 언급함은 곧, 내게 희망이었다.

난 그물에 걸려든 고기처럼 몸을 떨었다. 덫에 걸려든 듯한 예감. 그의 말이 진실일 거라고 어떻게 믿지?. 날 돌려보내는 게 이 넓은 세상천지에서 그만이 할 수 있는 일이라고? 마스터가 무슨 근거로 그걸 장담할 수 있는 건데. 나를 맘껏 이용해 먹기 위한 구실 아닌가.

그러나 마스터는 허언을 하지 않는다. 적어도 여태까지는, 그랬다. 그래서 그가 얼마나 악인이건 간에, 믿지 않을 수 없었다. 아니, 믿고 싶었다. 그가 답을 가지고 있단 게, 내가 그를 따를 구실이므로.

내가 원하는 건 돌아가는 것. 내가 원하는 건

마스터와 헤어지지 않는 것.

가로와 세로로 뻗은 두 개의 선이 한 점에서 만나듯 두 가지 소망

이 일치점을 찾았기에 의심의 속삭임은 의미 없는 메아리처럼 금세 숨을 죽였다.

귓가에 열이 올랐다. 혼란한 돌풍이 가슴이고 머리고 제멋대로 날뛰었다.

손이 느슨해진 틈을 타, 마스터는 내 손아귀를 벗어나 돌아섰다. 그가 멀어지자 이라칼이 신음을 흘리며 자리에서 일어났다. 난 멍하니 마스터의 뒷모습을 응시하며 물었다.

"괜찮아?"

대답은 없었다. 그가 원망스러운 눈길로 나를 힐끔대며 거리를 두고 나서야 난 그와 내가 더 이상 대화를 나눌 수 없단 사실을 자각했다. 오로지 마스터의 명에 의해서.

이라칼은 내가 그에게서 정보를 캐내려고 했단 걸 눈치챈 듯 '교활한 인간!'이라고 쓰여 있는 경계심 어린 눈초리로 바짝 털을 곤두세우고 있었다.

마스터에게 더 이상 묻지 않을 테니 이라칼과 대화를 나눌 수 있게 해 달라고 해 봐야 그가 먼저 나와 말 섞는 걸 기피할 듯싶다.

그 와중에도 장작을 구해 와야 한단 걸 잊지 않은 듯 마스터와 반대 방향으로 사라져 가는 이라칼을 일별하고 난 등을 돌렸다. 그리고 마스터가 향한 쪽으로 걸었다.

의식이 깊이 가라앉고 있었다. 무겁게 내리감긴 눈꺼풀의 무게처럼 온몸이 짓눌리는 듯하다. 서서히 저 먼 물밑으로 가라앉는 양 수압이 그대로 느껴졌다. 숨을 조이는 듯한 압박감.

그러나 실제로 일어나는 일은 아니었다. 아무 일도 일어나지 않은 것처럼 오고 가는 호흡은 편안하기만 하다.

다음 순간, 난 금빛 잎사귀를 바라보고 있었다.

안구를 쪼는 그 어른어른 찬란한 빛이 머리 위며 발아래 햇빛을 뿌려 낸 양 온통 가득했다. 금빛 숲이었다. 내가 꿈속에서 마스터와 마주하곤 하던.

그러나 거기에 마스터는 없었다. 주위를 둘러보지 않아도, 나는 그저 알았다. 눈부시게 흰 종잇장 위에 검은 얼룩이 찍힌 양 뚜렷하던 그의 존재감이 조금도 느껴지지 않았기에.

……꿈속에서 그와 다시 마주하게 된다면, 그때의 그는 현실과 같이 어린 모습일까 생각한 적이 있다.

그러니 마스터를 아예 만나지도 못하는, 이 상황은 예상하지 못한 바였다.

분명히 이곳에 오게 된 까닭이 있으리라. 난 묘한 눈으로 사람의 자취 없는 이 신비로운 숲을 감상했다.

지평선을 온통 덮듯 무성한 잎사귀와 잔디의 금빛이 잔잔히 번져 나는 장소. 이곳은 실존하는 장소일까, 아니면…….

여기가 이런 모습인 건 마스터의 영향이리라. 아마 마탑의 마력의 영향이기도 하겠지. 꿈은 보통 무의식의 반영이라고들 한다. 그렇다면 이곳이 이런 형태를 취한다는 건, 무엇을 뜻함일까. 마스터의 무의식과 연관이 있는 건가. 몽환의 미로 역시도 이와 같은 모습이었으니.

난 뜻하지 않은 고민에 잠겼다. 숲은 흔히 생명력이 충만한 장소로 알려져 있다. 어떤 어둡거나 불길한 의미도 이 눈부시게 반짝이는 풍경과 매치되지 않았다. 광원이라도 되듯 온통 순금빛을 발산하는 이 숲은 무언가 알 수 없는 신비로운 힘으로 그득한 것처럼 보였다.

그리고 길이 있었다. 저 멀리서 빛에 에워싸인, 폭이 좁은 통로를 발견한 난 눈을 크게 떴다.

마스터를 만나고 나면 늘 허겁지겁 잠에서 깨곤 했기에, 이토록 차분히 이곳을 관찰한 건 처음이었다. 그러니 이제까지 발견하지 못했을 만하다.

그동안은 마스터가 길목을 가로막고 서서 길을 가렸던, 그런 느낌이 있었다.

난 망설임 없이 걸음을 옮겼다. 금단의 영역을 밟아 가는 듯 긴장감이 명치를 타고 흐른다. 쓸데없이 호기심을 품는다고, 마스터가 금방이라도 나타나서 가로막고 질책을 던질 것 같았다.

입꼬리가 올라가는 게 느껴졌다. 쓸데없는 걱정이다. 마스터는 이제 그럴 수 없으니까. 마력 한 점 없는 몸으로 그가 내 무의식에 끼어드는 건 불가능하다.

이제 이건 오롯이 내 꿈이니, 내가 뭘 하든 그가 개입할 수는 없지. 아마 마스터는, 내가 뭘 하는지도 모를걸.

꿈이라 반항심을 한껏 돋운 난 쾌재를 부르며 걸음을 빨리했다. 저편, 길의 끝에서 어른어른 어떤 풍경이 비쳤다.

익숙한 풍경이었다. 그럼에도 어딘지 바로 깨닫지 못했다.

탑이었다. 불가사의하도록 하늘 높이 뻗은, 온통 칠흑의 돌로 이루어져 세상을 내려다보듯 그렇게 자리한 까마득한 탑. 인간의 기술로 건설할 수 있을 것 같지 않은 마법의 소산이 눈앞에 모습을 비치고 있었다.

실제보다 작아서 그 위용도 덜할뿐더러 먼 풍경처럼 보였다. 그러하기에 시점을 바꾸어 보는 양 낯설었다.

그러나 가까이 갈수록 탑은 점점 더 커져갔다. 한 걸음 내디딜 때마다 공간을 건너뛰는 듯 가까워졌다. 그리고 이제 닿을 듯이 가까워져 있었다.

배신의 장소를 앞에 두고 난 멈춰 섰다. 기껏 벗어나서 더 멀리 도망쳐야 할 장소로 돌아가고 있다니.

두려움이 날 순식간에 휘감았다. 어째서 이런 꿈을 꾸고 있는 거지? 그리움 따윈 남아 있지 않은 장소였다. 도리어 피하고 싶을 뿐.

그러나 난 곧 생각을 달리했다. 이건 꿈이니, 내가 실제로 마탑에 돌아가는 건 아닐 터였다.

이 금빛 숲이 무언가 의미를 품고 있다면, 이곳과 하나의 길로 이어진 저 장소에도 무언가 의미가 있으리라.

아마, 기회인지도 모르지.

눈앞에서 웜홀처럼 기이하게 시각화된, 빨려드는 듯 기이한 풍경을 난 물끄러미 바라보았다. 그리고 곧 발을 내디뎠다.

공간을 넘어 마탑의 문이 내게로 밀려와 코앞 시야에 담겼다. 그 앞에 서는 건 놀랍도록 기이한 느낌이었다. 실제로 일어나는 일인 양 너무도 생생했기에, 난 형체 불분명한 두려움 속에서 망설였다.

그러나 이 꿈이 언제까지고 이어지리라는 보장은 없다. 난 손을 내밀어 굳게 닫힌 탑의 문을 만졌다.

아니, 만지려 했다. 그리고 내 손은 빨려들듯이 문을 통과하고 말았다. 지금의 내 상태가 정신체나 다름없다는 걸 알아챈 난 생각할 것 없이 안으로 몸을 밀어 넣었다.

……익숙한 풍경이다. 떠났던 때와 달라진 게 없는, 환한 홀이 눈앞에 모습을 드러냈다. 아마 무수한 세월, 이곳은 이 모습 그대로 존재하고 있었으리라.

사람 하나 찾아볼 수 없는, 평상시 그대로의 마탑. 그러나 내부엔 어쩐지 괴괴한 분위기가 감돌았다.

난 내가 무엇을 알고 싶은 건지 생각했다. 만약 이곳이 내 무의식 속에 만들어진 가상의 공간이 아니라면…….

시온은 어디 있지? 그 생각에 이르자마자, 반응하듯 시야가 바뀌었다. 순식간에 벌어진 일이었다. 자석에 끌려가듯 난 내가 원하던 장소에 이르렀다.

방이었다. 신비로운 문양이 가득한 온통 검은 벽면, 거미줄처럼 사방을 가로지르는 금빛 선. 내 형벌이 결정되었던 그 방.

안개처럼, 연기처럼 희뿌연 빛이 서려 대기에 일렁이고 있었다.

난 숨을 삼켰다. 보고 싶지 않은, 그러나 찾아야만 했던 이들이 내 앞에 시 있었디.

난 그들, 네 명의 시온을 찬찬히 둘러보았다. 엘리야, 란델, 에스겔, 블레셋. 그 이름이 껄끄럽게 혀끝을 감돌았다.

친숙하나 이제는 멀어진 얼굴들. 하나의 중대한 의식을 치르는 양 저마다의 로브를 갖춰 입고, 시온이 한데 모여 있었다.

봉인의 마법을 펼치던 중에 공격을 당해 흐트러진 마력이 회복되었는지 변함없이 강력한 마력을 두른 그들은 각자의 색채를 잃지 않았다. 그러나 그늘이 드리운 얼굴.

난 그들이 크게 다치지 않았단 것에 안심했다. 이제는 적이 된 그들인데, 어리석게도. 가슴 속에서 치미는 안도를 어찌할 수 없다.

그중 가장 눈에 띄는 건 단연 엘리야였다.

언제 가져다 두었는지 고급스러운 붉은 소파 위에 앉아 보랏빛 눈을 빛내는 금색 로브의 그는 여전히 아름답고 우아했다. 또한 감히 눈을 뜨고 그를 똑바로 바라보기 어려울 만한, 지긋한 품격이 느껴졌다. 있어야 할 자리에 앉은 양 마스터의 자리를 온전히 차지한 그는 실로 군주다웠다.

─배덕의 군주.

그러나 난 그를 쉬이 비난할 수 없었다. 그가 그렇게 행동한 이유를 이해하고 있었기에.

이해는 증오나 배신감을 쉽게도 희석시키곤 하는 것이라. 그리고 어차피 그 두 가지 감정은 내가 느껴야 할 만한 것이 아니었다. 정작 배신당한 당사자도 별반 감정을 느끼지 않는 듯한데.

엘리야가 입을 열었다. 가볍게 던지는 듯한 투였다.

"그래, 요엘은 어떻지?"

그 이름을 듣고 난 움찔했다. 내가 그를 죽이지 않았던가. 때문에 난 짧게나마 가책에 시달린 터였다.

대답한 건 란델이었다.

"회복을 마쳐서 멀쩡합니다. 이를 득득 갈고 있지요."

"살아남은 게 어디야."

블레셋이 심드렁하게 중얼거렸다. 이번 일에 동조했음에도, 함께 엘리야를 받듦에도 그는 여전히 요엘과 사이가 나쁜 것 같았다.

"가여운 요엘. 나는 그가 아힌에게 질 거라곤 생각하지 못했단다. 그 아이가 시온이 된 지는 고작 일 년도 지나지 않았으니까."

난 내 이름이 언급되자 움찔거렸다. 그 말이 여기 숨어든 나를 정면으로 지목하는 것 같았기에.

그러나 내 존재가 감지되었다면 이들이 이렇듯 평온하게 대화를 나누고 있을 리 없다. 난 불안한 기분을 추스르며 들려오는 대화에 정신을 집중했다.

"마스터가 그 아이에게 그런 기물을 줬을 거라곤 아무도 생각하지 못했으니까요. 예상치 못한 변수였습니다."

란델이 온화한 낯으로 말을 붙이자 블레셋이 코웃음 쳤다.

"자업자득이지요. 그 순진하고 멍청한 계집애를 잠깐 유인해 내서 시간을 끄는 게 뭐 어렵다고. 그 쓸모없는 열등감 때문에 엘리야의 명을 무시하고 죽으려고 든 게 분명해요."

블레셋이 시니컬하게 이야기한 적나라한 평가에 울컥한 난 눈을 부라렸다.

뭐라는 거야? 뒷담화가 면전에서 던져진, 딱 그런 기분이었다.

엘리야가 화사한 미소를 띤 채로 고개를 기울였다. 그리고 느긋하게 화답했다.

"너는 여전히 그 아이에게 우호적이구나."

멍청하다고 한 게 우호적인 표현인가. 난 잠시 헷갈렸다.

하지만 엘리야가 그렇다면 그럴 터였다. 그와 적을 진 지금도, 내게 엘리야는 절대적인 기준처럼 생각되었다.

"그 애는 이젠 적이란다."

그래서 그가 상냥한 투로 지적했을 때, 섬뜩한 무언가가 가슴을 파고들었다. 싸늘한 유리 조각 같은 것이—

블레셋이 나직이 반론을 기했다.

"시간을 들여서 제대로 설득했다면 결과가 달라졌을지도 몰라요."

"아니, 그 애는 그에게 너무도 가까웠단다. 바로 곁에 있었지. 어띤 이야기가 그 아이의 귀에 들어가면 그가 바로 알게 될 만큼. 나는 그런 위험을 감수할 수는 없었어. 또 그 애를 설득하기엔 시간이 부족했지. 그건 안타깝게 생각한단다. 게다가 그 애는—"

엘리야의 눈이 기억을 더듬듯이 허공을 짚었다.

"처음부터 예외였어. 마스터는 그 애를 처음부터 수중에 넣고 있었지. 그 애를 우리 쪽으로 돌려놓는 건 아주 어려운 일일 거야. 게다가 나는 그 애의 정체를 알지 못한단다. 어디서 왔는지, 어떤 과거를 가지고 있는지, 추적해 보려 했지만 실패했지. 마치 하늘에서 뚝 떨어진 것처럼."

뜨끔한 소리였다. 블레셋이 고개를 비스듬히 기울였다.

"혹시 그가 예견하고 있었을까요. 미리부터 준비한 것일 수도 있어요."

"그랬을 수도 있겠지. 하지만 꼭 그랬을 거라고 말할 수는 없단다. 정말로 이렇게 될 걸 알았다면, 과연 그가 그토록 순순히 당했을까."

그리 말하며 엘리야는 깍지를 꼈다. 그의 표정은 지극히 담담했다. 어느 순간에도 여유를 잃지 않을 사람처럼.

다만 대화의 내용이 너무도 공교로웠기에 나는 아마도 마탑에서 가까운 시일 안에 일어났던 어떤 대화를, 기록된 영상을 꺼내보는 것처럼 목격하고 있는 게 아닐까 생각했다.

그래, 그들이 말하는 바는 내가 알고 싶었던 것과 일치한다.

어떤 알 수 없는 힘에 의해서, 시공간을 넘어서 나는 그들의 대화를 엿보고 있었다.

그건 필경 현재와 시차가 많이 나는 그 언젠가는 아니리라.

엘리야가 피식 웃으며 고개를 쳐들었다.

"그는 누구도 범접하지 못할 만큼 강했지. 지나치게 오랜 세월 그래 왔어. 그렇기에 방심했고, 그 방심이 우리에게 기회를 만들어 줬지. 비록 그 과정에서 그를 놓치긴 했지만—"

보랏빛 눈동자에 일순, 광채가 스쳤다.

"우리는 아직 실패하지 않았단다."

세 명의 시온이 그를 응시하고 있었다. 온 시선을 홀린 듯이 빨아들이는 엘리야는, 의심할 것 없이 그들의 지도자였다. 하나의 동조가 교감으로 오가며 끈으로 한데 묶었다. 엘리야를 중심으로 그들은 견고한 하나였다. 뜨겁고 진실된 믿음이나 얕은 호감이 아닌 오랜 세월 한 방향을 바라봐온 결속. 또한 본연적인 갈망.

"마스터를 찾아내는 것도 중요하지만, 또 하나 해야 할 일이 있습니다."

침묵을 지키고 섰던 란텔이 신중한 어조로 입을 열었다.

"탑의 마력을 사용하는 방법. 그걸 가까운 시일 내에 반드시 알아내야 합니다."

엘리야의 입에서 노래하듯 음성이 흘러나왔다.

"존재하나 다룰 수 없는 힘이라."

"마력이 유지되지 않으니 탑의 체계는 무너졌고 아모스와 룻의 일부가 목숨을 잃었습니다. 마력으로는 이길 수 없는 세월의 풍파를 맞아 재가 되어 사라진 자들이지요. 그리고 조력을 받아 아직 살아 있긴 하되, 죽음에 거의 가까워져 있는 자들도 남아 있습니다. 우리 시온도 이제 더 이상 불사자라 할 수 없겠지요."

에스겔이 냉담하게 평했다.

"우리의 수명이 비이상적으로 길었던 건 탑의 마력이 있기에 가능했던 것이지. 하지만 그게 사라졌다고 해서 당장 죽음을 맞는 건 아닙니다."

"하지만 요엘처럼 강력한 아모스가 아니라면 죽음이 코앞에 닥쳐온 양 두려울 겁니다. 그건 이제까지 느끼지 못한 감정이니까요. 엘리야가 재빨리 그들의 생명력을 보존해 주었다곤 해도 말입니다. 오랜 세월 엘리야가 그들을 디스렸다고 하나, 모두가 우리를 따르는 건 아닙니다. 그저 지배자가 바뀌었기에 눈치를 보고 있을 뿐."

"죽음을 대가로 자유를, 그걸 원할 자가 있던가."

"이렇게 될 줄은 아무도 몰랐잖습니까. 탑 전체를 장악하고, 이전 주인을 봉인했는데 정작 그 강대한 마력을 어떻게 할 수가 없다니!"

"몇 번이고 핵에 접근을 시도했지만, 흡사 자연물처럼 응답하지 않더구나. 섣불리 마력을 끌어다 쓰려고 건드렸다간 반동으로 몸을 부숴 놓을지도 모르겠어."

"오로지 단 한 명에게 귀속된 마력인가, 이 거대한 힘이? 그토록 뚜렷한 제한을 가지고 있다니 믿기지 않는 일이야."

"탑을 세운 것이 그이고 그에 대해선 밝혀지지 않은 것이 많으니, 어떤 조처를 취해 놓았을진 모를 노릇. 허나 방법이 있을 겁니다. 그를 찾아야 합니다."

찾아내서, 고문이라도 불사해서 입을 열겠단 섬뜩한 의지가 느껴졌다.

란델의 온화한 낯이 차갑게 굳어져 있었다. 그는 확실히 다정함을 흉내 낼지라도 언제든 비정해질 수 있는 자였다.

그들의 대화를 엿보며 나도 깨달은 바가 있었다. 그들이 나보다도 마스터에 대해서 모른다는 것. 무수한 세월을 함께해 온 시온조차도 마스터에 대해선 모르는 것투성이였다.

당연하다면 당연한 일이다. 그들이 나처럼 마법 생물과 마주쳐서 정보를 얻어 내었을 것 같지는 않다.

또한, 이 일이 일어나기 전에 마탑의 마력이 마스터에게서 비롯한 것이고, 마스터만이 거기에 대한 지배력을 행사할 수 있단 걸 알만한 어떤 상황도 주어지지 않았으리라.

"몽환의 미로가 파괴되면서, 그 여파로 대기가 혼란해지고 추적할 마력의 자취가 지워졌지요. 거기서도 여러 명의 아모스를 잃었습니다. 그간 힘을 회복해야 했기에 추적할 엄두를 내지 못한 게 사실입니다. 그리고 현재 그들이 어디로 이동해서 숨어들었을지 짐작이 가지 않는군요."

엘리야가 턱을 괴며 물었다.

"유권은?"

"소재가 파악되지 않습니다. 그러나 그가 힘을 잃은 마스터를 아무 대가 없이 돕진 않을 겁니다. 그의 일족을 생각해서라도."

"탑의 마력을 쓸 수 없는 지금, 대규모 탐색 마법은 불가능합니다. 엘리야는 홀로 룻과 아모스의 생명력을 지탱하고 계시지요."

"나, 란렐, 블레셋. 움직일 수 있는 건 현재로선 셋뿐이지."

"하지만 변수가 있잖아. 아힌이 가지고 있는 검은 어떻지?"

블레셋이 다분히 무시조로 말했다.

"탑의 마력이 담긴 검이었죠. 하지만 그게 어떤 굉장한 기물이든, 문제는 없을 겁니다. 그 애의 실력을 알잖아요. 마법사의 강함은 단순히 마력의 양에 의해서 결정되는 게 아니죠."

그리고 시온 중 누구도, 방심하지 않는다면 내게 질 리 없다. 더군다나 마스터라는 짐이 달린 내게.

나로썬 그의 말을 부정하기 어려웠다.

"봉인이 파훼되던 그 순간, 그 애는 우리 중에서 한 명 혹은 그 이상을 죽이고 빠져나갈 수 있었지. 그때는 우리 모두 완전히 무력해져 있었으니까."

"그걸 판가름할 실력이 안 되었는지, 아니면 그리 모질어지지는 못했는지는 모를 일이지요."

"혼란해하고 있다면 더욱 위협이 되지 못할 터."

나에 대해서 너무도 냉철하게 판단하고 있어서 듣기가 거북해졌다. 그럼에도 난 귀를 기울였다. 우리를 추적할 만한 제대로 된 방안이 곧 논의될 터였다.

그러나 시간이 너무도 흘렀던가. 나는 내 의식이 서서히 깨어나고 있음을 느꼈다. 그건 곧 이 꿈속 세계와의 박리를 의미했다. 정신은 이전보다 더 집중하고 있는데, 화면이 지직거리듯 시야에 산상이 일었다. 먼저 눈앞이 흐려지고 소리가 잦아들며,

"그들을 추적하는데 유효한―"

"우리가 쓸 수 있는 방법이……."

"―를 이용하면."

이내 완전히 하얗게 잠겨 갔다. 백지장처럼 새하얘진 무의식과 의식 사이의 공백이었다.

다음 순간 난 화들짝 잠에서 깨어났다.

현실이 내게로 돌풍처럼 훅 끼쳐 왔다. 몸서리치며 눈을 뜬 순간, 심장이 떨어지는 듯했다. 닿을 만치 바짝 가까이에 검은 눈이 떠 있었다. 질릴 만큼 검어서, 새파랗게 흰 피부 위에 둥둥 떠 있는 것처럼 보였다. 검은 물이 담긴 양 그 맑고 고요한 반구가 무감정하게 날 비춰 냈다.

그의 손이 미끄러지듯이 내 로브 속을 파고들었다. 다짜고짜 옷깃을 들춰내는 손길에 잠기운이 삽시간에 달아난다.

"무, 무슨?"

그러나 마스터는, 당연한 이야기겠지만 내 몸에는 별 관심이 없었다.

그의 손이 로브 속에서 어떤 물체를 움켜쥔다. 마스터는 그걸 그대로 매끄럽게 잡아 빼었다.

새벽으로 푸르게 물든 대기에 옅은 빛이 번져 나간다. 은하수를 물들이는 별빛처럼 은은한 금빛. 마력을 발하듯, 검신이 온통 빛을 내고 있었다. 그 신비로운 모습이 시야에 가득 들어찼다.

마스터는 가볍게 검을 받쳐 들었다. 검은 본디 보이는 만큼 무거운 편이 아니었다. 하지만 마스터는 질량을 거스르듯 무게가 느껴지지 않는 양 검을 들고 있었다.

"마력을 사용치 말라 했을 텐데."

고요한 질책에 난 그제야 검에서 마력이 풍기고 있단 걸 알아차렸다. 멀리서 감지될지는 알 수 없으나, 그 이질적이고 뚜렷한 마력은 생생하게 와 닿았다.

하지만 난 무엇이 검을 그렇게 만들었는지 알지 못했다. 그건 내 의지가 아니었다.

"저는 그냥 잠을 잤을 뿐인데요……."

난 볼멘소리를 내었다.

"네 의식이 검의 마력을 끌어당겼다. 마력을 요하는 일이기에."

무의식이 한 일에 대해 내게 책임을 묻는 건 좀 너무하지 않나 싶었지만, 마스터는 잠을 자는 와중에도 사고를 치는 제자를 탓할 마음이 없는 모양이었다.

"꿈은 마법을 실현하는 하나의 방법이지. 무엇을 보았나."

나는 잠시 생각을 정리했다. 그들에 대해서 말하는 게 껄끄럽게 느껴져서 목 언저리에서 말이 막힌다.

그러나 분명히 해야 할 이야기였다.

"어떻게 그럴 수 있었는지 모르겠지만…… 그 금빛 숲."

내가 꿈속에서 그와 마주하고 했던 그 숲을 입에 담았을 때, 마스터의 낯에서 미묘한 변화가 일었던 것 같다. 하지만 확신할 수 없었다.

"그곳에서 길을 따라가니, 마탑이 보였어요. 그리고 전 거기서 그들의 대화를 들었어요."

그들, 그게 누구를 의미할지 알 마스터는 여전히 나를 쳐다보고 있었다.

"엘리야는 탑의 마력을 손에 넣지 못했어요."

"그랬겠지."

"그래서 그들의 힘은 제한되어 있어요. 마법으로 탐색하는 건 어려울 테고, 어떤 방법으로 우리를 추적할 것 같으세요?"

마법이 아닌 그 어떤 다른 방법, 내가 미처 듣지 못한 그것. 잠시 머리를 굴려보았지만, 떠오르는 건 없었다.

나와는 달리 마스터는 쾌히 답을 냈다.

"가장 간단히는 재력이겠지."

"재력이라고요?"

낯설게 들리는 소리였다.

물론 마탑이 가난하다고 느낀 적은 없었지만, 기본적으로 마탑의 마법사란 먹지 않아도 죽지 않고 옷차림도 더럽혀지지 않으니 기본적인 의식주를 충족하기 위해 금전적인 무언가를 요하지 않는다. 즉 거래가 거의 불필요하다.

그래서 내 안에서 마탑의 이미지는 좀 절간 비슷하게 생각되었던 것이다. 마법사는 수도승 정도? 외부에 나가면, 여관비 정도는 내야겠지만 어차피 계약한 나라를 방문하면 그곳 군주들이 알아서 대접해 주니까.

"마탑에는 능히 대륙을 살 만한 재화가 보관되어 있다. 엘리야가 그 관리를 맡고 있었지. 그건 마력처럼 귀속된 힘이 아니니, 운용할 만하다."

문득 그런 생각이 든다. 그 많은 금은보화를 곳간에 쌓아 두고 있다가 홀라당 빼앗겼을 때, 그 상실감은 어떠할까.

평범한 사람이라면 울분이 치밀다 못해 화병으로 쓰러지리라. 그런 상상할 것도 없이 눈앞의 마스터는 그 억장이 무너질 만한 상황을 대단히 담담하게 언급하고 있었다.

무수한 세월 일구어 놓은—이라고 표현하기엔 뭣하지만— 터전을 부리던 머슴들에게 빼앗기고도 그는 태연했다. 배신당하고도 아무렇지 않은 듯이, 지독한 부동심이다. 그가 무엇을 빼앗긴들 미련과 괴로움에 몸부림칠까. 그건 내게 상상하기 어려운 광경이었다.

그것은 마스터가 마탑을 완벽하게 그들에게 넘겨 주지 않기 때문인지도 몰랐다. 마탑은 오로지 마스터의 것이고, 시간이 걸릴 뿐 언젠가는 그걸 다시 찾으리라는 확신이 있기에.

마탑의 시온은 마스터에게서 자유를 찾은 대신 불사를 잃었지만, 반면 그들이 거의 모든 걸 강탈한 마스터는 여전히 불사를 유지하고 있었다. 그 대비가 참으로 묘했다.

난 여운을 쫓아내듯 물었다.

"사람을 사서 우리를 추적할 거란 뜻인가요."

"그것도 하나의 가능성이지."

"바란에는 마탑에서 파견한 인원이 없나요? 룻이라든가 아모스요."

"바란과 마탑은 아무런 연도 맺지 않았다. 샤자한에는 룻이 몇 파견되어 있을 것이나, 바란까지는 감시가 미치지 못할 것이다. 분리해 둔 힘에 대해선 나 외의 누구도 아는 바가 없으니."

난 안도의 숨을 내쉬었다. 그나마 다행이라고 해야 할까. 돈으로 정보를 사거나 현상금을 거는 식으로 그들에게 우리를 쫓을만한 확실한 방법이 있단 건 불안하긴 하지만, 그건 사람들과 엮이지 않으면 되겠지. 몸을 숨기고, 접촉을 피한 채 눈에 띄지 않고 조심스럽게 이동하는 건 특별나게 어렵지 않은 일이었다.

물론 야영을 계속해야 하니 고되긴 할 것이나, 편한 잠자리를 위해 마을에 들리는 건 좀 그랬다. 필요하면 이라칼을 내보내서 물자를 수급해도 되고, 요새 마스터도 여행에 꽤 익숙해진 것 같았지.

이런저런 궁리를 하자 그리 위험할 건 없을 것 같아서, 한시름 마음이 놓였다. 좀 더 경계심을 품는 게 좋을 터이나 크게 달라지는 건 없을 듯하다.

그러나 확실히 안심하기엔 일렀다. 얼마 지나지 않아 난, 어떤 뜻밖의 사태가 우리를 훼방 놓을 수 있는지 알게 되었던 것이다.

바란과 인접한 국경에 다다랐을 때의 일이었다.

"국경이 봉쇄되었다고요?"

난 눈을 휘둥그레 떴다. 눈에 띄는 붉은 로브를 벗어서 감추고, 대신 무난한 복식의 후드를 뒤집어쓴 난 그리 두드러지지 않는 여행자일 터였다.

물론, '예쁜 아가씨' 소리는 오며 가며 꽤 듣긴 했는데, 가벼운 치사에 불과했다. 하긴 뭐 내가 입이 떡 벌어질 만한 미인은 아니시.

여하간 난 이것저것 잡다한 물건을 파는 잡화상에 정보를 캐기 위해 들어와 있었다.

바란에 접근했기에 바로 국경을 넘어서려 했건만, 앞서 나서서 주변을 살피고 온 이라칼이 난색을 표하며 경계가 철저하다고 전해 왔다. 물론 마스터에게.

심지어 국경 근처에 다수의 마법사가 포진해 있다는 것이다. 하도 샅샅이 틀어막고 있어서, 어지간해선 지날 수 있을 것 같지 않다고 한다.

이라칼은 내게 불신 어린 시선을 던졌다. 그건 내가 마력을 쓸 수 있든, 마법을 쓸 수 있든 내 실력을 못 믿겠단 뜻이리라. 상당히 거슬렸다.

샤자한에서 치른 경험으로 난 일반인을 대상으로 한 내 마법 실력에 꽤 자신이 있는 터였다. 하지만 충돌은 금물이다. 그렇게 마법사가 많은데 혹시 몰래 지나다가 걸리면 무척 곤란해진다. 어쩌면 대규모 마법전이 일어날 수도……

일반 마법사들이 그리 감이 좋을 거라고 생각하진 않았지만, 마스터는 분명히 범상치 않은 존재였고 눈에 띄고도 그대로 넘어갈 거라고 확신하긴 어려웠다.

마탑에서 아무것도 하지 않는 우리를 추적하는 건 사막에서 오아시스를 찾는 양 막막한 일이었다. 그러나 마법을 사용하면 대기에 흔적이 남게 되어 있고 그렇다면 언제 어디서 덜미를 잡힐지 모른다. 소수나마 마탑의 마법사들이 파견된 샤자한은 여기서 멀지 않으니까.

난 국경을 무사히 지날 방법을 알아보기 위해서, 혹은 거기에 왜 마법사들이 득실거리고 있는지 알아보기 위해서 마을을 방문하는 쪽을 택했다.

정말 오랜만에 들리는 마을이라 감회가 새롭다 못해 반가웠다. 그야말로 가슴이 두근두근했다.

나와 말도 섞지 않는 이라칼과 애초에 말이 없는 마스터와 있다 보니, 하루에 한마디도 입 밖에 내지 않은 적이 많았다. 마탑에서 수련을 할 때보다 더 심했다. 그땐 마법을 배워야 하니 물어볼 거라도 있어서 마스터와 대화 같지 않은 대화라도 나누긴 했으니까. 그런 와중에 이곳을 방문하니 무인도에 살고 있다가 사람을 만난 기분이랄까.

내 정감과 호감이 한껏 깃든 초롱초롱한 눈빛에 마음이 움직였는지, 잡화상 주인은 그가 아는 내용을 적극적으로 털어놓았다.

"그래, 흑마법사인지 뭔지 때문에. 골치 아프게 되었지."

"흑마법사요?"

"옆 나라, 트왈릿이 왕위 계승 싸움이니 뭐니 해서 시끄러웠잖나. 그때 왕자들이 박 터지게 싸우고 있는 틈을 타 영주 한 명이 영지전을 벌여서 여러 영지를 꿀꺽했지. 그게 처음에는 별로 대단한 일이 아니었는데, 점점 점령한 영지가 넓어지고 세가 커지니까 트왈릿 왕족들도 계승권 전쟁에서 눈을 돌려 그를 주목하게 되었지. 위기감을 느낀 게야."

"영주가 능력이 좋았나 봐요."

"그게 문제였던 거지. 그 영주는 원래 세력이 크지 않고 가진 병력도 변변치 않았거든. 그래서 그렇게 된 게 좀 수상했지. 게다가 흉흉한 소문이 퍼졌어."

"어떤 건데요?"

"그 영주가 죽은 자를 부린다는 소문. 마법사 길드에서 진상 조사를 나서서 알아보니 흑마법사를 끌어들였더군. 끌어들인 건지 흑마법사가 마법을 부려서 영주를 현혹한 건지는 모를 노릇이지. 어쨌거나 그가 자의로 그 짓을 한 건 사실이야. 트왈릿의 계승권 전쟁은 끝나지 않았지만, 결국 영주는 붙잡혀 처형당했지. 아주 잠깐 영화를 누린 게야, 쯧쯧."

"그 일이 국경 봉쇄와는 무슨 상관인가요?"

"그 흑마법사 놈이 델피아로 도망 왔으니까 그렇지. 은밀히 숨어들어서 아무도 본 적은 없는 듯한데, 마법사 길드에서 추적한 바로는 그렇다고 하니까. 아마도 바란으로 도망가려고 한다는 것 같더군."

"바란으로……."

"알다시피 마법사 길드는 흑마법사라면 눈에 불을 켜고 쫓아다니는 이들이지. 그래서 델피아에서 협조를 구해서 저렇게 국경을 꽁꽁 틀어막은 거야. 오고 가는 사람마다 귀찮을 정도로 철저하게 검열하고, 통행 시간도 제한한다더군. 국경에 결계인지 뭔지를 쳐놨다던데 덕분에 샛길도 이용하지 못해서 밀수꾼들이 싹 박멸되고 있지."

사람 사는 곳이 다 그렇고 그런 거래가 이뤄지기 마련인데 괜히 엄한 곳에 불똥이 튀었다고 잡화상 주인아저씨가 투덜대었다. 추측건대 그도 밀수꾼들과 거래를 하는 듯싶었다.

"조금이라도 신분이 불명확하거나 수상한 자가 있으면 철저하게 수색한다고 하니 뒷돈을 주고 국경을 통과하는 일도 당분간 안 될 거라더군. 우리나라 왕실 측에선 유독 마법사 길드한테 우호적이니까. 이곳 영주도 마법사 길드한테 빌빌 긴다고. 아무튼, 바란으로 도피하는 건 아예 글러 먹었지."

"바란에선 죄를 묻지 않아서 그런가 봐요. 근데 흑마법사 정도면 거기서도 꺼리지 않을까요?"

난 그렇게 생각하는데. 죽은 자를 부리는 불길한 흑마법사를 바란에서라고 한들 들여놓고 싶을까.

"그게 그렇지만은 않아. 그 흑마법사가 영주랑 엮이기 전엔 그냥 평범한 마법사로 알려졌나 봐. 뭐 사람을 죽여서 부리는 것도 아니고 죽은 시체를 부리는 거 보기 안 좋긴 해도 딱히 죄랄 수는 없잖아. 영주가 허락했다는데. 그리고 공동묘지는 원래 영주 소유라고. 거기에 묻히는 대가로 그 이후로부터는 영주의 소유물이 되는 거지."

……이 아저씨 생각이 꽤 트여 있는데? 보통은 꺼림칙하게 여기지 않으려나. 우리나라에선 시체 훼손도 죄를 묻는다고 알고 있는데, 여기서는 좀 다를 것 같긴 하다.

"바란은 예로부터 흑마법사한테 관대하기로 유명한 동네지. 돈만 있으면 언제든 거류할 수 있어. 게다가 거긴 마법사 길드도 함부로 못 건드린다고."

"그건 어째선데요?"

"……바란이 고대 유적 위에 세워진 도시이기 때문이지. 그래서 고대의 마력이 바란을 지키기에 마법사가 별로 아쉽지 않다는 거야. 도리어 마법사 길드 쪽에서 바란을 조사하고 싶어서 안달이 났다고 하더군. 근데 바란 지도부가 슬금슬금 건더기만 던져 주고 정작 유적 조사는 거부한다지?"

난 놀라움에 눈을 부릅떴다. 그거, 이런 국경지대의 잡화상 주인이 알 만큼 유명한 이야기인가?

"아이고 이런 이야기 다 하면 안 되는데! 하여튼 나도 참 입이 싸서 원. 아가씨가 이상하게 친근하단 말이야?"

내 반응이 뜨끔했는지, 잡화상 주인이 헛기침을 두어 번하며 냉큼 덧붙였다.

"뭐 널리 알려진 사실은 아니고, 알 사람만 아는 얘기지. 나야 밀수꾼들과 거래하다 보니까 이런저런 이야기 주워듣게 된 거고. 이런 이야기 어디 가서 안 할 거지?"

"제가 누구에게 말하겠어요?"

난 상냥하게 웃어 보였다. 그러나 새삼 경계심이 돈은 양 그가 말을 삼켰기에, 그 이상의 정보는 캐낼 수 없었다.

난 몇 가지 물건을 산 뒤 넉넉하게 값을 치르고 돌아섰다.

……아무래도 내 마력이 강해졌기 때문일까. 일반인에게서 호의를 사고 정보를 이끌어내는 게 어렵잖게 느껴졌다. 아마 서서히 이루어진 변화이기에 체감하지 못한 것 같다.

얻은 것도, 걱정되는 것도 있었다. 마법사 길드가 조사하길 허락지 않는다는 그 바란의 고대 유적. 거기에 다다라야 한단 것.

하지만 그보다 우선한 걱정은, 마법사 길드가 국경을 봉쇄하고 있다는 건 알아냈지만 당최 어떻게 거길 통과할 수 있을지 감이 잡히지 않는다는 거다.

상념에 잠긴 채로 난 길을 걷는 도중 발견한 시장통에서 먹을거리를 골라 보았다.

마을을 방문한 건 나만이 아니었고 다 같이 여관에 짐을 풀고 난 뒤 나 홀로 정보 수집 겸해서 따로 떨어져 나온 터였다.

이제껏 피해 왔던 마을을 방문한 데는 여러 가지 사정이 있었다. 처음 출발할 때 구입한 물건, 이를테면 담요라든가 하는 것들은 그리 재질이 좋지 못했다. 험히 쓴 것도 아닌데 마찰 때문인지 너덜너덜, 허름해져서 슬슬 더 나은 새 물건을 구해야겠다고 마음먹은 참이었다.

매일 같은 강행군에 지치고 말라서 비실비실하는 게 좀 미안했던 터라 수레를 끄는 말도 팔고 새 말로 바꾸는 게 나을 듯싶었다.

이 점에 대해서는 이라칼이 말로 변신해서 수레를 끄는 게 어떠냐 싶었지만.

뭐 본체로 끌어도 남의 눈에만 띄지 않는다면 상관없는 거 아닌가. 수레에 타는 건 마스터뿐이니, 나쁘진 않을 거다.

그러나 내가 의견을 꺼내자마자 이라칼은 나와 말도 섞지 않는 주제에 칠색 팔색을 하고 눈을 부라렸다. 부리는 짐승 취급당한 것처럼 몹시 자존심 상해하는 반응이었다. 덕분에 반감만 더 산 것 같다. 그의 뇌리 속에서 난 아주 악녀이지 않을까?

어쨌거나 이라칼도 나름대로 돌아다니면서 제 할 일을 하고 올 터였다. 마스터는, 방 안에 머물고 있겠지. 실상 마스터가 할 만한 일도 없다. 더군다나 그는 당당히 걸어 들어온 나와 이라칼과는 달리 꼭꼭 숨겨진 채로 여관에 들어왔다.

사실 검은 머리 여자가 검은 머리 아이와 함께 다니는 건, 흔치 않은 일이다.

특히나 그 검은 머리 아이가 눈에 띄는 외형과 분위기를 지녔다면, 누군가의 기억에 남을 가능성이 있고.

마스터가 변신한 모습을 포착한 마탑인이 여럿이니 생김새를 토대로 수소문하면, 가닥이 닿을 수도 있겠다 싶었거든.

우리가 그간 마을에 거의 들리지 않았더라도, 재력이란 무시 못 할 것이니 행적을 추적해 들어올지도 모르지.

생각해 보니 굳이 마스터의 존재를 드러낼 필요는 없을 것 같았기에, 나는 이라칼하고만 일행인 것처럼 위장한 채 마스터를 짐 상자에 숨겨서 방으로 들였다.

보통 아이라면 방 안에 홀로 갇혀 있게 되면 좀이 쑤셔서 견디지 못할 테지만, 마스터는 돌보기 편한 타입이었다.

가만히 앉아서 숨소리도 내지 않고 있는 게 일상이니 새삼 어려워질 것도 없다.

마을 안이니 잠깐 자리를 비우는 정도는 괜찮을 것 같았기에 일을 분담하여 이라칼은 말을 구해 오는 걸 맡고, 나는 정보수집과 자질구레한 물건 같은 것을 구해 오는 일을 하기로 했다. 둘이 나눠서 하니까 빨리 돌아올 수 있을 테지.

물론, 이 같은 대화는 모두 내가 의견을 제시하고 이라칼이 도리질 치거나 고개를 끄덕이는 해괴한 양상으로 이루어졌다.

내가 좀 졸라 봤지만, 마스터는 날 싹 무시하면서 이라칼과의 대화를 허락지 않았고 어차피 이라칼도 잔뜩 나를 경계하는 것 같기에……

여하간 아무와도 시시덕거리지 못하는 여행길은 몹시도 심심하고 외롭게 느껴졌다. 그 때문에 잡화상 주인과 짧게나마 나눈 대화가 정보를 얻으려는 목적을 떠나서 즐겁게 느껴지기도 했다.

난 길거리에 열린 시장통에서 호빵을 닮은 앙꼬가 가득한 빵 몇 개를 사들고, 이라칼의 마음을 풀어 주기 위해서 달짝지근한 사탕을 몇 개 샀다.

굳이 먹을 필요가 없음에도 빵을 산 건, 왠지 먹음직스러워 보였기 때문이다. 구수한 냄새가 코를 자극하는데 그냥 지나칠 수가 있어야지.

여관에서 식사를 팔지만, 먹고 싶은 건 먹어야 하는 법이다.

식재료는 떠나기 선에 본격직으로 미련할 참이기에, 어디서 사야 할지만 눈으로 대강 둘러보았다.

흑마법사니 마법사 길드니, 분위기가 흉흉할 만도 한데 소리 높여

호객 행위를 하는 상인들은 그리 근심이 없어 보였다.

어설프게나마 흑마법사의 인상착의가 그려진 수배지가 나돌고 있으니 모를 것 같진 않은데. 달리 생각해 보면 국경지대에 별일이 다 터지니 담대해질 만도 하겠다 싶었다.

모든 용무를 마친 난 더 이상 시간을 지체하지 않고 여관을 향해 바삐 발을 놀렸다. 이라칼은 먼저 돌아와 있겠지. 말은 제값을 받고 팔았을까?

내 돈은 아니지만 공금이 하도 든든해서 돈에 구애받지 않을 법하긴 한데, 이라칼이 바가지를 쓰진 않았을지 좀 신경이 쓰였다.

그날 마스터에게 벌을 받은 이후로 줄곧 토라져 있는데, 사탕을 주면 좀 달래지겠지? 생각하면서 골목 모퉁이를 돌고 있을 때였다.

앞에서 뭔가가 훅 튀어나왔다. 몸에 밴 듯이 조용하고, 은밀한 움직임. 내겐 마치 아주 작은, 쥐처럼 가벼운 동물이 움직이는 것처럼 느껴졌다.

그림자 같은 인기척이었다. 소리도 거의 없었다. 물론 그런 게 문제가 되진 않았다. 마력 덕분에 발달한 감각은 여전하니까. 별로 대비하고 있었던 건 아니지만, 내 몸은 훈련된 검사처럼 즉각 반응했다.

"붙잡아 드리려고 했는데……."

내가 재빠르게 몸을 비키며 거리를 두자, 충돌을 방지하려고 허공으로 뻗어 나간 팔이 무색해졌다.

팔을 거둬 내리며 상대가 웃음을 흘렸다. 일순 경계심이 인 난 그를 날카롭게 훑었다. 평범한 여행자 복색의, 수수하지만 온화한 인상의 청년이었다. 이목구비는 튀지 않지만 조화가 잘 갖춰져 있어서 준수한 편인데, 존재감은 흐릿하다. 물에 술 탄 듯 술에 물 탄 듯 사람들 틈새에 섞이면 그리 눈에 띄지 않을 인상이었다.

그러나 난, 똑똑히 느낄 수 있었다. 인세에서 나보다 강한 마법사는 흔치 않다. 그리고 더 강한 마법사에게 스스로가 마법사인 걸 숨기는 건 불가능에 가까운 일이다. 청년은 마법사였다. 그에게는 상당한 마력의 기운이 잠재되어 있었다.

피하려던 마법사와 정면에서 마주한 난 싸늘하게 피가 식어 내렸다. 이게 우연일까. 나도 모르게, 경계하는 기색을 비친 모양이다. 청년이 사람 좋은 얼굴로 두 손을 들어 올리며 웃었다.

"저— 아가씨, 저는 나쁜 사람이 아닙니다. 해를 끼치지 않아요."

손바닥을 내보이며 무기를 가지고 있지 않다는 걸 강조한다. 경계심 많은 아이를 달래는 듯한 그 실없는 태도와 몸짓에 누그러지려던 신경이 어떤 생각이 스치자마자 바짝 곤두섰다.

그래, 이 사람…… 내가 아는 누군가를 닮았다. 선량함이 뚝뚝 묻어나오는 부드러운 인상, 상냥한 말씨. 바짝 언 심장도 사르륵 녹아 내리게 하는, 푸른 호수와 같은 평온함.

—란델.

그 이름을 떠올린 건 필연이었다. 그리고 난 란델이 보기와는 달리 냉정하고 가차 없는 마법사라는 걸 알고 있었다.

그와 같은 이를 대해 본 경험 탓에, 난 청년이 란델과 비슷한 부류일지도 모른다는 데 생각이 미쳤다.

과민하여 누군가를 불쾌하게 할 수 있다곤 하나, 과민하여 경계심을 잃지 않는 쪽이 넋 놓고 있다가 당하는 것보단 나을 터였다. 어차피 누군가와 친분을 쌓을 만한 상황도 아니었으니.

더군다나 상대는 마법사가 아닌가. 마법사 길드에 소속되어 있을 게 분명한. 게다가 이자, 좀 수상하다.

"아, 이거 참. 제가 많이 놀라게 해 드렸나 보군요. 저는 그런 사람이 아닌데."

그냥 어깨를 으쓱해 버리고 지나갈 만도 한데, 곤란한 얼굴을 하면서도 가던 길을 마저 가려고 하지 않았다. 도리어 말을 섞으려는 듯이 굴기에, 난 내가 의심을 살 만한 행동을 하지 않았나 잠시 고민했다.

쌀쌀맞게 그를 내버려 두고 돌아서려던 난 노선을 선회하여, 좀 더 원만하게 그를 뿌리치기로 했다. 괜히 마법사 길드 사람과 갈등을 빗으면 그건 그거대로 곤란하니까.

"어, 어머 죄송해요. 제가 타지에 나온 게 처음이다 보니, 신경이 좀 곤두서서. 부딪히지 않았으니 되었죠."

경계심을 걷은 양 자연스럽게 미소를 자아내며 난 선뜻 대꾸했다. 내가 듣기에도 상냥하게 들리는 말투였다.

뒤이어 이만 가 보겠다고 말하려는데 청년이 먼저 입을 열었다.

"그랬군요. 타지에 나온 게 처음이시니 긴장하실 만도 하지요. 이런 아름다운 여성분이 홀로 여행하기에는 험한 세상이니까요. 잘하시는 겁니다."

술술 나오는 찬사에 기쁘긴커녕 의구심이 솟구쳤다. 이자, 무슨 꿍꿍이지?

이런 말 하긴 슬프지만, 마탑에서 무시당하는 내가 마탑 밖으로 나온다고 해서 새삼 엄청난 미인이 되는 건 아니다. 누군가가 내게 작업을 거는 건, 뭐 아주 전무하지는 않은 경험이지만 그렇다고 보기엔 분위기가 담백했다.

"다행히도 제겐 일행이 있어요. 저, 일행이 기다릴 텐데 이만 가 봐야겠네요."

깔끔하게 끊어 낸 난 그를 비껴서 가던 길을 마저 가려고 했다. 그러나 그는 단 한 발짝, 옆으로 움직이는 것만으로 내 행로를 막아 버렸다.

"이것도 인연인데, 이대로 보내긴 아쉽군요. 제가 지리를 좀 잘 아는데, 가시던 곳으로 안내해 드리면 어떻겠습니까."

뭐하는 놈이야? 험한 말을 속으로 뇌까리며 난 눈앞의 제비 같은 작자를 노려보았다. 짧은 인내심이 순식간에 다하여, 짜증이 치밀었다. 난 불쾌감에 잠긴 채 그와 눈을 마주했다. 뭐라도 쏘아붙일 참으로.

그러나 난 잠시 말하는 걸 주저했다. 호두같이 부드러운 갈색빛 눈동자. 막을 씌운 듯이 모호하고, 여유로운 눈빛이었다. 그런데 왠지 모르게, 기묘한 감각이 엄습한다. 그는 무언가 의도를 품고 있었다.

하지만 그건 이성에게 품는 호감은 아니다. 열기라곤 전무한, 어떤 계획에 가까운. 우연히 길가다가 마주친 여자에게 무얼 의도하든, 그게 나에게 이롭지는 않겠지. 그가 내 정체를 알 거라는 생각은 안 들었다. 그건 하나의 자부심이고 확신이었다.

마탑의 마법사란 걸 끔찍하게 여기면서도, 아이러니하게도 내가 가진 특별한 힘은 내게 미묘한 우월감을 심어 주었다.

그러니 평범한 마법사에 불과한 자가, 나를 꿰뚫어보았을 리는 없다. 로브 차림인 것도 아니고, 난 그냥 보이는 그대로 여행 중인 여자일 뿐인걸. 그냥 집적거리는 낯선 남자를 상대하듯이 행동하는 게 적당하겠지.

난 빙긋 웃으며 능청스럽게 둘러댔다.

"이렇게 멋진 분이 저와 함께 가면 제 남편이 질투해 버릴 거예요. 마을에서 칼부림이 나는 건 곤란하거든요."

이라칼이 길길 날뛸 소리를 해 버린 난 조신한 아녀자처럼 그와 거리를 두어 옆으로 비켜 갔다. 왠지 선 채로 굳어 버린 청년은 미처 날 잡지 못했다.

잠시 후 등 뒤에서 웃음소리가 흘러드는 것도 같았지만, 난 무시하고 걸음을 재촉했다. 별 이상한 인간을 다 만났다고 생각하면서.

찜찜하긴 했지만, 따라오는 낌새는 느껴지지 않았기에 그걸로 일단락 된 것 같았다. 뒤를 살피면서도 혹여 따라오면 따돌릴 셈으로, 바삐 걸음을 디뎌 여관에 다다랐다. 감각을 키우자 슥 훑는 것만으로도 알 수 있었다. 이라칼이 나보다 먼저 돌아왔구나.

"왜 이렇게 늦게 온 거야?"

이라칼이 투덜거리면서 나를 맞았다. 대화 금지의 명은 아직 유효했으므로 혼잣말이다. 아무리 여관이라지만 미스터를 홀로 두는 게 걱정되어 부리나케 돌아온 듯하다.

마스터가 정말 아이도 아닌데. 강대한 마탑의 군주였던 마스터가 아직도 새겨지듯 남아 있는 내겐, 그런 태도가 미묘하게 낯설었다. 좀 거북스럽기도 했다.

"아, 이상한 사람을 만나서."

우리 부부인 척하는 게 어떠냐고 제의해 볼까 했지만, 마차를 끌라고 말한 이상으로 치를 떨 것 같았기에, 난 괜스레 불 지르지 않기로 했다.

"말은 어떻게 되었지?"

이라칼은 입술을 꾹 다물고, 마구간 쪽으로 손가락질했다. 구해 왔다는 뜻이다.

"바가지 쓴 건 아니고?"

이라칼은 이번엔 도리질 쳤다. 자길 어떻게 보냐는 듯이 눈을 부라리면서. 굳이 확인해 볼 필요는 없겠지. 근데 이 대화 방식, 정말 답답하고 비효율적이지만 어쩔 수 있나.

난 한숨을 내쉬면서 다른 쪽으로 시선을 돌렸다.

마스터는 침대가에 서서 창 너머를 바라보고 있었다. 내가 들어온 것조차 의식하지 못한 듯, 먼 곳을 바라보는 시선이다. 그는 흡사 내가 보지 못하는, 느낄 수 없는 무언가를 응시하는 것 같았다. 그럴 때면, 나는 그의 시선을 머물 가치도 없는 초라한 존재가 되어 버린 느낌이라.

"밖에 뭐가 있나요?"

밀려드는 감정을 이기지 못한 난 말을 걸었다. 천천히 그의 시선이 내게로 돌아들었다. 나를 담는 검은 눈은 이런 내 보잘것없는 속내를 꿰뚫듯이, 이세계의 것 같지 않은 빛을 띠고 있었다.

그 선연한 고요함을 마주 대하며 난 내가 얻어 온 정보를 찬찬히 털어놓았다.

"─그래서 일단 국경을 통과할 방도를 생각해 봐야 한다는 거죠."

우선 이라칼은 인간이 아니다. 또한 마스터 역시 그렇다. 글쎄, 나로서는 마스터처럼 눈에 띄게 특이한 아이를 마법사들이 그냥 지나칠 거라고 장담하긴 어려웠다. 마력적인 측면에서 특별날 건 없다고 해도, 마스터는 분명히 시선을 잡아끌 만하니까.

그리고 나 역시도, 그들에게서 내가 마법사란 걸 감출 수 있을지는 모르겠다. 숨기고 지나치려다가 들키기라도 한다면, 분명 문제가 될 테고…… 그 문제로 말미암아 어떤 강렬한 인상을 남겨서는 안 되었다.

현상 수배라도 걸리면, 그래서 마탑의 이목에 들어가기라도 하면 정말로 곤란해진다. 어쩌면 마탑에서 마법사 길드에 손을 뻗었을지도 모르고…….

거기까지 생각이 미치자 아까 내게 말을 걸었던 청년이 마음에 걸렸다. 혹시 내 인상착의에 대해서 아는 바가 있던 터, 시험 차 그리 수작을 걸어 보았던 건 아닐까.

하지만 난 확실히, 효과적으로 그를 물리친 편이었다. 아마 그리 수상하게 느껴지지는 않았으리라. 난 일반적으로 생각되는 마탑의 마법사다운 성격이 아니니까.

난 목소리를 가다듬고 선결한 문제에 대해서 이야기했다.

"그래서 생각해 봤어요. 이라칼이 소란을 일으켜서 시선을 끌면 어떨까 하고요. 하지만 이라칼이 과연 마법사들에게 안전하게 빠져나올 수 있을까요?"

이라칼이 자신을 무시하느냐고 항의를 품은 채 날 째려봤지만, 난 아랑곳하지 않았다. 다 너를 걱정해서 하는 말이라고.

사실 나도 이라칼이 꽤 강한 축에 들 거라고 생각하긴 한다. 하지만 그가 마법사 길드의 마법사들이 대거 포진하고 있는 이곳에서 충분히 시선을 끌 수 있을 만큼 강한지는 알지 못했다.

그와는 가볍게 충돌을 빚어 본 적도 있지만, 정작 마법사 길드의 마법사들하고는…….

그래, 그런 일이 있었지. 처음에 마스터를 만났을 때, 그들은 마스터가 가볍게 친 결계를 부수지 못해서 포위하고만 있지 않았나.

그리고 다음 날 그들이 유권의 손에 대거 죽음을 맞았던 그 소름 끼치는 기억, 그때의 단말마. 만약 마법사 길드가 마스터의 정체를 알게 된다면…….

등골이 오싹한 와중에도 난 말을 이었다.

"……어쩌면 그럴 수도 있겠지요. 하지만 그렇게 되면 우리는 무사히 국경을 통과한다고 쳐도, 이라칼과 다시 합류하는 데는 위험부담이 생겨요. 그가 여행하는 데 도움을 많이 주고 있으니, 아예 흩어지게 될지도 모르는 방법은 피하는 게 좋겠지요. 가장 안전한 방법은 기다리는 거예요. 흑마법사가 빨리 잡히거나, 타국으로 도주해서 마법사들의 포위가 풀릴 수도 있으니까요"

"그들이 마냥 기다리고 있지만은 않을 것이다."

그래 흑마법사가 언제고 나타나지 않으면 필경, 이 나라를 샅샅이 뒤져서라도 행적을 찾아내려고 들겠지.

그 와중에 우리의 존재가 마법사 길드의 이목에 걸려들 수 있었다. 그 위험성을 배제할 순 없다. 이라칼이 끼어들었다.

"기억을 지우지 않았으니, 마을의 누군가가 우리에 대해서 고할지도 몰라요."

그건……. 생각지도 못한 지적에 말문이 막혔다.

난 그저 멀리 떠나버리기만 하면, 그 마을 사람들이 우리에 대해 뭐라고 떠들건 상관없을 거라고, 생각했다. 실제로도 충분히 멀어졌고. 하지만 아직 나라를 벗어나지는 못했다. 이런 변수가 존재할 거라고 예측하긴 어려웠으니까.

마스터의 시선이 내게로 꽂혔다. '내가 그들을 죽여야 한다고 하지 않았나', 그리 말하는 소리가 귓전을 파고드는 듯하다.

잔인스러우나 철저한 현명함. 지리상 폐쇄적인 마을이고 이후로 우리 일행의 존재를 드러낸 적이 없으니, 그 마을 사람들만 제대로 처리하거나 기억을 지웠다면…….

그러나 마법사가 아닌 이라칼이 마을 사람 모두의 기억을 지우는 건 어려운 일이고, 나는 마법을 사용해선 안 된다.

일기장 같은 데 기록된 것마저 일일이 없애는 건 불가하니…… 사실상 마스터가 말했던 방법이 가장 확실하다. 물론 나는 거기에 대해서 강경히 반대했었지.

그래, 마스터는 옳다. 그러나 그 옳음은 도덕과 법률의 경계를 무너뜨리는, 효율의 옳음. 그렇기에 마스터는 지난 일에 대해서 다시금 꺼내어 나와 언쟁을 벌이려고 하지 않았다. 그 또한 나에 대한 파악을 전제로 한 것. 어쨌든, 마법사 길드가 우리의 존재를 알게 되는 건 피해야 할 일이었다.

난 아무렇지 않은 척 물었다.

"마탑에서 마법사 길드와 접촉할 가능성은요? 사이가 안 좋지 않았나요?"

"그들은 마탑을 두려워한다. 하여 요구한다면 따를 것이다."

"마탑의 마법사들이 약화되었단 거……. 눈치채지 않았겠어요?"

그렇게 되면 애초에 제멋대로인 마탑에 반감을 품었을 만도 한데, 도리어 이 기회에 한판 해 보자고 생각할 수 있지 않을까?

탑 밖에선 마법사 길드의 영향력이 절대적인 걸로 아는데, 다른 강력한 마법사 집단의 존재를 달가워하진 않을 것이다.

이 기회에 수적 우위를 바탕으로 찍어 누르려 할 수도 있겠지.

"그들은 어차피 마탑에 이를 수 없다. 눈치챘다 한들 약화된 원인을 알지 못하니 행동하는 데 신중을 기할 것이다. 당장은 그들을 재물로 움직일 수 있지. 마탑은 무수한 재보를 보유하고 있고, 개중에는 마법사들이 탐할 만한 것들도 상당하다. 지금은 무용해진 마력석을 넘기는 걸 조건 삼을 수 있겠지. 바깥과의 교류 역시, 엘리야의 소관이니 어려울 것 없다."

마스터는 엘리야에게 정말로 많은 권한을 쥐어 주었구나. 놀라울 만치. 그건 다른 제자들과 너무도 비교되는 것이었다.

그 순간 나는 조금, 무거운 의구심을 떠올려야 했다.

마스터가 엘리야를 믿었다는 건, 정말 단순히 그가 배신하지 않았을 거라고 믿었다는 의미일까.

정말로…… 그 오랜 세월 그를 섬긴 제자, 그것도 첫 번째 제자인 엘리야에게 전혀 신뢰를 주지 않았단 걸까. 전혀, 마음을…….

주지 않는 게, 가능한 걸까. 그 엘리야에게. 아무리 마스터라도.

나는 엘리야의 오묘한 보랏빛 눈동자를 떠올렸다.

그의 입가에 맺힌 화사한 미소. 그 분위기. 아주 매력적인 사람이었다. 내가 처음 만난 게 그였다면, 나는 마음을 빼앗기지 않을 수 없었으리라. 그건 그가 남자이고, 내가 여자여서가 아니다. 그냥 엘리야라는 사람이 그랬다.

다른 모든 시온이 그를 따를 만큼. 또한 아모스와 룻을 한 손에 거머쥘 만큼. 그런 그에게 아주 얄팍한 정이라도, 품지 않았을까. 질투하는 것이 아니다. 그저 다만 나는…….

마스터에게도, 그의 배신이 조금쯤 충격이지 않을까 하여 마음이 쓰였다. 마스터는 전혀 개의치 않는 듯하지만, 워낙 무표정하고 절제가 뛰어나 티 내지 않는 사람이기도 하니까. 아 참, 사람 아니지.

나도 모르게 동정심 그득한 눈으로 쳐다봤는지, 이라칼이 도리어 날 이상하게 봤다. '쟤 왜 저래?'라고 묻는 듯이. 난 헛기침을 한 뒤 마스터에게 결론을 구했다.

"그럼 어떻게 할까요?"

실상 중대한 선택을 마스터에게 떠넘겼다고 표현하는 쪽이 걸맞다.

"며칠 이곳에 머물며 상황을 보고 결정한다."

마스터의 결론은 깔끔했다. 지금 상황에선 최선이기도 했다. 마냥 시간을 보낼 수 없는 게 내 입장이지만, 그렇다고 해서 꼭 위험을 감수하며 국경을 돌파해야 할 만큼 급한 것도 아니니.

나는 고개를 끄덕였다. 지루하지만 상황이 어떻게 흘러가는지 동태를 살피며, 며칠 이 여관에서 지내야 할 터였다.

그간 너무도 달려온 탓에 피로 아닌 피로가 쌓이기도 했고. 휴식이라고 생각하지 뭐.

"괜히 돌아다니면서 눈에 띄지 말고, 웬만하면 마스터의 곁을 지키도록 해."

여관에 죽치고 있어야 한다니 벌써 좀이 쑤시는지 죽상을 하는 이라칼에게 난 신신당부를 해 두었다.

녀석의 본체는 괴물이니까 국경지대에서 정체가 들통 나기라도 한다면 흑마법사와 연관될 가능성이 높았다. 왜 오얏나무 아래에서 갓고쳐 쓰지 말라는 말도 있잖은가.

녀석은 마지못한 듯 고개를 끄덕였고, 난 뭘 할까 잠시 고민하다가 아래로 내려가서 여관 주인과 친목을 다져 보기로 했다. 이리저리 오가는 여행자들을 받으니, 주워들은 게 있을 터. 그리고 친해 두면 보통 의심을 벗기 마련이니 어디다가 이상하게 말하진 않을 거고.

아래층에 다다랐을 때, 난 정말로 화들짝 놀랐다.

"안녕하신지요."

부드러운 미소를 만면에 머금은 채 슬쩍 손을 들어 보이는 이는, 아까 골목길에서 부딪힐 뻔했던 바로 그자였다!

추적……당한 건가? 그런 낌새는 없었는데. 이자가, 눈치채지 못하게 날 쫓을 수 있는 실력자란 뜻인가. 긴장하는 듯이 보이는 건 유리하지 않다. 난 최대한 침착하게 마음을 가라앉히며 물었다.

"여긴 어떻게 오셨죠?"

"아, 그리 경계하실 건 없습니다. 뒤를 밟은 건 아니니까요. 그저 제가 가진 정보와 추리를 통해서죠. 간단한 결론입니다."

"네?"

뭔 소리야. 청년은 재수 없도록 여유로운 태도로 어린아이 달래듯 설명했다.

"가시는 방향을 추측할 수 있었고, 중심가에 머무시진 않을 것 같았고, 외곽지대에 변변한 여관은 몇 없거든요. 아가씨이니끼 험악한 이들이 드나드는 싸구려 여관보다는 그럴듯한 곳을 찾았겠지요. 그 정도로 좁히면, 지나가는 아이에게 동전 몇 개 던져 주는 것만으로도 조건에 부합하는 여관을 찾을 수 있지요. 그리고 제 추리가 옳았던 것뿐입니다."

어깨를 으쓱하며 말하는 투에 자신감이 넘쳐흘렀다. 자신의 명철한 두뇌에 스스로 탄복하고 있는 듯했다. 그게 참 보기에 아니꼬웠을 뿐더러, 한 가지 문제가 더 있었다.

"그래서 왜 저를 찾아오신 건데요?"

지나가다 부딪힌 여자를 왜 그런 추리 과정까지 거치면서 추적해 들어온 건데?

미친놈이라기엔 너무 사리가 분명해서 똑똑한 변태 쪽에 가까울 것 같다. 당연히 난 그가 내 정체를 눈치챘을 가능성을 간과하지 않았다. 할 일 없어서 이런 짓을 하고 있지는 않을 테니까.

청년이 능청스럽게 말했다.

"첫눈에 반하고도 남을 만큼 아름다운 분이시니, 제가 뒤따를 수밖에 없는 건 당연한 거 아닐까요."

"남편 있다니까 개수작 말고."

소름이 일어서 나도 모르게 싸늘하게 내뱉어 버렸다.

"남편? 남편이라니, 그냥 호위라지 않나."

눈치 없는 여관 주인이 혼잣말로 내 뒤통수를 후려갈겼다. 얼얼하다. 청년의 입가에 의미심장한 미소가 떠올랐다.

"역시 그렇군요."

역시? 그건 또 무슨 근거로 추리해 낸 건지 알고 싶지 않았다. 난 정색하며 말했다.

"저는 당신에게 볼일이 없어요."

"저는 볼일이 있습니다. 잠시만 시간을 내주시면—"

"저는 없어요. 그리고 바빠요. 좀 나갔다 와야 해서요."

일단 그를 마스터가 있는 여관 밖으로 끌어낼 셈으로 난 그렇게 말했다. 기억을 지워서 처리해 버려야 하나. 이라칼을 불러서 일단 제압할까.

그러나 청년은 따라나서긴커녕, 너무도 선뜻 대꾸해 버렸다.

"다녀오시지요. 기다리고 있겠습니다."

뭐, 뭐야? 일단 나가겠다고 했기에, 난 그를 등지고 대단히 찝찝한 상태로 여관을 나섰다. 내가 떠나려고 하지 않는다면, 수상하게 여길 것 같았기에.

물론 멀리 가지는 못했다. 이라칼이 여관에 남아 있으니 별문제는 없겠지 싶으면서도, 마법사 길드의 마법사가 마스터와 한 건물 안에 있단 사실이 못내 신경 쓰였다.

기분이 이상하다. 도대체 무슨 목적이 있어서 잠깐 마주친 나를 집요하게 따라온 걸까. 내가 마탑의 마법사인 걸 눈치챘고, 마탑과 마법사 길드가 거래한 바 있다면 이런 식으로 접근할 게 아니라 대놓고 언질을 주거나 자기 패거리를 몰고 오면 그만일 텐데. 의뭉스러운 그 뜻을 짐작하기 어려웠다.

잠시 여관 주위를 방황하던 난, 삼십 분 정도가 지났을 무렵 결국 다시 여관으로 돌아왔다. 이리저리 테이블이 놓인 1층을 슥 둘러보았지만, 어느새 자리를 떴는지 청년의 모습이 보이지 않았다.

안도가 되기는커녕 왠지 모르게 불안했다. 기다리겠다고 했으니 벌써 떠났을 거 같진 않은데. 그럴 거였으면 애초에 따라오지도 않았으리라.

난 곧바로 여관 주인에게 물었다.

"아까 그 사람, 어디로 갔지요?"

"방을 달라기에 주었다오. 올라갔지."

여관 주인은 아까 말실수한 걸 떠올렸는지 힐끔 내 눈치를 살폈다. 그는 곧바로 덧붙였다.

"그러고 보니 그 호위인지 남편인지."

"그가 왜요?"

"방금 여관을 나서던데. 마주치지 못했소?"

못 보았는데. 미묘하게 엇갈렸나 보다. 고개를 끄덕이고 올라가려던 난, 일순 그 자리에서 뻣뻣하게 굳었다. 방을 얻어 올라갔다는 건, 그 수상한 마법사와 마스터가 지척에 있단 소리였다. 아무 힘도 없는 마스터가 호위도 두지 않는 무방비 상태로!

"아가씨 방이 어딘지 물어보긴 했는데 말해 주지 않았다우. 근처 방을 준 것도 아니니 걱정할 것 없소!"

난 여관 주인의 외침에 대꾸도 하지 않은 채 자리를 박차고 계단을 뛰어 올라갔다. 아주 이성이 날아가진 않아서, 합당한 사고가 뇌리를 스쳤다. 그로서는 내 방이 어딘지 알 리 없고, 이 인근에서 마법이 사용되지도 않았다. 또한 그가 내 방을 찾아들어 마스터에게 해코지를 할 만한 근거도 없다. 마스터는 겉보기엔 예쁜 아이일 뿐이니까. 그 짧은 사이에 무슨 문제가 생기지는 않았으리라.

애써 그렇게 달래면서 방이 있는 층에 다다르기 무섭게 난 주변을 살폈다. 인기척은 느껴지지 않았다. 난 발소리를 죽이고 마스터가 있는 방으로 빠르게 접근했다. 일부러 외떨어진 방을 택한 탓에 복도를 돌아들어야 했다.

낮이라 침묵에 잠긴 복도에선 아무런 소리도 들려오지 않았다. 그런데 귀퉁이를 막 돈 순간, 난 무언가를 발견했다.

문이 미세하게 열려 있었다.

온몸의 피가 싸늘하게 식어 내린다. 이라칼이 문단속을 하지 않았을 리 없으니 생각할 수 있는 경우는 하나였다.

"마스터!"

득달같이 문을 열어젖히며 방으로 뛰어든 난 숨을 급히 들이마셨다. 예상대로였다. 그러나 일순 뇌리에 펼쳐진 최악의 상황은 아니었다. 그러나 내 눈엔 이상하기 짝이 없는 광경으로 보였다.

바닥에 몸을 굽히고 앉은 청년은 아이의 경계를 풀듯 마스터와 지그시 눈을 맞추었다. 그의 손은 마스터의 어깨를 짚고 있었다. 마스터는 아이답지 않은 고요한 눈으로 그를 마주한다. 어떤 감흥도 일지 않은, 조금도 놀란 것 같지 않은 기색이다. 흡사 그들 사이에서 무언의 대화라도 이루어지고 있는 듯했다.

그가 금방이라도 마법을 행사해, 마스터에게 해를 끼칠 수 있었기에 난 조심스러운 움직임으로 그들에게 다가섰다. 숨을 죽이고 아주 가까이에 이르렀을 때 난 인기척을 내어 청년의 팔목을 잡고, 마스터에게서 떼어 냈다.

어쩐지 위험하게 홀린 듯한 표정을 짓던 청년은 퍼뜩 정신을 차렸다. 그리고 내 경계심을 자극하기에 충분한 말을 꺼냈다.

"아주 예쁘고…… 묘한 아이로군요."

혹시 변태? 거부감이 확 치민 나는 빠르게 그의 팔을 내팽개쳤다.

"이게 무슨 짓이죠?"

난 놀란 가슴을 추스르며 마스터를 등 뒤로 감싸고 섰다. 청년은 웃음을 머금은 채 자리에서 일어섰다. 그리고 두 손을 들어 보이며 곤란한 듯이 말했다.

"방을 잘못 찾았다고 하면…… 믿지 않으시겠지요?"

"당신, 도대체 목적이 뭐야."

심장박동이 자리를 찾고, 빠져나간 듯했던 온기가 돌아오자 노기가 일었다. 납득할 만한 대답이 따르지 않을 경우, 이 자를 처리해야 했다. 그건 의무심에 가까웠다.

"글쎄요. 그렇지, 일단 제가 마법사라는 건 말씀드려야겠군요."

어깨를 으쓱하며 가볍게 고백해 오는 태도에 난 잠시 할 말을 잃었다.

"그러고 보니, 이 아이."

흐음 소리를 내며 그가 턱을 쓸었다. 그리고 속사포처럼 말을 쏟아 냈다.

"아까는 유부녀라고 하셨으니 이번엔 아들이라고 할 셈입니까? 그리 닮지도 않았는데. 충고 하나 하자면, 표정 관리를 좀 더 하셔야겠습니다. 그렇게 새파랗게 질린 얼굴을 하고 있으면, 누구나 수상하게 여길 겁니다."

당신처럼 이상하고 집요하고 예리한 작자는 그리 흔치 않다고! 항변하는 대신 난 이를 득득 갈며 변명했다. 일단 어떻게 해야 할지 생각할 시간을 벌어야 했으므로.

"동생이에요. 그리고 몰래 들어왔는데 들켰다간 추가 요금을 내야 하잖아요."

하하, 청년이 소리 내어 웃었다. 기분 나쁜 웃음이다.

"좋은 답변입니다. 그런데 잊고 계신 것 같군요."

뭐를? 내 의문에 응답하듯 그가 의미심장하게 말을 이었다.

"마음이 급하셨는지 한 가지 실수를 하셨습니다. 호칭에 주의하셨어야지요. 제 귀는 아주 좋거든요."

아차. 탄식이 속에서 울려 퍼졌다. 마스터. 내가 그렇게 외쳤지. 펠이란 이름은 도통 부를 일이 없다 보니, 입에 익지가 않아서. 청년이 고개를 끄덕거리며 확인사살을 가했다.

"보통 동생을 마스터라고 부를 일은 없겠지요. 그것참, 마스터라니 이런 아이에게는 흔히 쓰이지 않는 호칭입니다."

말문이 꽉 틀어 막혔다. 내 실수이니 할 말이 없다. 다만 난 눈앞에 있는 이가 정말 재수 없는 인종이라는 것만 절절이 실감하고 있었다.

"걱정하실 건 없습니다. 누구한테 말할 생각은 없으니까요."

그는 기이한 빛을 머금은 눈으로, 날 바라봤다.

"저는 당신에게 흥미가 있을 뿐입니다."

그 눈빛, 그가 실없이 말한 듯이 이성에 대한 흥미가 아니란 건 알겠다. 그러나 이토록 적나라하게, 목적을 관철해오는 것을 마주하자니 생각이 멎어버리는 듯했다. 너무도 당황스러워 뭘 어떻게 해야 할지……

"오늘은 여기까지 하지요. 저는 당분간 이 여관에 머물 겁니다. 그럼 이만, 실례했습니다."

그 말만 남기고 청년은 아무 일도 없었던 것처럼 방을 빠져나갔다. 정말 방을 잘못 찾은 사람처럼. 그 모습을 망연히 보고 있던 난 화들짝 놀라 손을 뻗었다. 그를 이대로 보내면 안 되는 거 아닌가?

"내버려 두어라."

차분한 음성이 들려오자, 정지 버튼을 누른 양 내 손이 공중에서 멎었다. 들었을 법도 한데 청년은 가벼운 발걸음 소리를 내며 멀어져 갔다. 충분히 거리가 벌어져서 우리의 대화가 그의 귀에 들어가지 않을 때쯤 되어, 난 도통 이해가 가지 않아 물었다.

"그가 마법사 길드에 우리에 대해서 말하면 어떻게 하려고요? 입을 막아야 하지 않을까요?"

그래, 살인멸구가 마스터가 선호하는 방법 아니던가. 그러나 마스터는 단정하듯 말했다.

"그리하진 않을 것이다."

그걸 어떻게 아는지는 모르겠지만, 마스터는 대책 없이 확신하는 쪽은 아니다.

"그가 뭘 원하는지…… 아시나요?"

"짐작이 간다."

마스터는 그렇게만 말하고 그의 짐작을 말해 주지는 않았다. 뭐야, 내가 오기 전에 뭔가 대화라도 나눈 건가? 마법어를 나눈 것 같진 않았는데, 마스터는 지금 마법어를 쓸 수도 없잖아. 아이컨택을 통해서 의사를 교환하는, 내가 모르는 다른 방법도 있는 건가.

의문이 찾아들었으나 마스터는 설명하는 대신 강조하듯 재차 말했다.

"적이라고 할 수는 없으니 일단 내버려 두어라. 간단히 제거할 수 없는 자와 굳이 전투를 감수하여 이목을 끌 필요는 없다."

……아무래도 마스터도 그자처럼 추리를 통해 얻은 결론인 것 같았다.

그런데 난 당최 짐작할 수 없다는 게 문제였다. 아주 바보가 되어 버린 느낌이다.

난 잠시 후 조심스럽게 물었다.

"그 짐작이란 거 저한테 좀 말씀해 주시면 안 돼요?"

마스터는 침묵을 대답으로 돌려주었다. 이어 대화를 단절하듯이 바로 앉아서 눈을 감아버렸다. 그 때문에 머릿속에 물음표만 띄운 채 안 돌아가는 머리를 굴리던 난 얼마 후 방으로 돌아온 이라칼에게 신경질을 내버렸다.

"말도 없이 마스터를 두고 어딜 갔다 온 거야!"

어쨌든 그건 이라칼 잘못이었다.

이라칼이 다소 반항적인 눈빛을 보이긴 했지만, 그와 나 사이의 대화는 어차피 이루어질 수 없는 것이었으므로 그 문제는 그걸로 끝났다.

난 청년에 대해서 이라칼에게 알려 주었고 이라칼이 당장이라도 청년을 찾아가 없애 버리려는 듯한 기색을 보이자 마스터의 뜻에 따르라고 말했다.

한 지붕 아래 불편한 동거는 그날부터 시작되었다. 하지만 그게 특별히 어떤 변화를 초래했던 건 아니다. 나와 이라칼은 교대로 마스터의 곁을 지켰고, 그러면서도 부지런히 정보를 수집하러 나돌아 다녔건만 성과는 없었다.

마법사 길드는 쉽사리 물러갈 조짐을 보이지 않았다. 그렇단 건 국경봉쇄가 풀리지 않는다는 것을 의미했다.

며칠 후 돌파구를 찾지 못해 슬슬 초조해질 무렵이었다.

이라칼이 자리를 비우고 내가 마스터의 식사를 가져오려고 정말 잠깐, 오 분도 되지 않는 짧은 시간 동안 1층에 내려가 있는 때에, 그동안 죽은 듯이 잠잠했던 청년이 방에 숨어들었다. 그걸 간파한 걸 보면 정말로 기회가 나기만을 기다렸나보다.

열린 방문과 이어 마스터에게 손대고 있는 청년을 목도한 순간 소름이 쫙 끼쳤다. 난 나도 모르게 탁자 위에 있는 아무 물건이나 집어서 그에게 내던졌다.

와장창! 엄청난 속도로 날아간 물컵이 요란한 소리를 내면서 박살

났다. 기민하게 피해 낸 청년이 야만인을 대하듯 시선으로 날 비난하며 질타했다.

"여관의 물건을 함부로 파손해서는 안 됩니다. 그저 대화를 시도하려던 것뿐인데 반응이 참 격렬하군요."

이거 놀랐습니다, 라며 그는 태연스럽게 웃었다. '폭력적'이라고 말하고 싶은 거겠지? 난 당당하게 고개를 치켜세웠다.

"난 또, 내 동생을 추행하려는 건 줄 알고."

"추행이라뇨. 그리고 동생 아니잖습니까."

"복잡한 사정이 있긴 하지만, 현재로선 동생인데요. 함부로 손대지 마시죠."

"……남자아이 아닙니까?"

난 좀 놀랐다. 사실 마스터는 여자아이라고 해도 무방한 외형을 하고 있었던 터라, 그리 바로 남자라는 걸 알아채긴 어려웠을 텐데. 확실히 눈썰미가 좋다. 난 마스터의 어깨를 감싸 당겨서 등 뒤로 감추며 내쏘았다.

"이만한 미모면 남녀를 가리지 않고 아이면 되는 변태들의 표적이 될 만하죠."

"물론 그런 사람도 있겠지요. 하지만 남자는 취향이 아닙니다. 더군다나 아이는 더더욱."

그는 어깨를 으쓱하며 말했다.

"확실히 저는 자칭 누나분 쪽에 더 관심이 갑니다만."

그의 말은 확실히 날 정색하게 만들었다.

"난 당신이 싫어."

"여자의 싫어는 실제로 싫다는 뜻이 아니라고 하더군요."

빙글거리는 낯짝에 확 찬물이라도 끼얹어 주고 싶다. 죽빵을 날리고 싶은 면상이란 게 어떤 의미인지, 난 똑똑히 깨닫고 있었다.

더군다나 마스터의 존재가 심히 의식이 되었다. 어차피 상관 안할 것 같지만, 수상한 남자에게 집적거림을 받고 있는 모습을 마스터에게 보이고 싶지 않았다. 왠지 의식이 되었다.

"개수작 말고, 목적이나 말해. 언제까지 남몰래 방에 숨어들 거지?"

"하긴 그것도 그렇습니다. 사실 저도 그동안 망설였거든요. 제 짐작이 맞는지 확인하기가 조금 곤란해서."

불안한 기분이 스멀스멀 피어올랐지만, 난 묻지 않을 수 없었다.

"짐작이 뭐기에?"

"그쪽 아가씨가 마탑의 마법사라는 것 말입니다."

그리 대뜸 말해 버릴 줄은 또 몰라서 난 그대로 얼어 버렸다.

"제 짐작이 틀린 것 같진 않은데, 분위기가 좀 묘해서 이리저리 추측할 거리가 많았거든요. 사실 이렇게 찾아온 건 아무래도, 단서를 얻기 위해서?"

하하 웃는 낯짝을 보고 난 조용히 옆에 놓인 물 컵을 집어 들었다. 내 안에 숨겨진 폭력성을 남김없이 불러내는 재주 좋은 작자였다.

"마탑 소속이시지 않습니까."

이젠 거의 확신한 듯이 청년은 매끈한 턱을 검지로 짚으며 물었다. 일순 그 눈에 어린 광채는 기이하기 그지없는 것이었다. 광기마저 엿보이는 눈빛이 날 압도했다.

그는 표정을 고쳐 다시 빙그레 웃었다.

"제 말이 맞다고 얼굴에 쓰여 있군요."

난 흠칫 마스터의 눈치를 봤다.

칠칠치 못하게 속내를 드러낸다고, 그리 생각하시진 않을까. 하지만 마스터는 애초부터 나에 대한 기대치가 바닥이었다. 왜 너는 배신하지 않느냐고 물을 정도이니, 고작 이 정도에 실망한다거나 바닥에 이른 평가를 더 낮추지는 않을 테지. 아이러니하게도 그런 생각이 조금 위안이 되었다.

청년이 과장되게 몸을 꾸벅 굽혀 인사했다.

"이리도 특별한 마법사님을 뵙게 되어 영광입니다. 아니, '마법사님들'이라고 해야 하나요?"

그의 눈길이 마스터를 향해 꽂혔다.

"당신이 마스터라고 부른 이 소년. 저는 그에게서 아무 마력도 감지하지 못했습니다. 그렇단 건 적어도, 제가 가늠할 수 없는 경지의 마법사겠지요."

그의 말은 맞기도 하고, 맞지 않기도 했다. 마력이 없으니 감지하지 못한 것이지만, 마력이 있고 없고를 떠나서 마스터의 경지가 어디로 가는 건 아니다.

틀림없이 마스터는 세상에 둘도 없을 만큼 대단한 경지의 마법사였다.

"마탑의 마법사에 대한 소문은 익히 들었지요. 하지만 실제로 본 건 처음이라 확신할 수 없었습니다. 이리 뵙게 되어 진실로 기쁩니다."

이렇게 된 이상 시치미를 떼는 건 아예 그른 일 같다. 난 경계를 늦추지 않으며 물었다.

"마탑의 마법사를 왜 찾은 건데. 단순히 궁금해서?"

언젠가부터 난 더 이상 예의를 차리지 않고 반말을 찍찍 내뱉고 있었다. 불법 침입에 스토커, 온갖 욕을 들어먹어도 할 말 없는 상대 아닌가.

그러나 그도 내가 반말을 하든지 별로 신경 쓰지 않는 것 같았다.

"물론 단순한 궁금증 때문은 아닙니다. 그 전에, 당신의 정체를 어떻게 알았는지 알고 싶지 않으십니까?"

그는 뽐내듯이 제 추리 과정을 토로하고 싶은 것 같았다. 은근히 즐기는 듯도 하고. 필요 없고 목적이나 말하라고 하고 싶었으나, 마음이 의지를 배반했다. 솔직히 궁금하긴 했다.

어떻게 알았지? 나는 어디로 보나 마탑의 인간으로 보이지 않는 유형이었다.

무표징하고 인형 같고 외부에신 마스디를 빼다 박은 듯이 구는, 고고한 그들에 비하면 난 납치를 당할 만큼 만만하고 어찌 보면 친근한 타입이었으니까.

"어떻게 알았는데."

내가 조심스레 묻자 그가 기다렸다는 듯이 술술 말을 뱉어 냈다.

"처음 당신을 본 건, 막 잡화상에 발을 들이던 모습이었습니다. 흔치 않은 검은 머리 때문에 눈길이 갔고, 찰나같이 뜯어보니 흥미로운 점이 몇 가지 눈에 띄더군요. 우선 평민이라고 보기엔 피부가 희었고 손이 고왔으며 그에 반해 입고 있는 옷은 그리 고급이 아니었습니다. 아마 위장을 하고 있는 것이라 추측이 되었죠."

"그래서 밖에서 기다렸나?"

"네, 저는 궁금한 게 있으면 참질 못하거든요. 그래서 이 신세가 되었지만……. 여하간 당신이 잡화상에서 나오는 데는 상당히 시간이 걸렸습니다. 유리창 너머로 언뜻 보니 잡화상 주인과 이야기를 나누고 있는 것 같더군요. 그래서 저는 당신이 여행자들이 흔히 그러듯 정보를 얻고 있다고 생각했지요."

나를 관찰한 이야기를 듣고 있는데 이상하게도 빠져드는 듯이 흥미로워서, 난 귀를 기울였다.

"사실 거기까진 특별히 수상한 건 없었습니다. 하지만 멀찍이서 지켜본 결과 당신의 태도가 묘했습니다. 여행자이고 젊은 여성이면서도 낯선 타지를 돌아다니며 험악하고 덩치 큰 사내들 사이를 거리낌 없이 지나다니고, 뒷골목에도 별 고민하지 않고 들어서더군요. 그건 부주의하고는 달랐습니다. 또한 누구에게 정보를 얻어야 할지 아는 사람이 세상 물정을 모른다고는 할 수 없겠지요."

회상하듯 그의 눈빛이 깊어졌다.

"그래요, 당신에게선 누구를 대하든 안전할 수 있다는 확신이 느껴졌지요. 누구도 당신에게 해를 끼칠 수 없을 것처럼 말입니다."

……허를 찔린 기분이었다. 물론, 별 생각 없이 그랬던 게 맞다.

긴장되지 않는데 긴장하는 척하고 다닐 수는 없지 않은가. 내가 무슨 연기파 배우도 아니고.

하지만 그래, 여기가 내 세계였고 내가 마법사가 아니었다면 나는 그가 말한 대로 주위를 경계하고 조심히 행동했을 것이다. 그러지 않음은, 두려워할 필요가 없기 때문이고. 완벽하게 논리가 들어맞았다.

그걸 떠나서, 마법사라는 게 다 이런 자들인가? 나도 마법사이긴 하지만, 그건 어쩔 수 없이 된 거고. 그 사소한 이상점을 포착해서 집요하게 잡아낸 그의 눈썰미에 놀라다 못해 질리는 기분이다. 그 능력으로 탐정이나 경찰을 하면 오죽 좋았겠어.

왠지 주춤 거리를 두는 날 두고 그가 차분히 말을 이었다.

"여러 가지 경우를 생각했습니다. 하지만 비밀리에 호위가 따르는 것 같지도 않고, 당신에겐 검이 없었습니다. 당신이 남모를 괴력의 소유자가 아니라면, 답은 하나 마법사라는 거겠지요. 그런데—"

그는 입꼬리를 들어 올렸다.

"당신의 경지가 제게 읽히지 않지 뭡니까. 놀랍게도 당신은 평범한 여성처럼 보였습니다. 제가 이래 봬도 상당한 실력의 마법사라, 마법사 길드 전체를 통틀어도 저만한 마법사는 정말로 드문데 말입니다."

"당신이?"

난 의혹스럽게 그를 쳐다봤다. 피곤하게 머리 굴리는 걸 보아선 제법 실력이 있을 것 같긴 한데……. 별로 순순히 인정하고 싶지는 않았다.

"물론 저는 보이는 그대로를 믿는 사람은 아닙니다. 그건 마법사로서 필경 지양해야 할 태도지요. 보다 직접적으로 당신의 몸을 마법으로 훑어볼 수 있지만, 그랬다간 당신이 눈치챌 게 뻔했습니다. 어쩔까 고민하던 찰나! 한 가지 의문이 생겼습니다."

짝, 하고 양손이 눈앞에서 맞부딪혔다.

"마법사 길드는 모든 마법사들을 국경에 밀집시키고 있습니다. 서로의 신분을 판별하기 위해서 하나같이 로브를 입고 있지요. 그들에겐 이런 곳에 여행자로 위장한 마법사를 보내서 정보를 수집힐 민힌 이유가 없단 말입니다. 그리고 당신처럼 젊은 여성이, 저보다 더 높은 경지에 이르렀단 건 들어 보지 못한 일이고요."

내 눈에는 그냥 집착증 심하고 머리 잘 돌아가는 의심병 환자로 보이는데, 마법사로선 꽤 높은 평가를 받고 있나 보다. 저리 자신하는 걸 보면.

"그래서 저는, 마법사 길드에 속하지 않은 마법사에 대해서 생각했습니다. 그랬더니 결론은 간단하게 내려졌지요. 알려진 흑마법사 중 여성은 없으니 말입니다."

그는 단정 짓듯 말했다.

"그리고 제 추리가 완벽하게 맞아떨어진 것 같군요."

자화자찬하는 꼴이 보기 싫어 난 고개를 팩 돌렸다. 청년은 의미심장한 투로 말을 이었다.

"그 후로는— 제 짐작을 확인해야 했지요. 별건 아닙니다. 그저 골목을 좀 빠르게 돌아들어서 당신이 나타날 지점에서 불쑥 튀어나오기만 하면 되었으니까요. 예상대로, 당신은 저를 알아보지 못하더군요."

그의 어조에서 느껴지는 뉘앙스가 묘해, 난 고개를 갸웃거려야 했다. 내가 그를 알아보지 못한 게 왜?

그러자 앞서 스쳐 지나갔던 점이 양각처럼 도드라졌다. 그는 내가 로브를 입고 있지 않아서, 마법사 길드의 소속이 아닐 거라고 생각했다고 말했다. 하지만 그런 그도 로브를 입고 있지는…… 않은데?

그 말이 지목하는 바는 하나뿐이었다.

"당신, 흑마법사?"

"바로 맞추셨습니다."

모든 힌트를 내어준 주제에 그는 기쁜 듯한 얼굴로 짝짝 손뼉을 쳤다. 그가 마법사 길드의 마법사가 아니란 걸 깨닫자, 흑마법사라는 걸 알면서도 아이러니하게 마음이 놓였다. 적어도 입을 막기 위해서 그를 해할 필요는 없겠구나, 하고.

그건 그거고, 난 당사자가 나타난 김에 발칵 화를 냈다.

"당신 때문에, 지금 국경이 봉쇄되어서 꼼짝도 못 하고 있잖아! 자수해."

"곤란합니다. 자수하면 저는 죽거든요."

너무도 난처한 얼굴로 덤덤히 말해 오는 소리에, 말문이 막혔다.

"……그래?"

"예, 틀림없이. 깐깐한 사람들이라, 자신들의 유망주가 타락했다는 사실을 받아들이지 못할 게 분명합니다. 제게 실망하고 분노하는 분이 워낙 많아서요. 모든 게 다 제 죄겠지요. 누굴 탓하겠습니까."

눈앞의 흑마법사는 분노와 열등감에 차 있을―내 선입견에 따르면― 흑마법사치고는 뭔가 현실을 이해심 있게 받아들이고 있었다.

"그러게 왜 시체를 조종하는 짓 같은 걸 해서 화를 자초한담."

"어차피 죽어서 땅속에 묻힌 몸, 무덤에 난 잔디에 거름이 되는 것보단 쓰임새가 있는 쪽이 좋을 겁니다. 살아 있을 때처럼 움직일 수 있으니 어떤 의미에선 행운이 아니겠습니까. 더군다나 마법의 발전에 기여하는 것이라면, 죽어서도 세상에 도움을 주는 거겠지요."

참 긍정적인 정당화라 왠지 설득력이 있었다. 사자의 기분이란 건 알 수 없는 거니까, 꼭 나쁜 짓이라고 볼 수만은 없지 않나.

"저는 마법사가 진리를 탐구하는 데 제한이 있어서는 안 된다고 생각합니다. 특히나 누군가를 해치지 않는 방법까지 규제하는 건, 도가 지나칩니다. 그렇지 않다고 생각하는 사람들이 주류라도 그런 반대쯤은 물리칠 수 있는 의지가 있어야겠지요."

"그래서 당신은 마법사 길드의 공적이 되었지. 목숨을 걸고 있는데 후회하지 않아?"

청년의 눈빛이 변했다. 느물거렸던 이때까지와는 다르게 진지한 기색이 낯에 어렸다. 그는 결의를 다지는 양 놀랍도록 단호하게 답했다.

"어차피 언젠가는 죽어 스러질 몸, 죽음이 두려워서 해야 할 일을 다 하지 못한다면 어찌 마법사다운 일생을 살았다고 할 수 있겠습니까."

그 눈에 어른거리는 빛이 참으로 상립했나. 마법사라는 게 그렇게 대단한 존재인지 모른 채 어쩌다 보니 마법사가 되어 버린 나로서는, 고개를 수그리게 되는 기세였다.

하지만 뭔가 괴리감이 있었다. 탄압에 맞서는 진정한 지식인처럼 굴고 있지만, 현실적으로 그는 사자(死者)를 농락하는 흑마법사잖아.

……아니, 이게 중요한 게 아니지.

"네 목적이 무엇이지?"

침묵만을 지키고 섰던 마스터가, 중요한 화제를 빗겨 가고 있단 걸 지적하듯 입을 열었다.

차분한 음성에 그제야 정신을 차린 난 재빨리 말을 보태었다.

"우리는 당신을 도울 수 없어. 우리에겐 할 일이 있다고."

마탑의 마법사라면, 마법사 길드와도 맞서는 데 거리낌이 없으니 도움을 바랄 만하다. 마탑이라면 사실상 유일하다시피 마법사 길드가 물러서야 하는 상대가 아니던가.

하지만 그렇다기엔 태도가 아니었지. 그는 굽히고 들어오긴커녕 유희를 즐기는 양 거슬리게 굴었다. 마치 조금도 아쉬운 게 없는 사람처럼.

실제로도 그의 눈빛은 다소 자신만만했다.

"도움을 바라는 건 아닙니다. 제가 바라는 건— 도움이 아니라 협력입니다."

"협력……이라고?"

어리둥절해지는 발언이었다.

"바란으로 가셔야 하지 않습니까. 지체하길 원치 않으실 텐데, 국경은 봉쇄되어 있지요. 제게 계획이 있습니다."

"왜 우리가 당신과 협력해야만 하지?"

"왜냐하면, 당신들이 강제로 국경을 돌파하지 않고 있기 때문입니다. 그게 마탑의 일반적인 방식임에도 말입니다."

그건, 그랬다. 청년은 턱을 쓰다듬으며 제 짐작을 털어놓았다.

"그건 다시 말해서, 마법사 길드와 맞설 수 없는 거겠지요."

"억측……."

"아니, 그럴 상황이 안 된다고, 해야 하나요?"

흐려진 말 틈새를 비집고 끼어든 그의 눈빛이 묘하게 번뜩였다.

"마탑의 마법사가 어떤 존재인지 압니다. 불가사의할 정도로 강력한 마력, 기나긴 수명, 냉혹함. 그들은 결코 자신을 숨기지 않지요. 정면에서 먼저 싸움을 걸진 않지만, 걸어온 싸움을 피하지도 않습니다. 세계를 정복하지 않는 게 이상할 정도로, 막강한 힘을 가지고 있으니까요."

"……."

"그러니 마법사 길드를 앞두고 머뭇거린다는 건, 있지 못 할 일입니다. 실제로 제가 이렇게 거치적거리고 있음에도, 두 번이나 방에 침범했음에도 내버려 두시지 않습니까. 원래라면 대화고 뭐고 할 것 없이, 제가 입을 열기 이전에 없애 버리고도 남았을 텐데도요. 이쯤에서 제 첫 가정을 뒤엎어서 당신들이 마탑인이 아니라고 의심해 봐야겠지만, 방금 확신을 가졌습니다. 실제로 당신이 절 보고 물 컵을 던졌을 때, 물 컵은 그 가녀린 팔뚝에서 나올 수 없는 물리적인 힘을 담고 있었거든요. 하마터면 피하지 못할 뻔했습니다."

예리한 놈, 그걸 또 포착했어. 혀를 내두를 지경이다.

"물론 저는 경솔한 자가 아닙니다. 이렇듯 행동하기까지 면밀한 계산을 거쳤지요."

이쯤 되면 잘난 척할 만도 한 것 같아서, 배알이 꼴리지만 뭐라고 하기가 그랬다.

"마탑의 마법사가 갑자기 조심스러워진 이유, 저는 그게 궁금하더군요. 뭐, 제 처지와 겹쳐보자면 마법사 길드의 규율을 어겨 떨어져 나간 자들을 흑마법사라고 부르듯, 마탑에서도 떨어져 나간 이들이 있겠지요. 최초일진 저로서는 알 수 없지만 말입니다. 뭐, 다른 가정도 있는데―"

그가 마스터에게 눌러 박듯이 시선을 주었다.

"이만한 미형이면, 부동심을 가진 마탑의 마법사라도 변태로 만들 수 있지 않을까 하군요. 그 때문에 탑 내에서 갈등이 촉발되어 피치 못하게 탈주하게 되는 상황이……."

"그만."

허황되게 뻗어 나가는 떠벌거림을 듣다 보니 지칠 지경이다. 혼란하여 조금 생각을 정리할 시간이 필요하기도 했다. 잠시 엉킨 머릿속을 풀어 보려던 난, 마침 결정권자가 곁에 있었기에 복잡한 결정을 떠넘기기로 했다.

막 부르려는 찰나, 흡사 마음을 읽어 낸 것처럼 마스터가 명령했다.

"네 계획을 말해 보아라."

그래, 말 그대로 명령하는 듯한 어조였다.

그가 마스터의 정체를 어떻게 생각하고 있는지는 모르겠으나, 슬쩍 눈썹을 치켜뜬 청년이 한결 공손해진 투로 말했다.

"우선 자기소개를 먼저 하지요. 제 이름은 뤼비에라고 합니다."

"펠."

그 순간 어처구니가 없어서, 난 입술을 깨물 뻔했다.

아니, 나한테는 달랑 마스터로 부르게 해놓고, 최근에야 알려 준 그 비싼 이름을 생판 남한테 그리 냅다 공개하다니. 진짜 억울해서 팔짝 뛸 지경이다.

마스터야 이왕 밝혀졌으니 이리저리 까발려도 상관없단, 단순히 그런 걸지도 몰랐지만, 진짜 너무한 거 아냐? 분노마저 느껴졌다.

"아힌."

이를 갈듯이 음성이 튀어나왔다.

"좋은 이름입니다. 그럼 이야기를 시작하지요. 제 계획은―"

그리 시작된 말은, 진중한 음으로 이어졌다. 그리고 자신을 뤼비에라고 밝힌 이 흑마법사의 말이 끝났을 때쯤 난 의혹에 잠겨 있었다.

"해서, 함께하시지 않겠습니까?"

다소 희망적인 관측으로 가득하긴 했지만, 그의 계획은 명쾌하고 일리가 있었다. 그런 방법이 있었단 말이지? 흔하다면 흔한데, 지나치게 쉬워서 김이 빠지기도 했다.

그런데 마음에 걸리는 것은, 그렇다면 우리는 뭘 해야 하지? 이대로라면 그가 애초에 짠 탈출 계획에 수저를 얹는 것에 불과하다. 그 점이 좀 의아했다.

"그 계획대로라면, 그쪽만 고생하고 우리는 별로 하는 게 없잖아?"

뤼비에가 능청스럽게 지적했다.

"별로라기보단, 거의 하는 게 없단 쪽이 맞겠지요."

"그럼 그쪽이 우리한테 일방적으로 도움을—"

"주는 거지요."

해사하게 웃으며 말을 맺는데, 그 꿍꿍이를 짐작하기 어려웠다.

"왜 그렇게 하는 건데. 우리한테 바라는 게 뭐길래? 협력이라면서."

"저는 다른 쪽에서 도움을 구할 겁니다. 바란에서 말이지요."

"바란이라면……. 고대 유적?"

마법에 대한 탐구욕 때문에 금기를 저질러 흑마법사가 된 자가 흥미를 보일 만한 거라면 그 외에 또 있을까. 짐작대로 그가 바로 고개를 끄덕였다.

"그렇습니다. 고대 유적, 저는 그곳에 깊은 관심이 있습니다. 그리고 당신들도 바란으로 향한다니, 그곳을 목적하고 있다고 유추합니다. 고대 유적은 스스로 외부의 접근을 불허한다는 기록이 있기도 하거니와, 바란에서의 경비도 삼엄할 테지만 마탑의 마법사께는 뭔가 방법이 있겠지요."

난 힐끗 마스터를 바라보았다. 그 방법은 마스터에게 있었으므로 결정은 그의 몫이었다. 그리고 마스터가 결정하기까지는, 그리 오래 시간이 필요하지 않았다.

이윽고 냉담한 선언이 떨어졌다.

"네 쓸모를 보겠다."

"허면 고대 유적으로 절 인도해 주시겠단 겁니까?"

"네 계획대로 국경을 통과하게 된다면."

"그럼 이제 계약이 성립된 겁니다!"

그는 답지 않게 활짝 핀 미소를 지었다. 뭐 때문에 그리 기뻐하는지 아리송해 하는데, 청년이 선뜻 고백했다.

"마탑과의 계약이라니, 가슴이 두근거리는군요."

실제 마탑과의 계약이 얼마나 가혹한지 알긴 알려나. 그게 누군가에겐 마스터의 평생 노예가 된다는 의미란 건 알지 모르겠네. 그의 환상을 와장창 깨주고 싶지만, 그것까지 까발릴 수는 없기에 심술부리는 건 참기로 했다.

"결행은 언제로?"

"이틀 후로 밤으로 하지요. 준비하실 시간이 필요할 것 아닙니까."

자못 자신감이 넘치는 태도였다. 막 대화가 마무리되려는 찰나, 문이 벌컥 열렸다.

"뭐야, 이 자식은?"

살쾡이처럼 노란 눈을 빛내며 이라칼이 날을 세웠다. 으르렁거림 비슷한 소리가 목구멍에서 흘러나왔다. 입안에서 삐죽 돋는 송곳니를 발견한 뤼비에가 당황한 듯 양손을 들어 보였다.

"어, 어. 그럼 설명 부탁드리겠습니다."

그리고 이라칼 옆을 슬슬 돌아서 문밖으로 내뺐다. 물론 마스터가 친절히 말해 줄 리 없으니, 설명은 내 몫이었다.

"저자, 믿을 만하긴 한가요?"

일련의 사연에 대한 설명이 끝나자마자, 이라칼이 툴툴거리며 물었다. 나도 별로 믿음이 가진 않지만, 마스터가 결정한 사안인데 어쩌겠어?

"다른 방법이 있는가."

그 한마디에, 이라칼은 급격히 찌그러 들었다.

그래, 뤼비에는 분명히 방법을 말해 주었다. 누구나가 쓸 수 있는, 그러나 정보를 알고 있거나 마법으로 탐색하지 않는 이상 모래알 속에서 사금을 찾아내는 것만큼 막막한 방법이었다. 마을 사람을 붙들고 일일이 물어볼 수도 없으니.

당연하다면 당연한 일이지만, 뤼비에가 중요한 건 아무것도 말해 주지 않아서 그와 함께하는 것 외에 당장, 다른 방도를 찾기 어려웠다. 그를 밀고해 버리는 것도 좋은 생각일 테지만, 붙잡힌 뤼비에가 우리에 대해 불어버리지 않을 거라고 장담하긴 어려웠다. 더군다나 일단 약속한 이상 마스터가 그렇게 하지는 않으리라.

"마법사 길드가 지키는 국경을 통과하지 않고, 바란으로 갈 수 있는 길이 있다니. 그게 말이 돼? 있다면 어떻게 그들이 모를 수가 있어. 호구도 아니고."

이라칼은 자신이 시선을 끌어 우리가 국경을 통과하도록 하는 게 제가 활약할 여지가 있으니 아쉬워하는 느낌이다. 난 핀잔을 주었다.

"제 목숨도 달린 일인데, 그걸 가지고 장난치겠어?"

그리고 그가 한 말은 상당히 설득력이 있었다. 확실히 지식에의 탐구 때문에 흑마법사가 된 자라면, 바란의 고대 유적도 궁금해할 만하지.

그로서도 우리를 완전히 믿을 수 없는 건 마찬가지…… 라고 하기엔 너무도 확신이 넘쳐 보인다. 말과 표정, 몸짓에서 우러나는 그 모든 걸 보고 판단을 내렸겠지. 그의 말대로, 난 다소 뻔한 사람이니까!

뤼비에가 잘난 듯이 말하긴 했지만, 그런 종류의 사람이 내 세계에서도 아주 없지는 않았다. 하지만 그런 건 보통 FBI같은 데서 범인 심리 조사할 때 하는 거 아니었어? 내 참. 그런데 이틀이라……. 찜찜하도록 일이 쉽게 되어 가는 듯하지만, 방심하기는 이르다.

난 먼저 해야 할 일에 대해서 차근히 생각했다.

"일단, 그 길은 상당히 협소하다고 해. 말은 다시 내다 팔아야겠어. 수레도……. 아니, 떠난다는 티를 내지 않고 떠나는 쪽이 낫지 않을까."

"흔적을 남기지 않으려는 거면 말은 내가 잡아먹고 수레는 불태우면 돼."

"말을, 잡아먹는……다고?"

"왜 그렇게 쳐다보는 거야? 말고기가 얼마나 맛있는데. 기껏 산 건데 아깝잖아."

질겁한 표정을 짓는 내게 이라칼이 툴툴거렸다.

뭐 야생짐승을 잡아먹는 건 그렇다 쳐, 그런데 아무래도 저 큰 말을 이라칼이 잡아먹는 걸 상상하니 소름이 다 끼쳤다. 무슨 동물의 왕국도 아니고.

"……그냥 내다 팔아. 여비가 부족해졌다고 대충 핑계를 대면 되겠지. 네가 제값에 샀다면 제값에 팔 수도 있을 거야. 수레는 끌어다가 처리하기 그러니 그냥 여기 두고 가자. 마스터는 네가 업으면 되겠지."

사둔 것들이 좀 아쉬운데, 내 로브에 다 들어가려나 모르겠다.

"알았다고. 체, 오랜만에 말고기를 먹어 보나 했더니. 아차!"

갑자기 소리 높인 이라칼이 새파랗게 질려 입을 틀어막았다.

그 모습을 보고 난 문득 깨달았다. 아, 대화 금지령이 내렸었지. 그런데 마스터 면전에서 대화를 나누고 있었잖아?

이라칼이 또 혼찌검이 날까, 난 슬슬 눈치를 봤다. 그러나 오도카니 의자에 앉은 마스터는 생각 외로 대수롭지 않게 말했다.

"내가 듣는 곳에서, 필요한 대화는 허가한다. 남은 시일동안 채비를 마쳐라."

지시를 내린 마스터는 또다시 익숙한 정적 속으로 잠겨들었다. 어쩌면 이제는 포기한 걸지도……. 최고 결정권자답게 결정을 내리는 이외에 무엇도 하지 않는다는 듯한 태도다. 뭐, 어쩔 수 있겠어? 따라야지.

긴장 속에서 이틀이란 시간이 흘러갔다.

"준비는 마치셨습니까?"

성의 없는 노크 소리가 들리고, 이틀간 한 번도 얼굴을 비치지 않았던 뤼비에가 문을 열고 들어섰다. 난 팔짱을 낀 채 그를 바라보았다.

"그래."

늦은 오후, 채비는 완벽히 마친 상태였다.

길거리에서 사람을 추적해 오질 않나, 남의 방에 무단침입하지 않나 그간의 행태가 심히 의심스러운 탓에 고민을 좀 해 보았지만, 그가 마법사 길드원이라면 굳이 우리를 유인해낼 필요 없단 결론이 내려졌다.

우리는 꼴랑 세 명이고—무능력한 한 명을 포함해— 국경지대에 포진한 마법사들은 수백에 달한다. 나라도 그들과 충돌하여 무사히 몸을 뺀다고, 무조건 장담할 수는 없는 상황이다. 좀 더 손실을 피하기 위해 우릴 함정으로 인도하는 것도, 가능성은 있으나 마스터는 이미 결정을 내렸다. 뤼비에와 함께하기로.

무슨 근거가 있는지는 몰랐지만, 나는 마스터의 판단을 믿었다. 냉정하고 똑똑한 사람이니 오죽 알아서 했겠어. 더군다나 그렇게까지 지어내면서 철저하게 연기를 하기엔 저자는 잘난 척이 너무 심했다. 말도 많고 입도 근질근질한 타입으로 보였으니까. 그의 말만 믿고 따르긴 좀 못 미더워도 현실성 없는 방법 같지는 않았고.

"출발하죠. 먼저 나가 있겠습니다."

어깨를 으쓱해 보인 뤼비에는 여관 밖에서 기다리겠다고 하곤 십여 분 일찍 밖으로 나갔다.

생각 외로 내 로브는 용적량이 상당해서, 거의 모든 짐을 끌어넣을 수 있어서 외관상으로 보기에 우린 여행자라기엔 상당히 단출해 보였다. 다만, 마스터가 앉아 있는 거대한 나무상자를 이라칼이 짊어진 걸 빼면.

뤼비에가 나타나기 전부터 줄곧 못마땅한 듯이 입을 삐죽거렸던 것치고 이라칼은 순순히 따라왔다.

마법 생물인 그로서는 인간에게 의존하는 게 내키지 않은 듯했지만, 마스터의 결성에 서억하지 못하는 긴 네기 이니라 그였으니까.

"다음에 또 들러 주십쇼!"

우렁찬 외침을 뒤로하고 여관을 나섰다.

남몰래 떠날까 하다가 그게 더 유난해 보일 듯하여, 경비가 모자라 돌아가겠다고 수더분한 여관 주인에게는 핑계를 대 둔 상태였다.

저쪽 골목 편에서 뤼비에가 손을 흔들었다.

"우리까지 합류하기로 이야기는 잘되었어?"

이왕 말을 놓은 김에, 그의 동의 없이 앞으로 쭉 반말을 고수하기로 했는데 뤼비에는 별생각이 들지 않는 모양이었다. 그의 입술이 호선을 그렸다.

"물론이지요. 제가 일 처리 하나는 확실하거든요. 철두철미하지 않으면 흑마법사로서 살아남을 수 없었을 겁니다."

"그래, 그렇지 않았다면 진작 척살 당했겠지."

난 시큰둥하게 대꾸했다. 말을 들어 보면 마법사 길드에 적을 두긴 했다는 것 같은데, 그것도 유망주고……

그 기대를 모두 저버리고 자신만의 길을 찾는다는 건, 소신 있어 보이기도 하지만, 다른 시각에서 보면 배신이다. 기존에 알던 사람들과 척을 지게 되는 선택이라면 목숨이 위태로워지는 문제를 떠나서, 좀 마음에 걸리지 않나.

물론 꿈이라거나 목표를 위해선 피치 못했다고 할 만도 하지만, 그런 것치고는 별로 고뇌한다거나 죄책감을 느낀다거나 하는 기색도 없다. 도리어 대수롭지 않은 양 가볍게 언급하고 말았다.

그의 과거와 인간관계에 대해선 아는 바 없지만, 그 선택이 보통 사람에게 결코 쉬웠을 것 같지는 않다.

뤼비에라는 이 남자에게선, 마탑스러운 냄새가 났다. 원하는 바를 위해선 어떤 짓이든 가책 없이 감수할 수 있는 그러한 비인간적인 품성. 익숙하되 꺼려지는 것이라 그를 따르는 발길이 무거웠다.

내가 이런 생각을 하건 어쨌건, 뤼비에는 여전히 평온한 기색을 유지한 채 걸음을 옮길 따름이었다.

몇 번 오갔던 거리를 지나며 침묵에 잠겨 있던 내게 뤼비에가 다시금 말을 걸었다.

"제가 처음 당신을 발견했을 때 말입니다. 기억하십니까?"

"잡화상에 들어가는 날 봤다고 했지."

그 정도 기억력은 있다고. 내심 투덜거리는데 문득, 예감이 스쳤다.

잡힐 듯이, 그러나 무엇인지 확연히 알 수 없는 어떤 감각이 심장을 자극한다. 뭘까?

뤼비에의 말이 이어졌다.

"네, 그 잡화상 주인, 친절하고 수완이 있는 사람입니다. 당신에게도 무척 친절하게 대하면서 알고 싶어 하는 정보에 대해서 말해 주었겠지요. 당신은 그 보답으로 이것저것 물건을 샀을 거고요."

"그, 렇지……."

기분이 묘해졌다. 뤼비에의 말은 마치 그 주인아저씨가 그걸 의도했단 것처럼 들렸다. 하지만 당연한 이야기다. 상점 주인이 손님에게 친절한 게, 특별한 일은 아니잖은가. 물건을 팔아야 하니까. 그런데?

"입이 가벼워서 모든 것을 숨김없이 털어놓고 있다고 느껴지는 사람의 말은 대개 의심하지 않지요. 진정성을 떠나서, 그 사람이 무언가를 숨기고 있다고는요."

"잡화상 주인이, 내게 중요한 사실을 숨겼다고 말하고 싶은 건가?"

"바로 맞히셨습니다."

그는 고개를 끄덕거렸다.

"거기에 바로 해답이 있지요."

나는 잡화상 주인과 나누었던 대화를 빠르게 뇌리에서 끄집어 올렸다. 국경봉쇄에 대해서 이야기하면서, 그가 무어라고 말했던가.

"밀수꾼…… 결계 때문에 샛길도 막혀 버렸다고 했지."

이상하게도 그는, 흑마법사에게 우호적이었다. 또한 바란에 대해서 소상히 알고 있지 않던가. 그 모든 이야기를 전해 들었던 게, 눈앞의 이 지라면.

"혹시 그와 당신이?"

매끄러운 투로 설명이 흘러나왔다.

"저도 이곳 마을에 와서 알게 된 사이입니다. 잡화상 주인이란 건 위장일 뿐 그는 이 마을에서 은밀한 거래를 도맡는 큰손이지요. 밀수꾼과 거래를 하기에 국경을 통과할 만한 길을 여럿 알고 있기도 합니다. 그 때문에 마법사 길드에도 몇 번 불려가기도 했고요. 하지만 역시 가장 중요한 건 말하지 않았더군요."

차분한 음성에 웃음기가 어렸다.

"그래요, 저는 이 마을에 도착한 지 얼마 되지 않아서 제가 알고자 하는 걸, 말해 줄 수 있는 사람이 있다면 잡화상 주인일 거란 걸 눈치챘습니다. 그는 솔직하고 입 가벼운 사람처럼 가장하고 있었거든요. 특히나— 타지에서 온 것이 분명한 낯선 사람에게는요. 그에게서 원하는 정보를 얻어 내는 건 어렵지 않았지요."

"협박한 건가?"

아무리 밀수 루트를 막고 있는 마법사 길드가 마땅치 않다고 쳐도, 제정신이라면 흑마법사를 돕는 일 따윈 하지 않을 테니까.

"협박은 그쪽이 했습니다. 어디다가 발설하면 죽여서 땅에 파묻겠다고 했지요. 제가 누군지 몰랐거든요."

"당신 수배 전단이 온 사방에 붙어 있잖아?"

말하면서도 알쏭달쏭해지는 게, 난 그 전단을 자세히 들여다본 적이 없다. 하지만 여관 주인이라면 범죄자들을 들이려고 하지 않을 테니, 이 자를 보았다면 눈치챌 만도 한데 그런 기색도 없었다.

"그 수배 전단에 올려진 건 제 얼굴이 아닙니다. 정확히는, 저와는 그다지 닮지 않았어요. 저는 오래전부터 이런 일이 있을 걸 준비하고 마법사 길드나 타마법사와는 서신으로 연락을 주고받았지요. 제 얼굴이 어떻다고 설명할 수 있는 자는 드뭅니다."

준비된 이탈자라는 건가. 난 혀를 찼다. 그가 정보를 얻어 낸 과정에 대해서 묻고 싶었지만, 어느덧 걸음이 목적지에 다다르고 있었다.

어둠이 내려앉은 시각, 가게는 닫혀 있는 것처럼 보였다. 그러나 문은 잠겨 있지 않았다.

"들어가십시오."

철컥 소리와 함께 문이 열리고, 그를 따라 우리는 잡화상에 들어섰다.

절약정신이 투철하게 등불 두어 개만 켜져 있는 가게 안은 그 주위를 제외하곤 온통 컴컴하기만 했다. 어둠이 휩싸인 건물이 가져다주는 스산함에 불안해진 난 소근거렸다.

"그가 당신을 고발하지 않을까? 현상금이 있잖아."

"가능성 있는 일입니다. 하지만 그런 선택을 하기가 쉽진 않을 겁니다."

낮게 울리는 음성은 묘한 여운을 담고 있었다. 인질이라도 잡았나?

미심쩍게 쳐다봤지만 그는 조금도 거리낌 없이 잡화점 안쪽으로 발길을 향했다. 마치 수배당한 게 그가 아니라 나인 것처럼. 뤼비에 한테선 자신감이 묻어났다.

힘이 있기에 갖는 자신감과는 다른, 자신의 판단을 신뢰하기에 품은 자신감. 이 경우엔, 잡화상 주인이 뒤통수를 치지 않을 거라는 자신감이었고 확신이었다.

뤼비에가 노크를 하자, 그제야 안쪽 문이 열리며 한 사람이 툭 튀어나왔다.

"아이고, 왔는가. 내가 좀 볼일을 보느라고."

하하 웃는 얼굴이, 협박이 오간 사이치고는 친근해 보였다. 하지만 난 저 사람 좋은 얼굴이 다가 아니라는 걸 안다. 적어도 뤼비에의 말에 따르면 그는,

"아니, 아가씨는?"

이 마을의 검은 손이었으니까. 잡화점 주인이 내 쪽을 보면서 화들짝 놀란 채 손가락질을 해댔다.

"길이 통과힐 민힌 사람을 데려온다고 히지 않았습니까."

"그랬지, 헌데. 괜찮겠나? 이러다가 혹시 들통이라도 나면."

"그럴 일 없을 겁니다. 저만큼이나 은밀히 행동해야 하는 분들이

니까요."

"뭐 어디서 쫓기기라도 하는가? 이 동네 흑마법사는 자네밖에 없잖아."

그가 흑마법사라는 사실을 별로 대수롭지 않게 언급하는 게 예사롭지 않았다. 이라칼이 뒤쪽에서 위협적으로 발을 구르자, 잡화점 주인은 질문을 접었다. 대신 손을 내밀었다.

"5만 미너일세."

……내 쪽으로.

"5만……이라고요?"

어이가 없을 정도로 큰 금액이 뇌리를 때려, 난 잠시 말을 잊었다.

이 마을에 와서 그동안 쓴 돈이 1,000미너가 안 된다. 무슨 통행세를 그리 과하게 받는단 말이지? 주머니 사정에 부담이 될 만큼 큰돈은 아니었지만, 적은 돈도 아니었다.

잡화점 주인이 인상을 찌푸리며 손을 더 바짝 내밀었다.

"선불일세. 우리는 돈으로만 거래한단 말이지. 그 돈을 안 내면 통과가 안 되네. 내가 된다고 해도 저쪽에서 안 해 줄 걸세."

"어서 내시지요. 돈 많으신 거 다 압니다."

등쳐먹는 사기꾼과 한통속이 된 태세로 뤼비에는 느긋하게 고갯짓했다. 그 요구하는 꼬라지를 보아하니……

"당신 통행료도 내가 내게 되는 건가."

"예리하시군요. 사실 제가 가진 돈이 별로 많지 않아서 말입니다. 곤란하게 되었다 싶었는데, 역시 사람은 머리를 써야지요."

뤼비에가 멋쩍게 웃었다. 바란에서의 일이 있다곤 하나, 이 돈을 마련하기 위해 우리를 끌어들였단 게 더 그럴듯한 이유로 보였다. 어쩐지 설명이 부실하다 싶었더니, 이런 수작이었구나. 뤼비에가 의기양양하게 말했다.

"그래도 제가 좀 할인을 받았습니다. 4명이면 인당 1만 5천씩 6만 미너거든요. 1만이나 할인을 받았지요."

"내 흑마법사가 그리 흥정을 잘할 줄은 몰랐네만."

잡화점 주인이 거들었다. 그러면서도 내게 내민 손은 거두질 않아서, 난 신경질적으로 품을 뒤적였다.

보석을 금화로 바꿔둔 것이 있어서 그럭저럭 액수가 맞아떨어졌다. 뤼비에의 것까지 내는 건 마음에 들지 않았지만, 여기까지 온 이상 어쩔 수 없잖아.

"그런데 왜 네 명입니까? 한 명은 어디로 가고? 나중에 합류하는 건 안 됩니다."

잡화상 주인이 흡족하게 돈을 세어 보며 하는 소리에 난 문득 뒤를 돌아보았다. 이라칼이 상자를 테이블에 내려놓으며 마스터를 쑥 끌어 올렸다. 상자 안에서 아이가 튀어나오자 그는 비명을 지를 듯이 입을 떡 벌렸다.

"애 시, 시체인 줄 알았수."

왜 아이를 물건처럼 상자에 넣어서 다니는 건지, 비인도적인 처사에 대한 비난의 눈초리가 따라왔다. 정작 마스터는 감정 없는 얼굴로 바닥에 바로 서 있음에도 불구하고. 그 모습이 꼭 인형 같았다.

검은 손이라는 것치곤 도덕심 충만한 얼굴에 대고 난 짤막하게 답했다.

"사정이 있어서요."

도대체 무슨 사정이 있길래 아이를 상자에 숨겨 다니는지 의심하는 눈치였으나 정작 그 아이가 너무도 평온하게 내 곁으로 다가왔기 때문에, 그는 더 이상 캐묻지 않았다.

국경을 통과하는 길이 부피가 큰 짐을 짊어지고 가기엔 좁다기에, 여기서부턴 마스터도 제 발로 걸어야 했다.

"따라오시구려."

가게 안쪽으로 거대한 책장이 놓여 있었는데, 별로 희구직인 타입으로 보이지 않는 이 잡화점 주인에게 어울리지 않게 책이 한가득한 게 수상하기 그지없는 모습이었다.

그리고 역시나, 영화에서 본대로 내 세계나 이쪽 세계나 사람들 발상은 똑같은 건지 잡화상 주인이 이곳저곳을 어루만지며 작업하기 무섭게 드르륵거리며 책장이 뒤로 밀려났다. 여닫이문처럼 열리는 구조였다.

그 뒤는 어두웠고, 지저로 향하는 입구인 양 좁은 계단이 아래로 뻗어 있었다.

"이동해서 마차를 탈 거요."

그리 말한 주인아저씨가 등불을 들고 앞장서고, 뤼비에와 내가 이어 뒤를 따랐다. 내 바로 뒤에 선 것은 마스터, 마지막은 이라칼이었다.

내부가 어둑어둑하다곤 하나 마법을 배운 이후 시력이 비약적으로 발달한 내겐 걷는 데 그리 지장이 없었다. 그러나 마스터는 그렇지 못한 모양이다. 아이가 걸어 내려가기엔 계단 한 칸 한 칸이 높은 데다가 이곳저곳 허물어져 있어서, 평범한 어른이라도 위태롭게 느꼈을 성싶다.

내려서던 마스터가 결국 발을 헛디뎠다. 그가 넘어지기 전에 난 재빨리 마스터를 잡아주었다. 계속 발밑에 신경을 쓰고 있던 터라 마침 주의를 던지려던 참이었다.

"조심하세요."

난 그를 바로 세우며 붙들었던 어깨를 놓아주었다. 그늘진 어둠처럼 짙은, 그러나 그 가운데 빛 한 점을 쏘아낸 양 흑요석처럼 은은한 빛을 머금은 눈동자가 나를 향하자 어쩐지 쑥스러워졌다.

나 역시, 이런 어둠 속에서 발을 헛디뎌 넘어진 적이 있었지. 마스터가 타박을 던졌던, 그때에 난…… 기억 속에 박혀 있던 말캉한 감촉이 갑자기 살아나 난 입술을 어루만질 뻔했다. 왠지 낯이 확 달아오르는 듯하다.

다행히 마스터는, 이 어둠 속에서 내 변화를 감지할 만큼 시력이 좋지 않을 테지만.

"동생이시라면서, 손을 잡아 주면 어떻습니까."

앞서 가던 뤼비에가 평온하게 권해 왔다. 아무 뜻도 없다기엔 묘하게 들리는 음색이었다.

동생이라고 구태여 우긴 걸 트집 잡고 싶은 건지. 난 못마땅하게 그를 노려봤다.

그러나 마스터를 업고 다닌 적도 있던 나로서는 손을 잡는 건 새삼 어려울 건 없는 일이었다. 이상스레 심장이 떨리는 것 빼곤.

난 손을 뻗어 가만히 선 마스터의 손을 움켜쥐었다. 작고 여린 손이 휘감겨 서늘한 기온을 전해 주었다. 미동도 없이, 맞잡는다는 기색 없이 그저 내게 잡혀 있을 따름인, 그 순순한 이끌림.

고작 그것뿐인데, 어찌 이리 가슴이 뛰는지 모를 일이라. 그 사소한 접촉이 사정없이 뛰는 심박 수를 그대로 전해 줄까 봐, 난 걸음에 정신을 집중해야만 했다.

……언제쯤 그에게 무뎌질지 알 수 없는 일이다. 지금의 모습으로는 좀, 위험하기도 하고.

계단을 따라 이른 곳은, 휑한 지하통로였다. 벽도 흙으로 되어 있고 달리 석재로 마감 처리를 하지 않아, 지진이라도 나면 그대로 무너져 내릴 것 같다.

쥐가 찍찍거리며 나돌아 다니는 소리도 들려 난 잔뜩 곤두섰다. 쥐라니!

"이 통로는 마을 바깥쪽의 장소와 통해 있소. 거기에 마차를 준비시켜 놓았수."

도대체 이런 통로는 어떻게 파냈는지 모를 일이다. 길이도 꽤 길어서 십여 분 이상 걸은 후에야 저 멀리 올라가는 계단이 나왔다.

삐걱거리는 나무계단을 따라 올라가니 사람 하나만 가까스로 통과할 만큼 좁아진 통로의 끝엔 위로 들어 올리는 쇠뚜껑 같은 게 넣여 있었다. 지하실 형식으로 된 출구였다.

잡화점 주인이 얼핏 바깥의 동정을 살피다가 문을 위로 들자 기름

칠을 해 둔 듯 거의 소리 없이 뚜껑 문이 열렸다.

시야가 약간 밝아지며 바깥 공기가 안으로 쏟아져 들어왔다.

치렁치렁한 나무덩굴로 덮인 외진 장소였다. 모두 걸어 나오자 다시 내리닫힌 뚜껑 문은 바닥과 거의 구별이 되지 않아서 완벽하게 통로의 존재를 감추어 냈다.

규모가 크지 않은 국경 마을이라지만 그래도 우리가 들어선 잡화점은 사람들이 꽤 오가는 번화가에 위치하고 있었다. 하지만 연결된 장소는 컴컴하여 불빛이라곤 별빛처럼 멀찍이서 비치는 게 전부였다.

마을 쪽으로 다시 갈 이유는 없었다. 거기서 몇 걸음 옮겨 수풀을 헤치고 나서자 허름한 건물이 눈앞에 모습을 드러냈다.

안에서 언뜻 말이 투레질하는 소리가 들려왔다. 잡화점 주인이 곧 마차를 끌어왔다.

"어서 타시오. 여기서 그곳까지 약 한 시간 반. 쉴 없이 달릴 거요."

변소를 갈 거라면 미리 가 두라고는 했는데 우리 중 누구도 그럴 필요는 없어 보였다. 그것도 참 인간적이지 않다.

모두가 마차에 올라타자, 잡화점 주인이 채찍을 들었다. 곧 다가닥거리며 어둠 속을 달리는 말발굽 소리가 울려 퍼졌다. 규칙적인 배경음에 귀를 기울이는데 불현듯 잡화점 주인이 말해 왔다.

"경고해 두겠는데, 내 알기론 별로 마법사 길드 쪽에서 얼쩡거리지 않는 장소이긴 하나 재수 없으면 마주칠지도 모르오. 이 근방을 종종 수색하곤 한다니까."

"그건 제가 잘 처리해 두었습니다."

뤼비에가 그래도 뭔가 하긴 했다는 듯 자랑스레 손을 들어 보였다. 어떻게 처리를 했다는 건지 그 세세한 내역이 궁금해졌지만, 그보다 더 궁금한 일이 있었다.

난 잡화점 주인의 뒤통수를 응시하며 물었다.

"당신이 그런 위험을 감수할 이유가 있나요?"

돈이 좋기야 하겠지. 요구하는 액수가 많기도 많더니만.

이런 국경마을에서 그만큼 벌어서 뭐에 쓸까 궁금하긴 한데, 한탕 크게 벌고 다른 곳으로 이주할 수도 있으니 돈벌이에 이유란 중요치 않다.

하지만 마법사 길드와 척을 지는 위험을 감수해야 하는 일인 데……. 어째서 우리를 돕나 싶었다. 돈을 밝히긴 하지만 거기에 눈 먼 타입으로 보이진 않는 자다. 지능적인 면모도 있고.

마법사 길드의 세력이 그토록 강성하다면 잡화점 주인 목숨쯤 우습게보지 않을까. 이곳의 문명도를 보건대 재판 없이도 즉결 처형이 가능하리라.

그러나 잡화점 주인이 투덜거리는 말에, 정말로 말문이 막혔다.

"협박당해서 하는 거요. 돈이라도 많이 주니까 하지. 이거 들통나면 사형감이라고."

협박당한 것치곤 뭔가 적응을 잘한 듯싶다. 체념이라기엔 뭐랄까 탐욕적이었다. 뤼비에가 팔짱을 낀 채 여상하게 답했다.

"분명히 말씀드리지만, 협박은 그쪽이 먼저 했습니다. 아마 실행할 의지도 있어 보이더군요."

자업자득이라기엔 상황이 묘했다. 어쨌든 우리를 별 탈 없이, 들키지 않고 국경 밖으로 내보내면 그에게도 득이 되는 거잖아.

본전도 찾지 못한 잡화점 주인이 뭐라고 구시렁거리는 소리가 들렸다. 그런 와중에도 착실히 채찍질한 탓에 말은 쉼 없이 달렸다.

속도가 그리 빠르게 느껴지지 않았건만, 다듬어지지 않은 길이라 마차가 사정없이 요동쳐 멀미가 날 것만 같다. 비포장도로를 달리는 충격이 쿠션 없이 있는 그대로 전달된다고 할까.

다행히 내 몸은 그 모든 것을 견뎌 낼 수 있을 만큼 튼튼했다. 이라칼 역시도 그건 마찬가지였지만, 마스터는 그러지 못해서 안색이 썩 좋지 않았다. 고통스럽다고 해서 티 내기는커녕 애초에 괴로운 걸 괴롭다고 말하는 데 익숙지 못한 성격이라.

난 품에서 담요를 끄집어내서 마스터를 대충 그 위에 앉게끔 했다. 딱딱한 의자 위에 앉는 것보단 나을 터였다.

"제 것도……."

뤼비에가 하얗게 질린 얼굴로 입을 틀어막으며 중얼댔지만 난 가차 없이 무시했다.

"구토하고 싶으면 창밖으로 뱉어."

상당한 경지의 마법사로 유추되는 뤼비에가 멀미를 견뎌 내지 못하는 걸 보면, 마탑의 마법에는 확실히 특별한 구석이 있었다. 미처 깨닫지 못했지만 내가 멀미에 강하든가.

혹여 마차를 불러 세우는 일이 있을까, 난 바깥에 신경을 집중하며 긴장감을 유지했다. 그렇게 되지 않기를 바라고 있지만, 마법사 길드와 마주치기라도 한다면 그땐…….

다행히 그런 상황은 벌어지지 않았다. 흑마법사를 만난 것에서 애초에 그리 재수가 좋다고 할 수는 없었지만, 그게 마법사 길드와 맞부딪치게 될 불운을 뜻하지는 않는가 보다.

"다 왔소. 어서 갑시다."

마차가 멈추자마자 잡화점 주인은 초조한 표정으로 돌아보며 말했다. 정말 사형당할지도 모른다고 생각한 듯 빨리 우리를 넘겨 버리고 싶어 하는 기색이 역력하다.

언뜻 경사가 높아지고 있다고 생각했는데, 도착한 곳은 야트막한 산이었다. 언덕이라기엔 높았지만, 산맥 일부라기보단 고만고만한 높낮이의 숲에서 홀로 솟은 형태다.

우리가 뒤따르는 걸 확인한 잡화점 주인은 마차에서 얼마 떨어지지 않은, 유독 경사가 진 바위 면에 다가섰다. 그리고 흙가루가 묻어나는 통짜 바위 면—산 일부에 박혀 있는—에 대고 신호를 전하듯 간격을 두어 두드렸다.

다섯 번을 연달아 두드리고 끊어서 두 번, 그리고 또 끊어서 세 번. 잠시 후, 바위 면이 그르렁거리는 소음을 내며 옆으로 움직였다.

예상대로의 광경이나 실제로 보는 건 또 놀라워서 비밀 통로며 은

신처가 할리우드 영화 뺨친다는 생각만 들었다.

얼굴에 검은 반점이 두드러지는 중년 사내가 얼굴을 내밀었다. 잡화점 주인이 사내에게 돈을 건네며 중얼거리다시피 말했다.

"말해 둔 네 명일세."

슥 훑으며 돈을 확인한 그가 손짓하자 잡화점 주인이 우리를 쳐다보았다.

"그가 목적지까지 안내해 줄 거요. 나는 여기까지."

"수고하셨습니다."

그의 어깨를 툭 친 뤼비에가 앞장섰다. 빨리 마을로 돌아가고 싶은지 바로 돌아서 마차 쪽으로 향하는 그를 뒤로하고 우리는 새로 등장한 사내를 따랐다.

초로 밝힌 내부는 아까의 잡화점만큼이나 어두웠고, 비밀 통로만큼이나 거주하기엔 부적합한 공간으로 보였다. 그러나 안쪽의 단단한 내벽과 자연의 흔적을 보건대 사람이 뚫은 동굴 같지는 않았다.

한 사람만이 통과할 수 있을 듯이 좁은 동굴은 끝없이, 무저갱으로 치닫는 듯이 암흑에 휩싸인 채 길게 뚫려 있었다. 아득하다 못해 원초적인 공포를 자극하는 느낌. 바위 문이 닫히자, 완전히 동굴체험을 하는 기분이다. 아니, 동굴체험이 맞다. 다소 길고, 현실적인.

왜냐하면 우리는 이 동굴을 지나서 바란으로 가게 될 테니까.

내가 뤼비에게 들은 방법이 바로 이것이었다. 바란까지 뚫린 땅속 동굴. 잘 알려지지 않은 소수의 밀수꾼들만 쉬쉬하며 알고 있는 비밀 통로였다. 자연동굴 끝을 조금 더 파서 이어 놨다나. 북한에서도 남침을 위해서 땅굴을 판 적이 있으니, 여기나 거기나 발상은 비슷한 듯하다.

돈을 받고 안내를 맡은 사내가 사무적인 얼굴로 말했다.

"그대로 날 따라오시면 되오. 좁아지는 곳도 있지만 거기만 지나며 걷는 데 지장이 없을 거요."

허공을, 정확히는 마을 쪽을 그리듯 바라보던 뤼비에가 바로 말했다.

"어서 가지요. 지금이 적기입니다."

통로를 통과하는 순서는 이전과 같았다. 안내자, 뤼비에, 나, 마스터, 이라칼. 자연스레 그리되었다.

그런데 적기라니. 그러고 보니 아까도 처리해 두었다고 말했지. 무얼? 퍼뜩 의문이 번진 난 그를 따르며 작게 물었다.

"뭘 처리해 두었다고 한 거야?"

"아아, 지금쯤 마을에서 시체가 돌아다니고 있을 겁니다. 다들 좀 놀라긴 하겠지만, 별탈은 없을 테지요. 마법사 길드가 근처에 있으니까요. 제가 마을을 떠나면 마법이 발동하도록 조처를 해 놓았지요."

"그럼 방금 전까지 당신이 마을에 있었단 게 들통이 나는 거잖아."

"그렇지요. 때문에 관문에서 수색이 강화될 겁니다. 전혀 예상도 하지 못했을 이곳이 아니라 말입니다."

자신만만한 대꾸가 심히 거슬렸던 난 슬며시 트집을 잡아 보았다.

"그거, 반대로 짚어 보면 뻔하게 관문으로는 통과하지는 않을 거라고 생각할 수도 있지 않겠어?"

"그럴 수도 있겠지요. 하지만 한 번 더 꼬아서 관문을 노릴 가능성을 그들로선 간과할 수 없을 겁니다. 인력에는 엄연히 한계가 있으니 자연히 다른 쪽으로 돌아가는 시선은 줄어들 수밖에요."

달리 할 말이 없어 입을 다물었다. 가는 길이 험난해서 주의를 기울여야 했기에 곧 좁은 동굴은 온통 잔잔한 발소리로 메워졌다.

뤼비에가 마법으로 환한 빛의 구를 만들어 내 띄운 덕에, 우리는 어둠에 잠기지 않고 길을 지날 수 있었다. 그도 이럴 때는 꽤 쓸모가 있다.

동굴 내부는 거의 손보지 않은 양 험난했다. 때로는 뛰어내리지 않으면 안 될 만큼 중간중간 혹 떨어져 깊이 패어 있거나 암벽을 등반하듯이 기어올라야 할 만큼 가팔라서 숫제 탐험에 나선 듯한 기분이다.

계단까지 만들어 놓을 만큼 오가는 사람이 많은 길은 아니었지만, 편의를 위해서 밧줄이 쳐져 있는 터라 그나마 다닐 만했다.

좁아졌다가 넓어졌다가 올라갔다가 내려갔다가, 자연동굴의 불규

칙성을 그대로 따라가는 터널은 폐소공포증을 가졌거나 심히 체력이 약한 이라면 다 지나기도 전에 실신할 성싶었다.

앞선 사내는 수도 없이 이 동굴을 지나본 양 설렁설렁 다님에도 속도가 묘하게 빨랐다. 웬만한 이들이라면 쫓다가 나가떨어질 만도 하건만, 어딘지 초인이 된 나나 원래부터 인간이 아닌 이라칼은 그렇다 치고 몸이 건장하기는커녕 평생 펜만 쥐었을 서생 타입의 뤼비에도 별로 힘들지 않은지 곧잘 따라갔다.

확실히 우리 일행 중 누구도 평범한 사람이 아니었다. 그러나 마스터는, 내색하지 않아도 거칠어진 숨이 공기 중에 번지니 표가 났다. 허약하기 그지없는 아이의 모습이니 그럴 만도 하지.

업고 다니기엔 비좁은 통로가 수시로 나와서 번거로웠다. 대신 널찍한 공간이 나오면 이라칼이 마스터를 들어 안거나, 업고 받쳐 주고, 내가 나설 것도 없이 온갖 봉양을 다하여 그럭저럭 버티고 있는 듯했다. 그러지 않았으면 마스터는 쓰러져 버렸을지 모른다. 낄 자리도 없이 보란 듯이 이라칼이 유난을 떠는 게 또 눈꼴사나웠지만, 좋은 게 좋은 거겠지.

아무도 이 갑갑한 동굴 안에서 오래 쉬고 싶어 하지 않았고, 쫓기는 듯 불안감이 따랐기에 조금도 쉬지 않고 걸었다. 한 시간쯤 지났을 때 안내역을 맡은 사내가 불쑥 뱉어 냈다.

"반쯤 왔소."

마차로 갈 만한 거리를 두 발로 가고 있으니 오래 걸릴 만도 한데, 생각보다는 짧은 듯싶었다. 아마 어디로 돌아가지 않고, 산을 관통하여 연결되는 직선 통로라서 그런 것 같다.

두 시간이라……. 컴컴한 앞길을 내다보며 난 한숨을 내쉬었다. 환기가 되니 숨 쉴 수 있을 터인데, 공기가 확실히 탁하다. 여기서 지체하기보단 빨리 상쾌한 바깥 공기로 호흡하고 싶은 마음이 컸다.

하지만 조금 쉬어가는 편이, 마스터를 위해서도 나을 듯한데.

"국경은 통과한 건가요?"

"아직, 조금만 더 가면 국경을 지날 거요. 동굴의 삼분의 이 정도를 못 미쳐서 바란이니."

그리 들으니 여력이 되는 한 좀 더 걷다가 쉬는 편이 좋을 것 같다. 적어도 바란에 발을 들여야 한시름 놓을 수 있을 성싶으니.

"조금만 더 가서 쉬는 게 어때요."

조심스럽게 묻자, 마스터는 고개를 까닥여 선뜻 긍정했다. 인내심이 좋다고 말하기 모호하게, 마스터는 거슬리는 것을 좀체 참지 않는 성미였다.

그러나 이 경우 본인의 고통에 무감하여 한계에 다다를 때까지 말하지 않을 이라서 마음에 걸렸다. 아직 말하지 않았단 건, 견딜 만하다는 뜻이리라. 나는 그리 스스로를 설득하며 가던 길을 재촉했다.

그러나 휴식은, 의도하지 않은 때에 찾아왔다.

좁은 구멍을 지나 천장이 탁 트인 공간으로 나아가던 차였다. 미세한 진동이 감각을 스쳤다. 그 뒤로 막대한 힘의 파도가 밀려오는 상이 그려지듯 생생했다. 그건 흡사 멀리서 밀려오는 해일 같았다.

이어 드릴로 땅을 파는 듯한 진동음이 고막을 괴롭혔다. 발밑의 돌이 달그락거리던 소리가 숫제 쇠구슬 담긴 주머니를 흔드는 양 소란스러워진다.

공간이 흔들리는 탓에 제대로 서기 어려워 난 다리에 힘을 주었다. 몸을 가누지 못하고 휘청거리는 마스터를 이라칼이 붙들어 세웠다.

무슨 상황인지 알지 못했다. 그러나 지진이라고 하기엔, 인위의 마력이 짓누르는 듯이 느껴졌다.

위에서부터 찍어 내리는 강대한 마법의 기운.

그 모든 게 아주 잠시 앞선 조짐 이후에 비로소 내가 선 공간을 덮쳤다. 그 뒤로 내가 무얼 한 것은, 그저 본능이었다.

콰광!

터져나갈 듯한 굉음이 사방을 울린다. 난 마스터를 낚아채다시피 품에 끌어넣고 감싼 채 몸을 웅크렸다.

따로 챙겨 둔 검을 찾아서 꺼내들 여유 따윈 없었다. 피치 못할 상황이라, 뇌리에 새기고 있던 금제가 풀렸다. 온몸의 마력이 한껏 떨치고 일어나 결계를 그려, 이 지하 깊은 곳, 위로부터 내리누르는 토사들을 막아 내었다.

여태 죽은 듯이 숨기고 있던 마력을 이토록 단시간에, 힘껏 끌어내자 잠깐 숨이 가빠 왔다. 힘의 방출. 마스터가 내내 주의시킨 대로, 경각심이 솟아올랐다. 시온이 아무리 약화되었다곤 하나, 우연히라도 그들의 이목에 잡혔다간 돌이킬 수 없다.

마법을 가급적 펼쳐서는 안 된다는 경고가 치밀어 뇌리를 점령했다. 나는 서서히 전력을 다해 뽑아내었던 마력의 강도를 줄여 나갔다. 어쩔 수 없는 상황이나 그 안에서 조절할 필요가 있다. 이 무게를 지탱할 수 있을 정도만, 딱 그 정도로 마력을 최소화해야 한다.

"빙결."

내게 깔리다시피 한 마스터가 짤막하게 지시했다. 빙결? 생각은 찰나, 실행은 빛처럼 이어졌다. 온몸에서 뻗어 나간 마력이 순식간에 의지를 담아 화했다.

콰지직! 소름 끼치는 소리를 내며 냉기가 가지를 뻗는다. 순식간에 푸릇하게 얼어붙어 무너져 내리는 공간을 지탱했다.

마력을 부을수록 얼음은 두께를 더하여 내부를 비좁게 만들었으나, 깊은 땅속의 압력을 견뎌야만 했기에 어쩔 수 없는 노릇이었다. 내 위와 옆으로 형성된 두꺼운 얼음벽이 보였다.

"괜찮으세요?"

나는 신음처럼 물으며 몸을 일으켰다.

다행히 꽤 넓은 구간에서 벌어진 일이었기에 일어설 공간은 확보되었다. 만약 비좁은 데에서 이런 사고가 났다면, 어떻게 대처했을지 머리가 다 아찔했다. 그랬을 경우 나는 마탑에 들키고 자시고 생각할 것도 없이 이곳을 부수며 위로 솟구쳐 빠져나가는 방법을 택했으리라.

이처럼 마력이 비틀린 공간에서 이동 마법을 펼치는 건, 내게 쉽지 않은 일이었다.

"이게 뭔 일이야."

마스터가 멀쩡한 듯이 일어나 앉는 동시에, 옆쪽에 나자빠져 있던 이라칼이 벌떡 자리에서 일어났다. 내가 마법을 아낌없이 펼친 덕에 가까이 있던 그 역시 영향권 내에 들었나 보다.

워낙 다급한 상황이다 보니 마스터를 감싸는 것 외엔 생각도 못 했는데……. 뭐 여기서 죽진 않았을 것 같았지. 짝짝, 다른 편에서 얼빠진 박수가 들려왔다.

"굉장하군요! 덕분에 목숨을 건졌습니다."

감탄한 듯 침착하게 말하긴 했지만, 그의 이마에선 땀이 줄줄 흘러내렸다. 하얗게 질린 안색이며 흐트러진 마력을 보아하니, 짧은 순간 스스로를 보호하기 위해서 마법을 펼쳤나 보다.

우리가 있던 홀은 꽤 넓었으니, 내가 벽을 열릴 때 정신을 차리고 이리로 다가붙었으면 목숨 건지는 건 어렵지 않았을 것이다.

그런데, 남은 한 명은?

"그자는 어디 있지?"

두리번거리자, 손을 들어 보인 뤼비에가 제 등 뒤, 즉 우리가 가던 방향을 가리켰다.

"저건가 봅니다."

처음엔 냉기로 파래진 벽만 보여, 난 눈살을 찌푸렸다. 아무것도 없는데?

"자세히 보십시오."

뤼비에의 말을 듣고, 찬찬히 벽면을 살폈다. 그러다가 불현듯 시선이 붙들렸다.

"이, 이건."

작고 동그란, 두 개의 돌기. 거의 튀어나오지 않아서 벽에 새겨진 조각처럼 일체가 된 듯이 보였다. 인지하지 못하는 게 이상하지 않을 만큼 벽면과 유사한 푸르스름한 빛을 띠고 있었다.

　냉기가 훅 끼쳐온 듯, 난 즉시 그 돌기의 정체를 깨달았다. 손가락의 끄트머리. 마치 이리로 급히 손을 뻗다가 그대로 묻혀 얼어 버린 것처럼.

　소름이 등골 위로 치달렸다. 가슴 한구석, 사납게 후려친 스산한 바람. 머리가 얼얼하다.

　"처음 토사가 무너질 때 깔렸습니다."

　대수롭지 않게 말한 뤼비에가 혀를 찼다.

　"어쩔 수 없는 일이지요. 저도 제 몸 하나 건사하기 바빠서 신경 쓸 여력이 없었습니다."

　……여력이라면 차라리 내 쪽에 있었을 것이다. 미약한 죄책감이 가슴에 스몄다.

　난 애써 조금 전까지 살아 숨 쉬던 사내의 시신이 묻힌 벽면으로부터 시선을 떼어 냈다. 감정에 사로잡히는 것도, 여유가 있을 때나 할 수 있는 노릇. 우선 여기를 빠져나가야만 한다.

　그런데 어떻게 빠져나가지? 잠시 고심해 보던 난 꽝꽝 얼어붙은 벽면을 슥 훑어보며 물었다.

　"마법사 길드의 소행이겠지?"

　"달리 누가 있겠습니까?"

　뤼비에는 어깨를 으쓱했다.

　"이런 대단위의 마법, 확실히 당신을 죽이려는 목적 아니면 펼칠 이유가 없겠지. 아는 사람이 거의 없는 길이라고 했잖아. 마법사 길드에서 어떻게 눈치챈 거지?"

　"글쎄요, 국경지대를 샅샅이 포위한다곤 하나 땅속까지 결계를 쳐 두진 않았을 겁니다. 아까 말씀하신 것처럼 관문이 아닌 다른 길을 통할 거라고 예측해서 여기를 찾았다기엔, 이 통로의 존재를 모를 거고요."

　"일부러 이 통로의 존재를 알려 줘서, 당신이 통과하게 만들고 생매장해 버리려는 고도의 술책이었다면?"

상대는 흑마법사, 어차피 제거해야 한다면 희생을 줄이기 위해서 교묘하게 계책을 세웠을 만도 하다.

그러나 뤼비에가 단호하게 부정했다.

"아니오, 그건 절대 아닙니다. 그들은 그리 똑똑하지 않거든요."

잘 압니다, 라며 손가락을 치켜들며 뤼비에는 빙긋 웃었다. 이 상황에서 내보이기엔 다소 태평한 얼굴이었다.

"그리고 그들은 제 시체를 원할 겁니다. 흑마법사의 목을 쳐서 내걸고 싶어 하는 쪽이거든요. 그래요, 본보기."

누군가가 제 목을 쳐서 내걸고 싶어 한다는 말을 내뱉으면서도, 뤼비에는 그걸 언급하는 것을 무척 즐기는 것처럼 보였다.

변태인가? 긴장감이란 게 존재하지 않는 인물 같다. 그건 분명, 감정적인 결여 쪽에 가까울 테지만.

"그렇다면 가능성은 하나."

뤼비에는 침중하게 턱을 짚었다.

"이건, 그렇지. 배신이군요."

우스꽝스러울 만치 과장되게 외친 뤼비에가 손바닥을 짝, 하고 내리쳤다.

"그 잡화점 주인이 말해 버렸을 겁니다. 돌아가는 길에 발각되었든지, 아니면 포상금이 탐나서 본인이 말해 버렸는지 둘 중 하나의 경우로요. 마을이 걸어 다니는 시체로 소란스러울 테니, 발각되었을 가능성은 낮겠고 본인이 제 발로 달려간 것이겠지요."

일순 뤼비에의 눈동자에 차가운 빛이 스쳤다.

"하지만 흑마법사와의 거래 내용에 대해선 함부로 떠드는 게 아닌데……."

하지만 이미 끝난 일이다. 통찰력 있는 듯 잘난 체하더니 그도 별거 없구나, 뒤통수를 맞게. 난 내심 코웃음 치며 정리했다.

"흑마법사가 있는 동굴로 뒤늦게 추적자를 들여보내느니, 어쩔 수 없이 동굴을 무너뜨려 버리는 쪽을 택한 거로군."

"그것만으로도 마력 소모가 상당했을 터, 더 이상 뭔가를 하진 못할 겁니다. 일단 여기서 빠져나가지요."

꼼짝없이 갇혀버린 신세이건만, 빠져나가야겠단 말을 너무도 쉽게 내뱉어서 그에겐 뭔가 방법이 있나 싶었다. 게다가 죽을 뻔한 상황인데도 저 얼굴, 태도, 너무도 여유가 넘친다. 그래서 난 의심쩍게 물었다.

"어떻게?"

"그거야 대단하신 마탑의 마법사님들이 알아서 하셔야지요. 설마 여기서 이대로 죽을 생각이신 건 아니겠지요?"

능청스럽게 말하며 손을 모으는 낯짝을 한 대 후려갈겨주고 싶었다. 문득 이상한 감각이 스쳤다. 설마 이자…….

"당신은 똑똑하지."

"물론입니다."

"그렇다면 똑똑한 당신이라면, 그 아저씨의 배신을 예상범주에 넣었겠군? 가다가 마법사 길드에 들킬 가능성도 아예 배제할 수는 없고 말이야."

미묘하게 움직임이 이는 그의 표정을 보면서 난 확인사살을 날렸다.

"그래서 굳이 우리를 끌어들인 거지? 혹시나 일이 잘못되어도, 우리한테 붙어서 살아남을 셈으로."

"아니, 뭐……. 유적에 관심이 깊은 것도 사실입니다. 좋은 게 좋은 거지요."

그리 말하며 뤼비에는 빙긋 웃었다. 얄밉긴 한데 또 뭐라고 하긴 그런 게, 그렇다고 해서 일이 이렇게 되라고 빌지는 않았을 것이다. 않았……겠지?

그의 성격상 마탑의 마법사들이 가지고 있는 힘을 궁금해할 것 같긴 한데, 제 목숨을 내걸고 모험을 감수하지는……. 아니, 그것도 장담 못 하겠다. 지식욕 때문에 흑마법사가 되었다고, 제 입으로 말한 자가 아닌가.

고뇌에 잠긴 난 한차례 고개를 흔드는 것만으로 잡념을 털어버렸다.

지금 중요한 건, 여기를 빠져나가는 일이다. 마법을 통한다면 이 땅속에서 벗어나기 어렵지 않겠지만, 마법을 사용해야 하는 게 문제였다.

어쩔 수 없다고는 하나 이미 한 번 마스터의 경고를 어겼다. 땅속이라곤 해도 마법사 길드라면 마법이 사용되었단 정도는 인지하고는 있으리라. 그들로선 조금 전의 마력 방출을 최후의 발악 정도로 여길 가능성이 높았지만.

"어쩌지요?"

마법을 사용하지 않고 여길 빠져나가는 방법, 내가 알 리 없잖아. 우리가 갇힌 공간은 완전히 밀폐된 좁은 공간. 네 명이나 되는 사람이 들어차 있다. 곧 공기가 부족할 테니, 빠르게 결단을 내려야 했다.

"이곳의 위치는."

내가 만들어 놓은 얼음 굴을 슥 훑은 마스터가 묻자 뤼비에가 냉큼 답해 왔다.

"국경선에서 아주 근접한 장소일 겁니다. 아직 국경을 지나지는 못했을 거고요."

마스터의 시선이 허공에서 고정되었다. 섬뜩한 두 개의 손가락이 남겨진 쪽, 정확히는 우리가 가던 방향. 무슨 방법이 있는 걸까?

마스터는 말 대신 행동으로 내 의문에 답했다. 동식물에서나 느껴질 법한 아주 미약한 마력.

마스터의 몸에 고인 그것이 술렁였다. 아지랑이처럼, 분사된 물처럼 그의 몸 주위로 흐릿하게 이지러지는 것을 나는 눈으로 보듯이 느꼈다.

아무리 작은 마력이라도, 마력을 이끄는 것은 결국 의지. 더군다나 내 마력의 근원은 마스터이니.

내게 주어진 힘이나 내 것이 아닌 듯하다. 주인의 부름이 답하듯 전신의 마력이 꿈틀거리며 반응한다.

내 안의 마력이 육체의 태를 벗어나 피부 바깥으로 스며 나온다. 낯설고, 의지를 빼앗긴 듯 불쾌하기도 하다.

참을 수 없는 배설과 흡사한, 그보다 어찌할 수 없이 무력한. 그건 흡사 내 몸이 통제당하는 듯한 기분이었다.

두렵고, 반감이 솟아오른 난 주먹을 틀어쥐었다. 그가 준 힘이다. 그래도 내 것이었다.

꼭두각시처럼 의지까지 앗아 가지는 않는다고 한들 내가 보관 창고도 아니고 내 안에 있는 힘이 언제든 그를 따를 수 있는 것처럼 느껴지는 게 기분 좋을 리 없다.

다행히, 마스터가 하려는 일엔 마력이 그리 필요치 않았다. 마법일까, 아니면……?

훅 일어난 먼지가 고요히 내리깔리듯 그의 눈이 덮였다. 얇은 살갗이 푸른 한설 속에서 도드라지는 심연을 가린다. 일정하게 내쉬어지던 호흡이 멎는 듯했다. 빨려 들어가는 듯, 고도의 집중력이 느껴진다.

마법이라기보단, 그보다 한 차원 위의 영적인 동작. 관찰하려고 새겨 보고 있으나, 실상 홀린 것에 불과하다.

시선을 강탈당해 그에게서 일어나는, 아니 그가 일으키는 현상을 바라보고만 있었다.

순금빛, 어디선가 본 듯한 은은하고 유순한 빛이 금테를 두른 듯 그에게 맺혔다. 어디선가…….

그 숲. 맺히는 이슬조차 금으로 만들어 버릴 것 같은 비현실적인 금빛 숲. 무의식 속에 존재하던 그 풍경에 마스터에게서 엿보였다. 어찌 된 일일까.

어둠과 빛은 낮과 밤처럼 한 몸이니 검은 마력의 소유자이 마스터가 금빛을 머금은 것도, 어찌 보면 자연스러운 일이리라. 그러나 이건 달랐다.

짙은 어둠 속에 꽁꽁 싸여, 가려지고 숨겨져 있던 그 심연 아래 가라앉은 본연의 빛, 근원이 새어 나와 물들이는 듯이—

조금 드러났기에 은은하게 여겨졌을 뿐, 실상은 광포하고 강렬한 빛이다. 숲처럼 깊은 생명력. 전율할 만치 강력한 마력.

그러나 그 모든 건 봉인된 채 단절에 이르렀으니, 여기에 남은 것은 실자락처럼 가느다란 잔재, 힘의 파편. 그 미약한 마력만으로 무얼 할 수 있기에?

하지만 내가 간과한 것을, 난 곧 떠올릴 수 있었다. 마스터가 내게 전해 준 수많은 지식 중 곁다리에 놓인 한 가지 지식.

영성(靈性). 육신이 아닌 영이 가진 힘. 육신에 구애받지 않는 본질의 힘. 인간이 아닌, 인간을 초월한 어떤 존재나 가지고 있는 의지의 힘.

그것은 그 존재만으로, 영향력을 발휘하니, 이라칼이 스스로 마스터를 따른 것도 그 같은 이치였다.

그리하여 그가 눈을 부릅떴을 때, 그의 눈은 완벽한 금색이었다. 나는 사람의 눈이 그토록 신비로울 수 있다고 상상해 본 적이 없었다.

따사롭고 때로는 모든 것을 불사를 듯이 강렬하게 내리쬐는 태양을 사람 눈에 옮겨놓은 듯했다.

날개가 녹아버릴 것을 알면서도, 더 높은 곳을 향해 날았던 이카루스가 이해가 될 것처럼, 그리도 눈길을 사로잡았다. 그 감각을 이름한다면, 매혹이라기보다는 감동.

그리고 마스터는, 의지로서 불러들였다. 제 영에 새겨진 대로, 제가 가진 권한으로 명했다. 그는 절대적인 것.

금빛이 걷히고, 다시 어둠이 내려앉은 마스터는 정적에 잠겼다. 아무 일도 없었던 것처럼 깨끗했다. 실제로 찰나의 시간밖에 지나지 않았으리라.

정적은 곧 깨어졌다. 쿠르릉! 돌연 둔중한 충격이 우리가 갇힌 빙굴을 강타했다.

고막을 뭉개는 것 같은 소리에 난 귀를 틀어막았다.

몸을 바로 세울 수 없는 충격이 온몸에 저릿하게 퍼져 나간다. 운석이 지면이 강타한 듯, 위로부터 전해져 오는 파동이었다.

얼어붙은 굴이 온통 떨리니 충격을 이기지 못하고 벽에선 하얀 가루가 떨어져 내렸다. 압력을 이기지 못하고 이 작은 굴이 깨어져 버렸다면 토사에 휩싸였을진대, 다행히 그 정도는 아닌 듯하다.

이 땅속까지 전달되는 지울 수 없는 굉음. 난데없는 일격이었다. 아마 저 위는 초토화되어 있으리라. 벼락이라도 떨어지게 한 것인지, 도통 짐작이 가질 않았다.

"뭘 하신 거예요?"

무슨 짓을 한 거냐고 묻고 싶었지만, 난 조금 순화해서 물음을 꺼냈다.

그러나 급히 입을 다물다, 혀를 깨물 뻔했다.

아직 끝이 아니었다. 저 앞, 바란 쪽에서부터 이곳까지 물밀 듯이 마력이 뻗어 오고 있었다. 송곳처럼 이 땅속을 일렬로 관통하면서.

그 날카롭고 뾰족한 끝이 이 공간을 꿰뚫어 우릴 한 줌 핏덩이로 만들어 버릴 듯했다. 그건 닥쳐오는 해일을 보고 선 기분이었다. 가뜩이나 마력이 몸에서 흘러나와 있으니, 그려지듯이 그 파동이 잡혔다.

절박한 위기감에 난 결계를 치려고 앞으로 손을 내밀었다. 그러나 내 손목을 곧바로 뻗어진 다른 손이 잡아 낸다. 거의 힘이 들어가지 않은, 작은 손. 뿌리쳐 내려고 마음만 먹으면, 쉽사리 뿌리칠 수 있는.

그러나 솟구치려던 마력은 순식간에 잠잠해졌다.

그건 마스터가 영을 통해 내게 명을 내리거나, 나를 움직이려고 했기 때문이 아니다.

그 간단한 제지의 동작. 나는 그 동작이 품고 있는 뜻에 따랐다. 내가 그 뜻에 따르게 한 것은, 마스터에 대한 믿음. 그가 틀릴 리 없다는 믿음.

두렵고 이해하지 못하여 그에게서 도망치려고 들면서도, 따른다니. 그게 말이 되는가.

묘한 굴욕감이 나를 휩쌌다. 이 짧은, 사고를 거치지 않은 중단이 내가 마스터에게 얼마만큼 길들어 있는지 증명하는 것 같았기에.

결과적으로, 내 선택은 옳았다. 그리하여 마스터는 옳았다.

드릴처럼 땅을 후벼 파며 이리로 전진해 오던 힘은 바로 이 얼음 동굴을 앞에 두고 질주하던 열차가 종착역에 도달한 듯 멈춰 섰다.

마스터가 턱짓하자 이라칼이 곧바로 나섰다.

두 개의 손가락. 사람 시체 따위에 아랑곳하지 않고 이라칼이 그 앞에 섰다. 인간 흉내를 내느라 가지고 있는 검을 뽑아 전력을 다해 벽에 내리꽂았다.

콰직! 손잡이만 남고 쑥 들어간 검. 그의 괴력이 대충 짐작 갔다. 그대로 검을 빙 돌리자 빙판에 구멍을 내듯 얼음 위로 선이 그어진다. 사람 하나는 충분히 통과할 수 있을 만큼 널찍하게 입구를 파낸 그가 검을 다시 허리춤으로 되돌렸다.

그리고 전력을 다해서 손바닥으로 얼음벽을 후려쳤다. 콰작! 거친 단면이 밀려나는 소리를 내며, 저편으로 떨어졌다.

그 안에는 뻥 뚫린 암흑이 도사리고 있었다. 지저 세계로 가는 길인가. 두려울 만치 아득하다.

컴컴한 앞길로 뤼비에가 밝힌 빛의 구가 나비처럼 날아들었다. 토사가 벽에 압축되어 그대로 바위로 변질된 양 안은 놀랍도록 매끄러웠다. 직렬로 길을 파내며, 존재하지 않는 지하 통로를 단숨에 만들어 낸 흔적.

이는 분명 마력이 한 일이다. 그것도 엄청난 마력이. 근데 이 마력은 어디에서 온 거지?

의문을 떠올리며 새로 이어진 길로 들어서려던 난 문득 발을 멈추었다. 그 안에 널브러져 있는, 깨지다 만 얼음덩이. 불빛이 완벽하게 비춰내고 있지는 않으나, 그 덩어리 안에 갇힌 형체가 엿보였다.

시체.

얼음에 가려져 있고 용케 원형을 유지한 듯해서 비위를 상하게 하진 않았지만, 눈뜨고 보기 어려운 몰골인 건 분명했다.

그도 가엾은 운명이다. 잡화점 주인이 배반을 했건 어쨌건, 그는 일이 이렇게 될 거라곤 짐작하지 못했을 텐데.

하지만 시체를 꺼내어 운반하거나 곱게 묻어 줄 마음은, 들지 않았다. 걸음을 지체하기 어렵단 이유보다는 가까이 가기가 꺼려졌다. 내가 장의사도 아니고 시체에 익숙할 리 없잖아.

이라칼과 마스터는 그게 거기 있건 말건 전혀 신경 쓰지 않는 눈치였는데 반해, 난 신경이 쓰여 머뭇거렸다.

남은 한 사람, 뤼비에는 도리어 그 시체에 가까이 갔다. 심지어 허리를 숙여 슥 살펴본다. 이런 것에도 호기심이 이나?

뤼비에가 나를 돌아보며 싱긋 웃었다.

"돈은 그대로 가지고 있을 겁니다. 회수 안 하십니까?"

그 물음을 이해하자마자 구역질이 치밀었다. 진심으로. 내가 질려버린 표정을 짓자, 뤼비에는 흐음, 소리를 내며 몸을 돌렸다.

"회수하실 생각은 없는 듯하고, 그러면 이건 임자 없는 돈이군요. 제가 가져도?"

"맘대로 해!"

난 경악감에 차게 쏘아붙였다. 그리고 그쪽을 돌아보지 않고 걸음을 옮겼다. 얼음을 어찌 깨어서 시체로부터 돈주머니를 확보했는지 곧 뤼비에가 따라오는 기척이 느껴졌다.

그제야 액수가 꽤 크단 게 기억이 났다. 그리고 뤼비에가 그리 경제적으로 여유롭지 않다는 것도.

워낙 무정하고 자기중심적인 마법사이니 그럴 만도 하다 싶어서 이해가 가면서도, 애도하긴커녕 돈주머니부터 챙기고 보는 행태에 질리는 것도 사실이었다.

그보다 더한 이들을 접한 적이 없었다면, 이해에 앞서 반감만이 나를 잠식했으리라.

위쪽은 고요했다. 거리를 두고 있다곤 하나 마법이 행해지는 기척이 느껴지지 않는다.

이만한 마력으로 땅속에 길을 내었으니, 그 파동이 감지될 만도 한데 전혀 탐색하는 기미가 비치지 않는 그 의미는 명료했다.

저 위의 마법사들이 다른데 신경 쓸 만한 상황이 못 된다는 것.

서둘러 뻥 뚫린 통로를 지나면서 나는 점차 기분이 가라앉았다. 쫓기는 듯이 조바심이 일고, 마음이 불안하게 술렁거린다. 정체 모를 힘을 엿보았기 때문일까.

나는 마스터가 무력하다고 믿었다. 마스터 역시도 그리 말했고.

그렇다면…… 지금 이 마력은 뭐지? 그건 보고 느낀 그대로, 그가 불러들인 것이다. 그럼 마스터는 무력한 게 아닌가?

마스터가 나를 속였다고까진 생각되진 않았다. 그러나 의혹이 이는 부분이 있는 건 사실이었다. 그가 스스로를 지킬 수 있다면, 나는 더 이상 마스터의 곁에 머무르지 않아도 된다.

마스터는 내가 바라는 걸 줄 수 있는 자가 있다면 자신뿐이라고 했지만, 애초에 그 말을 온전히 믿지 못하는 나다.

그의 곁에 있는 건, 내게 구명의 은혜와 더불어 의무심처럼 박힌 최소한의 도리를 해야 한다는 책임감. 그리고 나를 마스터에게 맞서게 만들었던 양심.

마스터의 손아귀에서 벗어나길 바라고 있다고 바라야 한다고 되뇌었건만, 막상 그럴 수 있을 만한 근거가 떨어지자 애초부터 제대로 굳어진 적 없는 결심은 몇 걸음이고 주춤거린다.

마스터가 어느 정도 힘을 회복한 거라면, 그 단순한 가정은 내게 더 많은 생각을 하게 만든다.

석면 동굴처럼 견고하게 형성된 통로는 꽤 길었다. 뤼비에가 어느새 따라붙었는지 인기척을 냈다. 그가 내 옆쪽에 서서 흥미로운 듯이 벽을 쓸어 보았다. 토사가 흘러내려야 할 벽면에선 조금의 흙가루도 묻어나지 않는다. 기이한 현상.

뤼비에는 벽면을 툭툭 치며 중얼거리듯 말했다.

"마력이 형질을 바꾸었군요. 과연, 이만한 마력으로 땅굴을 뚫은 역사는 전무할 겁니다."

그러면서 동의를 구하듯 내게 시선을 건넨다.

"때로 평생 마법을 접하지 못하고 시골에서 살아온 이들은, 마법을 기적이라고 말한다는데……. 이런 걸 보면 이해가 갑니다."

마스터의 뒷모습을 힐끔 보는 시선이, 경외를 담고 있었다. 가늠할 수 없을 만한 경지의 마법사. 마스터를 얕잡아 보는 것보다야 우러러 보는 게 나을 텐데, 복잡한 심사를 한층 더 흐트러뜨리는 발언이었다.

이어진 말에 난 놓치고 있던 사실을 퍼뜩 깨달았다.

"방향을 보건대, 유적으로부터 불러들인 힘이군요."

유적으로부터? 그래, 마스터가 끌어낼 힘이 있다면 현재로서는 바란에 잠든 힘밖에 없다. 여기와 바란이 거리가 멀지 않고, 어쨌든 그건 마스터에게서 비롯한 힘이니까.

그러나 이상한 느낌이 찾아들었다. 바로 깨달진 못했으되 잡힐 듯 말듯 모호한 감각이 나를 예리하게 긁고 지나간다. 무얼까.

궁금증이 도진 듯 생각에서 빠져나온 뤼비에가 곧 연달아 물었다.

"저 유적은, 마탑과는 무슨 연관이 있습니까. 어째서 저런 걸 바란에 방치해 두고 있었던 거지요?"

나는 대답하지 않았고, 그건 마스터 역시도 그러했다. 차이가 있다면, 나는 이유를 몰랐기 때문이고 마스터는 이유를 알지만 침묵한 것이다.

말없이 이 길의 끝이 어디인지 아는 양 걸음을 내딛고만 있는 마스터의 뒷모습을 바라보던 난 불현듯 깨달았다.

마스터는 내가 가지고 있는 이 검의 마력조차도 받아들일 수 없다고 말했던 것을. 그리고 바란에 잠든 힘이 내 검에 있는 마력과 유사하다는 것.

알고 있던 사실과 상충되는 현상에 순식간에 의혹이 나를 점령한다. 마스터에게 걸린 봉인은, 마탑의 마력과 마스터를 단절시킨다지 않았던가.

난 성큼 걸어 나가 열 보쯤 앞서 있던 마스터를 잡아끌었다.

"이게 어떻게 된 거예요?"

그리 힘을 주지도 않았는데 나뭇잎처럼 가벼운 마스터는 단숨에 뒤돌려졌다.

그러나 내 무례한 행동에도 그는 한 점의 동요도 담지 않은 고요한 눈으로 이쪽을 바라볼 뿐이었다.

그 태도에 찬물을 끼얹듯 마음이 싹 가라앉았다. 사실이 다르다고 해서 섣불리 그를 추궁하려고 드는 건 애초부터 의심을 품고 있음을 방증하는 것이리라.

나는 되도록 침착하게, 흥분하지 않은 것처럼 목소리를 낮추며 덧붙였다. 뤼비에의 귀에 닿지 않도록, 작은 소리로.

"탑의 마력, 사용할 수 없다고 제겐—"

말씀하셨었잖아요. 몸을 숙이고 있어서 얼굴이 가까웠다.

얕은 호흡이 그에게 닿다가 내게로 돌아오는 것이 느껴질 정도로. 작은 변화라도 눈에 띌 만한 거리였다.

날카롭게 주시하고 있음에도 마스터는 그 지독한 무표정을 흐트러뜨리지 않았다.

그는 입술을 움직여 대수롭지 않은 듯 말했다.

"피치 못한 상황이니 시험해 본 것뿐이다. '이런 방식'으로는 가능하더군."

"그럼 그 방식으로, 마법을 다시 쓰실 수 있겠어요?"

느끼기에, 유적이 보유한 마력 전부를 끌어낸 건 아닌 듯이 느껴졌다.

그렇다는 건 그 마력 전부를 운용할 수 있다면…… 시온의 힘이 약화된 이상 마스터도 그들과 해볼 만해진 거 아닌가. 어쨌거나 중대한 사실이었다. 한 번 제대로 이야기를 나누어 봐야 할 만큼.

그러나 마스터의 답변은 내가 기대한 바와는 달랐다.

"내가 할 수 있는 건 저돌적인 방식으로 마력을 움직이는 것뿐. 그조차도 형태를 가지고 행사되는 마법과 구분되니 한계가 있을밖에. 그에 대해서 더 알고 싶은 게 있다면—"

마스터는 손을 들어 내 손을 떼어 냈다.

"이곳을 벗어나서 이어 말하지."

깔끔하게 나를 끊어 낸 마스터는 걸음을 옮겼다. 일순 나를 향한 건, 믿음을 구하지 않는 눈빛이었다. 그것이 왠지 싸늘하게 가슴에 박혔다.

그는 항상 나와의 관계에서 우위에 선다. 정말로, 내가 바라는 것을 그만이 줄 수 있다는 확신 때문인지.

아니면 이제껏 모든 것을 가지고 있었던 자의 몸에 밴 오만인지 나는 그것을 분간할 수 없었다.

단 하나, 알고 있는 건 마스터가 이제까지 내게 거짓을 말하지 않았단 것뿐. 하지만 그건 언제든 뒤집힐 수 있는 종류였다.

당당하면 확실히 뭐가 있어 뵌다. 정말 뭐가 있든 그렇지 않든. 난 그 말을 진리로 실감하며 마스터를 제법 사납게 노려보았다.

그러면서도 발걸음은 충실히 길을 따라서 그를 쫓았다.

곧 이라칼이 뭔가를 깨달은 듯이 마스터를 등에 업었기에, 우리는 대단히 빠른 속도로 통로를 주파할 수 있었다.

두 시간쯤 지나, 국경지대에서 벗어나 바란에 많이 가까워졌을 거라고 예상할 때쯤 비스듬하게 위쪽으로 향하던 통로의 경사가 갑자기 급해지는 것을 느꼈다.

걸어서 올라갈 수는 있다지만, 등산을 하듯 가파른 길이다. 그 끝에서 바람의 흐름이 전해졌다. 바깥은 아직 새벽에 가까운 밤일 터라 컴컴한 건 여전했다. 이대로 쭉 가도 되나. 난 물었다.

"이 통로, 바란 쪽에서도 알아채지 않았을까요?"

그런데 왜 여긴 사람이 없지? 슬슬 속도를 따라붙느라 힘들어지는지 뤼비에가 땀이 밴 얼굴로 술술 설명했다.

"바란에는 마법사가 드뭅니다. 유적지 쪽으로 자꾸만 탐사를 시도

해서, 마법사 길드와 갈등을 빚고 있기도 하고요. 거의 모든 마법사는 마법사 길드 소속이니까요. 그리고 그들 중 다수가 국경을 틀어막는 데 모집되었죠."

"바란에서 방출된 힘이 두 갈래로 갈리지 않았습니까. 하나는 아마 지상에 있는 마법사들을 휩쓸었을 거고, 하나는 이렇듯 땅속에 길을 내었죠. 전자의 마력이 더 강하니 아마 여기까지 당장은 알아내기 어려울 겁니다."

"죽었을까."

나도 모르게 중얼거리자 뤼비에가 거침없이 응답했다.

"마법사 길드 쪽을 말씀하시는 거라면, 죽었거나 그렇지 않더라도 당분간 마력 운용이 불가능할 정도로 중상을 입었을 겁니다. 마탑의 마법사로서 체감하시기는 어려울 테지만, 탑의 마력이라는 건, 확실히 인간이 운용할 수 있는 범주를 벗어나는 경향이 있어요."

그리고 묘한 빛이 번뜩이는 눈으로, 덧붙였다.

"아주 경이적입니다."

"……당신은 마탑의 마법사가 되고 싶은 건가?"

그 질문은, 자연스러운 것이었다. 무엇보다도 뤼비에는, 마탑의 마법사들과 성향이 무척 유사하다. 나보단 적응을 잘하겠지.

아무에게나 주어지는 특권은 아니고 그를 받아들일 권리가 내겐 없다. 하지만 마탑의 존재를 아는 마법사들이라면, 은연중에 바라고 있다고 들었던 것 같다. 그걸 결정할 만한 권한을 가진 마스터가 여기에 있었고.

그러니― 그걸 미끼로 그를 부려먹을 수 있지 않을까? 그런 계산에서 한 말이었다.

"아니오."

너무도 딱 부러지는 대답이라 좀 놀랐다.

"어째서? 당신은 흑마법사잖아. 마법사 길드에 쫓기는 몸이니 마탑에 몸을 의탁하는 게 좋지 않나."

"세상에 무상으로 주어지는 건 없습니다. 모두가 탐하는 많은 힘은, 그만한 대가를 요구하기 마련이지요. 마탑의 계약 방식을 미루어보아 그 대가가 작으리라고 생각지 않습니다. 저는 어딘가에 묶여 제약받는 건 바라지 않으니까요."

"당신이 추구하는 진리에 대한 해답이 마탑에 있어도?"

뤼비에는 거기서 잠시, 대답을 머뭇거렸다. 그러나 그의 고민은 길지 않았다.

"그건 좀 끌리는군요. 하지만, 예. 지금으로선 그렇습니다."

아까보다 여지를 둔 대답이 마음에 들었다.

그만큼이나 의지가 확고한 자조차도, 마탑이 내미는 독이 든 사과 앞에 흔들리고 만다. 그러니 막다른 절벽에 서 있는 자라면 오죽할까.

죽음을 앞두고 선택을 강요당한 내게 어쩔 도리가 없었음을 확신시켜 주는 듯하다.

난 흘낏 마스터의 뒤통수를 응시했다.

들렸을 텐데도 듣지 않은 양, 실제로 전혀 신경 쓰지 않는 듯이 걸음을 옮기는 마스터가 뤼비에의 말을 듣고 자유란 게 어떠한 의미인지, 시온들이 왜 반역을 저질렀는지 조금이나마 헤아리려고 했으면 좋겠다고 생각했다. 헛된 기대라는 걸 알면서도.

곧 우리는 통로를 빠져나와 밤하늘 아래 섰다. 나무가 그리 우거지지 않은, 듬성듬성한 숲. 맑은 공기가 폐부 깊숙이 밀려든다.

나는 탐욕스레 숨을 빨아들였다. 고작 반나절가량의 시간 동안 땅속을 지났을 뿐인데 갇힌 듯이 답답하여 빨리 지상에 도달하고 싶던 차였기에 상쾌함이 더했다.

천장이 무너져 내리는 경험이라니, 등골이 오싹하다. 정말 생매장될 뻔했다는 게 실감이 났다.

다행히 무사하긴 했으나 트라우마가 남았는지 다신 땅굴 같은 데 들어가고 싶지 않다. 진심으로.

나는 슥 주변을 둘러보았다.

우리밖에 존재하지 않는 세상은 온통 고요에 잠겨 있었다. 그리고 저편. 먼 곳에서부터 번져 오는, 하늘에 찬연한 별을 가릴 만치 밝은 불빛.

원시적으로 피워 낸 불이 대부분인 이 세계에서 흔치 않은, 도시의 야경처럼 인위적인 불빛으로 물든 그곳.

"바란이로군요."

나보다 먼저, 뤼비에가 읊조렸다.

"유적의 힘으로 낮과 밤이 구별되지 않게 밝음을 유지한다고 하지요."

일시에 그만한 마력을 분출해 내고도, 아무 일도 없었던 것처럼 빛에 휩싸여 우리를 기다리고 있는 바란.

나는 묘한 감흥에 사로잡힌 채로 그곳을 바라보았다.

저곳에서 어떤 일이 벌어질지 유적이란 어떤 것일지 예상할 수 없으나, 단 한 가지 알고 있는 건 마스터가 마력을 되찾기 위해선 저곳에 가야 한다는 것.

그러나 내가 품은 바람은 그와 유사한, 그러나 또 다른 색채를 띤다.

어쩌면 저곳에서 나는 마스터의 비밀을 알 수 있을지도 모른다. 아니, 알아내야만 했다. 이것이 내게 주어진 몇 안 되는 기회이기에.

저 멀리서 밝게 피어오르는 불빛이 그 사실을 새겨 주듯 아릴 만치 안구를 쪼고 있었다.

10. 바란

바란의 입구에 다다르니 낮이 찾아든 듯했다. 도시의 번화가를 연상케 하는 휘요한 빛에 눈이 부셨다.

밤 깊은 시각임에도 형광등을 밝혀놓은 것처럼 이 도시는 온통 밝았다.

그건 곳곳에 세워져 있는 등뿐만이 아니라, 도시 중앙에서 빛을 내리비치는 거대한 원형의 구 때문이기도 했다. 그것은 흡사 인공 태양.

물론 실제의 태양과는 달랐다. 정면으로 쳐다보고 있으면 시력에 이상이 올 만치 환하기는 하되, 훅 끼치는 뜨거움은 없었다. 열기를 내뿜지 않는 차가운 빛. 그러나 형체 없이 홀로그램처럼 도시 저 높은 상공에 떠 있다.

그 모습은 실로 경이로웠다. 내 세계에서라고 한들, 저런 것을 만들어 띄우고 유지하는 게 결코 쉬운 일일 것 같진 않다.

"작은 태양이로군요. 저만한 빛의 구를 유지하려면 얼마만큼의 마력이 소요될지 짐작이 가지 않습니다."

뤼비에가 감탄에 찬 소리를 내었다.

평소엔 태연한 척, 어지간해선 아무것도 아닌 척 굴었던 이라칼도 이번만큼은 눈을 휘둥그레 떴다.

그가 아무리 어른인 양 어떤 상황에도 익숙한 것처럼 굴어도 그게 마스터에게 자기가 믿음직스럽다는 걸 어필하려는 방편이라는 걸 안다.

마스터 곁을 꼭 지키면서도 인공 태양을 신기하게 쳐다보는 모양새가 좀 귀여웠다.

그에 반해 마스터는 그 광경에 별반 관심 없는 듯했다. 그는 눈이 부신 듯 몇 번 눈꺼풀을 내렸다 올리는 동작만으로 동공을 좁혔고, 그것이 실상 마스터가 보인 반응의 전부였다.

그의 마력에서 비롯된 광경이기 때문일까. 아니면 애당초 무언가에 놀람을 느끼는 감각이 없는 걸까. 마스터가 비행기나 기차, TV같은 것들을 보아도 그리 놀라지 않을 것 같다는 데서 난 후자에 기울었다.

하지만 실제로 확인할 수는 없는 노릇이다. 더욱이 그가 내 세계에 떨어진다면 그건 어떤 재앙이 될지 나는 차마 상상할 수 없었다.

"저건 뭐지?"

입구를 가로막고 선 두 개의 조각상을 보며 난 중얼거렸다.

조각상? 아니, 다르다. 대리석처럼 매끄러운 표면으로 이루어진 그 사람 형체의 돌덩이에선 생명력이 조금도 느껴지지 않았다.

하지만 2미터 남짓 되는 크기의 그것들은 분명히 움직이고 있었다. 윤활유를 부은 듯 매끄러운 움직임으로 드나드는 사람들을 주시하는 것이, 로봇이라고 하기엔 너무 덩어리 같다. 이음선이나 인공 관절, 눈에 두드러지는 경계 구분 없이, 마치 일체가 사람인 것처럼 움직였다. 하지만 그것들은 사람의 살갗처럼 부드러운 재질의 피부를 가지고 있지 못했다.

줄을 선 사람들이 그 두 조각상 사이의 공간으로 통과하고 있었다. 뭐지, 검문 절차인가?

의문을 갖기 무섭게 조각상 옆에 서 있던 경비병이 외쳤다.

"마법사를 탐색 중이니 협조해 주시기 바랍니다! 마법사이신 분은 이쪽으로 와 주십시오."

우리와 엇비슷하게 당도한 이들이 꽤 있어, 마침 입구가 북적거리던 참이었다.

금세 군중들 사이에 술렁거림이 들어찼다.

"마법사는 왜 탐색하는 거람?"

"아까 무슨 일이 있었나? 그 왜 아까 바란 쪽에서 빛이 번쩍거렸잖아."

"마법사 길드와 문제가 생긴 거 아니야?"

갖은 추측이 잇따랐지만, 누구도 어찌 된 상황인지 모르는 건 마찬가지였다.

대충 눈치를 보아하니 경비병은 아무 능력도 없는 듯하고, 순전히 그 로봇 비슷한 인간형 조각상이 마법사를 탐색해 내는 듯했다.

"이, 이게 뭐요! 난 마법사가 아니외다!"

……정확히는, 마법적인 기운을.

한 조각상이 대뜸 한 사내의 어깨를 붙잡았다. 다른 하나가 거침없이 그의 배낭을 뒤적여 물건을 빼낸다.

"그건 그냥 불 피우는 마법 부싯돌이오."

물건을 확인한 조각상들은 곧 사내를 놔주었다. 기겁한 사내는 뒤도 돌아보지 않고 도시 안으로 달려 들어갔다.

경비병이 다시 소리를 높였다.

"마법 물품이 있으면 진작진작 꺼내 놓으시오!"

주변에서 오가는 소릴 대충 들어 보니, 아무래도 입구에서 이런 식으로 마법사를 색출하는 건 자주 있는 일은 아닌 듯싶다.

그들이 찾는 게 마법사 길드 사람인지 아니면 국경에서의 소란을 틈타 스며들었을 흑마법사인지는 모르겠지만, 꽤 곤란해졌다.

"골렘이로군요. 아마도 유적의 마력으로 움직이는 거겠죠. 자세히 살펴볼 수 있다면 좋을 텐데."

뤼비에가 어쩐지 탐욕 어린 눈빛으로 그렇게 말하고 나서야 난 그 조각상들이 뭐라고 불리는지 알 수 있었다.

골렘이라. 마스터가 전달한 지식에 따르면 마력으로 움직이는 로봇 같은 거였나.

대개는 내부에 박힌 마력석이 에너지를 공급하지만, 이 경우에는 이 바란이라는 도시 자체가 마력의 공급원이었다. 내게도 마법사다운 탐구심이 솟구친 건지 그 구동 원리가 정확히 어떠할지 궁금해지긴 했다.

이번에도 난 재빨리 마스터를 돌아보았다.

"어쩔까요?"

저 골렘들에겐 뇌물도 먹히지 않을 것이다. 마스터야 몸에 마력도 별로 없으니 걸리지 않겠지만, 나나 뤼비에의 경우는 다르다.

특히 나는. 저 골렘들을 움직이는 마력은 마탑의 마법사인 내 것과 매우 유사하다.

적발되면 어떻게 하지? 애초에 그들이 왜 마법사를 탐색 중인 건지 알지 못하는 나로서는 정체를 밝히기가 어려웠다.

더군다나 마법사 길드가 지척에 있는데, 그들을 사칭할 수는 없는 노릇이고 탑의 마법사라고 밝히는 건 더욱 껄끄러운데.

마스터만 들어갔다 나오고 나는 밖에 있으면 안 되나? 어차피 이라칼과 함께니까. 뤼비에야 본인이 알아서 할 거고.

"그대로 통과한다."

뭔가 믿는 구석이 있는지 마스터가 망설임 없이 답을 주었다. 애초에 적발되는 것을 염두에 두지 않은 듯한 태도. 여유마저 느껴진다.

마스터에게서 근거 없는 확신이라는 건 잘 나타나지 않는 경우다. 좀 더 설명이 붙었으면 좋았겠지만, 나 또한 짐작 가는 것이 있었고.

짐작대로, 짐작했음에도 내가 다소 긴장한 채로 일행 중 가장 먼저 골렘 앞에 섰을 때 녀석들은 분명히 내게서 그들의 것과 같은 기운을 감지해 냈음이 분명하다.

눈 없이 달걀귀신처럼 밋밋한 얼굴에선 무어라 설명하긴 어려우나 미묘하게 그런 기색이 읽혔다.

그러나 골렘들은 나를 색출해 내지 않았다. 너무나 깔끔하게 길을 내주어 놀랄 지경이었다.

난 먼저 성큼 그들 사이를 통과했다. 이어 다른 일행들— 심지어 뤼비에까지도 별다를 것 없이 골렘 앞을 통과할 수 있었다.

우리 일행이 외관상 눈에 띄었기에, 왠지 모르게 의심스럽게 쳐다보던 경비병도 골렘이 반응하지 않자 순순히 우리를 들여보내 주었다.

"느껴지는 마력이 상당히 강력합니다. 그냥 움직이는 데에 저만한 마력이 필요할 리 없으니, 지능이 있는 골렘 같습니다. 과연 바란이군요."

신이 나서 떠들어 대는 걸 봐선 입구를 통과할 수 있을지 별로 걱정하지 않은 듯했다.

그 점을 물어보니 뤼비에는 당연한 걸 왜 묻느냐는 듯이 답했다.

"이 유적 자체가 마탑의 산물이라면 저 골렘도 탑의 뜻에 따르지 않겠습니까? 다른 분들이 걱정하는 것처럼 보이지 않길래 자연히 그런 줄 알았습니다만."

거기까지 자연스레 추리해 내지 못한 난 할 말이 없어졌다.

내심 불안해할 만은 한데, 뤼비에 이자는 제 논리에 따라서 감정마저 조절할 인물로 보인다. 그것이 그 나름 비인간적이었다.

"일단 머물 곳을 구하고, 후를 생각해 보지요. 일련의 사태에 대해서 바란 쪽에선 어떻게 받아들이고 있는지 알아야겠습니다."

뤼비에가 빠르게 결론을 끌어내었다. 그는 어느새 이 일행에서 주도권을 확보해 가고 있었다.

아예 일행이 되어 버린 듯이 당연히 행동을 함께하는 그였지만, 어차피 유적으로 그를 데려가야 하는 건 사실이니까. 나는 마지못해 고개를 끄덕였다.

바란이라 함은 도시국가이니 숙소가 넘치게도 많았다. 방을 구하는 건 어려울 게 없는 일이었다.

우리는 지나가다가 눈에 띄는 적당한 여관에 들어서서 짐을 풀었다. 마스터와 이라칼은 안전을 기해 같은 방을 쓰기로 하고, 나머지는 각자 따로 독방을 잡았다.

그 이유는 뤼비에가 굳이 그렇게 한방에 머물러야 하냐고 의아해했기 때문이었다. 내가 생리적인 현상을 겪는다면, 한 방을 쓰는 데 불편함을 느꼈겠지만 별로 그럴 게 없어서…….

생각해 보면 내가 이라칼과 부부고 마스터가 아이인 것도 아닌데 셋이서 한 방을 쓰는 것도 일반적이지 않은 일이었다. 암살자가 침실에 들이닥칠 정도로 위험한 것도 아니고.

거기다가 뤼비에까지 더하면 넷. 넷이서 옹기종기 한 방에 모여 자느니 이라칼이 좀 눈치를 봐야겠지만, 그를 마스터에게 붙이고 바로 옆 독방을 써도 될 듯하다.

난 방에 들어서서 간만에 얻은 혼자 된 자유를 만끽했다.

비록 벽 하나를 두고 마스터와 이라칼이 있었고, 그건 내게 감각을 조금만 확장하면 움직임을 감지할 만치 가까운 거리였지만 그 벽 하나만큼의 단절감이 곤두선 신경을 풀어냈다.

실체를 알고 있는 이라칼도 그렇거니와 마스터가 은연중에 나를 긴장하게 하고 있단 것을 깨달았다. 그건 꽤 피곤한 일이다.

충분히 값을 치렀기에 방은 청결하고 넓었다. 난 냉큼 침대 위에 드러누웠다. 내 몸은 초인의 것처럼 튼튼하여 도통 피로를 느낄 줄 몰랐지만, 불과 몇 시간 전 땅속에 생매장될 뻔해서인지 정신적인 피로감이 밀려들었다. 우선 좀 쉴 참이었다.

얼마나 눈을 붙였을까. 얕은 잠이 들었을 무렵 누군가가 똑똑 문을 두드렸다.

찬 공기에 노출된 듯 정신이 훅 살아났다. 난 퍼뜩 잠에서 깨어나 반사적으로 몸을 일으켰다.

뒤이어 조금 더 작게 똑똑 거리는 소리가 들렸다. 대충 기척을 보아 누군지 알 것 같았기에 눈을 비비고 문을 열자, 막 몸을 돌리려던 그가 멈칫했다.

"이거 죄송합니다. 주무시고 계셨습니까."

"그래."

주무시고 있었지. 하지만 깬 이상 의미 없는 일이다. 그냥 놀자고 불렀을 것 같진 않아서, 난 용건을 말하라는 듯이 팔짱을 끼고 그를 응시했다.

헛웃음을 지은 뤼비에가 내게 넌지시 제의했다.

"저와 함께 내려가시지 않겠습니까."

"왜?"

바깥이 환하다 보니 창에는 검고 두꺼운 커튼이 내려져 있었다.

방 안의 어둠과 잠든 시간을 가늠해서 현재 시각을 어림짐작하니 새벽 같았다. 이 시간이면 근처 술집 정도는 열었을 것이다. 하지만 그와 나는 함께 뭔가를 할 만큼 친근한 사이가 아니었다. 뜻밖의 제의에 고개가 갸웃거려진다.

"그야 물론, 정보를 얻기 위해서지요. 여종업원과 이야기를 좀 나누어보려고 했습니다만, 좀……."

"좀?"

잠깐 자는 사이, 벌써 돌아다녔단 말이야? 부지런하기도 하지.

감탄할 만하다고 생각하면서 난 고개를 갸웃했다.

"누군가에게 호의를 사는 건 제게 손쉬운 일이거든요. 그런데 남편분이 계시더라고요. 저를 아주 안 좋게 보는 눈치라."

싱긋 웃는 얼굴은 왠지 기분이 나빴고 나는 약간의 추리 끝에 합당한 결말을 도출해냈다.

"날 방패막이로 세우겠단 거야?"

"꼭 그런 건 아닙니다. 오해는 곧 풀리게 되어 있으니까요. 혼자 술을 마시기엔 적적하기도 하고."

친근감 넘치는 미소를 자아내는 뤼비에게, 그가 방심 못 할 자라는 걸 알고 있는 나도 딱 잘라 거절하긴 어려웠다.

나도 대화라는 것에선 상당히 굶주려 있었고 이라칼이나 마스터는 대화 상대가 잘 되어 주지도 않는데 반해 뤼비에는 말을 나누기에 적당한 상대였다. 궁금증을 풀어 주기에도 족한 자이니 그를 따라가는 것도 나쁘지는 않겠지.

근데 나조차도 종종 잊고 있는 사실이지만, 난 미성년자잖아? 술이라니. 뤼비에는 내가 마탑의 마법사이니 당연히 나이가 많은 걸로 알겠지. 여기선 말릴 사람 없으니 한 번…… 시도해 볼까. 제법 마음이 솔깃했다.

"알았어."

"준비할 시간이 필요하십니까?"

"아니, 바로 나가지."

그걸로 갑작스러운 밤 외출이 결정되었다.

방문을 두드린 후, 빼꼼 얼굴을 내밀고 잠시 나갔다 오겠다고 말한 난 뤼비에를 따라 나섰다.

그 모습을 보고 뤼비에가 꼭 부모님에게 허락받고 외출하는 어린애 같다고 웃는 게 좀 거슬리긴 했지만, 무시하기로 했다. 너무 종속된 것처럼 느껴지기는 하지만, 마스터는 일단 내 스승이고 또한 보호자였었다.

그래, 였었지. 이제는 반대의 입장이 되었더라도.

"발을 조심하시지요."

뤼비에가 슬쩍 달라붙어 친한 체하길래 왜 이러나했는데, 이쪽을 향해 왠지 눈을 부라리고 있는 사내가 시선에 들어왔다.

과연, 대단히 키도 크고 우락부락한 사내다. 성격도 다혈질로 보이고. 뤼비에가 굳이 연기를 할 만도 하겠어. 저런 사람과 시비가 걸렸다간 마법을 쓰지 않고는 상대할 수 없을 테니까 말이야.

당분간 나도 그렇지만 뤼비에도 눈에 띄는 마법 사용을 삼가야 했다. 뤼비에의 경우 적어도 바란에서 마법사를 색출하는 이유를 알아내기 전까지는. 혹은 알아낸 이후에도.

그 사실은 이 야밤에 밖으로 나가는데 위험을 전제하고 있단 것처럼 느껴졌다.

그러나 뤼비에가 하도 당당했기에, 나 역시도 자연히 그리 긴장하지 않았다.

우리는 곧 가까운 거리에 있는 술집에 자리를 차지하고 앉았다. 밤과 낮이 구별이 되지 않는 빛의 도시이니 술집을 찾아든 주객들은 다들 지금이 늦은 시각이라는 사실을 망각하고 있는 듯했다.

밤이 깊었는데 하도 왁자지껄 시끄러운 나머지, 목청을 높이지 않으면 서로의 대화가 들리지 않을 지경이다.

최대한 구석진 곳에 앉은 난 메뉴판을 보고 눈을 찌푸렸다. 어른들 있는 자리에서 한두 잔 얻어 마신 것 빼곤 마셔본 적은 없지만, 술 종류가 뭐가 있는지 대충은 들어 본 적 있다.

물론 내 세계의 경우에 한해서. 여기라고 크게 다를까?

내가 고민하는 걸 느꼈는지, 뤼비에가 또 묘하게 기분 나쁜 특유의 미소를 떠올렸다.

"술을 별로 즐기시지 않나보군요."

"탑에는 술이 없는걸."

없나? 엘리야와 적색의 와인은 꽤 잘 어울리는 것이니 어쩐지 있을 것 같기는 하다. 소파에 몸을 기대어 앉아 유리잔을 드는 그 우아한 모습은 눈에 그려지듯 선한 것이었다.

그를 떠올리면서도 그리 씁쓸하다거나 아릿하다는 종류의 감상이 들지 않는 나 스스로가 조금 놀랍게 느껴졌다.

하긴, 정이 들었다지만 그리 오래 묵시 않은 감정이다. 싱처를 줄 만큼 뿌리를 깊이 박기엔, 너무도 짧은 시간이었으니.

"단걸 좋아하십니까?"

턱을 괴고 고심하는데 뤼비에가 선택에 도움을 줄 요량인지 물어왔다.

단맛이라. 사실 난 술맛을 잘 모른다. 하지만 과실주가 맛있다는 건 알고 있지. 다니까. 그래서 난 냉큼 고개를 끄덕여버렸다.

이어진 가볍고 상큼한 걸 좋아하느냐, 농후하고 진한 걸 좋아하느냐는 물음에 난 주저 없이 전자를 택했다.

피식 웃은 그가 종업원을 불러 말했다.

"여기 치나 작은 걸로 두 잔."

"치나?"

"바란 특산 와인의 고유 명칭입니다. 가볍고 산뜻하지요. 여기서 안주는 뭐가 많이 팔리지?"

"구운 등갈비를 많이들 찾으세요."

내 또래의 소녀는 싹싹하게 대꾸했고, 뤼비에가 내게 어떠냐는 듯 시선을 던졌다.

"그걸로 하지."

바로 답한 난 테이블 위를 톡톡 두드렸다.

와인이라……. 아마도 마스터에게 전달받은 지식은 내가 모르는 고유어에는 적용되지 않는 듯하다. 이런 식으로 고유어가 막 튀어나오면 내가 그 뜻을 해석할 수 없단 걸 새삼 깨달았다. 그렇다 쳐도 마법이란 건, 정말 놀라운 거 아닌가. 배울 필요 없이 말이 통하게 되니까.

내가 처한 불행이 더 크기에 별로 달갑지는 않지만 어쨌거나 이 특별한 능력에 대해서 곱씹어 보고 있는 사이, 뤼비에는 주변의 대화에 귀를 기울이고 있었다.

애초에 정보를 얻기 위해 주점을 찾은 셈이니, 그는 목적에 충실하고 있는 것이다.

뤼비에에게서 미미한 마력 발동이 느껴졌기에 난 그가 마법을 사용하고 있음을 눈치채었다. 들키면 곤란하지 않을까 싶었지만, 골렘을 통해서야만 마법사를 색출해 낼 수 있으니 이런 조그만 마법 구현

정도는 알아채는 이가 없겠다 싶었다.

청각을 확장시켜 주변의 잡음을 정제하여 정보로 환원하는 듯하던 뤼비에가 어느 순간 미간을 모았다.

불쾌감을 느끼거나 화가 나서가 아니었다. 잔잔하게 고여 있던 눈이 생기가 스미는 듯 이채를 머금었다. 흥미를 느끼고 있단 반응이니, 그 모습은 내 흥미를 자극하기에도 족했다.

그러나 종업원이 부지런히 실어 나른 술이 테이블에 탁 놓이자 난 일단 거기에 주목했다. 술집에서 술을 마시는 건, 정말 처음 있는 일이다. 나는 나름 모범생이었다고.

물 컵만 한 유리잔에 찰랑찰랑 고인 황금빛 액체가 왠지 모르게 탐스러웠다. 와인이라며, 화이트 와인인가? 보글보글 거품이 일고 있어서 탄산이 함유된 듯하다. 특별히 향긋한 내음이 난다거나 하진 않은데 그 모습이 유혹적이라 맛이 궁금해졌다.

뤼비에는 와인이 나왔는지 대화에 신경을 쏟느라 전혀 관심이 없는 듯하기에 고민하던 난 잔을 들어 입에 대 보았다.

톡 쏘는 감각이 바로 혀를 자극한다. 우려했던 것과는 달리 상당히 맛이 괜찮았다. 그리 달지는 않지만, 산뜻하게 달았다. 입안에서 싸하게 퍼져 나가는 청량감이 꼭 탄산음료를 마시는 느낌이다.

알코올기가 올라오는 것을 보니 도수는 꽤 있는 듯한데, 술을 즐기지 않는 나로서도 그리 거부감을 느끼지 않을 만했다.

근데 이거 짠, 하고 잔을 부딪치는 정도는 해야 하지 않나. 이미 마셔 버려서, 좀 애매하네. 한국인다운 편견으로 잠시 고민하던 난 여전히 정보수집에 열중하고 있는 뤼비에에게 말을 걸어 보기로 했다.

"좋은 이야기라도 있어?"

"아아— 알고 싶은 내용이 마침 딱 들려오너군요."

입꼬리를 끌어 올리는 모습이 답을 쉽게 찾아서 기분 좋은 듯이 보였다.

"그러면 내게도 말해 주었으면 좋겠네."

시큰둥하게 대꾸하자 뤼비에가 고개를 갸웃거렸다.

"들으실 수 있지 않습니까? 어차피 바란에는 마법사를 탐지할 만한 능력이 없습니다."

거리낌 없이 마법을 사용해서 정보를 수집하면 될 텐데 왜 군이 자기한테 물어보느냐는 뜻이었다. 따져 묻는 것이 아니라 순수한 의문이라, 더욱 말이 막힌다.

그래, 바란에는 없겠지. 하지만 시온은? 탑의 마력을 잃었다고 해서 그들이 아주 약화되어서 우리에게 손 놓고 있을 거라고 생각하기는 어려웠다. 실제로 그들은 우리를 추적하기 위해 뭔가를 논의하고 있었고, 유권의 약점을 잡고 있는 듯했다.

마력을 사용하면 조금이라도 흔적이 남기 마련이고 마탑의 마력은 그 속성이 독특하다. 마스터의 경고 때문이 아니더라도 당연히 마법을 펼치는 데는 조심스러워야 하는 것이다.

그러나 뤼비에가 우리가 쫓기고 있단 걸 알 턱이 없다. 알지 못하는 편이 좋고. 그는 본인의 지식욕을 채우기 위해서 우리를 기꺼이 마탑에 팔아넘길 수도 있는, 어쩐지 그런 인상이었다. 반대로 그걸 볼모로 우릴 협박해서 원하는 걸 얻어 내려고도 할 수 있고 말이다.

방심하게끔 친근하게 구는 태도에 넘어가서 마음을 놓아버리면 곤란하다. 인상은 나쁘지 않은데 실상은 선함과는 거리가 멀어 필히 경계해야 할 자니까. 이를테면 뒤통수 유망자라는 거지.

"이번 임무에서는 마법 사용을 자제하고 되도록 은밀히 행동하라는 지령이라도 있었던 겁니까. 전부터 조금 이상하다고 느꼈긴 합니다만, 글쎄."

"글쎄는 무슨 글쎄야. 그래서 뭐래?"

예리하도록 짚어 낸 뤼비에는 내가 정색해 보이자 어깨를 으쓱하며 화제를 바꾸었다.

"제가 들은 이야기는, 어째서 바란에서 마법사를 색출하고 있었는지에 대해섭니다."

"왜래?"

"간단히 말해, 마법사 길드를 경계하기 위함입니다. 저쪽에 한 명, 바란의 고위직에 부모를 둔 입 싼 남자가 앉아 있어서 유용한 이야기를 해 주고 있군요."

"마법사 길드는 여력이 없을 텐데. 어제 그 일로 사상자가 많이 났을 테니까."

"예, 마법사 길드 측에서 감추기는 감추었다지만 그 광경을 목도한 이가 하도 많아서요. 바란 쪽에서 발사된 마력이 워낙 갑작스럽고 강력하여, 다수의 마법사가 결계를 치긴 했는데 그 반동을 다 막아 낼 수는 없었다고 합니다. 사상자나 마법을 잃은 자도 여럿이었고 대다수가 중경상을 입었다고 하지요. 그래도 반수 이상은 회복 가능할 것으로 추측되더군요."

뤼비에는 그 사실을 조금 아쉽게 여기는 눈치였다. 어쨌거나 한때 자신이 몸담고 있던 단체에 대해서 상당히 비정하다.

"그리고 마법사 길드에서는 바란 측에서 일방적으로 자신들을 공격했다고 주장했습니다. 물론, 그건 사실이지요. 바란의 의지가 개입한 건 아닙니다만."

범인은 마스터인데 애꿎은 바란만 어찌 된 건지 영문을 몰라 상황을 알아보고 있는 것이다.

이라칼이 힘을 써서 통로 입구를 묻어 두기는 했지만, 발각될 가능성을 어느 정도 염두에 두는 것이 좋겠지.

"바란에서는 일이 이렇게 된 이상, 이 김에 근접해 있는 그들을 싹 정리해 버리는 쪽이 후환이 없고 유리하겠습니다만, 보통 마법사는 범인류적인 재산이니까요. 그렇게까진 하지 않겠죠."

……역시 이자, 마탑에 소속되는 게 적성에 맞을 것 같단 말이시.

난 약간 꺼리듯 그를 바라보았고 안타까운 듯 고개를 저은 뤼비에가 말을 이었다.

"어쨌거나 유적의 힘이든 뭐든 자신들에게 속한 힘이 마법사 길드를 공격한 건 사실이라, 바란은 정치적으로 상당히 불리한 입지에 놓였습니다. 마법사 길드는 가까운 국가들이 꽤 많은 편이고, 이 기회에 그들에게 빚을 지워 두려는 이들도 있겠지요. 바란 같은 풍요로운 소국은 탐내는 이들도 많으니 좋은 기회가 될 테고요."

"파장이 크네."

내가 어찌할 수 있었던 건 아닌데 괜스레 마음이 무거워진다.

꼭 전화(戰禍)를 불러오는 재앙의 증표라도 된 듯싶다. 가는 곳마다 뭔가 난리통을 치르니.

"바란에서는 장기간 마법사 길드가 국경에 체류하여 결계가 과민 반응했다고 가닥을 잡고 있더군요. 누군가 의도적으로 마법사 길드를 공격했다기에 그 유적의 힘은, 이제껏 누구도 마음대로 다루지 못했으니까요."

"마법사 길드가 바란에 보상을 요구하나?"

"보상을 해야겠지요. 성의껏. 그쪽으로 가닥을 잡고 있는 것 같습니다만, 그러면서도 마법사 길드가 하도 강경하게 나오니 경계하고 있는 모양입니다. 색출은 그래서 시행된 거고요. 고위 마법사가 들어와 문제라도 일으키면 곤란하니까요. 그럴 여유는 없을 것 같지만. 그리고 저는 또 하나의 가능성을 상정하고 있습니다."

"뭔데?"

"이 소란을 틈타 잠입했는지 모를 흑마법사를 색출하는 것이지요. 그를 마법사 길드에 잡아 바친다면, 그들도 조금 누그러지지 않겠습니까?"

뤼비에의 눈이 광채를 발했다. 아주 날카로운, 간파의 빛이었다.

"물론 그건 바란이 추구하는 대외적인 지침과 상당히 어긋납니다만, 비밀리에 행하면 못 할 것도 없지요. 말을 맞추고 마법사 길드 측에서는 자기들이 잡았다고 공표하면 될 일이니까요."

"그럼 당신, 위험한 거잖아."

나는 목소리를 낮추어 속삭였다.

하지만 뤼비에는 현실적이고 비관적인 가능성을 충분히 염두에 둔 이치고는 여유로운 얼굴이었다. 그는 바로 그 까닭을 말했다.

"크게 걱정하지는 않습니다. 추측건대 바란에겐 마법사를 색출할 만한 방법이 없거나 있더라도 조악하니까요. 골렘을 통한 탐지가 먹히지 않는다면, 뾰족한 수가 없을 듯하군요. 그걸 도울 만한 바란에 있는 소수의 흑마법사들은 자기 정체를 드러내지 않고, 아마 바란에 협조하지도 않을 겁니다. 저 역시 백 년 천 년 이곳에 머무를 생각도 없고요."

"백 년 천 년 살 수는 있고?"

내가 넌지시 꼬집자 그가 피식 웃으며 잔을 들어올렸다.

"그렇다면 좋겠습니다만……. 소득을 얻었으니 이젠 술이나 마시지요."

그러나 곧 무슨 이야기를 들었는지 뤼비에의 표정이 굳어졌다.

"왜 그래?"

입에 대 본 술맛이 무척 마음에 드는데 잘 구워진 등갈비까지 나와 막 손을 대려던 참이었다.

술을 마시면서도 아예 귀를 닫아놓은 건 아니었는지 술잔을 비우고 한 잔을 더 주문하던 그의 낯빛이 변했다. 심각한 기색이 완연하여 느긋하게 풀어져 있던 내게도 짐짓 긴장감이 스며들었다.

"새로 들어온 이가 말하기를, 마법사 길드가 바란에 입성할 것 같다고 합니다."

"마법사 길드가? 아깐 마법사를 색출해 낸다더니."

"그랬지요. 그런데 바란에서는 다른 걱정이 드나 봅니다."

"다른 걱정?"

나도 모르게 뤼비에를 향해 몸이 기울었다. 그가 슬쩍 눈썹을 치켜들었다.

"바란으로선 마법사 길드와 척을 지는 데 부담감이 크지요. 게다가 마법사 길드에게 그들을 공격한 게 자신들의 뜻이 아니었다고 주장하는 건, 유적을 통제할 수 없음을 증명하는 것이니까요. 추측일 뿐입니다만, 바란에선 자신들도 통제할 수 없는 유적의 이상 징후에 대해서 우려하지 않을 수 없을 겁니다. 그러니 이 김에 마법사 길드에 유적에 대한 조사권을 허락할 듯합니다."

그는 입을 축이며 말을 이었다.

"마법사 길드란 일반적으로 마법에 대해서 가장 박학하다고 말해지는 집단입니다. 그들을 불러들여 기존에 허락하지 않았던 유적 조사를 허용하는 것으로 갈등을 묻고 걱정거리를 해소하는 건, 바란으로서 이 사태를 해결할 만한 가장 바람직한 방법일 겁니다."

"그것만으로 마법사 길드가 납득할까?"

"마법사 길드는 지금 갈등을 빚을 만한 상황이 아닙니다. 마법사들의 회복에 힘써야지요. 그들이 건재하지 못하면 길드의 위상이 무너질 수 있으니까요."

"하지만 마법사 길드가 바란으로 들어온다는 건 좀 문제가 있지 않아?"

표면적으로 부상자를 치료한다는 도의에 응한다고 할 순 있겠지만, 실상 바란 내에서 마법사 길드가 자신들의 공적과 마주하게 된다면 가만있지 않을 거다.

그러면 필연적으로 바란과 갈등을 빚게 된다. 그걸 꼬집는 말이었다.

"바란에서도 거기까지 허용하진 않을 겁니다. 그들이 내세우는 기치가 있으니, 유적 조사도 감시할 테고 바란 내에서의 마법 사용도 엄격히 규제할 테지요. 물론 그렇다고 한들 제가 위험에 노출되는 건 사실입니다."

그리 말하면서도 뤼비에는 대수롭지 않은 듯 어깨를 으쓱했다.

"어쩔 수 없는 일, 마법사 길드에 앞서 유적에 잠입해야겠지요. 그들도 바로 오늘 당장 유적 조사에 나서진 않을 테니까요."

그들도 몸을 좀 추스르고 바란과의 협의를 통해서 유적에 발들일 가능성이 높다.

그리 생각되었기에 나 역시도 고개를 끄덕였다. 그러면 돌아가는 대로 마스터와 상의를 해 볼까.

위기를 잘 넘기고 바란에 들어서 술 한 모금 마셨다고 느슨해져도 될 만큼, 편한 여행길에 오른 건 아니었다. 내려놓을 수 없는 현실의 무게 앞에선 끊임없이 머리를 굴려야만 했다. 여기 온 목적도 정보를 듣기 위함이니.

식욕이 싹 사라져 등갈비는 뤼비에의 차지가 되었다. 하지만 그도 중요한 계획을 앞두고 식욕이 일지 않는 모양인지 음식에 거의 손대지 않았다.

아깝네, 좀. 먹음직스러운 등갈비와 빈 잔을 아쉽게 바라본 나는 이만 자리를 뜨자고 말하려고 했다. 그러다가 문득 허공을 헤집던 시선이 저편에 앉아 있는 어떤 사람에게 닿았다.

아마 뤼비에가 정보를 얻었을 것으로 추측되는, 시끄럽게 대화를 나누는 사내 여럿이 앉아 있는 탁자였다.

어딘가 낯익은 사내를 발견한 난 눈을 부릅떴다. 언뜻 잡힌 안면이 확대되듯 들어온다. 가라앉아 있던 기억이 쑥 올라와 고개를 내밀었다.

—엘딘 사르베타.

나는 기어코 그 이름을 떠올려 냈다. 내가 그를 잊지 않은 건, 그로부터 시간이 얼마 지나지 않았기 때문이기도 하고 또한 잘 잊히지 않을 기억을 내게 안겨 주었기 때문이기도 하다.

두려워할 만한 상대는 아니었다. 그러나 여기서 그와 마주치는 건 좋은 생각 같지 않았다. 그래, 아니지.

그의 시선이 이쪽으로 돌아 날 발견할까 봐, 난 몸을 낮추어 뤼비에를 잡아끌었다.

"저기, 저자는 무슨 대화를 나누었지? 금발에 잘생긴 남자."

좋은 기억을 가지지 못한 그를 잘생겼다고 표현하는 건 그리 내키지 않은 일이었으나 그게 엘딘 사르베타를 표현할 가장 명확한 형용사이기는 했다.

"주로 맞장구를 치면서 시시껄렁한 이야기를 하더군요. 특별한 정보 같은 건 말하지 않았습니다. 헌데 왜 그러십니까?"

전형적인 귀족으로 보이는 그가 이런 술집에서 말을 섞고 있는 건 심히 어울리지 않는 일이었다. 하지만 겉으로 보기에 그는 꽤 잘 녹아들고 있는 것처럼 보였다.

정보를 얻기 위함인가? 신분을 숨기고 있나? 그래, 그는 샤자한의 반역자이니 아무리 여기가 바란이라지만 스스로를 드러내기는 어렵겠지.

나는 그가 엘딘 사르베타임을 의심하지 않았다. 그는 마법사였고, 그의 존재를 인지하자마자 내 감각이 그가 마법사임을 예리하게 읽어 냈다.

난 답변하는 대신 말했다.

"나가자."

의문이 서린 표정이었으나 뤼비에는 눈치 빠르게 물음을 뒤로 미루었다.

그는 여상한 태도로 종업원을 불러 음식값을 치른 뒤, 앞서 나가는 내 뒤를 조용히 따랐다. 엘딘 사르베타가 있는 곳에선 그의 뒷모습밖에 볼 수 없을 것이다.

술집 밖으로 몸을 뺀 난 골목으로 돌아들었다. 뤼비에가 바짝 따라왔다.

난 그를 향해 혼잣말하듯이 물었다.

"저자가 왜 여기에 있지?"

"그가 누구인데요."

말해도 좋을지 잠시 고심하다가 내뱉었다.

"샤자한의 반역자. 도망쳤다는 소리를 들은 게 마지막이었는데, 바란으로 숨어든 것 같아."

샤자한의 옆 나라이고 이전에 지은 죄로부터 자유로울 수 있으니 그가 바란으로 숨어들었다고 해서 이상하지는 않다. 다만 그를 처음 본 순간 꺼림칙한 것이 있었다. 그 자리를 피하지 않으면 안 될 만큼 강렬한.

"그도 마법사인데 마법사 길드와 관계가 있지 않을까?"

"샤자한은 좀 다릅니다. 그곳의 마법사들은 길드에 소속되지 않지요. 물론 교류를 하긴 합니다만 반역자라면 길드와도 연이 끊겼을 겁니다. 마법사 길드는 정치 문제에 있어서 중립을 표방하니까요."

그래, 마법사 길드가 문제가 아니다. 엘딘 사르베타, 저자는. 나는 입술을 깨물었다.

란델과 연이 있었다. 이미 끊긴 연일지라도. 나는 란델이 그를 이용해서 샤자한의 왕을 갈아치우려고 한다고, 추측한 적 있었고 아마도 그 추측은 실제와 다르지 않을 것이다.

샤자한의 왕과 내가 상당히 돈독한 관계라는 걸 알고 있는 란델이라면 엘딘 사르베타를 이용하려고 들 수 있었다. 마탑의 손길이 닿아 있는 이와 이렇듯 가까이 있다는 건, 몹시도 찜찜한 일이었다. 등골에 오싹 소름이 인다.

얄밉기 짝이 없는 요엘을 공격할 순 있었지만, 내게 호의를 베풀어 준 란델이나 다른 시온들을 상대로 과연 내가 그럴 수 있을까.

다정다감하다는 말과는 어울리지 않는 이들일지라도, 짧게나마 싹튼 정이 있었다. 그들과 대적하는 내 모습을 그리는 건 지독히도 가슴 서늘한 일이었다.

내가 먼저 걸음을 옮겼고, 뤼비에가 뒤따랐다.

나는 자꾸만 가라앉는 기분을 추스르며 앞으로 어떻게 해야 할지에 대해서 생각했다. 확실히, 당장 내일이라도 유적에 잠입해서 목석을 달성하고 떠나야겠다. 더는 누구와도 마주치지 않게. 이런 대도시에선 언제 어떤 식으로는 마탑 관련자들과 마주치게 될 수 있으니까.

그리 오래지 않아 우리는 전원 마스터의 방에 소집된 듯 모여 있었다.

침대에 누워 있던 마스터가 상체만 일으켜 우리를 맞았다. 잠에 들었다가 깨도 눈을 감았다 뜬 것처럼 변함없는 모습이다.

눈곱도 묻어나지 않는 그 단정함이 정말 인형인 듯 사람 같지 않았다. 여차하면 인형 옷을 입고 사람 아닌 척 연기해도 괜찮을지도.

엉뚱한 생각을 하는 내게 마스터가 본론을 직설했다.

뤼비에를 의식하여 엘딘 사르베타의 이야기를 배제한 채 막 유적으로 가는 길을 말해 달라고 재촉하던 차였다.

"유적으로 통하는 입구는 바란 중앙에 있다."

"바란 중심가에는 의회를 비롯한 바란의 정부 기관이 위치해 있습니다만."

뤼비에가 눈썹을 치켜 올리며 곤혹스러운 소리를 내었다. 마스터의 답변이 가볍게 떨어졌다.

"그곳일 테지."

아무 문제가 되지 않는다는 듯이. 그러나 그건 내게 아무 문제가 되지 않을 것처럼 들리지 않았다.

바란의 정부 기관이 밀집한 지역이라면 방비가 철저할 테고, 어쩌면 마법사 길드에서도 그 주변에 머물지 모른다. 그럼 그 마법사 길드에서 유적에 몰래 침투할 가능성을 염두에 두고 경계가 더 철저해질 테고.

뭐가 이래? 산 넘어 산이라고, A난이도의 퀘스트를 해결했더니 곧장 S난이도의 퀘스트가 떨어진 격이었다.

"다른 입구는 없어요? 개구멍이라든가. 마탑에서 나가는 방법도 여럿이잖아요. 만약을 대비해서 뭔가 비상로가 있지 않겠어요? 그 하나밖에 길이 없을 것 같지는 않은데."

유적이 지하에 있다면 또다시 땅굴을 파서라도 접근하면 되는 거 아닌가? 굳이 위험을 감수할 필요는 없잖아. 그러나 마스터의 대답은 절망적이리만치 단호했다.

"그 하나뿐이다."

그러면서 자기 일이 아니라는 듯 무심한 태도로 말을 이었다.

"나는 만약을 대비할 필요가 없었다. 따라서 중앙에 위치한 단 하나의 입구를 이용하지 못할 경우를 상정한 적이 없다. 그러므로 그 외의 길은 없다. 길을 새로 내는 것도 불가하다."

없고 불가하고 너무도 한계를 턱턱 명시해 주니 숨이 막힐 지경이었다. 그야말로 현재를 사는 분이로군. 만약을 대비할 필요가 없었다니.

그래, 마스터도 자신이 몰락할 거라곤 상상도 하기 어려웠겠지.

마스터를 통해서 단 한 가지라도 만약을 대비할 방법을 두고 살아야 한다는 것을 절절이 깨달으며 난 고개를 내저었다.

"그럼 거길 어떻게 들어가겠단 거예요? 정면 돌파요?"

힘으로 정면 돌파라, 마력을 사용할 수 있다면 안 될 것도 없긴 한데 문제는 엘딘 사르베타다.

그가 란델의 호퍼라면 어떤 식으로든 징표가 남았을 것이고 그를 통해서 란델이 바란에서 일어나는 일들을 민감하게 감지할 수 있다.

이건 뤼비에가 없는 자리에서 후에 이야기할 일이고.

"마력을 사용하지 않는 선에서, 방법을 찾아야겠지."

얄밉도록 차분하게 과제를 던져 주니, 한숨이 푹 새어 나왔다. 나는 투덜거리는 대신 뤼비에를 향해 고개를 돌렸다. 일단 그를 빼고 이야기해야만 했다.

"당신이 중심가를 좀 살펴주겠어? 잠입할 수 있을지 견적이라도 봐야 할 듯한데."

"그러지요."

고개를 끄덕인 뤼비에가 몸을 일으켰다. 아무리 마법사라지만 쉴 틈도 없이 부려 먹는 게 좀 미안하다.

흔쾌히 승낙한 뤼비에가 떠나자마자 나는 마스터에게 엘딘 사르베타의 존재에 대해서 빠르게 설명했다.

탑의 마력을 사용할 수 없는 란델이 스쳐 지나간 옛 호퍼에게 관심을 둘진 장담할 수 없는 일이었으나, 또 간과할 수 없는 일이기도 했다.

내가 임무를 맡아 나간 곳은 몇 되지 않고 탑에서는 추적자의 관점으로 나와 엮인 인연들에 세심하게 주의를 기울일 수 있는 것이니까.

"그가 여기에 있다면 마탑의 시선이 바란에 이를 수 있다."

마스터도 내 의견에 동의했다.

"샤자한과는 엮이지 않는 편이 좋겠지요. 일단 유적 안으로 들어가면, 마스터가 유적을 다스릴 수 있는 건가요?"

이후 출입할 수 없게 입구 막는다든가, 우리를 대신해서 마법사 길드를 상대한다든가 하는 것. 그 정도도 안 된다면 곤란하다.

"그래, 유적의 힘을 회수한 직후에 바로 유적을 빠져나와야 할 거다."

그렇겠지. 힘을 회수한 이후 유적은 힘을 잃을 테니까. 뭔가 변화가 생기겠지.

아마 거기선, 유적의 힘을 빌려 공간 도약을 펼치는 게 가능할 터. 그 와중에 마탑에서 눈치채지 못하기만을 바라야지.

지시를 기다리는 충견처럼 듣고만 있던 이라칼은 마냥 흑마법사를 믿을 수만은 없으니 자신도 중심가 쪽을 둘러보겠다고 말했다.

마스터가 승낙을 표하자 그는 곧장 창문을 열고 날렵하게 밖으로 뛰어내렸다.

그의 적극성이 별다른 문제가 되는 건 아니었다. 헌데 이라칼은 여태까지 마스터를 경호하는 일을 맡고 있었다. 그가 자리를 비웠단 건, 즉―

내가 마스터를 지키고 있어야 한다는 소리다.

일급 경호 대상도 아니고 내 방도 가까운데 굳이 곁에 붙어 있을 이유는 없겠지만……. 뤼비에가 이미 마스터가 있는 방에 몰래 숨어든 전적이 있기에 또 그런 경험을 하고 싶지는 않았다. 세상엔 별일이 다 있으니, 또 무슨 일이 생길지도 모르지.

회의 비슷한 대화가 끝나자마자 바로 다시 침대에 몸을 묻은 마스터는 피로해 보였다.

유적의 힘을 움직였기 때문인지 이전보다 마력의 양이 미묘하게 증가한 듯하기긴 한데, 그렇다고 해도 육신을 강화할 만한 정도는 아니리라.

침대는 넓었고 마스터가 중앙에 눕고도 자리가 많이 남았다. 나는 천천히 마스터의 왼편에 앉았다.

그에게 가까이 가는 걸 꺼렸건만, 눈을 감은 마스터는 놀랍도록 유순해 보여서 내가 대담하게 행동할 수 있게끔 한다. 이 세계로 온 후로 많은 시간을 그와 단둘이 지냈다. 그럼에도 그와 함께라는 건 익숙한 듯 낯설다.

나는 모로 누워 마스터 쪽으로 고개를 향한 채 물었다.

"마스터는 언제까지 이런 모습을 하고 있어야 하나요."

곱게 내리감겼던 눈이 다시 심연을 담았다. 흑요석처럼 검은 반구에서 나는 희미한 빛에 물든 채 그를 바라보고 있었다. 빛을 머금은 나는 그의 눈 속에서 잿빛이었다.

내가 그에게 어떤 사람인지, 어떤 의미인지 읽을 수 없는 온전한 무채색.

"이 모습은 마스터 같지가 않아요."

내 말이 투정으로 들릴 수 있다고 생각한다. 실로 투정이다. 나는 마스터가 손에 잡히면 부서질 인형처럼 작은 모습인 게 어색했다. 그의 모습이 내게 알량한 보호심을 끄집어내었다. 그에게 모질어질 수 없는 게 그를 두려워하는 것보다 더 싫었다.

실은 마스터가 어떤 방식으로든 나를 흔드는 것이 싫었다. 마스터는 나로 인해 흔들리지 않을 사람이기에.

마스터는 근원이었고 나는 그 매달린 추의 끝단이었다. 첫 시작부터, 그렇게 되었다. 거기에 내가 어찌할 수 있는 건 없었다. 재난을 당한 것처럼 불가항력으로.

"너는 나를 두려워하지."

마스터가 고요히 말했다. 반문이 아닌 확신이라 뜨끔하다. 호흡이 빨려드는 것 같은 감각. 지독한 흡인력으로 검은 눈이 나를 옭아매었다.

"그럼에도 내가 이전의 모습을 찾기를 바라나."

"혹시 지금이 좋으세요?"

난 자못 미심쩍게 물었다.

실용적인 이유를 들자면 업혀 다니면 그만이고 조그마니까 큰 몸보다 중력의 영향도 덜 받을 거고 보호를 받는 것도 주목받지 않는 방식으로 정당화될 수 있다. 어린아이니까.

"인간의 형을 입는 것은 어떤 식으로든 내게 유의미하지 않다."

어떤 형태를 취하든 그의 본질은 변하지 않기에 상관하지 않는다는 듯이 들렸다.

그렇다면 당신의 본질이란 건 대체 뭐지. 괴물? 신? 악마? 내가 상상할 수 있는 존재이긴 한가······.

"바란의 마력을 되찾으면, 그다음은 뭐죠?"

"유권과 접촉한다. 그가 가진 것이 세 번째. 세 개의 조각 그것으로—"

마스터의 눈빛이 일순 기이한 색채를 띠었다. 지저로부터 스멀스멀 올라온 짙은 어둠이 새카맣게 피어올라 물든 눈.

"파훼는 완성된다."

봉인의 파훼. 그것이 의미하는 바는 즉 마스터의 부활. 기쁨이 일기는커녕 지독스레 불길한 광경이 내게로 밀려들었다. 재앙이 몸을 떨치고 일어나 세상을 향해 짙은 암운을 드리우는 모습이 눈에 선하다.

생생하게 치닫는 감각에 나는 침을 꿀꺽 삼켰다.

망설였다. 망설이지 않을 수 없었다. 그래도— 물을 수 있는 때가 있다면 지금 이 순간밖에 없을지도 모른다는 생각이 들었다.

"그때가 되면······."

입이 바짝 말라온다. 바라는 것과는 정반대의 대답을 들을까 봐.

마스터에게 기대를 품는 것도, 그가 기대를 배반하는 것도 너무도 당연하게 겪었던 일이다. 그러나 그때마다 소모적으로 나를 갉아먹고 파헤쳐서 견디지 못하게끔 몰아대었다. 나는 그것이 고통스러웠다.

그러나 그가 준 기대이지 않은가.

"저를 돌려보내 주실 수 있나요?"

입 밖으로 낸 물음은 도리어 나를 파고드는 듯했다. 그 무게감이.

"제 세계로 돌아가고 싶어요."

당신이 이 세계에 무엇을 두고 있는지 알지 못해, 차마 동등한 무게로 비유할 수 없다.

하지만 간절함이 솟구쳐, 표정에도 드러났음이 분명하다. 정말로 돌아가고 싶었다. 그걸 위해서 영혼이라도 팔 수 있을 듯한 기분. 절박하게 심장을 조였다.

나는 이 세계에서 무엇도 가지고 있지 못한데, 심지어 내 마음에 들어온 당신마저도 가질 수 없는데, 무엇 때문에 이곳에 있어야만 하지?

짝사랑의 대상만이 존재하는 세계와 내 모든 것을 키워 냈던 세계는 결코 비등점에 설 수 없다. 마스터를 갈망할지언정 나는 그가 곁에 없단 걸 견뎌 낼 수 있으리라. 정작 그 마스터가 내게 의미 두지 않음을 알기에.

나는 뿌리를 잃은 나무였다. 내가 머무는 이유를 주기엔 이곳에서 닿은 연들은 부질없을 정도로 미미한 것이었다. 나를 존재하게 하고 내가 있을 자리를 마련해 주는 건 단지 필요만이 아니었다. 애정.

내가 설 자리가 필요했다. 자연스럽게, 애정으로 이루어진. 그런데 이곳엔 그게 존재하지 않다. 마스터는 항상 이 자리에 있을 것이지만, 그는 얼음으로 만들어진 대지와 같아 누군가가 뿌리박는 것을 허용하지 않는다. 나누어 줄 마음도, 누군가를 곁에 둘 애정도 없다.

집이라는 게 단지 주거의 의미만이 아니라는 것을 나는 이곳에 와서 깨달았다. 눈시울이 후끈거렸다. 무기력함과 설움. 해소할 길 없는 공허가 가슴을 휘돌았다.

여기서 울면 먹힐 만한 타이밍인가 재는 걸 보면, 나도 꽤 계산적이 된 걸 테지. 뭐, 생각할 것도 없이 눈물이 먹힐 만한 상대가 아니었다. 그의 앞에서 찔찔거렸다간 한심하게 볼 것 같아, 난 눈물을 꾹 눌러 참았다.

아무 답도 들려오지 않는데. 난 되는대로 내뱉었다.

"다른 시온들은 마스터를 배신했어요. 하지만 저는 그러지 않았죠. 그러니까 제게 대가를 주세요. 그게 탑의 방침이잖아요. 아무 대가 없이 도움 주지 않는 것."

그러므로 내 요구는 합당하다.

"그래요, 마스터는 저를 구해 주셨지요. 하지만 다른 시온들도 비슷한 상황이었을 거예요. 하지만 그들도 평생 종속된 채 사는 건 부당하다고 생각했겠지요. 그래서 마스터를 배신했어요. 자유를 위해서."

말을 하다 보니 논리가 맞춰 나가지는 듯해서, 나는 말을 이었다.

"배신하지 않은 단 한 명인 제겐 대가를 바랄 만한 자격이 있을 거예요. 그러니 저를 돌려보내 주세요."

남들이 다 뒤통수를 때리는 데 나 혼자 안 그러면 그것만으로도 좋은 거 아닌가? 날 돌려보내 주는 거, 그게 어려울 순 있지만 그 결과로 마스터가 잃는 건 없잖아. 바라는 건 단 하나뿐인데······.

마스터의 마음을, 바라지 않는다면 거짓이겠지만 내가 가질 수 있을 만한 게 아니고 또 요구할 수도 없었다. 그건 바란다고 가질 수 있는 것이 아니다. 주려고 한다고 줄 수 있는 것도 아니다.

그러니 이 마음은, 평생 묻어두는 걸로 하자.

내 당돌한 요구가 다 말해지고 나서야 마스터가 답변했다.

"너를 돌려보내는 것이, 녹록한 일일 거라고 생각하나."

답변이라기보단 물음이다. 차원의 벽을 넘어, 돌아왔던 곳으로 가는 것.

내가 아는 마법 지식상으론—물론 내가 아는 건 마스터가 심어 준 지식일 뿐이니 그가 전달할 때 배제했다면 모르는 게 당연하겠지만—막막한 일이었다. 어떤 식으로 시도해야 할지 전혀 짐작도 가지 않았다.

쉽진 않겠지. 그러나 마스터는 불가능하다면 불가능하다고 말했을 자다.

내게 거짓말할 필요가 없었던 첫 순간에조차도 마스터는 나를 돌려보낼 수 있단 사실을 부정하지 않았다.

"그게 아주 어려운 일인가요? 제가 도울 수 있어요. 그러니 그렇게 해 주세요."

난 조급스레 마스터를 붙잡았다. 두려움 따윈 잊고 그 검은 눈을 직시했다. 내 생에 그처럼 의지를 품고 누군가를 바라봤던 적이 없는 것 같았다.

"약속해 주세요. 힘을 되찾으면 저를 돌려보내 주겠다고."

강요였다. 심지어 나는 마스터를 대하면서 가장 건방진 태세로, 그가 거절한다면 어떤 식으로 가만있지 않겠노라고 결심을 다지고 있었다. 돌려보내 달라고 약속 안 하면 안 돕겠다고 강짜라도 부려 볼 참이다.

"그러지."

흔쾌히 떨어진 긍정에 잠시 아연해 있던 난 조금 후에야 정신을 차렸다. 손에서 스륵 힘이 빠졌다.

기쁨이 밀려오다가 알 수 없는 찜찜함에 내리눌리고 다시 치솟다가 또 어딘가에서 막혔다. 들을 수 있을 거라곤 예상 못한 답변이었다. 난 곧 의심스레 물었다.

"정말이죠? 정말 저를 돌려보내 주실 기죠? 거짓말 아니죠?"

"내가 거짓을 말한 적 있던가."

없⋯⋯나? 없는 것 같네. 나는 내가 한 말에서 마스터가 이용할 민한 맹점을 찾아내려고 고심했다. 그래, 이거.

"그럼 힘을 되찾은 직후에, 혹은 그로부터 한 달 내에 저를 제 세계로 돌려보내겠다고 약속하실 수 있어요?"

너무 구체적으로 정해서 마스터에게 반감을 사지 않을까. 그가 자신이 한 말을 철회할까 힐끔 눈치를 봤지만 그는 단조로운 투로 답할 뿐이었다.

"나는 네게 대가를 치를 용의가 있다. 그 대가가 남아 있는 한 그럴 것이다."

이건 또 뭐람. 흔쾌히 그렇다고 말하지 않고, 내가 조건을 달듯 그도 조건을 달았다. 그러나 현재로썬 내가 마스터에게 빚을 질 만한 일이 더 있을 것 같지는 않다. 반대라면 모를까.

콜. 나는 내 식대로 내뱉는 대신, 좀 더 격조 있게 말했다.

"그래요, 그럼 이 약속은 유효한 거예요."

결론짓듯 말하며 나는 활짝 웃었다. 얼굴 근육이 당겨지는 게 느껴진다.

세상에, 세상에, 드디어 돌아갈 수 있어!

아직 갈 길은 멀었지만 그걸 이뤄 줄 수 있는 사람에게 약조를 받았다. 그것만으로도 반 이상, 나아간 느낌. 모래밭을 헤집는 것보단 훨씬 가능성 있었다.

신이 나서 웃고 있는 날 무안하도록 무감정하게 바라본 마스터는 다시 눈을 감았다. 휴식을 취하겠단 의지가 느껴진다. 그 인형처럼 무표정한 얼굴도 곱고 예쁘게만 보였다. 물론 원래도 아름다운 외형이지만, 마스터가 이렇듯 후광이 비치듯 예쁘고 사랑스러워 보이는 건 처음인데.

억눌러 왔던 애정이 샘솟아 심지어 그를 끌어안을 뻔했다. 다행히 내게 자제력이 남아 있으니 망정이지. 난 힘을 주어 뻗어 나가려던 손을 내리눌렀다.

나는 이제부턴 사활을 걸고 마스터의 봉인을 풀어 줘야만 했다. 물론 여태까지 사활을 걸지 않았다고 말하기엔 내가 감수한 위험이 크나, 열의가 없었던 건 사실이다. 어쩔 수 없이 타성에 젖어, 뭐 그런 거였지.

그를 도왔던 마음이 어설프고 갈피를 몰랐다면 이제는 뭐든 감수할 수 있을 정도로 확고하게 의지에 찼다.

그래, 시온이 어떻게 되건 알 게 뭐야. 돌아갈 수만 있다면. 어차피 이곳 세계의 일이지 내 세계의 일도 아닌데. 남의 사정에 일일이 신경 쓸 수는 없잖아.

오로지 돌아갈 수만 있다면, 그 명제 아래 모든 건 비정하게 합리화되었다. 적어도 이 순간만큼은.

들뜨던 가슴은 차차 가라앉았고 나는 곧 마스터를 따르듯 눈을 감았다. 일단은 바란이다. 뤼비에와 이라칼이 돌아오면 그때 계획을 짜 보자.

모든 것이 머지않은 듯이 느껴졌다. 실로 꿈을 꾸듯 가까웠다.

결국 뤼비에와 이라칼은 그 밤 내내 돌아오지 않았다.

이라칼이야 탐색에 집중하고 있을 테고, 뤼비에는 성격대로 뭔가 흥밋거리를 찾아 거기에 몰두하고 있지 않을까. 정보를 획득할 만한 좋은 기회를 얻었는지도 모른다.

무슨 문제라도 생긴 건 아닐지 아침에 일어나자 조금 걱정이 되었지만, 무슨 문제가 생겼다고 해도 내가 뭘 어쩔 수 있겠어. 마스터의 곁을 지켜야 하는 게 내게 남겨진 몫이었다.

애당초 침입이라는 걸 계획해 본 일이 없는 나로선, 그런 면에서의 탐색에서 뭘 알아내야 하는지 무지하다시피 했다.

아침이 될 무렵 설핏 들었던 잠에서 깨어난 난 마음 편하게 몸을 일으켰다.

햇빛을 완전히 가리다시피 하는 차광 커튼을 걷어 내니 햇빛이 쏟아져 들어와 어둑어둑한 방 안을 적셨다. 인위의 빛과는 나른, 바사로운 찬연함을 담고 있는 그 빛살.

눈이 시려와 눈꺼풀을 몇 번 여닫은 난 뒤를 돌았다. 그리 시끄럽게 소리 내진 않았지만, 내가 일어나는 통에 마스터도 잠에서 깨어난 모양이다. 나는 그를 보며 웃었다.

"일어나셨어요?"

앓던 이가 빠진 양 가장 큰 고민이 해소되고 애정이 솟구치니 온몸에 활력을 부어넣은 듯했다. 세상이 장밋빛인 양 절로 입가에 웃음이 번져 나고 기분이 들떴다.

나는 바로 마스터에게 다가가 그가 일어나는 걸 도와주었다. 그동안 줄곧 갈등을 겪느라 쌀쌀하고, 의무적이거나 거리를 두었던 나답지 않은 행동이었다.

그리고 내 달라진 행동에 마스터는 의문을 제기할 만큼 섬세한 성격이 아니었다. 그는 자로 잰 듯이 효율적인 동작으로 침대에서 벗어나 바닥에 발을 디뎠다.

세수를 하시겠냐고 물어볼까 했지만, 보통은 자고 일어나면 반지르르 기름이 돌기 마련인데 그의 얼굴은 잠들기 이전과 조금도 달라지지 않았다.

그래서 난 바로 그의 손을 잡아끌었다.

"식사하러 내려가시겠어요?"

언젠가부터 마스터의 끼니를 챙기는 게 무척 중요해졌다. 나야 먹지 않아도 상관없는 이상한 인간이 되어 버렸지만……. 마스터는 이제 영양분을 섭취하지 않으면 쓰러질지도 모르는 연약한 인간 어린아이인걸.

그 점에 불만스러울 만치 이상한 기분에 사로잡혔던 나이지만, 이제는 아무래도 상관없다. 장담컨대 나는 어제보다 백배 이상 친절하고 관대해졌다.

식당에 다다르자마자 마스터를 앉혀 놓고, 영양을 생각해서 성심성의껏 식단을 골랐다.

아침이고 점심이고 저녁이고 딱히 음식을 가린다거나 소화에 차질을 빚는다거나 하는 일 없이 마스터는 주면 주는 대로 먹는 타입이었다.

맛을 느낄 수 있을지는 의문이나 그래도 이왕이면 맛있는 걸 먹으라고 이 식당에서 가장 잘 나가는 메뉴를 주문했다. 완자를 둥둥 띄운 탕 같은 건데, 주변 사람들이 다 그걸 시키고 있었다.

배가 고프진 않았지만 의욕이 샘솟은 탓인지 식욕이 당겨, 생각보다 많이 시켜 버렸다. 나는 우유와 함께 먼저 나온 빵을 잘게 잘라 밀어 주며 다정스럽게 마스터를 쳐다보았다.

"드세요."

작게 권하자 마스터는 빵에 손을 가져갔다. 내가 잘라 준 빵을 꼭꼭 씹어 삼키는 모습이 기특하기만 하다. 날 돌려보내 주겠다고 약속한 것만으로도 마스터의 사소한 몸짓마저도 내겐 후광 필터를 씌운 듯이 보였다.

고깃집에서 열성적으로 고기를 굽는 신입 사원처럼 나는 바지런히 그의 식사를 챙겨 주었다. 잘 보이고 싶어서가 아니라, 마음에서 우러나오는 보살핌이었다. 마스터가 원할진 알 수 없지만.

우리 사이에선 드물게 화목한 식사를 마쳐 갈 무렵, 여관 입구 쪽에서 음성이 들렸다. 내용까지 알 수는 없었지만, 아침부터 새 손님이 들었나 보다.

바로 이곳 식당으로 다가오는 발소리를 듣고도 난 대수롭지 않게 생각했다. 마스터가 식사를 거의 마쳐가고 있으니 곧 도로 올라갈 참이었다.

발소리가 가까워지자 난 무심코 고개를 들었다. 그리고 마스터의 등 너머로 들어서는 새로운 손님의 모습을 본 순간 누군가가 뒤통수를 후려갈긴 듯했다.

비현실감이 밀물처럼 밀려와, 충격으로 머릿속을 퉁 일깨웠다. 나는 어찌해야 할지 몰라 입을 날싹였다. 황급히 구멍에 숨는 쥐처럼 고개를 숙여서 날 감출 겨를도 없었다. 날것 그대로 놓여졌다.

호박색 동공이 날 발견한 순간 크게 뜨였다가 빠르게 원래의 크기로 돌아왔다. 날카로운 기미를 띠고 날 훑는 그 눈은 여전히 놀람을 담고 있었지만, 나보다는 빠르게 이성을 찾았다.

머리 위까지 씌운 후드가 손길을 따라 그의 등 뒤로 내려앉았다. 나풀거리며 어깨에 놓이는 찬란한 붉은 금발. 태양처럼 빛을 잃지 않는 사내였다. 그는 나를 쳐다보며 입을 열었다. 나직한 저음.

"아힌."

샤자한의 왕 아카일이 이곳에 있었다.

전혀 예상치 못한 형태의 만남에 난 눈을 깜빡거렸다. 누군가가 인위로 만들어 놓은 듯한 상황 앞에 말을 잊었다. 그렇지 않다면 이런 우연이 있을 리 없다. 이 넓은 바란에서, 하필 이 여관에서.

"당황하는 얼굴이로군."

그의 얼굴에 미소가 어렸다. 나와는 달리 그는 완전히 느긋함을 되찾았다. 그 느긋함이 내게 전염되어 나 역시도 이내 침착해졌다.

일순 세차게 뛰어올랐던 심장이 안정을 기했다. 난 최대한 덤덤하게 물었다.

"당신이 왜 여기 있죠?"

"그건 내가 할 말이로군. 이곳 바란은 샤자한과 가깝지."

"하지만 이곳은 샤자한이 아니고, 당신은 샤자한을 떠날 수 있는 사람이 아니잖아요."

당신, 왕이잖아? 못 본 새 왕 자리에서 내쫓겼을 리는 없고, 짐작 가는 부분이 있었다. 단 하루도 지나지 않은 일이니, 벌써 잊을 리 없지 않은가.

엘딘 사르베타, 샤자한의 반역자.

그의 행로에 대해서 캐어 내다 보니, 이곳 바란에 이르렀을지 모른다. 지금 바란은 혼란하여 탐문하기엔 적기였다. 하지만 마력을 가진 그가 어떻게 바란에 발을 들일 수 있었는지는 의문이었다.

의문을 입 밖에 내기도 전에, 왕의 시선이 나를 넘었다.

난 몸이 굳어 버리는 걸 느꼈다. 마스터와 나를 진지한 눈초리로 훑는 그를 보면서 아찔해졌다.

그는 내가 마탑의 시온임을 안다. 그렇단 건 내가 마스터라고 부를 이가 누구라는 걸 안다는 소리다.

그는 마탑을 증오했다. 하물며 마탑의 수장이라면 말할 것도 없다. 마스터가 탑의 수장이고 힘을 잃었다는 걸 안다면 당장 달려들어서 죽이려 들고도 남을 만한 자다.

그러나 눈살을 찌푸린 그가 뜬금없는 소리를 뱉어 냈다.

"아들?"

"아니야!"

내 나이가 몇인데 이만한 아들이 있어!

마음에서 우러나는 분노를 제어하지 못하고 발칵 화를 내자, 왕이 비뚜름하게 입꼬리를 끌어 올렸다.

"그렇겠지. 그대들에게 가족이 있단 소리를 들어 본 적 없어."

"알려진 게 없으니 들어 본 적 없겠지요. 이제 알아둬요. 내 동생이에요."

난 태연한 표정을 지으며 둘러대었다. 별로 익숙해지지 않은 거짓말치고는 꽤 매끄럽게 흘러나왔다.

"여긴 어쩐 일로?"

"휴가 나왔어요."

뻔뻔해져야만 한다. 난감한 상황이긴 했지만, 아직 수습할 여지가 있었다. 여기서 자연스럽게 그를 떼어 놓는 게 좋다. 그래, 뤼비에가 돌아오기 전에.

"나는 임무 때문에 당신을 만났었고, 휴가 나온 지금 별로 임무를 떠올리고 싶지 않네요. 미안하지만 이만 가 주시겠어요?"

난 냉정하다시피 얼굴을 굳히고 말했다.

이 세계에서 드문 아는 사람을 만났으니 반가운 기분이 요만큼이나마 들지 않은 건 아니었지만, 그와 한가롭게 해후의 기쁨을 나눌 만한 상황이 못 되었다. 그럴 만한 사이도 아니었고.

"그래, 동생과 휴가를 즐기겠다고."

왕의 얼굴이 미심쩍어졌다. 하지만 그도 반역자를 쫓고 있는 상황이니 시간을 끌면서 담소를 나눌 만큼 여유롭진 못할 터.

"뭐, 좋아. 정히 그렇다면—"

할 일을 상기한 듯 왕이 흔쾌하게 작별을 고하려던 때였다.

"여기 계셨군요."

호랑이도 제 말 하면 온다고, 이건 말도 안 하고 생각만 했는데 왔다. 공교롭게도 바로 이 순간에. 나는 애써 동요하려는 얼굴 근육을 굳혔다. 그러나 어색한 표정이었음이 분명하다.

뤼비에의 눈빛에 의혹이 스쳤다. 그는 가뿐한 걸음으로 바로 왕을 지나 내 앞으로 다가왔다. 그의 시선이 왕의 전신을 스캔하듯이 훑었다. 날카로운 관찰력을 지닌 자이니, 어쩌면 왕의 정체를 추리해낼 수 있을지도 모른다.

불안감이 피어올라 나를 휘어 감았다.

"아시는 분입니까?"

내 앞에 다다른 뤼비에가 여상하게 물었다.

그는 짧은 관찰을 끝내고 이제는 꿰뚫어보듯이 나를 직시하고 있었다. 깊은 흥미를 담은 채 이채가 도는 눈빛이 심히 부담스러웠다.

그보다 부담스러운 사실은 뤼비에가 무언가 의심스러운 소리를 지껄이기 전에 내가 그의 입을 막아야 한다는 것이었다.

"이제 갈 거야."

나는 단호하게 끊었다. 그러나 왕은 순순히 내 의도에 응해 주지 않았다.

"임무 중이 아니라면서, 이자는 뭐지?"

"임무 중이 아니라고요?"

눈치가 없는 편도 아닌 뤼비에가 즐기듯이 말을 받았다.

난 뤼비에에게 눈빛으로 위협이란 단어를 박아 넣으며 또박또박 발음했다.

"방해받고 싶지 않다고 말했어요."

왕의 시선이 뤼비에와 나, 마스터를 동시에 담았다. 그가 무언가 가늠하는 듯이 눈을 가늘게 뜨고 우리를 바라보았다.

"아카일 님, 방을 잡아 두었습—"

가녀린 음성이 공중을 울렸다. 우리 쪽에 주목하고 있던 몇 안 되는 식당 안 사람들의 시선이 획 돌아갔다.

그 목소리를 들은 순간 등골이 오싹했다. 오래된 악몽이 기어 나오는 듯 소름이 다 끼쳤다. 과연 시선을 모을 만한 미모였다. 적의를 담은 그 새파란 눈동자는 여전히 아름다웠다.

왕의 뒤쪽에서 그녀가 마침내 식당에 들어섰다. 이리스 라하느. 마스터 못지않게 내게 강렬한 인상을 심어 주었던, 절대 잊지 못할 여인의 이름이었다.

그래, 왕이 혼자일 리 없지. 그녀를 목도한 순간 나는 모든 게 다 틀렸다는 걸 깨달았다. 단단히 꼬여 버린 기분이다.

이리스 라하느가 날 발견한 이상 그녀가 왕과 내가 한 도시, 한 여관 안에 숨 쉬고 있는 걸 그대로 보아 넘길 리 없다.

반역자의 일이 더 중한 왕이 그녀의 투정에 일일이 응하진 않을 테니, 그녀는 휴가 중인 나를 치워 버리기 위해서 샤자한에 연락을 취할 만한 인물이었다.

그들이 바란을 떠날 수 없다면, 내가 바란을 떠나게 해야 하니까!

샤자한엔 마탑에서 파견된 마법사가 있고, 나는 만에 하나라도 나에 대한 정보가 그자에게 전달될 가능성을 간과하기 힘들었다. 이리스 라하느는 극단적인 여자이니 어떤 짓을 할지 몰라.

마스터가 내 아들이라고 인정해 버릴 걸 그랬나? 상대가 유부녀라면 저 여자도 좀…… 아니, 그런 걸 신경 쓸 만한 여자가 아니었지.

지금으로서 고려해 볼 만한 건, 모든 일이 끝날 때까지 이리스 라하느와 왕을 납치 감금해 두는 걸 텐데.

그간 상당히 과감해진 난 급작스럽게 그 계획에 기울었다. 그리하여 물었다.

"호위를 줄줄이 끌고 오셨나 보죠."

"아아, 일이 있어서."

반응을 보아하니 호위가 더 있나 보다. 하긴 반역자를 찾아내는 일이니 만전을 기해야겠지. 나는 내심 혀를 찼다.

이젠 어떻게 해야 하나, 고민하는데 뤼비에가 옆에서 불쑥 입을 열었다.

"발음과 옷 태를 보니 샤자한 사람이로군요. 그러고 보니 이 근방에서 샤자한 사람을 만난 적이 있는데—"

다짜고짜 그런 말을 꺼낼 줄 몰라, 난 그대로 얼어 버렸다.

왕의 표정이 삼엄하게 굳었다. 그가 뤼비에의 어깨를 잡아채며 다그쳤다.

"어떻게 생긴 자이지?"

뤼비에는 그가 왜 그리 나오는지 알 수 없는 양 난처한 눈빛을 지어보였다. 하지만 뻔뻔스럽고 계산적인 그에겐 그조차 연기인 게 분명할 터였다.

그가 곤란한 듯이 반문했다.

"중년 여인이었습니다만, 뭔가 잘못된 거라도?"

실토하지 않으면 단박에 목줄을 죌듯하던 왕 앞에서 뤼비에는 여유를 잃지 않았다. 모양 좋은 눈썹을 찌푸린 채 그를 보던 왕이 이내 무언가 깨달았다는 듯이 말했다.

"마법사인가."

내 입장에서는 그리 크지 않은 차이이나 굳이 따지자면, 뤼비에보다는 왕이 강력한 마법사라고 할 만할 것이다. 저보다 높은 경지의 마법사에게 마법사인 걸 숨기기는 어렵단 명제를 난 다시금 떠올렸다.

"두어 시간 전, 마법사 색출이 중단되기 전까지 적발되지 않고 이 바란에 들어설 수 없었을 텐데. 그 이전에 온 건가."

직시하며 쏟아지는 물음에 난 어깨를 으쓱해 보였다. 그는 내 태도에서 다른 걸 깨달았는지 눈을 빛냈다.

"아니군, 그대들은 색출하는 대로 걸려 줄 만한 이들이 아니지. 허면 그대들이 이 소란과 연관이 있는 건가."

"그건 과도한 비약이군요."

나는 그렇듯 얼버무렸다. 머릿속은 쌩쌩 돌아가고 있는데 어떻게 해야 할지.

이들이 임무를 속행하여 반역자를 처단하고 샤자한으로 돌아가는 건 되도록 늦춰져야만 했다. 그 와중에 이리스 라하느가 샤자한에 접촉을 할 만한 방도도 차단해야 하고. 그러기 위해선 바란 측에 샤자한의 왕씩이나 되는 이들 일행이 숨어들었다고 밀고해야 하나?

그러면 샤자한 일행들은 일신을 구속당할 테지만, 그 과정에서 왕 쪽이 별 의리를 지킬 것 없이 내 정체를 까발린다면 그것도 그 나름대로 곤란하다.

이틀에서 사흘, 목적한 바를 달성하려면 고작 그 정도. 그거면 충분한데, 힘으로 돌파하는 외의 방법은 잘 떠오르지 않았다.

"마법사 길드에서 곧 바란에 들어설 것 같다더군."

왕이 팁을 주듯 냉담하게 던졌다.

"휴가 중에 소란을 겪고 싶지 않다면, 그들을 피하도록."

왕은 그 말을 마지막으로 우리 일행을 날카로운 눈초리로 쭉 훑었다. 그 시선이 마스터에게서 유독 길게 머물러 나는 슬며시 불안해졌다.

하지만 그는 이내 저쪽 테이블로 자리해서 앉았다. 독살스러운 눈으로 날 노려보던 이리스 라하느 역시도 왕을 따라갔다.

난 곧장 뤼비에와 마스터에게 눈짓하여 방으로 올라왔다.

적어도 그들이 식사를 하는 동안은 생각할 여유를 번 셈이었다.

난 방에 들어서자마자 뤼비에를 향해 쏘아붙였다.

"뤼비에, 왜 쓸데없이 그자 이야기를 꺼낸 거야!"

왕으로선 엘딘 사르베타를 반드시 잡고 싶을 터, 실오라기 같은 단서라도 붙잡고 싶겠지. 하지만 우리는 지금 그들과 얽힐 만한 상황이 아니었다.

당장은 그대로 넘어가긴 했을지언정 의심을 품었을지도 모른다. 적어도 이 인근에 엘딘 사르베타가 있을지 모른다는 의심.

그는 사실이었으나 나는 왕에게 별로 도움을 주고 싶은 생각이 없었다. 미안하지만 이쪽 일이 먼저라고. 그는 내게 도움을 줄 생각이 있는 듯하지만, 난 그에게 별로 필요한 바가 없다.

"엄밀히 말해선 꺼낸 게 아닙니다. 건드려 본 것이지요."

"당신의 그 알량한 호기심 충족을 위해서? 섣불리 행동하지 마. 그는 둔한 사람이 아니야. 괜히 얽혔다간 골치 아파져."

"인연이 있는 사이인 듯한데, 좀 더 그들의 활용 가치를 고려해 보는 게 어떻습니까? 유적에 잠입하는 데 그들을 이용할 수도 있습니다."

입꼬리를 올리며 웃는 얼굴이 음험하기 그지없다. 그러나 뤼비에가 믿을 수 있는 사람이건 아니건 그와 우리는 유적지에 도달하고자 하는 면에서 목적이 같다. 목적이 일치하는 한 뤼비에의 말은 유용하니 들어 볼 필요가 있었다. 난 낯을 찌푸렸다.

"어떻게?"

"그전에, 그자는 샤자한의 왕입니까?"

하고 많은 샤자한 사람 중에서 왕을 언급하다니.

던진다고 말하기엔 확신이 깃들어 있었다. 그리 놀랄 것도 없이 나는 역시나 간파해 냈구나 하고 생각했다.

아카일은 왕이었고, 그 외형이며 분위기가 범상치 않은 사람이었다. 그가 고귀한 신분이란 걸 한눈에 알 수 있을 터, 거기서 범위를 더 좁히는 건 뤼비에에게 어렵지 않은 일이리라.

"왕이 이런 곳까지 행차하다니…… 아마 반역자를 쫓고 있는 것이겠지요."

일전에 엘딘 사르베타를 샤자한의 반역자라고 말해 주었으니 자연스러운 추리였다. 나는 재촉하듯 물었다.

"반역자의 행선지를 알려 주고 왕이 우리를 돕게끔 하자는 거야?"

"왕의 일행이 소란을 일으키게 해야지요. 아주 시끄럽고, 떠들썩해서 중앙 부처의 경계가 흐려질 만큼 큰 소란 말입니다."

"그는 정체를 드러내지 않을 생각일 테지. 군대를 이끌고 온 것도 아니고, 소수 호위만 데리고 왔다면— 애초에 조용히 처결하려는 거야."

"확실히 반역자를 내놓으라고 바란을 침략하는 건 무리일 테니 군대를 동원하지는 않을 테지요. 저 고대 유적이 온전한 한은, 바란을 상대로 승리를 거둘 거라는 보장이 없으니까요. 반역자가 있었다는 건 국내 정세가 불안하단 뜻일 텐데, 얼마간 자리를 비우는 것이 그의 한계일 겁니다."

"그래서 조심스러울 게 분명한 왕이 소란을 피우게 할 방도는?"

"빠르게 목적을 달성할 수 있다면 왕이 소란을 감수할 수도 있겠지요. 더군다나 그와는, 안면이 있는 사이 아닙니까? 그는 당신에게 호감을 품고 있었습니다."

뺨이 달아오르는 느낌이었다. 그가 말한 호감이 내가 떠올린 호감이 아닐진대 왠지 모르게 부끄러워진다.

그 짤막하고 불친절한 대화에서 나로서는 옅은 반가움 외엔 느낄 수 없었지만 뤼비에라면 나보단 더 잘 왕의 감정을 읽어 냈을 테지. 나는 그를 간과할 수 없었다.

왕이 뭐, 나를 좋아할 것 같지는 않지만 그 잘난 남자에게 호감을 받는다는 건 기분이 묘해지는 일이다.

뤼비에가 눈을 가늘게 뜨더니, 의미심장한 미소와 함께 제의했다.

"미인계는 어떻습니까."

"무슨 헛소리야!"

새된 음성이 방 안을 울렸다. 내가 내지른 소리에 귀가 다 아팠다.

이리스 라하느의 미모를 매일같이 마주하고도 눈 하나 깜짝하지 않는 그 왕이 새삼 내 미인계에 넘어갈 리 있겠어? 그런 것도 하고 싶지 않을뿐더러 나는 미인도 아니다. 그래, 미인도 아니지…….

눈을 부릅뜨고 노려보자 뤼비에가 손사래를 쳤다.

"농담입니다. 그렇게 정색하지 않으셔도……."

"효과가 있을지 의문이 드는군."

듣고만 있던 마스터가 슬며시 덧붙이자, 현실을 자각하고 있으면서도 왠지 열이 올랐다.

"아, 저도 알아요! 안다고요! 그럼 다른 방법 있어요?"

"다른 방법 없다면 하시겠단 말씀입니까. 솔직히 저는 아주, 안 먹힐 것 같진 않은데요."

뤼비에의 얼굴엔 기묘한 확신이 서려 있어서, 난 헷갈렸다. 그 왕이 나한테 넘어올 거라고, 자기비하가 아니라 정말 이해가 안 간다.

나는 반박하는 대신 냉랭히 지적했다.

"왕 옆에 여자 봤지? 눈초리 사나운 금발 미인. 그 여자가 왕의 약혼녀야. 어설프게 건드렸다간 날 죽이려고 들 게 뻔해. 괜히 소란만 날 거라고."

난 단호히 선언했다.

"그건 절대 안 돼."

이 여관에 체류하면서 이리스 라하느를 감시하고 샤자한에 있는 마탑의 인원에게 우리의 소식이 전해지지 않도록 막아야 하고……. 빨리 목적을 이루고 바란을 떠나야 하는데 아직 유적지에 접근할 방법을 모른다. 순식간에 골치 아파졌다.

대화가 답보 상태에 머무른 지 얼마 되지 않아, 드디어 이라칼이 돌아왔다.

밤을 꼴딱 샌 그는 마법 생물이라 이 하루 고생한 게 별로 힘겹지 않을 텐데도 어쩐지 초췌한 모습이었다.

이라칼은 여전히 공손한 태도로 이 방의 다른 인간들—나와 뤼비에—에 아랑곳하지 않고 마스터에게 가서 고개를 꾸벅 숙여 보였다.

"다녀왔습니다."

"왜 이리 오래 걸린 거야?"

순수한 의문으로 내가 팔짱을 낀 채 묻자 이라칼이 짜증스레 고개를 내저었다.

"아으으 정말 지루했어. 경비원 교대 시간을 파악하느라 내내 지켜보고 있었다고."

"잠입할 수 있을 것 같아?"

"아니."

말문이 턱 막혔다. 이라칼이 머리를 긁적이며 설명했다.

"내가 지켜보고 있는 사이, 경비가 강화되었어. 거의 틈이 없더라고. 나 혼자라면 가능할지 모르지만 여럿이 잠입하는 건 확실히 무리지. 세어 본 바로는 적어도 여섯 명은 매수를 해야 아무 탈 없이 들어갈 것 같더군. 하지만 내부가 어떻게 되어 있는 지까진 파악하기 힘들었어. 슬쩍 들어가 볼 셈이었는데, 그럴 틈이 안 나던걸."

사전답사랍시고 들어섰다가 괜히 들켰다간 경계심만 돋웠을 테니 몸놀림이 날랜 이라칼로서도 위험을 감수할 수는 없었을 것이다.

"유적지의 입구가 열리면 마력이 흔들리니 누군가는 눈치챌 겁니다. 그러면 경비원들을 매수하는 것도 어려운 일이 될 공산이 큽니다."

"경비병들이 돈에 눈멀었다고 해도 후환이 두렵긴 하겠지. 여섯이나 매수할 수 있으리란 보장도 없잖아. 그러면 어떻게 하지?"

산 넘어 산이라더니 뭐 하나 쉽지가 않다.

지금쯤 식사를 마칠 샤자한의 일행의 모습이 뇌리에 그려졌다. 입을 막아야 하는데, 어쩌지?

죽여서 입을 막으라고, 마스터도 이번만큼은 종용하지 않았다. 마법을 사용해선 안 된다. 하지만 마법을 사용하지 않고 제압할 만한 이들이 아니었다.

더군다나 왕과 이리스 라하느, 그 둘은 샤자한에서 온 이들의 일부에 불과하니.

어찌할까. 고민이 길어졌다. 그러다 문득, 먼 과거의 기억이 떠오른다.

'언젠가, 도움이 필요하다면.'

맹세라 할 만치 힘이 깃든 눈이었다. 나는 그의 목숨을 구했다. 그러니 한 번쯤, 대가를 요구할 수 있지 않을까.

오로지 내게만 이로운 일이라도, 딱 한 번 나를 도와 달라고 말하는 건 지극히 정당하다. 휴가 운운했던 걸 던져버리고, 유적 잠입에 대해서 논의해 볼까 생각했다.

우리가 쫓기고 있단 것도 말하지 말고, 그저 소란만 일으켜서 중앙 부처의 경계만 흐트러트려 달라고. 실제로 그거면 충분하지 않은가.

미인계가 아니더라도 난 그를 움직일 수 있었다. 그건 우리 일행 중 오로지 나만이 할 수 있는 일이었다.

일단 밤새 고생한 뤼비에와 이라칼에게 휴식을 취하라 말해 둔 난 신속하게 방을 빠져나왔다.

무슨 말을 꺼내야 할지, 그와 이리스 라하느를 떼어 놓고 어떻게 이야기해야 할지 짐작이 가지 않았지만, 적어도 입단속은 해 두어야 할 터였다.

방을 나서서 일 층에 내려서기 무섭게, 문 너머로 사라지는 금발이 보였다.

이리스 라하느? 그녀에 대해서 경계심이 야생동물의 그것처럼 생생히 살아 있는지라 척 보아도 알 수 있었다. 나가고 있구나. 금방 돌아올 건가.

나는 그녀의 뒤를 쫓을까 하다가 무의미하다는 걸 깨닫고 바로 왕을 찾았다. 감에 따른 것인데 운이 꽤 좋았다.

식사를 마친 왕은 아직 방으로 돌아가지 않고 식당에 앉아 창으로 밖을 내다보고 있었다.

범상치 않은 외형은 다시 후드에 가려서 꼭꼭 숨겨진 채였으나, 반듯한 콧날과 턱선이 후드의 그늘 속에서 언뜻 드러나 종업원 아가씨의 시선을 불렀다.

노예상에서도 가장 눈에 띄었던 남자다. 조금이라도 얼굴을 드러냈다간 화를 부르겠지. 예를 들어, 그를 힐끔대는 여종업원의 남편이라든가.

아마 그는 이 여관에 요즘 들어 유난히 많아진 잘생긴 여행자들을 몹시 못마땅하게 여기는 모양이었다. 눈을 부라리긴 해도 가만히 있는 여행자에게 시비를 걸긴 어려운 것 같았다.

나는 왕에게 다가가서 말을 걸었다.

"그녀는 어쩌고 혼자 있어요?"

"잠시 인근을 둘러보러 나갔다."

내가 오는 것을 이미 알았던 양 시선을 향하지 않으면서도 흔들림 없이 태연한 음성이었다.

나는 이어진 그의 말에 몸을 굳혔다.

"동생이라던 그 아이…… 아주 인상적이더군."

"뭐가 인상적이라는 거죠?"

뭔가를 눈치챈 건 아닐까? 본능적으로 원수를 알아봤을 수 있잖아.

난 슬쩍 왕의 표정을 살폈다. 세세히 훑었지만 일체 그런 기색은 드러내지 않은 채, 왕이 피식 웃으며 말했다.

"그대와는 닮지 않았어."

"……네."

난 순식간에 기분이 나빠졌다. 마스터와 닮지 않았다는 말이 기분 나빴던 게 아니다. 실제 혈연관계도 아닌 마스터와 내가 닮았다곤 생각하지 않으니까.

단순히 그 말의 뉘앙스가 나를 무시하는 뜻을 품고 있는 듯해서……. 이쪽 세계에 와서 괜스레 자격지심만 늘었다.

"아주 예쁜 아이더군."

가볍게 미소 지은 그가 내 쪽으로 시선을 향했다. 표정을 보아하니 왕은 미스터에게 호감이지 느끼고 있는 것 같았다. 예쁘고 귀여운 아이는 호감을 사기 쉬운 법이지.

그러나 그는 몰라도 난 마스터의 정체를 알고 있으니 거북스러운 기분이 가슴을 긁었다. 나는 찜찜함을 감추며 최대한 아무렇지 않은 척 답했다.

"아이를 좋아하시나 봐요."

"아아, 그런 편이지."

불현듯 이리스 라하느와 그가 어떻게 된 건지 묻고 싶어졌다. 그 두 사람의 뒤틀린 관계는 내게도 상당히 인상적인 것이었기에.

앉으라는 그의 손짓에 따라 의자에 몸을 실으며 질문을 꺼냈다.

"그동안 혼인식을 치르셨나요?"

왕이 바로 미간을 찌푸렸다.

"아니, 그대와 내가 마지막으로 마주한 지 그리 오랜 시일이 지나지 않았건만, 국혼이 그리 짧은 새 치러질 일 같은가."

"그건 뭐, 그렇지요."

더군다나 왕비와 이런 곳에 반역자를 잡으러 같이 오지는 않았겠지. 나는 고개를 끄덕거렸다.

"분명히 말하건대 난 그녀가 왕비의 자리에 적합한 이라고 생각지 않아."

"그것도 그렇네요."

괜히 물었나. 딱 부러지게 말하면서 정색하는 게 내 말이 거슬리는가 보다. 그를 불쾌하게 하는 건 내게 유리하지 않은 일이었다.

"헌데 그대는 내가 그녀와 어찌 혼인할 거라고……. 아니다."

뭔가 말하다가 모호하게 입을 닫는 왕을 난 똑바로 주시했다. 사실 별로 귀담아듣지 않았다. 들이밀어야 할 용건을 머릿속에서 정리하는 것만으로도 바빴으므로.

"도움이 필요한 일이 있는데요."

차분하게 넌지시 이야기하려던 계획과는 다르게 정말 단도직입적으로, 나조차 당황스러울 정도로 그 말이 불쑥 튀어나왔다. 왕이 바로 눈살을 찌푸렸다.

"도움?"

"잊지 않으셨다면……. 절 도와주신다고 말씀하시지 않았던가요?"

새대가리도 아닌데 설마 그새 까먹진 않았겠지. 난 강조하며 눈에 힘을 주었다.

다행히 기억하고 있긴 한 모양인지 왕이 미간을 모았다.

"그랬지. 휴가 중인 그대가 내게 도움을 청할 일이 무언진 모르겠지만."

"제게도 사정이 있어요. 그러니 제게 도움을 주실 의향이 있다면 묻지도 따지지도 않고—"

나는 그에게 시선을 박아 넣은 채 또박또박 물었다.

"제가 바라는 대로 해 주실 수 있어요?"

애처로운 척 매달린다거나 하는 건 성격상 무리였다. 자세한 사정을 말할 수 없는 게 가장 큰 문제.

왕으로선 마스터의 복귀를 바랄 리가 없으니 진실을 알게 되면 훼방 놓지 않을까. 그가 품은 원한을 생각해 보면 당장 마스터를 공격하더라도 이상하지 않다.

"임무인가."

왕이 나직이 중얼거렸다.

"마탑의 마법사가 도움을 청할 임무라는 게 상상이 되지 않는군."

여전히 그의 의식 속에서 마탑은 장벽 없는 초월적, 초법적 집단인가 보다. 그건 지금 일어나고 있는 현실과 거리가 먼일이었다. 나는 한숨을 내쉬었다.

"알다시피 난 뜻대로 할 수 있는 게 많지 않죠. 당신에게도 크게 손해 보는 일은 아닐 거예요."

샤자한의 왕이 이곳 바란에서 붙잡힌다면, 어떻게 될까? 바란 측에서 그를 어떻게 하긴 어려울 것이다.

샤자한은 비로 인접힌 깅대국이고, 그에겐 명분이 있었다. 엘딘 사르베타, 샤자한의 반역자를 처결하겠단 명분.

타국에서 소란을 일으킨 것에 대한, 금전적인 보상이 필요할지는 모르겠다. 하지만 그는 내게 목숨 빚이 있었다. 그 빚을 해소하는 게 간단하다면 도리어 그에겐 모욕이 될 것이다.

"내게 바라는 게 뭐지?"

짧은 계산을 마친 그가 직설적으로 물었다. 나는 그를 마주한 채 입꼬리를 들어올렸다. 자, 이제 던질 때가 되었지.

"엘딘 사르베타를 가급적 소란스럽게 처결해 주셨으면 한다는 거예요."

놀란 듯 확장되는 동공을 진정시키듯 난 차분하게 덧붙였다.

"물론, 그가 죽건 살건 그건 중요하지 않아요. 소란의 크기가 중요한 거지요. 모든 바란의 이목이 당신들에게 쏠릴 만큼, 나는 그 정도를 원해요."

"생각보다는 손쉬운 부탁이군. 헌데—"

그의 호박색 눈이 이채를 띠었다.

"엘딘 사르베타, 그 이름이 바로 나올 줄은 몰랐건만."

"그건……."

"내가 중차대한 일로 이 바란을 친히 방문했다는 건 짐작하기 어렵지 않지. 허나 '엘딘 사르베타'라고 내 목적을 특정하는 건, 그대는 그가 어디 있는지 알고 있단 거로군?"

"그건……."

"그럼에도 내겐 침묵했단 말이지."

화가 난 듯, 모호한 미소가 그의 입가에 걸렸다. 심장이 따끔거린다.

아니, 솔직히 자기랑 내가 뭔 사이도 아니고 곤란하면 숨길 수도 있지 않나. 그래, 숨길 수 있지! 그런데 막상 지적해오니 찔렸다. 나도 모르는 어떤 과거 속에서 그와 비밀스러운 사정을 공유할 만한 친분을 쌓았나 보다.

"사정이 있어요."

난 변명하듯 둘러대었다.

"알다시피 난 중요한 임무를 앞두고 있죠. 그런데 그 상황에서 샤자한과 엮이는 건 곤란하게 느껴졌어요. 생각할 시간이 필요했죠."

그리고 생각을 마쳤고, 찾아와서 내 입으로 말했잖아.

"지금 말했으니 문제가 될 건 없지 않겠어요?"

하지만 그는 내 생각대로 사리분명하게 반응하지 않았다. 순식간에 정색한 왕이 눈을 가늘게 떴다.

"아니, 문제가 되지. 내 기분의 문제야."

"……뭐, 그럼."

기분 나쁠 일일 수는 있는데, 어쩔 수 없다고 설명하지 않았나? 난 반박할 셈이었다.

하지만 왕이 먼저 말을 이었다.

"물론, 기분이 썩 유쾌하지 않은 건 사실이지만 난 그대의 부탁을 들어줄 용의가 있어."

그러면서 의미심장한 미소를 떠올린다.

"단, 그대가 내가 주목을 끄는 그 시간 동안 뭘 할 건지, 사실대로 털어놓기만 한다면."

"……그건 좀 곤란한데요. 게다가 왜 그렇게 조건부죠? 그쪽에서 먼저 도움이 필요하면 말하라면서요."

치사하잖아. 눈을 부라리자 왕이 피식 웃었다.

"분명히 말하건대 나는 그런 부탁으로 그대에게 진 빚을 탕감하진 않을 거다. 그러니 빚은 그대로 두는 것으로 하지."

"네?"

"대신 그대의 부탁을 들어주는 대가로, 진실이 필요하다는 거다."

빚은 내버려 두고, 뭘 할 건지 고백하라고? 일반적으론 나쁘지 않을 제안일 터.

그러나 내겐 아니었다. 또다시 이자를 만날 수 있을지 없을지도 일 수 있는데 빚을 시워놔서 뭐하게.

지금도 란델의 손길이 샤자한을 향해 뻗어 있을까 봐 불안하기만 한데. 단박에 부정적인 쪽으로 사고가 기울었다.

"빚 탕감하고 그냥 말 안 하는 걸로 하면?"

"이만 가 보도록."

⋯⋯타협의 여지가 없었다. 정말로. 나는 잠깐 고심했다.

호박색 눈동자는 진지했고, 그 의지 맺힌 단단함을 목도하니 경계심이 누그러지는 것도 있었다.

아카일은 왕이었고 그런 지위에 있는 사람은 대개 이유 모르고 타의에 따라 행동하는 데 익숙지 않았다.

샤자한과 바란이 친분이 두텁진 않더라도, 그의 입장에선 바란에 해를 끼치고 싶진 않을 것이다. 내가 아는 아카일이라면 그러했다.

마음이 좀 기울긴 하는데, 확신이 필요했다. 난 엄숙한 투로 물었다.

"당신이 방해하거나, 비밀을 누설하거나 하면요?"

"그러지 않겠다고 맹세하지."

"무슨 왕이 그렇게 맹세를 남발해요? 내가 무슨 짓을 할 줄 알고."

"이리스도 없애지 못하는 그대가 누군가를 해칠 일을 벌이지는 않겠지."

"⋯⋯그 확신에 응할 수 있다면 좋겠군요."

나조차 내가 좋은 사람이라고 확신하지 못하는 데, 나를 좋은 사람으로 확신하고 있는 누군가를 마주한다는 건 묘한 기분이었다.

마탑에서는 도리어 비정한 이가 되라며 선의를 깔아뭉개지 않던가. 마탑에서의 생활, 그리고 그 대표 인물인 마스터와 함께하는 동안 나는 내내 깎아내려지고 회의에 직면해야 했다.

그러한 부정 속에서 살아가다 이 한 번 마주한 긍정이 놀랍도록 힘이 되었다. 그가 준 지지가 내 입을 열었다.

"제 목적은 바란의 유적에 잠입하는 거예요."

그 한마디를 들은 것만으로도, 짐작 가는 게 있는 모양이다. 그가 느릿하게 턱을 짚었다.

"바란의 유적에는 고대로부터 전해져 내려오는 정체 모를 힘이 깃들어 있다고 하지. 마법사 길드에서도 연구하고 싶어서 혈안이 된 것으로 안다."

진중한 음성이 추측을 실어 날랐다.

"나는 마탑이 그 유적과 무관하진 않을 거라는 가설을 떠올린 적이 있지. 입증할 기회가 없었지만."

"당신 추측대로 바란의 유적은 마탑과 밀접한 관계가 있어요."

나는 다시 힘주어 말했다.

"전 그 유적에서 해야 할 일이 있어요."

"숨어들면 되잖나."

"일행이 좀 많아서 이대로는 곤란하네요."

천연덕스럽게 말하자 그의 눈썹이 치켜 올라갔다.

"그렇다손 쳐도, 유적에 발 들이는 데 왜 소란이 필요하지? 그대가 그대로 유적으로 걸어 들어간다고 해도, 아무도 막지 못할 텐데. 소란을 피워서 신경을 돌린 뒤 숨어드는 건 그대들의 방식이 아니야."

언제나 당당하게 패기 있게. 꼭 그렇진 않지만, 마탑의 방식이 아니긴 하지. 난 멋쩍게 머리를 긁었다.

"어…… 어린 동생이 보기에 폭력적이라서?"

"그 아이도 임무에 동반하는 건가." 그런 어린아이를 위험한 임무에? 흡사 비난하는 듯이 들렸다. 하지만 아동학대라는 말이 어울릴 상대가 아니다.

"네, 뭐 이를테면 현장 실습이죠. 그 아이도 슬슬 마탑인으로서 일을 배워 나가야 하니까요."

쫓겨 다니면서 변명만 늘었다. 꽤 그럴듯하게 둘러댔다고 자부하는데, 그냥 넘어가는 줄 알았던 왕이 핵심을 찌르고 들었다.

"거기엔 내가 관여할 수 없겠지. 허나 그대가 그 유적에 잠입하여 뭘 할 건지는 알아야겠어. 단순한 조사 목적은 아닐 것 같군."

여기서 거짓말을 해야 할까. 난 삼시 살능했다. 하지만 잘나의 망설임만으로도, 그의 눈빛이 변했단 걸 감지할 수 있었다. 그와 맞서는 상황을 피해야 했기에, 난 짤막하게 답했다.

"회수요."

"유적의 힘을, 회수하겠단 소린가?"

"네, 그래요. 회수한 힘을 어디에 쓸 건진 말할 수 없어요. 저도 정확히는 모르고요."

"그러면 유적은 어떻게 되는 거지?"

"모든 힘을 잃겠죠."

깊이 생각해 볼 것도 없이, 간단한 결론이다. 그저 평범한, 미지의 힘 따위 품고 있지 않은 내 세계에 존재할 법한 고대의 유적으로 되돌아가는 것.

왕의 눈이 엄격하게 변모했다. 그가 굳은 표정으로 물어왔다.

"그대는 바란의 유적이 힘을 잃는다는 그 의미가 무언지 아나?"

"그들이 무상으로 사용하고 있던 힘이에요. 거두어 간다고 해도, 문제 될 건 없어요. 그건 원래 마탑의 것이니까요."

나는 항변했고, 그는 한숨을 내쉬었다.

"그대의 입장에선 그렇겠지. 허나 위험한 계획이로군."

"무엇이 위험하다는 거죠?"

물음을 내뱉자마자, 나는 그 위험이 내게 해당하는 것이 아님을 알았다. 내가 아니라면, 위험한 쪽은.

내가 놓치고 있던, 아니 실제로는 부러 거기까지 고려치 않으려고 흘려 넘겼던 사실이 그의 입을 통해 발해졌다.

"권리의 문제라기보단, 결과의 문제다. 바란이 독립국의 자격을 유지할 수 있었던 건, 그 유적의 힘이 바란을 지켜 주었기 때문이다."

나는 미간을 모으며 귀를 기울였다.

"그런데 만약, 그대가 유적의 힘을 거둬간다면 이 바란은 머지않아 전화에 휩싸일 수 있어. 마법사 길드에서도 그들에게 다수의 사상자를 안겨 준 바란을 가만히 놔둘지도 의문. 비록 그게 바란의 잘못이 아니더라도—"

왕이 신중하게 말을 맺었다.

"나는 그 점을 우려하지 않을 수 없군."

충고하듯, 혹은 비난하듯 그 어떤 의도를 품었는지 알 길 없는 담담한 눈빛. 그가 내보이지 않는 무언가에 내 속에서 뭔가가 뒤틀렸다.

그리 잘난 척, 착한 척해 놓고 결국 바란이 어떻게 되든 생각해 보지 않은 안일함을, 너도 제본위대로 무심하기 짝이 없는 마탑의 그들과 마찬가지 아니냐고 정면으로 지적당한 듯이.

내게도 찔리는 건 있었다. 부인할 수 없이, 나는 유적에서 힘을 거둔 그 이후까지 생각지 않았다. 도리어 이 순간에도, 그를 만나지 않았다면, 바란이 어떻게 되든 모른 척할 수 있지 않았을까 생각한다.

내 운명도 어찌 흘러갈지 알지 못하는데, 이렇듯 몰린 상황에서도 내가 남이 입을 피해를 모두 고려하여, 나를 제약해야 하나?

그래, 내 사정 따위 그가 알 리 없다고 해도 그는 마치 내가 바란의 운명을 손에 쥐고, 선택할 수 있는 것처럼 굴었다. 내가 잃을 그 무엇도 타인이 입은 그것보다 크지 않을 것처럼. 그건 참기 어려운 단정이었다.

다수를 위한 소수의 희생. 그러나 그 소수가 나라면, 또 희생을 누가 치를지 정하는 게 나라면, 어찌 다수의 손을 들어 가부를 판단할 수 있나.

그러나 왕의 시각에서 그리 생각해도 무리는 아니었기에, 그에게 분노를 드러내는 건 합당치 못했다. 동시에, 무엇도 드러내고 싶지 않았다. 그는 내 편에 선 듯하나 결코 내 편이 될 수 없는 자였으므로. 정작 나에 대해선 무엇도 알지 못하는 자 앞에서 무슨 소리를 하겠어.

나는 성난 마음을 가라앉히며 비웃듯 물었다.

"샤자한은, 바란을 탐내지 않는다는 듯이 들리는군요?"

"나는 정복에 야욕이 없다. 샤자한은 확장을 꿈꾸지 않아."

"그긴 야욕이 아니라, 자연스러운 거죠. 샤사한이 아니라노 그 누구든 방어 능력을 잃은 바란을 침략하려고 들 테니까. 다른 누군가의 손에 들어가는 것보단 샤자한이 손에 넣는 게 낫다. 그렇게 생각할 수 있잖아요?"

"적어도 나는 그리 생각하지 않아. 나는 지리적 요충지에 자리한 바란이라는 국가가 존속되는 편이 분쟁을 막기 위해선 낫다고 본다. 이제껏 바란은 각국의 국경을 틀어막은 채 전쟁을 억제하고 있었지."

나보다 더 이상적인 왕이라니. 당신도 참 피곤하게 사네.

하지만 그의 생각이 어떻든, 이 바란에 미칠 영향이 어떻든지 간에 양보할 수 없는 일이었다.

언제고 추적자가 찾아올지 모르는 이때, 한시라도 빨리 마스터에게 제 힘을 되찾아 주어야 한다. 그래야 나 역시도 내 세계로 돌아갈 수 있는 것이니.

유적의 힘은 애초에 마스터의 것. 그 예기치 못한 파급효과 때문에 이토록 위중한 때에 그 힘을 회수하지 못한다는 건, 타협하기 어려운 일이었다.

그러나 그 어떤 진실도 드러내지 않고 그를 설득하려면……. 그렇지, 좋은 생각이 떠올랐다.

"당신은 왕. 당신의 뜻이 샤자한의 대의라면 샤자한이 바란을 도우면 되겠군요."

나는 단호하게 말했다. 그렇게 바란의 안위가 신경 쓰인다면, 그가 도우면 될 게 아닌가. 가진 거라곤 이 몸뚱이 하나뿐인 나 같은 마법사에게 뭘 바랄 게 아니라.

"이 바란이 문제없이 존속할 수 있도록 말이에요."

"일을 치려는 사람치고, 잘도 떠넘기는데."

"뻔뻔스럽다고 생각해도 좋아요. 확실히, 바란이 어떻게 되든 곧 떠날 저와는 무관한 일이에요. 물론 바란에 문제가 없게끔 하는 쪽이 제 양심에 위안을 줄 수는 있겠죠. 하지만 당신에겐 달라요. 당신이 말했듯이 이건 어떤 면에선 샤자한에게 이로운 일이니까요. 대의와 실익을 능력껏 챙길 수 있지 않겠어요?"

"많이 똑똑해졌군?"

눈을 가늘게 뜬 그가 말꼬리를 올렸다. 마치 이전에는 똑똑하지 않았다는 뜻 같아서 좀 거슬렸다. 뭐, 내가 남달리 똑똑하다고 생각하는 건 아니지만 말이지.

난 인상을 쓰는 대신 환하게 웃었다.

"정 뭐하면, 그걸로 채무를 탕감하시든가요. 그 정도면, 왕의 목숨 값 대신이라고 할 만하겠죠. 자그마치 한 국가의 명운이 걸린 일이니."

어쨌든, 바란 사람 중 누구의 의견도 구하지 않고 이 대화를 통해 바란의 운명이 정해지고 있었다. 아이러니하게 느껴지는 것이지만, 이제 선택은 그의 몫이었다.

나는 내 말대로 그가 움직여 줄 거라고 생각했다. 왜냐하면 나 이상으로 왕이 고지식한 사람이었기 때문에.

그러나 왕은 선뜻 승낙을 말하지 않았다. 대신 그가 택한 건 다른 화제였다.

"그 또한 불쾌하군."

"또 뭐가요?"

참 불쾌한 것도 많지. 또 뭔가 싶어서 난 한 번 들어 보겠다는 태도로 팔짱을 꼈다. 이 왕은 뭐 하나 허투루 넘어가려고 하지 않는다.

"내 빚을 그대가 임의로, 쉽사리 해소할 수 있는 듯 취급하는 것이."

"네?"

"그대는 내 호의를 짐으로 느끼는 것처럼 보여, 틀린가?"

보이는 게 아니라 사실인데…… 이렇게 딱 꼬집어 오면 뭐라 할 말이 없다.

"뭐 때문에 그대에게 유리하지 않은 이유로 빚을 탕감하려고 하지?"

"그건—"

그 빚이 당연히 당신에겐 중요할 테지만, 내겐 별 상관없는 것이니까.

"그대는 나에게 연을 남겨 두고 싶지 않은 것처럼 구는군. 샤자한과 마탑의 계약이 이어지는 한, 그대와 내가 만날 일이 영 없는 건 아닌데 말이야."

그러니까, 섭섭하다는 건가. 친구들과 말다툼할 때 느꼈던 익숙한 감정이 떠오른다. 그건 퍽 그답지 않았다. 쿨하지 못하다고 해야 하나.

나야말로 의아하다. 왜 당신이 내게 그렇듯 의미를 두는지. 내가 그의 목숨을 구해 줬다지만, 단순히 그 이유라고 보기엔 보상을 말하는 그는 덜 일방적이고 사사롭다.

내가 그의 입장에선 상당히 독특한 유형의 인간이라서일까? 아니면, 마탑의 마법사답지 못해서? 특별하다는 건 희소한 만큼 의미를 갖는다. 하지만 그 특별함이 어떤 의미이든, 내가 응해 주긴 어려웠다.

"……저와 만날 일이 영 없길 바라야 할 거예요. 당신은 나와 가까이해서 좋을 게 없어요."

"장담컨대 내가 마탑과 이야기할 일이 있다면, 탑의 그 누구보다도 그대가 나을 텐데. 적어도 그대라면 대화로 풀어 가려는 시도를 할 테니."

그래, 그 온화한 란델도 마탑 밖에서는 위압적이고 일방적이지. 하지만 그가 말하고자 하는 바와 내가 말하려는 뜻은 명백히 어긋났다.

"그런 문제가 아니에요. 지금 설명하긴 어렵군요."

난 입을 닫았다. 다분히 방어적으로 보일 터였다. 그러나 침묵을 이어 갈 순 없었다. 그의 답을 들어야 했기에 난 곧 눈을 치켜떴다.

"그걸 내 소원으로 치든, 그렇게 하지 않든 그건 당신 뜻대로 해요. 하지만 내 일에 협조할 건지 대답은 해 주세요."

말로는 그가 협조 안 해도 어쩔 수 없이 물러날 것처럼 누그러진 투였지만, 실제 그렇지는 않았다.

있는 대로 다 떠벌려 놓고 뭘 믿고 이대로 놔두겠어?

기본적인 신뢰가 있다 한들 위험을 보상할 만큼 단단하진 않다. 혹여 그가 훼방을 놓을 것처럼 보이면, 나도 나 나름대로 대응을 해야겠지.

모두 기절시켜서 방에 가둬 놓을까? 머릿속에서 범죄적인 발상이 구체적으로 피어올랐다.

난 재촉하듯 발을 얕게 굴렀다.

"초조해 보이는군."

"내 상황이, 그리 여유롭진 못해서요."

우는소리를 하는 쪽이 더 먹힐까? 난 부러 피곤한 얼굴로 눈을 내리깔았다.

"보았으니 알겠지만, 내겐 짐이 있고요."

어린 동생 간수하기가 힘겹다고 하소연이라도 해 볼 참이었다. 그런데 문득,

"그래. 짐."

그의 시선이 나를 비껴갔다. 무언가 색다른 것을 본 양 이채가 피어난 눈빛. 거의 소리 나지 않는 작은 기척.

대화에 신경을 빼앗긴 채 놓치고 있었던 그것이 지각의 범주에 들어오자 온몸에 전류가 흐르는 듯했다. 살결 위로 개미가 기어가듯 신경이 곤두섰다. 난 얼어붙은 양 뻣뻣한 동작으로, 뒤를 돌아보았다.

"마……."

마스터. 가까스로 입에 밴 호칭을 다 발음하기 전 파기시킨 난 갈무리하듯 입술을 깨물었다.

가만히 그 자리에 선 마스터는, 읽을 수 없이 무표정했다. 죽은 새처럼 검고 인형처럼 생동감 없다.

어디서부터 들은 거지? 모든 걸 다 까놓고 이야기한 건 아니었건만, 그에게 도움을 구한단 자체가 마스터에게 허락받은 사안이 아니었기에 지레 찔리는 건 어쩔 수 없었다.

더군다나 나는……. 왕과 지나치게 가까운 사이로 보였을까 봐 속이 탔다. 내가 사리분별 못 하고 협력을 구한답시고 입 싸게 굴었다고 생각할 수 있으니까.

그리고 내겐 항상 마스터에게서 인정받고 싶은 욕구가 숨 쉬고 있었다. 반대로 말하자면, 그게 옳은 이유든 그렇지 않든 마스터에게서 부정당하는 건 내게 피하고 싶은 일이었다.

내가 탁자에 손을 짚는 동시에, 나보다 더 빠르게 왕이 자리에서 일어섰다.

의자 끌리는 소리가 귓전을 스치고, 바람이 일 만치 곧바로 일어선 그는 망설임 없이 마스터를 향해 성큼 걸어 나갔다. 그가 마스터를 어떻게 생각하는지 짐작하고 있었던 난 선불 맞은 듯이 놀랐다.

뭐하려는 거지? 막아서야 할까, 마법으로 그를 강제해야 할까. 짧은 고뇌가 천 개의 벼락이 한순간에 날 강타한 듯한 혼란 속에서 번뜩였다. 그러나 너무 많은 생각은 날 머뭇거리게 하기에 족했다.

어느새 마스터 앞에 다가선 그가 몸을 숙였다. 적대적이지 않은 몸짓이 간신히 내 마력의 발현을 막았다. 왕은 단번에 허리를 잡아 올려 마스터를 안아 들었다.

그래, 안아 들었다. 안아 들다니, 누구를? 눈으로 보면서도 믿기질 않았다. 턱이 빠질 듯이 입을 벌리던 난 재빨리 다물었다.

내가 반쯤 공황에 휩싸여 있는 데 반해 그는 태연하기 짝이 없는 태도로, 마스터를 안아 든 채 눈을 맞추었다. 그저 어른이 귀여운 아이를 안아보듯.

소름이 돋을 만치 어색한 광경에 충격에 휩싸인 난 자리에서 일어서다가 비틀거렸다.

원래라면 그러한 접촉을 허용할 리 없는 마스터였지만, 지금 마스터에겐 사내의 손길을 뿌리칠 힘이 없었다.

조금도 동요하지 않은 고요한 눈. 그것이 오만한 불쾌감으로 변모하는 건 순식간에라도 일어날 수 있는 일이다.

아이인 척 입을 다물라는 충고가 있었다지만, 마스터에겐 내 말을 들어야 할 의무가 없었다.

마스터를 안은 채 나를 돌아본 왕이 내게서 경악한 기색을 읽어 내었는지 불쾌한 투로 말했다.

"왜 그리 놀란 눈이지. 내가 아이를 해치기라도 할 것 같나? 아이를 좋아한다고 말했잖나."

"그랬지요. 그런데 그 애는⋯⋯."

그 아이가 사실 아이가 아니니까 그렇지! 진실을 말할 수 없기에, 난 다른 핑계를 지어냈다.

"다른 사람의 손길을 좋아하지 않아요. 낯을 많이 가리거든요. 그러니 내려놓으시는 게 좋겠어요."

쑥스러워한다고 말할까 하다가, 아무리 보아도 마스터가 내성적으로 보이진 않았기에 말을 바꾸었다. 내성적이리기보단, 매저키직이라는 표현이 맞을 터였다.

내 권유는 차분했고, 왕은 마스터를 바닥에 내려주며 아쉬운 듯 중얼거렸다.

"이렇게 예쁜 아이인데."

그러면서 슬쩍 마스터의 머리를 쓰다듬는 모습이 내 안에 격한 아우성을 불러일으켰다.

맙소사! 웃어야 할지 울어야 할지 모르겠다.

"이리와, 펠."

엉망이 될 뻔한 표정을 추스르며 난 누나인 척 마스터를 잡아당겼다. 이조차 무례한 일이었지만, 마스터는 별로 개의치 않는 듯하다.

순순히 끌려온 마스터를 등 뒤로 감춘 난 조금 전 있었던 대화를 마스터가 들었다면 어떻게 생각할지에 대해서 고뇌했다.

적어도 내가 마스터를 짐이라고 표현한 건 들었을 거 같다. 하지만 남매관계인 척하고 있으니 동생에 대해서 그 정도는 투덜댈 수 있지 않으려나?

난 곧 그 고민이 퍽 쓸모없단 걸 깨달았다. 섣불리 그에게 도움을 구한 게 더 질책당할 만한 터였다.

그러니까, 무례기 이니라 욍에게 도움을 구했난 사제가 분제. 또 그와 친근하게 대화를 나눈 것도 문제.

하지만 그 일련의 과정을 통해서 왕의 협조를 구할 수 있다면, 그 문제는 문제가 아니게 된다. 마스터는 그렇게 상쇄할 것이다.

"이제 대답해 주세요."

난 요구했고 왕은 잠시 후 입을 열었다.

"그대의 말대로, 바란이 존속하는 것이 샤자한의 대의와 부합하는 듯하군. 또한, 나로서도 빠르게 이 일을 해결하고 싶은 터. 그대가 반역자의 행선지를 알려 준다면 시간 낭비를 줄일 수 있겠지."

"그러면……."

"단,"

또 무슨 사족이 붙어? 난 슬쩍 눈썹을 치켜들었다.

"이는 엄연히 샤자한을 위함이다. 그러니."

빚은, 그대로 남겨 두겠다고, 그 뜻인가. 굳은 의지를 담은 눈이었다. 그것이 그의 호의였고, 난 받아들여야 한단 걸 깨달았다. 내겐 그의 자존심을 상하게 하면서까지 거절할 이유가 없었다. 그가 구태여 소리로 내지 않음은, 나 스스로 낸 긍정을 듣고 싶기에.

평생 당신을 나처럼 뿌리치려는 이도 몇 없었으리라. 나는 그저 돌아가야 한다는, 단 한 점의 목표에 몰두하여 양옆이 흐려진 양 곁눈질도 하지 못했던 것뿐이다. 하지 않은 것이 아니라 못 한 것. 그런데도 지금 이 순간 나는 눈앞의 이 연을 뿌리칠 수 없었다.

"……알겠어요."

속삭이다시피 한 작은 답에 그가 다짐시키듯 물었다.

"정말인가."

"그래요, 정말이에요. 알겠다고요."

나는 경고했고, 내 경고에도 불구하고 그는 고집을 버리지 않았다. 그에겐 아마 다소의 위험을 감수하고서라도, 놓치기 싫은 뭔가가 내게 있는 모양이다.

그는 왕이니 스스로의 운명을 결정할 수 있을 만한 자였다. 그러니 선택은 그의 몫이다. 후에 어떻게 되든 나는 그 책임에서 자유로워질 심산이었다.

완전치는 못할지라도. 저주받은 존재라도 된 양 가는 곳마다 재앙이 밀어닥치긴 하지만, 그 무엇도 내가 바라는 바는 아니었으니.

아마 목표한 대로, 모든 일이 끝맺어져 마스터가 나를 돌려보내 준다면— 그건 그대로 족하겠지. 부러 빚을 해소하려고 기회를 만들지는 않을 셈이었다.

"그래."

내 속내가 어떠하건 원하는 대답을 얻어 낸 그는 시원하게 웃었다. 그 입기에 맺힌 미소에서 만족김을 엿본 난, 이유를 알 수 없게 민망해졌다. 이 잘난, 왕씩이나 되시는 분을 내가 밀어내도 되는 걸까 싶기도 하고.

왕이 넌지시 물었다.

"그러면 거사는 언제쯤?"

"오래 기다릴 수 없어요. 오늘 밤이 좋겠어요. 어두운 시각에 당신의 힘이라면, 더 가시적인 효과도 있을 거고요."

불의 마력. 눈이 마주치자, 그의 입꼬리가 더 깊어졌다.

"부하들을 소집하지."

그리하여 앞으로 세 시간 후, 그의 방에서 구체적인 계획을 논의하기로 결론이 났다.

바란에 들어온 마법사들이 회복되기 전, 그들이 아직 혼란한 상황일 때 일을 치러야 하기에 더 지체하기 힘들었다.

유적의 힘을 앗고, 바로 바란을 떠나간다. 계획대로 된다면, 아무 문제 없을 것이다.

그러나 막상 우리 일행 내에서도 이견은 있었다.

"그건 불가합니다."

왕과 ㅗ 일행을 엘딘 사르베타가 있는 곳으로 안내해 주었으면 한다는 말에 뤼비에가 정색했다.

빼질거리는 그답지 않게 부드러운 투였으나 단호함이 맺혀 있었다. 그가 그렇게 말한다면, 틈 없는 거절이다.

말을 꺼내자마자 거절부터 당하니 반감이 솟았다.

"안내만 하고 합류하면 되잖아."

"불가피한 상황이 발생해 합류하지 못하게 될 가능성을, 저로서는 무시할 수 없습니다. 그렇게 되어선 곤란합니다. 바란의 유적을 탐색하는 건 제 오랜 염원이기도 하니까요. 부디 저와의 약속을 상기해 주시기 바랍니다."

난 그의 흔들림 없는 눈빛을 보고 깨달았다.

내가 이자를 믿지 않는 이상으로 이자 역시도 내게 믿음이 없구나.

그걸 실감하는 건 썩 좋은 기분이 아니었다. 어쨌든, 우리가 서로 간의 필요에 의해서 일행이 된 건 사실이었으니까. 내심 그를 따돌릴 마음이 없었던 건 아니기에 나는 치미는 말을 삼켰다.

그 역시 우리와 멀어지는 게 나을 터였다. 마탑의 표적이 되는 건 마법사 길드의 공적이 되는 것보다 더 위험한 상황이니. 그의 거절엔 일리가 있었지만, 대책은 필요했다.

"당신이 아니면, 누가 그들을 엘딘 사르베타에게로 안내하지? 당신 말만 듣고 그쪽으로 가서 소란을 일으키는 걸 그들이 납득할 리 없잖아?"

"이라칼이 안내할 겁니다. 제가 그에게 엘딘 사르베타가 있는 곳을 알려 주었으니까요. 그의 생김새도 마법으로 보여드렸지요."

그럴 줄 알았다는 듯이 말하며 상큼하게 웃는 낯짝을 마주하며 난 할 말이 없어졌다. 역시나 계획적인 성격의 그답다.

"그래, 그랬지. 그래서였군?"

이라칼은 불퉁하게 말꼬리를 올리긴 했으나 의외로 순순히 고개를 끄덕였다.

"어쩔 수 없지. 인간들은 내가 맡겠어. 어차피 유적에 들어서더라도 다시 빠져나가야 하잖아? 그때까지 소란을 계속 피워야 할 것 아닌가."

아예 내친김에 본체로 돌아가서 난동을 피워 보려는 기색이었다.

아무리 마법사 길드원들이 죄 부상을 당했다지만, 일단 수적 우세다. 바란 사람들도 있고. 나는 이라칼과 그들의 실력을 정비교하기 어려웠다.

무사할 수 있을까. 요만큼이라도 걱정이 되긴 된다.

"괜찮겠어?"

"그 정도쯤이야. 몸 상태도 온전하지 못한 마법사들인데."

이라칼은 내가 자길 못 미더워한다고 느꼈는지 콧바람 소리를 냈다.

"어떻게 합류하면 좋을까."

"저자가 표식을 남겨 주면 되지 않겠어? 작은 흔적이라도 찾아갈 수 있을 테니까."

"그건 문제없습니다."

뤼비에는 어깨를 으쓱해 보였고, 나는 잠시 머뭇거리다가 침묵을 지키고 있던 마스터에게 물었다.

"어떻게 생각하세요?"

머뭇거렸던 이유는 물론, 일이 이렇게 진행되어 가는 것에 마스터가 일언반구도 비치지 않고 있기 때문이었다.

차라리 무슨 짓이냐, 뭘 믿고 인간에게 도움을 구하느냐. 이런 식의 질타라도 했다면 차라리 나았을 것이다.

마스터는 그저 내가 어떻게 하든 무심히 지켜보고만 있었고, 그 고인 물처럼 밀도 높은 침묵이 나를 불안하게 했다.

"네 뜻대로."

짤막하게 말한 마스터는 그대로 입을 다물었다. 그 순순함은 이상한 느낌을 주었지만, 마스터가 내 의사를 존중해 주기로 한 거라면 내게도 나쁠 건 없었다.

그렇게 우리 일행 내부에서의 상의는 끝났고 약속된 시간, 한자리에 모인 뒤 밤이 되면 일을 벌일 셈이었다.

그로부터 채 삼십 분도 지나지 않아서였다. 창가에 걸터앉아 있던 이라칼이 고개를 쳐들었다.

"이건 무슨 일이지."

의자에 기대앉아 있던 뤼비에도 미간을 좁혔다.

"아무래도, 뭔가 문제가 있나 봅니다."

말하지 않아도, 조심스럽게 여관 주위를 에워싸는 기척들이 감각을 자극하고 있었다. 신경이 바짝 곤두섰다.

설마 왕이…… 배신한 건가?

그러나 난 창밖 너머 소리를 죽이고 접근하는 병사들 틈바구니에서 이미 본 적 있는 얼굴을 찾아냈다. 그 종업원. 왕을 무척 경계하는 눈초리로 쳐다보았던.

그렇다면, 배신은 아니다. 그게 날 단숨에 안도로 끌어내렸다.

"내려가 보지. 우선 합류해야 할 것 같아."

아래층에 있는 그쪽도 이 기척들을 눈치챘을 것이다. 저 종업원이 뭔가 엿들을 만한 상황은 아니었는데……

물론 왕의 외양 자체가 워낙 수상쩍은 데가 있으니 뭐든 이유를 가져다 붙일 수 있겠지. 다행히 언뜻 보기에도 병사의 수는 많지 않았다.

급히 1층으로 내려와 약속한 장소에 도달하기 무섭게, 일제히 시선이 쏟아졌다.

소수 정예만을 데려온 듯 이리스 라하느를 포함한 고작 여섯 명. 왕을 포함하면 일곱 명이다. 그게 전부였다.

하지만 부족함이 있다고 생각되지는 않았다. 그들에게서 느껴지는 기운이, 그만치 강렬했으므로.

이거면 충분하겠어. 나는 만족감을 느꼈지만, 그들은 날 미심쩍은 듯이 바라보았다. 정확히는 어린애를 동반한 우리 일행을.

그중에서도 이리스 라하느는 노골적인 적의를 담아 날 노려보고 있었다. 저 여자 뇌 속엔 날 경계하겠단 마음만 들어차서, 내가 그녀를 편들었단 사실이 그대로 잊힌 게 분명하다.

그러나 이리스 라하느는 내게 거의 제정신이 아닌 여자 정도로 평가되고 있었으므로, 그녀의 배은망덕함에 대해서 새삼 분개할 만한 기분은 들지 않았다.

"바깥에 병사들이 몰려오고 있어요. 이유가 짐작 가시나요?"

"나도 그걸 알고 싶군. 누군가 꼬리를 잡혔나?"

"만전을 기했으니 저희는 아닙니다. 아마도 저들이."

딱 잘라 말하며, 이리스 라하느가 날카롭게 표적을 우리 일행에게로 돌렸다. 나는 능숙하게 받아쳤다.

"여관 종업원이 당신들 일행을 수상하게 여겼을지도 모르지요. 마법사 길드 일로 민감해져 있을 시기니까요."

"그건 중요하지 않아. 어떻게 할 생각이지?"

"어떻게 하시겠어요?"

난 결정권을 떠넘겼다. 어차피 선택지는 적었으므로. 아니, 기실 하나였다.

저렇게 우르르 몰려온 이상 저 병사들이 말만으로 물러갈 거라곤 생각하기 어렵다. 구실을 붙여 연행하려고 들 거다.

밤까지 기다려서 일을 치기로 정했다고 치자. 거기에 응해서 끌려가는 모습이 혹시 엘딘 사르베타의 눈에 띄기라도 하면 끝장이다. 그는 당연히 왕을 알아볼 테고, 바로 내뺄 게 분명하니까. 낮이라 시선을 피할 순 없다고 해도, 뭐 일을 벌이지 못할 것도 없겠지.

그리고 나와 비슷한 생각을, 동시에 그 역시 떠올린 모양이었다. 왕이 입 밖으로 내지 않았으나 난 확신했다.

─저벅저벅.

부산한 발소리가 문을 젖히고 들어오고, 긴장감이 고조되어 갔다. 그의 부하들이 한둘씩 검에 손을 가져갔다.

덜컥. 노크 없이 다짜고짜 문이 열리고, 어떤 과정도 없이 번득이는 창날이 들이밀어졌다.

체포가 아닌, 처결까지 예비하고 온 모습에 선택은 유일무이해졌다. 이미 결정하고 있던 왕은, 망설이지 않았다.

쾅! 그의 손에서 뻗어 나온 화염이 수평으로 날아가 막 위협조의 말을 꺼내려던 병사들을 날려 버렸다. 그 뒤로 기겁한 얼굴의 종업원이 뒤로 나동그라졌다.

재빨리 몸을 일으켜 뛰어나가는 그를 아무도 의식하지 않았다. 그가 불씨가 되었든, 이제 상관없어졌다. 일은 시작되었고, 나아갈 뿐.

왕의 음성이 묵직하게 떨어졌다.

"제압하는 선에서 그치라."

그건 참으로 그다운 명령. 그의 명대로 그의 충실한 수하들은 검등으로 병사들을 쳐내며 순식간에 때려눕혔다.

너무도 격차가 나는 상대 앞에 몰려온 병사들은 수적 우위를 앞세울 엄두도 내지 못했다. 그들은 허수아비처럼 무너졌다. 다행히 손속에 사정을 뒀는지 생명에는 지장이 없는 듯하다.

이라칼이 기다렸다는 듯이 왕에게 다가서자 난 빠르게 외쳤다.

"이라칼이 그가 있는 곳으로 안내해 줄 거예요!"

"그대는?"

"이대로 출발해야겠죠."

대꾸하며 급히 마스터를 안아 든 난 잠시 그를 쳐다보았다.

인이 박일 듯, 강렬한 빛을 띤 호박색 눈. 어떤 의미로든, 나를 믿어 주는 사람. 다시 만나지 않길 바라기도 하지만, 또 다시 만나길 바라기도 한다. 그러나 그 무엇도 내 뜻대로 되진 않겠지.

"……뜻하는 바를 이루길."

낮은 속삭임을 흘려들으며 난 고개를 끄덕였고, 그는 돌아나갔다. 드디어 유적으로 향할 차례였다.

─쾅!

저편에서 요란한 굉음이 울려 퍼졌다. 귀가 있는 이라면, 누구든 듣지 않을 수 없을 만치 큰. 웅성거림이 짙어졌다.

당황과 놀람이 뒤섞인 공기. 어디선가 경비병을 부르라는 소리가 터져 나왔다. 갖은소리로 고막이 웅웅거린다.

나와 뤼비에, 그리고 마스터는 왕의 일행이 먼저 여관을 떠나고 바로 신속하게 뒷골목으로 이동했다.

시끌벅적하게 소란을 일으켜 달라고 했고, 그에 부합하는 상황이 찾아왔으니 시선을 제대로 끌어 주겠지. 혼란이 더 커지면, 유적 쪽 경비도 자연히 느슨해질 거다.

"이쪽으로."

뤼비에가 손짓하여 우리는 낡은 문을 비집고 건물 안으로 들어섰다.

한동안 사람의 발길이 닿지 않은 듯한 먼지 쌓인 통로를 지나, 뜰로 나아가자 높은 담벼락이 이어졌다. 날듯이 가볍게 올라타 지나다가 창문을 넘어 들어가고, 또다시 다른 건물을 지나 달렸다.

아주 조용하고 신속하게 이동은 이어졌다. 이미 행로를 조사해 둔 듯이 막힘이 없었다.

이쪽 지역의 조사를 그와 이라칼에게 일임했던 난 조금이라도 들어 둘 생각하지 않고, 한 거 없이 따라온 게 되어 좀 머쓱해졌다.

조심스럽게 몸을 숨기고 사람들과의 마주침을 피하며 달린 우리는 드디어 목적지 근처에 다다랐다. 한 건물을 빠져나와 골목에 서자, 뤼비에가 저편을 보며 손짓했다.

"저곳이 바란의 의회 건물입니다."

척 보기에도 주변과 구별되는 건물이었다. 아니, 단순히 건물이라고 표현하기엔 거창한 감이 있는, 저택의 풍모다.

좌우로 뻗은 우람한 규모도 그러했거니와 그야말로 예술적인 모양새에 난 시선을 빼앗겼다.

중앙의 푸른 돔 지붕 옆으로 크고 작은 첨탑이 늘어서 있었고, 건물 좌우를 지키는 조각상들이 고풍스러운 운치를 풍겼다. 그리고 무장된 경비병들이 그 주변을 에워싸고 있었다.

정부 주요 청사에 잠입하라는 미션이라도 떨어진 기분이다. 괜스레 긴장되어 난 침을 꿀꺽 삼켰다.

아마, 저쪽에서 일어난 소란에 병력이 투입될 테니 당장은 이들이 전부라고 보면 되겠지.

열 손가락으로 셀 수 있을 만한 수의 경비병들. 의식하지 않을 수 없는 소음이 간헐적으로 이어지고 있었으므로 한결같이 바짝 굳은 얼굴들이다.

먼 곳에서 들려오는 소리에 신경을 빼앗겼다곤 하나, 이 대낮에 잠입은 어차피 무리이니 정면 돌파가 답일 터.

난 심호흡을 마친 뒤 말했다.

"가자."

싸움에 있어서 항상 수동적으로 반응했기에 이렇듯 먼저 쳐들어가는 건 낯설었다.

점점 더 불법에 익숙해져 가는 것 같은 불길한 기분이 들지만, 해야 할 일이다.

성큼 나가는 내 발길이 낯설었다.

"무슨 일이냐!"

아이를 안고 있어선지, 의구심 어린 눈초리를 보이면서도 바로 창날을 들이밀진 않는다.

우습게도 난 무슨 일로 왔다고 대답해야 할까 짧게 고민했다. 뭔가 질문이 던져졌으면 대답을 해야 한다고 충실하게 생각했던 것 같다.

하지만 내 고민은 별로 의미 없는 것이었다. 돌연 옆에서 마력이 피어오름과 동시에, 눈앞의 병사가 실 끊어진 인형처럼 쓰러졌다. 털썩.

방비할 틈도 없이 이쪽을 주시하던 병사들이 검은 안개에 휩싸였다. 목구멍으로 비명이 터지기도 직전에, 입을 벌린 채 생명력을 잃은 듯 일제히 나동그라진다.

옅은 숨소리. 죽이진 않았다. 하지만 악몽에 빠져든 듯 파랗게 질린 낯빛들이다.

뤼비에가 나직이 속삭였다.

"정면 돌파라지 않았습니까?"

상큼하게 웃는 얼굴이 낯설다. 잊고 있었지만, 뤼비에는 마법사 길드에 쫓겨 다니면서도 제 몸 건사할 정도의 실력자다. 비록 내 앞에서는 자신을 낮추어서, 그가 강자라는 걸 잊게 만들었을지라도.

그의 흑마법사다운 면모를 본 건 처음이라 가슴이 서늘해진다. 하지만 뭐, 편하긴 하네.

"안으로."

마스터의 지시에 따라 우리는 쓰러진 병사들을 지나쳤다. 건물 바깥쪽에 둘린 연푸른빛을 띤 결계. 척 보기에도 꽤 강고한, 마력이 한 올 한 올 촘촘히 짜여 있는 고난도 결계였다.

그러나 마스터가 손을 내밀자 흔적도 없이 사라졌다. 이 결계조차도 바란의 유적에서 비롯한 것일 터. 그렇다면 제 주인이 가는 길을 가로막을 리 없다.

내부엔 별다른 경비병이 존재하지 않아, 돌파하기 쉬웠다. 이 침입자들을 마주하고 어버버거리며 손가락질하던 사람들은 뤼비에의 마법에 픽픽 쓰러져 댔고, 우릴 잠시라도 막아설 수 있을 만한 실력자는 나타나지 않았다.

뻥 뚫린 복도를 따라 우리는 순식간에 내달았다.

바란에도 마법사는 있을 테지만, 이토록 굳건한 결계가 있다면 상시로 이곳을 지키고 있는 건 낭비일 터였다.

그러나 마법사 길드조차도 범접하지 못한 결계는 아무 저지 없이 우리를 받아들이고 있었다.

건물 중앙에 위치한 계단을 타고 내려가, 우리는 마침내 지하로 향하는 문 앞에 다다랐다. 바란 아래 있는 유적. 그러니 이것이 틀림없이 유적의 입구로 통하는 문일 테지.

마스터에게 확인해 볼 필요 없이, 내부로부터 새어 나는 마력이 범상치 않았다.

불새의 알을 깨울 때 일순 내 몸을 관통했던 탑의 마력과도 유사한 속성. 그 뭐라 표현할 수 없는 아득한 힘.

난 내 키보다 훌쩍 높은 문의 형상을 눈에 새겨 담았다. 거대한 철문, 아니, 철이 아니다. 칠흑같이 검은 금속으로 전체가 이루어져 있었다. 그건 내게 마탑의 표면을 떠올리게 했다.

마법 금속의 입자는 내포한 마력으로 인해 상식의 범주를 벗어날 만치 단단하다. 표면에 빼곡하게 돌출된 문양마다 마법으로 견고함이 보태진다. 겹겹이 쌓인 결계로 완벽하게 세상을 단절하고 있는 입구. 정해진 열쇠로 여는 게 아니라면, 강제로 이 문을 부수는 데는 도시를 멸할 만큼의 마력이 필요할 것이다.

"고대의 산물답군요."

뤼비에의 눈빛에 탐욕이 서렸다. 그를 흑마법사로 만든 마법에의 열망. 그걸 자극하고도 남을 만치 대단한 마법의 소산이다.

마스터가 아래로 몸을 기울이자, 잠시 문에 시선을 빼앗겼던 난 재빨리 그를 내려 주었다.

열쇠나 암호 따윈 필요 없었다. 그저 마스터가 그 문에 손을 가져다 댄 것만으로 모든 조건이 충족되었다.

짙은 흑암이 내려앉은 듯, 일순 마스터의 뒷모습이 검어졌다. 그 주인이 열라고 명한 양 문이 움직였다. 기이익— 낮은 소음을 내며 미끄러지듯 양 문이 안쪽으로 밀려 들어간다. 그리고,

아찔하도록 쏟아져 내리는 빛의 물살에 난 눈살을 찌푸렸다. 지독하게 찬란한 순금빛. 그 어떤 형상도 잡히지 않은 가운데, 오로지 그 빛만이 시야를 가득 메웠다. 마력의 근원. 익히 보아 왔던.

"막아라!"

뒤늦게 달려온 듯 뒤쪽에서 다급한 기척이 느껴진다.

이제야 달려온 건가. 나는 마스터의 손을 잡았다. 마지막까지 신중을 기하는 뤼비에가 안으로 섣불리 몸을 들이지 않고 내게로 다가섰다.

안쪽에 무엇이 있는지 모를 노릇. 호흡을 맞출 겨를도 없이 우리는 동시에 안으로 몸을 던져 넣었다. 등 뒤로 문이 굳건하게 닫혔다.

머릿속이 하얗게 될 만치 강렬한 빛의 세례였다. 눈이 멀어 버린 건 아닐까. 난 시각을 회복하려고 애썼다. 눈을 몇 번 깜빡이자 그제야 흐릿하던 주변이 형체를 띠기 시작했다.

"여기는?"

균형을 잃고 바닥에 손을 짚은 뤼비에가 당혹스러운 듯 중얼거렸다.

난 기이한 기분에 사로잡힌 채 사방을 돌아보았다. 이 아름답고 몽환적인 순금빛, 비현실적인 풍경이다. 잔잔한 소리를 내며 살랑이는 나뭇잎, 드리운 가지. 그 모든 게 금빛으로 가득한 숲.

이를 본 적이 있으나, 그건 결코 현실이 아니었는지라. 내가 꿈에서 보았던 장소가…… 바로 이곳이던가? 실존하는 장소였어? 의혹이 나를 바짝 굳게 했다.

그러나 고대로부터 전해져 내려온 이곳을, 내가 꿈꿀 이유는 무엇이지?

아니, 그 꿈이 내 것이 아닌 마스터의 것이라면 그의 기저와 가까운 이곳은 어째서 이런 형태를 띠고 있을까. 답은 항상 내가 찾을 수 없는 곳에 도사리고 있었다. 나는 시선으로 마스터를 좇았다.

그의 어둠은 빛조차 훼손할 수 없는 것이라.

마스터는 오롯이 서서, 심연이 담긴 눈으로 한쪽을 응시하고 있었다. 그리로 가야 한다고 말하는 듯이.

"마스터, 이곳은?"

내 질문의 의도를 알만한데도, 마스터는 답하지 않았다.

뤼비에가 곁에 있기 때문이 아니라, 말할 수 없다는 것. 내가 알아선 안 된다는 것.

그러나 나로선 당연히, 알고 싶지 않겠어? 나는 손을 뻗었고, 마스터는 한 걸음 앞으로 나아가는 것만으로 내 손길을 피해 버렸다.

"마스터."

부름이 들리지 않는 양 마스터는 침묵을 유지한 채 걸음을 내디뎠다. 그의 목적은 분명했고, 거기에 그 무엇도 선하지 않다는 듯이.

의문을 삭이게 하는 현실이 내게도 치달아, 난 손길을 거두어 그를 따랐다.

그래, 우선은 이 유적에서 힘을 회수하는 거다. 그 이후 바란을 벗어나는 것까지 고려한다면 지체할 겨를이 없지.

"아름다운 풍경이군요. 무엇 때문에 이곳이 이리 아름다운 건지는 모르겠지만."

뒤따르는 뤼비에가 감탄하듯 중얼거렸다. 은은한 마력이 온통 깃들어, 하나의 속성으로 이루어진 이 공간. 이 숲.

그러나 이곳이 과연 현실인가? 문을 들어선 순간 육체와 정신이 분리되어 꿈에 빠져들듯 이곳에 놓인 게 아닐까.

나는 의문을 품었고, 그 의문은 꽤 설득력 있는 것이었다. 그 꿈 또한 현실처럼 생생했던 것이니.

현실과 꿈이 경계를 잃고 뒤섞인 듯 나 자신의 향방이 가늠되지 않았다. 그러나 목적만은 분명했기에, 걸음에는 망설임이 깃들지 않았다.

숲 깊숙한 곳으로…… 점점 더 기운이 짙어지는 곳으로 걸음을 내딛던 어느 때에, 시야에 무언가가 들어왔다.

"저것이로군요."

빈 공터에 오롯이 떠 있는 찬란한 빛의 구슬. 아니, 구슬이라기엔 무척이나 크다. 가로 세로가 내 키만큼이나 큰, 형상화되지 않은 빛의 덩어리. 그러나 내핵처럼 무한한 힘을 품고 있어, 다가가는 걸음을 저절로 멎게 만드는.

그 환한 빛살만큼이나 압박감이 온몸을 짓누를 만치 강렬했다. 나 따윈 순식간에 재 만들어 버릴 듯한 태양을 마주하고 있는 듯, 신비롭고도 두려웠다.

무의식의 저 끝에서, 나는 마탑의 근원을 본 적이 있었다. 그만치 강력하진 않으나, 그와 유사한 모습. 그것이 꺼지지 않을 영원한 빛이라면, 마스터는 그 모든 걸 흡수하는 암흑이니.

낮과 밤이 한 자리에 마주한 듯이, 그리하여 낮이 밤으로 뒤바뀌는 흐름이 보였다. 마스터가 다가설수록 일렁이며 호응하는 빛. 기꺼이 밤을 바라는 낮이었다.

때문에 나는 마탑이 마스터에게서 비롯되었고, 저 힘 역시도 마스터에게서 유래했음을 상기할 수 있었다. 마스터가 말했듯, 저건 마스터의 것이었다. 그가 마땅히 회수해야 할.

"저런 힘을 가지고 있다면, 그 무엇도 이룰 수 있겠지요."

서늘함이 담긴 소리였다. 조금 전, 뤼비에가 드러낸 건 탐욕. 그라면, 아니 누구라도 저 힘을 바랄 만했다.

난 경계 어린 눈으로 뤼비에를 쳐다보았다. 열망이 드러난 얼굴. 그러나 그의 충동이 통제되고 있음은 엿볼 수 있었다.

뤼비에는 표정을 감추지 않은 채, 아쉬운 듯 고개를 내저었다.

"주인이 정해진 힘입니다. 그리고 저 힘이, 주인을 바꿀 리 없다는 게 느껴집니다."

그리 말한 뤼비에는 눈을 내리감았다. 다시 뜬 그의 눈빛이 감정을 거두어 이지를 담는다. 파문을 거둬 낸 호수처럼 고요해진 눈으로 그가 물었다.

"당신의 마스터, 그는 누구입니까?"

"그는……."

"제 앎이 미흡한 것은 사실이나 저것은— 일개의 한 생명이 소유할 수 있는 힘으로 보이지 않는군요."

나는 그 말에 대답할 수 없었다.

아마도 마스터는, 지상에 존재하는 단 하나의 초월적인 무언가. 가장 강력한 마법사이며, 동시에 마법 생물들의 왕이라 불리는.

그러나 불완선하기에 배반당하여 봉인되었고, 지금 이 자리에 옛 힘을 되찾으러 왔다.

그의 불완전함이 스스로의 힘을 나누어 마탑을 세움으로써 초래된 건지 알 수 없다. 아니, 도리어 진즉 발견된 불완전함을 보완하려다

이렇듯 흘러오게 된 것이, 사리에 맞는 것이리라. 의도보다는 필연으로 행동하는 이이니.

이라칼은 본능으로 마스터가 자신의 왕임을 알아봤지만, 인간이며 이세계의 사람인 내게 그런 본능은 존재하지 않는다. 사고력 하나만을 가지고 마스터의 정체를 알아내기엔, 내 앎 역시도 미흡했다.

불가사의를 품고서 마스터는 느릿하게 구를 향해 다가갔다. 그 작은 어둠이 구와 맞닿은 그때, 이 세계에 존재하던 작은 태양이 대기에 먹혀졌다.

불시에 빗줄기가 불씨를 꺼 버린 듯 잦아든 빛. 금색으로 물든 사위가 일순 무채색으로 변모한다. 동시에 작은 형체가 마스터의 손 위로 다소곳이 올라앉았다.

마스터가 내게로 돌아선 순간, 나는 그것을 똑똑히 볼 수 있었다.

펜던트. 그 작은 몸체에 마력을 한가득 품은. 마법적 문양이 돋을새김된 주먹만 한 펜던트에는 목에 걸 수 있도록 긴 줄이 달려 있었다.

회수한다지만, 어차피 마스터로서는 현재 흡수할 수 없는 힘. 내 검이 그러하듯 형태를 갖추게 하여 거둔 것이리라.

그러나 무기체에 형태를 부여하는 그 구현은 허공에서 무언가를 창조해 내는 것과 다르지 않으니, 실로 이적을 보는 듯하였다.

"네가 보관하거라."

나는 반쯤 홀린 상태로 펜던트를 받아 들었다. 애초에 내게 줄 생각이었는지 목에 거니 딱 적당한 길이로 떨어졌다.

이걸로 된 건가? 이제 나가서 이라칼과 합류하기만 하면. 생각보다 쉽게 끝났다고 안도하는 찰나였다.

"이건."

일순 발밑이 흔들렸다. 진동이 전파되어, 땅속까지 흔드는 듯이. 가상의 하늘에 균열이 일었다.

파삭. 파사삭. 단단한 과자 부서지는 소리를 내며 잿빛으로 변한 나뭇가지가 부스러졌다. 재가 되어 떨어지는 것이 아니라, 부스러진 입자마다 공기 중에 녹아들며 사라져 간다.

그것은 소멸. 환상과 현실의 경계에서 마력으로 형상을 유지하고 있던 세계가 무너지고 있었다. 그래, 이곳은 마치— 몽환의 미로 같았다.

그렇다면 결과 역시 동일하리라.

"빠져나간다."

마스터는 지시하듯 뤼비에를 향해 고갯짓했다. 어느덧 다가선 그가 눈을 찌푸리며 허공을 올려다보고 있었다.

붕괴의 속도가 그리 빠르지 않았으므로, 유적은 아직 형태를 유지하고 있었고, 때문에 말을 나눌 여유가 약간 있었다.

그러나 정작 뤼비에의 의도는 이 특별한 경험을 만끽하며 여유를 즐기는 데 있지 않았다.

"유적을 지탱하는 마력이 거두어졌으니 이곳은 붕괴하겠군요. 그러면—"

그가 한쪽 눈썹을 치켜들었다.

"이 위는 어떻게 되는 겁니까."

"지면 아래 공동이 생기면, 어떻게 되지."

물음엔 물음으로. 별생각 없이 허공을 바라보던 난 순식간에 답을 떠올려 냈다.

싱크홀. 꽉 채워 지탱하던 마력이 사라졌으니, 이 느릿한 붕괴가 급물살을 타면 공동은 단 한 순간에 무너져 내리고 지면에 있던 것들이 그 자리를 채우겠지.

그리고 이 유적의 크기가 작지 않다면 그 영향력은?

섬뜩한 기분이 치달았다. 너무도 큰 것을 놓치고 있었다. 그 자각이 아찔하여, 손이 떨린다. 그야말로 새앙이다.

나는 왕 덕분에 결계가 사라지면 바란이 전쟁을 겪을 것을 알았다. 거기까지 예비했다. 그러나 이 바란 자체가 붕괴한다면—

그 모든 건 헛된 일이지 않겠나.

"이 유적은, 바란 전역에 걸쳐 있는 걸로 알고 있습니다."

"그래서."

마스터는 고요히 반문했다. 무시하지 않고 응답하는 것마저도 친절하게 느껴지는 자다.

네가 그것을 막을 수 있는가. 혹은 그게 무슨 상관이냐. 그리 묻는 듯한 눈이었다. 아니, 마스터가 진정 그 말을 하고 싶은 건 그가 아니라 나이리라.

뤼비에의 입가에 흐릿한 미소가 스쳤다. 체념 섞인, 씁쓸한.

"……그렇군요, 알겠습니다."

어쩔 수 없는 것이라면, 이루어질 희생이라면 감내한다. 이미 막을 수 없는 일. 지독하리만치 이성적으로 한계를 인지하고, 받아들인다. 그게 어떻게 그리 칼로 자르듯 간단하게, 가능해지는가.

뤼비에는 나보다 더 마탑의 마법사다웠다.

그리고 포기할 줄 아는 현명한 그와는 달리, 나는 현명하지 못해서. 그리고 뭔가를 더 할 수 있어서—

난 펜던트에 손을 가져갔다. 내가 뭘 할 수 있는지 깨닫는 건 본능과도 같았다.

"아힌."

경고하는 시선이 차갑다.

"마력을 쓰는 것을 금한다 말했다."

나는 얼어붙은 눈으로 그를 응시했다. 어린아이의 모습을 취하든 그렇지 않든, 당신은 역시 끔찍하다. 인간도 아니고 뭔지도 모를 존재에게 동정심을 기대하는 건 무의미한 짓.

타인에 대한 존중을 배제한 채 휘둘러지는 힘은 그토록 참악한 것이다. 난데없이 도시가 붕괴하는 재앙, 거기에 희생될 사람들, 그 처참한 광경이 눈에 선한데 나보고 알고도 모른 척하라고?

……당신에게 새삼 배신감을 느끼는 건 어리석은 일이다. 내가 무엇에 연연하는지 알면서도, 내가 어찌 느끼든 당신은 아무래도 상관

없었을 테니까.

당신은 나와 협상을 끝냈고, 돌아가기 위해선 내가 당신을 버릴 수 없단 걸 계산에 넣었을 테지.

하지만 그에게 한 도시의 멀쩡한 사람들이 개미처럼 보일지라도, 내겐 아니었다. 내겐 그 목숨의 무게를 짊어질 비정함이 없었다.

비록 그것이 나를 위험하게 하더라도. 그조차 감수하는 것이 나의 최선.

어차피 사실을 안 시점에서 선택은 정해져 있었기에, 난 주저 없이 펜던트를 쥔 손에 힘을 주었다.

속은 부글부글 끓는데 머리는 신경이 마비된 듯 차가웠다.

"아힌."

마스터의 목소리에 서리가 맺혔다. 자신에게 거역하는 것을 용납지 않는 마스터다. 부름에 화답하듯 난 그를 향해 미소 지었다. 이 힘은 그의 것이나, 마스터에겐 날 막을 힘이 없다. 그러니―

이미 해 본 적 있는 일이기에, 두 번째는 쉬웠다.

주인의 의사에 반하여 펜던트의 마력이 물밀 듯이 내게로 밀려들었다. 뤼비에가 말했듯, 주인이 정해진 힘.

그러나 나는 그 주인 된 자의 권속이며 익히 다루어 본 속성의 힘이니. 어, 그런데?

불현듯 어긋난 느낌이 들었다. 무언가 달랐다. 어째서 나는 허락 없이도 이 힘을 쓸 수 있는 거지? 심지어, 마스터가 금지했는데도 불구하고.

누구도, 마스터를 봉인한 마탑의 시온들― 나와 비할 데 없이 고강한 마법사인 그들에게조차도 불가능한 일일진대.

밀려드는 마력의 기세가 노도와 같아 버거웠기에, 의혹은 단숨에 불식되었다. 더 이상 뇌리에 무엇도 담아낼 수 없었다.

그저 깨닫는다. 마스터가 이 형체 없는 힘에 형체를 부여했듯, 나는 이 환상 같은 세계를 실체로 바꾸어 낼 수 있으리라. 마법은 의지를 따르니, 이전의 황금 숲을 그대로 그려 낼 만치 섬세한 조정이 불가하더라도.

부서지던 세계가 순식간에 단단해지기 시작했다. 흐르던 용암이 굳어 버리듯 급진한 변화. 바란이라는 한 도시의 무게를 견뎌 낼 만큼 튼튼하게, 빈틈없이 메꿔진 지반처럼.

나의 바람은 명확했고, 명확했기에 마법의 행사는 어김없이 이루어졌다. 사방으로 뻗어 나가는 힘. 나는 새로운 세계의 구성을 전신으로 느꼈다.

어느 순간 질끈 감았던 눈을 떴다. 이만한 마력을 발해 본 건 오랜만이라, 몸이 욱신거린다.

뜨겁게 달아오른 펜던트에서 손을 떼어 낸 난 내가 한 일의 결과물을 감상했다.

잿빛의 동굴 안에 들어선 듯 아까의 금빛은 온데간데없이 사라지고, 아래위 전부가 다 회색이었다. 군데군데 굵직한 기둥이 들어서서 천장을 지탱하고 있었다.

역시 내가 도시 출신이라서일까. 이건 꼭 시멘트 같은데. 좀 더 보기 좋게 만들었다면 좋았겠지만, 아무래도 이게 내 상상력의 한계인가 봐.

"이곳을 떠나야 한다."

나직한 울림이 들려와 난 고개를 움직였다. 이전보다 더 높은 위치에서 시선이 마주쳤다.

어라? 열 살배기에 불과했던 마스터가 다섯 살쯤 더 먹은, 훌쩍 커진 모습으로 거기 서 있었다. 어린애에서 청소년이 된 정도의 변화.

내가 한 일이 뭔가 영향을 미쳤던 걸까. 놀라움은 아주 미미했다.

기실 한 차례 충격을 겪어 낸 가슴이 차갑게 가라앉아 있었기에 그리 동요하지 않은 것이리라.

질책보다 용무가 우선. 내가 그의 명을 거역했음에도, 마스터의 차분함은 변치 않았다. 그리고 그의 명을 거역한 나 역시도, 이상하리만치 차분했다.

"뤼비에."

"예."

경이 어린 시선으로 내가 만든 세계를 관찰하던 뤼비에가 재빨리 부름에 응답했다. 지체 않고 떠나야 한다. 내 눈짓에 그가 내게로 붙어섰다.

"바란에서 최대한 멀리 떨어진 곳으로, 이동하지."

마스터가 무엇을 우려하고 있는지 안다. 지금은 이라칼과의 합류를 신경 쓸 때가 아니었다.

왕과 다시 만나길 바라지 않는 것과 유사한 이유로, 이라칼과 멀어지는 게 더 바람직하기도 하고.

"잠시만."

뤼비에가 주문을 읊조렸다. 워낙 대기에 마력이 충만한 탓에 마법이 완성되는 속도는 빨랐다.

뤼비에의 마력이 바람처럼 불어와 발밑부터 머리까지 쓸고 지나갔다. 저항하지 않고 그 마법에 몸을 실었다.

돌풍이 인 자리가 깨끗해져 먼지조차 남지 않듯, 우리가 떠난 자리에 아무 흔적도 남지 않길 바라면서.

이름 모를 평원, 작달막한 초목 사이에 선 나는 보이지 않는 바란 쪽을 향해 시선을 두었다.

떠나온 방향을 감지하는 데 별다른 노력이 필요하지 않았다. 이곳에서도 뚜렷하게 느껴지는 마력의 파동. 그 흔적. 이걸 몰라볼 마법사가 있을까?

그토록 마력의 밀도가 높은 곳이니, 이농 마법의 자취를 추적하기란 쉽지 않을 것이다.

그러나 이제 단서를 주었으니 위험성은 그 어느 때보다 더 높아졌다.

"네 어리석음이 그들을 여기에 이르게 할지도 모른다."

마스터가 그 검은 눈으로 나를 질책했다. 난 굳이 시선을 피하지 않았다.

격한 끓음은 싹 가라앉고, 빙하처럼 가슴이 시렸다. 내 안에서, 뭔가가 무너져 내린 듯했다. 이 무너짐을 겪은 건 이번이 처음은 아니었다. 그때마다 나는 도무지 참지 못해, 내 뜻대로 했던 것 같다.

그런데 마모되다 보면 결국 없어져버리듯 무너져내림에도 끝이 있었던 걸까. 이젠 정말, 보답 받지 못할 마음 따위, 버릴 수 있는 기분이다.

내 안에 냉기가 스며든 듯 간절하도록 날 사로잡았던 그 마음이 더는 뜨겁지 않았다. 도리어 공허했다.

"저는 후회하지 않아요."

내 음성이 낯설도록 메마르게 고막을 울린다. 마스터와 결부되어 수없이 많은 단상이 뇌리를 스친다.

아카일에게 협조를 구하며 일부나마 진실을 드러낸 걸 내버려 둔 까닭은, 어차피 저 위에 있는 사람들이 다 죽을 줄 알고 있었기 때문이겠지.

흔적을 남기고 싶지 않은 마스터이니, 이보다 깔끔한 방법이 어디 있었겠어.

내게 협력한 대가가 죽음이라니. 이루어지지 않은 일이지만, 그게 이루어질 수 있었단 생각만으로도 속이 뒤틀렸다.

역하다. 치미는 들끓음. 내게 있는 뜨거움이란 이제 이런 것뿐이다.

"우선 자리를 피하지요."

대치를 깬 것은 뤼비에 쪽이었다. 알 수 없는 눈빛. 본 것만으로도 무수히 많은 가정을 세울 수 있는 그이니 우리의 짧은 대화를 통해 뭔가를 읽어 내는 것도 어렵지 않을 노릇. 그는 다만 짧게 덧붙였다.

"저 역시, 쫓기는 몸이니까요."

마탑의 마법사가 왜 쫓기는지, 그는 굳이 묻지 않았고 나 역시 설

190

명하지 않았다.

침묵 속에서 공조가 이루어져, 우리는 누가 먼저라 할 것 없이 이동을 시작했다.

이라칼과 헤어지고, 이제 단 세 명. 더욱 단출한 일행이 되어 버렸다. 목숨을 위협할 만한 추적자를 둔 도망자들. 사연은 다르나 닮은 데가 있는 처지였다.

어디까지 함께할지는 모르겠으나 지금으로썬 아무것도, 생각할 겨를이 없다. 어디로 가야 할지조차도.

바란에서의 여정은 그렇듯 끝이 났다.

11. 접근

괴괴한 어둠이 고여 있는 숲이었다.

무성한 나뭇잎이 하늘을 가리고, 인적 드물어 짐승의 울음이 간헐적으로 귓전을 울리는 곳.

예전의 나였다면 필경 두려움에 떨었을, 숨 막힐 만치 짙은 어둠 속에서 우리는 잠시 발길을 멈추고 있었다.

속도를 내어 쉼 없이 걸은 덕에 평원을 지나 밤이 될 무렵 우리는 이 숲에 이르렀다.

뤼비에가 '조금 쉬어 가는 것이 좋겠습니다.'라고 말할 때까지, 무어라 표현할 수 없는 정적 속에서 나는 다만 걸었다. 그저 타성적으로 걷는다는 이 단순한 행위에 모든 신경을 쏟아부었다.

기실 그 집중은 내게 가장 필요한 것이었다. 그 모든 불편하고 복잡한 상념에서 한시나마 벗어나기 위해서.

뤼비에가 꺼낸 듯한 작은 마법구에서 나온 빛이 은은하게 발밑을 적신다. 간신히 시야를 확보할 만한 밝기다.

한 차례 태풍이 휩쓸고 간 것처럼 머리가 맑았다. 그러나 맑다는 건 물결을 흐리는 그 무엇도 미치지 않는 정지된 수면이라는 것.

수없이 뻗어 나가야 할 생각은 갈림길의 입구에서 뱅뱅 돌며 뇌가 멎어 버린 양 어디로도 흘러가지 않는다.

고인 듯이 진득한 괴로움이 낮은 강도로 점멸한다. 존재하나 배가 되지 않기에 견딜 수 있다.

믿음과 기대를 배신당하는 건, 익히 겪어 왔던 일.

새삼 이러는 것도 우스운 일이건만, 여태 그래 왔던 것처럼 한순간의 충격으로 몰아낼 수 없다. 당신이 내 안의 무언가를 부수었음은 자명하다.

나뭇등걸에 걸터앉아, 나는 막연히 마스터를 바라보았다. 납작한 돌 위에 앉아 명상하듯 가만히 눈을 내리감고 있는 이 아름다운 소년을.

이전보다 자라난 그는 아이와 어른의 중간 태를 입고 있다. 일견 소녀처럼 보이는 호리호리한 골격, 중성적인 모호함. 불변한 것은 그 아름다움. 빚어낸 인형보다 더 정교하고, 섬세하며, 그 어느 곳 하나 모난 데가 없다.

완벽한 칠흑색 눈동자와 심연으로 빨려드는 듯한 존재감. 그것이 본연의 형상이 아니라도, 인간의 모습을 취한 마스터는 그의 사악함 만큼이나 아름답다.

차가운 쇠붙이로 만들어진 그의 심장은 나약하거나 따뜻하고 보드라운 감상 따윈 일절 허락하지 않는다. 그에겐 단 한 번의 열기도 그어지지 못했으리라. 때문에 그가 사람일 리 없다.

그리고 얼음은 녹일 수 있어도 사람이 아닌 것에 마음을 불어넣는 건 불가하다.

……나는 그가 사람이길 바랐기에, 그 바람을 뿌리칠 수 없기에 어리석었다.

그러나 난 아무래도, 그리 단단한 이는 못 되었던 듯하다. 모루에 올려놓고 힘껏 두드리다 보면 그 모양이 변하듯, 연달아 내리쳐진 충격이 마침내 나를 변화시킨 걸까.

당신은, 내가 곁에 없어도 처음부터 없었던 것처럼 살아갈 것이다. 나는 당신에게 아무런 의미로도 남지 못하겠지.

그것이 새삼 가슴 아프지는 않았다. 도리어 후련하다. 끊어 내야만 하는 미련의 고리를, 이젠 정말로 끊어 낼 수 있을 것 같았기에.

"이제 마력이 느껴지는군요."

문득, 뤼비에가 입을 열었다. 마법사라면 자연히 느낄 만한 것이었다.

균열이 인 그릇에서 물이 새듯, 옅은 마력이 마스터의 몸 주위를 안개처럼 감돌고 있었다. 이전까지, 마스터에게서 전연 느껴지지 않았던 그 마력이.

내가 바로 곁에서 마력을 행사했기에, 그 파동이 그의 봉인에 영향을 미쳤던 걸까. 그래서 그의 모습이 변한 걸까?

뒤늦게 의문이 찾아들었다. 뤼비에가 마스터를 직시하던 시선을 내게로 돌렸다.

"어디로 가실 계획이십니까."

……다음 계획은, 세 번째 조각을 찾아 마스터의 봉인을 푸는 것. 세 번째 조각은 유권이 가지고 있으니 그와 합류해야겠지.

그러나 마탑에서도 종적을 파악하지 못한 그와 어떻게 연락을 주고받을 수 있는지…….

나는 힐끔 마스터를 보았다. 그건 마스터와 이야기를 나누어 봐야 할 터. 나는 몇 번 마주친 것을 제외하곤 유권에 대해서, 전혀 아는 바가 없었으니까.

그러나 그 이전에 할 일이 있었다.

"우선 숲을 가로지르지요."

딱히 답을 내지 않는 내게 뤼비에가 먼저 말을 던졌다.

그는 가벼운 투로, 수목의 종류와 이동 마법의 방향으로 추론해 낸 대략적인 이곳의 위치에 관해서 설명했다. 추적을 뿌리치기 위해서 숲을 지나며 자취를 흐리게 하는 세 낫난 것도.

난 차분히 고개를 끄덕였고, 새벽이 되자 앞장선 그를 따라 걸음을 옮겼다.

도중에 비가 내리기 시작하여, 우리는 비를 피할 곳을 찾다가 근처에 있는 허름한 오두막을 발견했다. 먼지 쌓인 안쪽에서 잡동사니를 몰아내자 그럭저럭 세 사람이 쉴 공간이 나왔다.

어차피 오래 걸었으니, 휴식이 필요한 시점이었다.

비가 조금 잦아든 틈에 뤼비에가 불을 피우는 건 곤란하니 뗄 것은 그렇다 치고, 먹을 걸 찾아 인근을 둘러보겠다고 나섰다.

고강한 마법사는 인체마저도 강인하다곤 하나 바란에서 마법을 많이 사용한 터, 뭐라도 먹긴 해야 할 거였다. 마력이 조금쯤 돌아왔으나 그래 봐야 미미한 수준인 마스터도 먹고 쉬지 않으면 체력이 바닥날 건 분명했다.

그러나 시계가 분명치 않은 숲 속에서 그 혼자 뭔가 구해 오는 건 힘겨운 일. 게다가 내겐 마스터가 없는 곳에서 뤼비에와 나누어야 할 이야기가 있었다.

"마스터, 잠깐 계시겠어요? 저도 식량을 좀 구해 볼게요."

이전이었다면 아무리 마력이 조금 회복되었고 오두막이 허름한 것 치곤 벽면이 꽤 튼튼한 듯하다지만, 마스터를 홀로 두고 나가지는 못했을 텐데.

그를 놔두고 가겠단 말이 놀랍도록 쉽사리 흘러나왔다. 싸늘해진 마음이 내게 어떤 염려도 남기지 않은 듯이.

마스터는 살짝 고개를 까닥였고, 난 곧바로 오두막을 박차고 나와 뤼비에를 찾았다. 그리 시차를 두지 않고 따라나섰기에 곧 그의 뒷모습을 발견할 수 있었다.

"뤼비에!"

"예, 함께 가시겠습니까?"

기다렸다는 듯이 대꾸하는 그는 차분하기 그지없었다.

마치 내가 이렇게 나올 줄 알았던 양. 조금 긴장이 되었다.

침을 삼킨 난 어떤 식으로 서두를 꺼낼지 고민했다. 내가 고민하는 동안에도 그는 처음의 목적에 충실하여 버섯이며 야생 고구마 같은 것을 캐냈다. 다행히 육포가 조금 있다니, 곁들여 먹으면 좋겠지.

멀거니 뤼비에의 행동을 보고만 있던 난, 그가 이제 다 된 것 같다고 말하자 마음이 조급해졌다.

"저, 나 할 말이 있는데."

"저도 있습니다."

바로 딱 잘라 치고 들어오자, 난 꿀 먹은 벙어리가 되었다. 뭐야, 할 말이 있다고?

뤼비에는 내 얼굴을 보고 피식 웃었다. 그 웃음을 보니 알 수 있었다. 침묵만이 이어져서 자각하지 못했지만, 그가 묘하게 가라앉아 있었단 것을.

"제가 먼저 말해도 되겠습니까."

나는 천천히 고개를 끄덕였고, 뤼비에는 어떤 말을 할지 가늠하는 듯했다. 아니, 할 말은 분명하되 어떤 식으로 표현할지 고민하고 있단 게 맞으리라.

그리고 그의 입에서 흘러나온 음성을 듣는 순간,

"당신은 옳은 일을 했습니다."

……실로 의외의 말이라 순간 말문이 막혔다. 무슨 뜻으로 하는 말인지 도통 알 길이 없다.

"무슨 소리지, 그건?"

"당신은 바란의 사람들을 구했습니다. 그게 옳았다고, 저는 말씀드리는 겁니다."

"……왜 그런 말을 해. 당신은―"

정작 그는, 어떻게도 되어도 어쩔 수 없다는 듯이 수긍했으면서. 마스터에게 동조했으면서.

불현듯 깨달았다. 나는 그걸 동조라고 느꼈던 걸까. 원망이나 비난이 튀어나올 것 같아, 난 입술을 깨물었다.

뤼비에는 나를 바라보며 그 침착한 눈빛 그대로, 또박또박 말했다.

"제가 할 수 없는 일, 제가 외면한 일을 했다고 해서 당신의 옳음을 부정해야 하는 것은 아닙니다."

단단하게 맞닿아 오는 듯한 말.

"자신의 안위보다 타인의 생명을 생각하는 이타심은 어떤 말로도 훼손당할 수 없습니다. 이 말을 하는 것은, 제 알량한 죄책감을 불식시키기 위함이기도 하지만, 당신의 행동이 저를 감동시켰기 때문이기도 합니다."

"그건……."

"예측건대, 수없이 부딪치며 닳고 부정당했을 것이나 그래도 당신은, 당신 그대로 오롯하군요. 분명히 당신은 마탑과 어울리는 사람이 아닙니다만, 그것이 당신을 낮출 수 없다는 걸 말씀드리고 싶었습니다."

……이상하지. 내가 몸담은 곳은 마탑인데, 나를 지지해 주는 건 탑 밖의 사람들이란 게.

그는 순전히 말하고 싶었을 뿐이라고 했지만, 그의 의도가 어찌 되었든 위로로 느껴지는 건 사실이니.

나는 애써 그에게서 얼굴을 돌렸다. 눈물이 날 것 같았다.

그러나 잘라 내야 할 한때의 인연 앞에서, 의존하듯 눈물을 보이는 건 나를 약하게 할 뿐이라. 나는 약해져서도 무너져서도 안 되기에.

어차피, 곧 헤어질 인연이었다. 심호흡하며 감정을 추스른 나는 단호하게 말했다.

"당신, 떠나."

궁금한 게 많을 테지만, 말해 줄 수 있는 건 달리 없다. 이미 그에게 너무도 많은 것을 드러냈다. 그래서 모든 힘을 찾았을 때, 마스터가 그를 살려 둘지조차도 모르겠다.

내가 떠난 후에는 어떻게 될지 알 수 없으나, 지금이라도 도망칠 기회를 주는 게 낫겠지.

필요에 의해서 그와 함께했던 건 사실.

확실히 뤼비에는 유용한 사람이었다. 그렇기에 앞으로도 함께하는 게 편하겠지만, 나는 더 이상 누군가를 위험에 휘말리게 하고 싶지 않았다. 혹여 우리에 대한 호기심에, 그가 알고서 감수할지라도.

"당신들을 추적하는 건 마탑이겠지요."

그건 물음이 아닌, 확신.

"마탑의 추적이라면 가히 위협적이겠군요. 당신의 걱정은 이해할 만합니다. 제 안위 역시도 소중하지 않다고 말할 수 없으니."

깔끔하게 납득한 듯하면서도, 그는 웃음기 섞어 쾌활하게 말했다.

"당장은 이 숲을 벗어나고 다음 마을에서 헤어지는 게 좋겠습니다. 그때까지 제가 도움을 드릴 수 있을 겁니다."

낯선 나라, 향방을 정하는데 그만한 길잡이가 있다면 확실히 도움이 되겠지. 나 역시 거기까지 거절하고픈 마음은 들지 않았기에 순순히 고개를 끄덕였다. 그간 정이 좀 들었나 보다. 미미하게나마 아쉬움이 드는 걸 보면.

그는 내게 호의적이었다. 그리고 내게 호의적인 이들을 멀리해야 하는 건 퍽 씁쓸한 일이다.

오두막으로 돌아오면서, 난 기회를 잡아 마스터에게 유권에 대해서 물어보기로 결심했다.

기실 난 이제껏 마스터와의 대화를 기피하고 있었다. 또다시 부딪쳤다간 도저히 참아 내지 못할지 몰랐기에, 파국을 피하기 위하여 아무것도 묻지 않고 걸음만 이어 갔다.

그러나 어떤 기분을 느끼건 간에, 나를 돌려보낼 단서와 능력을 쥐고 있는 건 오로지 마스터뿐이었다. 그것은 마스터에게 있어서 가장 확고한 무기이기도 했다.

그러하기에 나로선 그 어떤 것이든, 견뎌 내야 한다. 이제는 거의 진정된 듯하니 흥분하지 않고 대화를 나눌 수 있겠지.

서너 밤이 지나고, 이 숲을 지나는 것도 슬슬 끝에 다다를 무렵 또다시 뤼비에가 먹을 것을 찾으러 떠났을 때, 나는 유보를 매듭짓고 대화를 시도했다.

"유권이 세 번째 조각을 가지고 있다고 말씀하셨어요. 그에게 얘기해 놓으신 게 있나요? 어디서, 어떻게 만나야 할지에 대해서요."

"그를 어디서 만날 수 있을지 안다. 그가 찾아올 것이다."

"언제요? 구체적인 시기가……."

"그 스스로 짐작해야 할 터, 바란의 결계가 사라졌다는 소식이 전해지면 유권 또한 움직이겠지."

"우리는 어디로 가야 하는데요?"

마스터는 답을 미루었다. 검은 유리에 빛이 비치듯, 옅은 광채가 어른거리는 눈이었다.

그는 잠시 후 짤막하게 토해 냈다.

"샤자한으로."

그건 전혀, 예상치 못한 소리라. 왜 하필, 샤자한인가. 왜 하필…….

그건 이전에 말한 것과 어긋났다. 마스터는 샤자한이 아니라 바란에 가야 한다고 말했다. 나는 그걸 샤자한에 대한 배제로 받아들였지만 마스터는 그저, '우선은' 바란에 가야 한다고 말한 것이었을까.

불길한 기분이 얼룩진다.

공교롭게도 샤자한의 왕은 내게 빚을 남겨 두겠다고 했고, 나는 알았다고 답했다. 그러나 그 빚에 연연할 마음은 없었다.

샤자한의 왕은 그가 죽을 뻔했단 사실을 모를 것이나, 나는 알고 있었기에.

그 일어났을지 모르는 일에 대한 가책어 나를 갉아먹었다. 그건 분명히, 내가 그에게 가져다줄 수 있었던 가능성이었으므로.

왕은 내가 마탑에 쫓기고 있단 사실을 모른다. 뤼비에와 헤어지고자 하는 것과 같은 맥락으로 그와 어떤 식으로든 연관되고 싶지 않았다.

빠르게 동요를 가라앉힌 난 나직이 말했다.

"샤자한에는 마탑에서 파견된 룻이 있을 텐데요. 그 때문에 위험하다고……."

"그들도 파동을 감지했을 터, 바란으로 향했을 것이다."

명쾌한 답변. 확실히 니라야의 늪 토벌이 끝난 시점에서 룻이 무한정 거기 머물고 있을 이유는 없다. 애초부터 유인하는 걸 염두에 두었던 걸까.

나를 믿지 못해 최종 목적지가 어디인지 말하는 것을 미루었는지도 모르겠다. 이젠 아무래도 상관없었다.

"……가야 할 곳이, 샤자한의 어디인가요?"

그래, 샤자한에 간다고 해서 굳이 왕을 만나라는 법은 없지. 꼭 왕도를 들려야 하는 것도 아닐 테고. 그리고 이번만큼은 내 바람에 충실하게, 답이 떨어졌다.

"니라야의 늪."

"네? 거긴."

잠시 혼란이 일었다. 어떤 마을이거나 특정한 장소일 거라고 생각했지 니라야의 늪이라니.

게다가 룻이 샤자한에 있지 않다면 니라야의 늪이 딱히 위험지대는 아닐 테지만, 장담할 수는 없는 문제였다.

니라야의 늪에는 일단 괴물이 출몰하니까. 어떤 식으로든, 마법을 쓸 일이 생길 수 있겠지.

"니라야의 늪으로 가려면……."

난 대략적인 경로를 머릿속으로 그려 보았다.

뤼비에는 우리가 바란에서 남서쪽으로 이동했을 거라고 말했다. 바란은 샤자한의 동남쪽, 니라야의 늪은 샤자한의 서쪽에 있으니 그럭저럭 가까워진 상태.

그러나 샤자한의 크기를 생각하면, 우리가 샤자한의 영토를 가로질러야 하는 건 변치 않는 일이다.

우리는 북쪽으로 가야 했다.

"우선, 여기가 어디인지 징확히 알아야겠군요."

이라칼을 만난 건 다행이었다. 티격태격하긴 했지만 그에게서 그럭저럭 여행 요령을 배웠고 그때보다 마스터도 체력이 늘었으니까 둘만의 여행이라고 해도 큰 어려움은 없겠지. 탑의 추적이 가까워진 지금, 그들을 피하는 것보다 더한 어려움은 없겠지만.

마스터와의 대화는 그걸로 끝이었다.

곧 돌아온 뤼비에와 잠시 휴식을 취한 뒤, 우리는 다시 발길을 재촉했다. 숲도 이제 끝이 보이고 있었기에, 뤼비에와의 이별도 한달음 앞으로 다가왔다.

우리는 드디어 인적이 있는 곳으로 나아가고 있었다. 손길이 전혀 닿지 않은 양 빽빽하게 우거져 있던 나무들도 간격이 조금씩 벌어졌고, 군데군데 잘려 나간 나무밑동이 눈에 띄었다. 아주 가까이는 아니나 조금 떨어진 곳에서 오가는 인기척도 느껴졌다.

그러나 되도록 사람들과 마주치지 않아야 했기에 우리는 부러 그들을 피해서 이동했다.

오후 무렵, 드디어 마을이 목전까지 가까워졌다. 언뜻 색색의 지붕이 옹기종기 모여 있는 게 보였다. 불어오는 바람 따라 부산한 움직임과 넘쳐흐르는 생기가 전해진다.

작은 시골 마을. 저기서 여행 준비를 해야겠지. 앞으로는 거의 야영을 할 거고 일정도 고단할 테니 구할 수 있는 건 다 구해 가야 했다.

걷는 것보단 역시 뭔가를 타는 게 낫겠지. 말이라…… 나야 어떻게든 탄다고 쳐도, 마스터가 말을 탈 줄 아는지 모르겠다. 어차피 잠자리도 필요하니 수레도 구해 보는 게 좋을까.

생각을 정리하고 있던 내게 뤼비에가 불쑥 말을 걸었다.

"제가 마을의 동태를 살피고 오겠습니다."

"그래."

난 별생각 없이 고개를 끄덕였다. 혹시 모르니 그가 한 번 둘러보고 마을에 다 같이 발을 들이는 게 날 것 같단 판단이었다.

뤼비에는 흔쾌히 떠났고, 나와 마스터는 눈에 띄지 않는 덤불 속에 앉아, 그를 기다리기로 했다.

그러나 앞으로의 여정을 그려보며 무료함을 삭이던 한 시간…… 두 시간.

기다리는 시간이 차츰 길어지자 난 결국 자리에서 일어섰다. 너무 늦게 오는데? 마을에서 무슨 일이 생겼나.

마을 쪽을 기웃거리던 것도 잠시, 언뜻 보기에도 평온하기만 한 분위기에 불안해진 마음은 곧 불신으로 뒤바뀐다. 내가 너무 섣불리, 그를 보내 주었던 건 아닌가.

뤼비에는 내 편이 아니다. 그가 내게 어떤 말을 속삭였을지라도.

다정한 한마디로 내 마음을 사고, 혹하게 하여 의심을 불식시킨다. 그리고 마을에 이르렀을 때 떠나가 우리의 소재를 알려 주는 걸 조건으로 마탑에 거래를 건다.

그가 말한 게 진심인지, 진심을 가장한 연기인지 나로서는 알지 못하나 능히 그리할 수 있는 자였다.

그는 흑마법사잖아. 그가 어떤 사람임을 연기했건, 나는 그가 말해 준 것만을 들었을 뿐 실제로 그가 무슨 일을 했는지 알지 못했다. 더군다나 지탄받아 마땅한 짓도 감수하는 그 열망은 얕볼 만한 것이 아니었다.

싹튼 의심은 순식간에 불길처럼 번져 나간다. 실상 누군가를 의심하는 건 내게 그토록 쉬운 일이었다. 왜냐하면, 줄곧 뒤통수를 맞아 왔기 때문에.

나는 결론을 내렸다. 무엇도 여기서 불안에 사로잡힌 채 기다리고만 있는 것보단 낫겠지.

"그가 너무 늦는군요. 마을로 가 봐야겠어요."

마스터의 몸에서 풍기는 미미한 마력. 일반인은 모를 것이나 마법사라면 감지할 만하다. 혹시 모르니 그까지 동반하기보단 나 혼자 움직이는 게 나을 터.

이 인근은 마을 주변이라 어차피 위험한 일도 없을 것이다. 지금은 아주 아이도 아니니 제 몸 안전쯤 챙길 수 있겠지.

마스터는 날 보던 눈을 그대로 내리감았고, 침묵은 곧 긍정이었다.

마스터는 그간 뤼비에와 내가 어떤 상의를 나누든 개입하지 않았다. 이번에도 그렇고, 뤼비에가 식량을 구하러 나설 때도 전혀 터치하지 않았다. 그건 뤼비에를 믿고 있단 느낌과는 달랐다. 마치 이제 그 무엇도 중요하지 않다는 듯이.

마탑에 흔적이 드러나는 걸 저지하고자 마을 주민을 몰살하자고 말한 자다. 봉인을 푸는 것을 앞두고라도 방심하지 않을 사람이건만, 이 놓아버린 듯한 담담함은…….

그 점이 기이하긴 했으나, 마스터가 관여하지 않는 쪽이 심적으로는 더 편한 터였다. 위급한 건 내가 아니니 그도 뭔가 생각이 있겠지.

나는 바로 자리를 떴다. 숲을 지나는 동안 충실하게 보온 역할을 해 주었던 붉은 로브를 접어 넣고 마을 입구로 다가섰다.

경비를 서던 청년이 호기심 어린 눈초리로 물어왔다.

"처음 보는 아가씨인데, 어디서 오셨죠?"

"오면서 흘린 게 있어서 다시 갔다 왔어요. 일행이 안에서 기다리고 있을 텐데…….."

고단한 척 미간을 찌푸리며 마스터가 준 목걸이를 들어 보이자, 실상 그의 질문엔 대답하지 않았음에도 청년은 더 이상 캐묻지 않았다.

그는 나를 안으로 들여보내면서 친근하게 덧붙였다.

"불편한 게 있으면 얼마든지 이야기하십시오!"

종일 여기를 지키고 서진 않을 테니 아마 그가 근무하지 않는 시간에 들어왔나, 편하게 생각한 것 같다.

태연하게 안으로 들어서려던 난 그가 뤼비에를 봤을지도 모르겠다는 생각을 떠올렸다. 그래서 불쑥 물었다.

"혹시, 이런 사람 못 보셨나요?"

외양을 조금 바꾸었을지도 모르겠단 생각에 말투가 차분하고 조금 마른 체격의 청년이라고 대강 덧붙이기 무섭게, 그가 열정적으로 고개를 끄덕였다.

"아아, 봤죠. 봤고말고요. 그런 사람이 한 명 있었죠. 일행이신가요?"

"네, 그가 어디로 갔는지 아시나요? 만나기로 했는데 어디였는지 좀 헷갈려서요."

"일행분이 후드를 푹 눌러쓰고 있어서 얼굴은 못 봤습니다만, 여관을 찾으시더군요. 길을 따라 쭉 들어가시면 되는데……. 제가 안내해 드릴까요?"

"아, 아니에요. 고마워요. 찾아갈 수 있을 것 같아요."

"예에, 그럼!"

아쉬운 듯 입맛을 다시는 청년을 황급히 거절한 난 멈추었던 발길을 움직였다.

그래, 마을에 들어서긴 했단 말이지. 뭔가 일이 있어서 늦은 걸지도 모르겠다. 흥미가 돌면 그 자리를 떠나지 않는 성미 같으니.

이제껏 이곳저곳 여관을 전전한 탓에 이 작은 마을에서 하나뿐일 여관이 어디에 위치해 있을진 짐작이 되었다.

가는 길에 혹시나 싶어 수배 전단이 붙을 만한 위치를 살펴보았지만, 험상궂은 얼굴이 나열된 자리에 우리 일행의 얼굴은 찾아볼 수 없었다.

주변 사람들이 날 쳐다보는 것도 호기심 어린 시선에 불과할 뿐 딱히 경계심이 어려 있진 않다.

동물원의 원숭이가 되는 것도 이제 내겐 퍽 익숙한 일이었다.

긴장을 놓지 않으며 나는 대로를 따라서 쭉 걸었다. 줄줄이 가게를 지나 십여 분쯤 지났을 때, 마을의 건물 중 가장 큼지막한 편에 속하는 3층 건물이 보였다.

침대 그림이 그려진 간판이 달린 걸로 보아선 제대로 찾았다.

금방 문 앞에 다다른 난 별생각 없이 여관에 들어서려고 했다. 그러나 뒤에서 누군가가 날 불렀다.

"아힌 님?"

나는 뒤를 돌아보았고, 그 자리엔 어김없이 뤼비에가 서 있었다.

"혼자 오신 겁니까."

"그래, 왜 이렇게 늦은 거야? 기다리다 못해 찾으러 왔다고."

여유로운 표정의 그와 마주한 순간, 의심은 씻기고 슬며시 짜증이 솟아올랐다.

뤼비에가 태연자약하게 손에 쥔 물건을 들어올렸다.

"뭐, 사정이 있었습니다. 지도를 구해 보려고 했는데, 잡화점엔 없고 이 마을에 가끔 들르는 상인이 가지고 있을 거라고 하더군요. 마침 곧 들를 예정이라기에 이것저것 물을 겸 해서 좀 기다렸습니다. 예상보단 조금 더 오래 기다려야 했지만요."

그는 내게 지도 하나를 내밀어 쥐어 주었다. 품에 넣으려는 찰나 그가 손을 내밀었다.

"공짜는 아닙니다."

그러고 보니까 사정이 그리 넉넉지 않다고 했지.

뭔가 강매당하는 기분이 든 난 눈살을 찌푸렸지만, 이런 면에서 칼 같은 건 퍽 뤼비에다운 일이었다.

금화 하나를 꺼내 주자 뤼비에가 냉큼 받아서 품에 넣었다. 난 지도를 갈무리하며 퉁명스럽게 물었다.

"뭐 특별히 이상한 건 없었지?"

"예, 며칠 머무르다가 떠나도 될 겁니다. 그분을 모셔 와야 하지 않겠습니까."

"그렇지, 근데 여관으로 가서 방을 잡아 두려던 거 아니었어?"

나는 여관 쪽으로 손짓해 보였다. 뤼비에가 고개를 저었다.

"저는 저쪽에서 아힌 님의 뒷모습을 보고 따라왔을 뿐입니다. 이런 시골에선 방이야 항상 있을 테고, 따로 선택지는 없을 듯한데요."

"어? 마을 경비가 분명히……."

누군가가 여관으로 가는 길을 물었다고 했는데. 후드를 눌러쓴 마른 체격의 청년…….

의아해하는 나를 향해 뤼비에가 딱 잘라 말했다.

"제가 들어올 땐 경비가 졸고 있더군요. 그는 저를 보지 못했을 겁니다."

아마도, 마을에 들어선 다른 여행자가 또 있었던 모양이다. 우연히도 비슷한 시간에.

그러나 어딘지 모르게 섬뜩한 예감이 스쳤다. 기우일지도 모르나, 나는 이 예감을 무시할 수 없었다. 불시에 물밑에서 솟아난 괴물이 덮쳐 오듯 강력했다.

뤼비에에게 일단 자리를 뜨자고 말할 참이었다.

삐그덕, 뒤에서 문이 열렸다. 훅 끼쳐온 바람이 향을 실어 나른다. 언젠가 맡아본 적 있는, 서늘한 한 자락의—

동시에 난 테두리를 매만지듯 그 기척의 정체를 그려 냈다. 어떤 형태로 서서, 어떻게 호흡하고, 어떤 눈으로 나를 바라보는지…….

이 강대한 마력, 이렇게나 가까이에!

전신에서 피가 훅 빠져나가는 듯했다. 나는 결코, 몰라볼 수 없었다. 마침내 그가 내 이름을 불렀다.

"아힌."

부인하고 싶은, 제 정체를 똑똑히 알리는 그 음성. 나는 이를 악물었다.

자신보다 높은 경지에 있는 마법사에게 마법사임을 숨기는 건 불가능에 가깝다. 때문에 그가 이 근거리에서 나를 못 알아볼 확률따윈 없었다.

나는 천천히 돌아섰다. 그러나 상대를 확인함과 동시에 내 입에서 튀어나온 건 다른 이름이었다.

"뤼비에."

—도망쳐.

구태여 덧붙일 것 없이, 뤼비에는 내 부름에서 의도를 읽어 낼 수 있었으리라. 그 뒤에 가려진 표백되어 버릴 듯한 공포도. 그 역시도, 자신이 이 상황에서 아무런 도움이 되지 못한다는 것을 알 것이니.

뤼비에는 군말 없이 발길을 돌려 자리를 떠났다. 저벅거리는 소리와 함께, 그의 기척이 멀어지는 것을 느끼며 나는 앞을 똑바로 쳐다보았다. 얼어서 깨져 버릴 것처럼 새파란 고요.

볼품없는 마을 여관을 퇴색된 배경으로 만들어 버리는, 비현실적으로 아름다운 마법사가 거기 서 있었다.

화사하게 반짝이는 순금의 머리카락과 녹보석의 찬연한 눈동자. 순수와 매혹이 모조리 담긴 섬세한 얼굴.

블레셋. 그를 처음 보았을 때, 나는 그가 천사일 거라 생각했다. 그리고 나는 현재 실로 죽음의 천사를 목도한 듯 얼어붙어 있었다.

"이걸 우연이라고 해야 하나?"

다행히 그는 뤼비에게 별 관심이 없었다. 여유가 철철 묻어나오는 태도로 삐딱하게 선 블레셋이 입꼬리를 들어 올렸다.

수천 갈래의 벼락이 머리를 내리치는 와중에도, 나는 최대한 담담하려고 노력했다. 언젠가, 이런 일이 닥치리라고 전혀 예상치 못한 건 아니었으므로.

"남자와 동행한 거야? 너도 꽤 대담해졌는데."

그새 애인이라도 만든 건가. 되도 않는 소릴 삐죽하게 중얼댄 블레셋이 내게 성큼 다가섰다.

공격과 방어, 나는 그 두 가지 무엇도 선택하지 못한 채, 아니 그 무엇도 단숨에 선택해야 할 잠시의 유예 속에서 그가 내게로 다가서는 걸 바라만 보았다.

그가 적의를 비추었다면, 조금 더 빠르게 결정할 수 있었을지 모른다. 그러나 내가 먼저 그를 공격하는 건, 예측을 뛰어넘어 효과적일진 몰라도 지독하게 대담한 짓이었다.

나는 그가 나보다 강한 마법사라는, 그 단순한 힘의 격차를 인지하고 있었다. 블레셋의 이 여유 역시 그걸 염두에 두고 있음이 분명하다.

"당신이, 어떻게 여기에……."

떨리는 성대를 가다듬으며, 나는 최대한 차분히 물었다. 포식자를 앞둔 토끼처럼 온 신경이 경계신호를 발한다. 잔뜩 긴장한 턱이 당겼다.

블레셋은 내 위장을 순순히 보아 넘길 이가 못되었다. 그는 코앞까지 다가서 내게 고개를 숙이곤 눈을 가늘게 떴다.

"놀랐나 봐. 네 심장이 쿵쿵 뛰는 소리가 들리는데."

희롱하는 듯이 느껴지는 그 탐색에, 난 몸서리치듯 그에게서 물러났다.

"그렇게 질색하는 표정 보이면 내가 기분이 나쁘지."

블레셋이 불쾌한 낯으로 쏘아붙였다. 그는 나를 찬찬히 들여다보며 잠깐 생각하는 듯한 표정을 지었다. 그러곤 한숨을 내쉬더니, 팔짱을 꼈다.

"나한테 발견된 게 다행인 줄 알아."

다행이라고? 뭐가. 나는 질문을 삼켰고, 블레셋은 간격을 유지한 채 질문을 던졌다.

"그는 어디에 있지?"

마치 내가 그에게 협조하리라고 믿어 의심치 않는 듯이, 그리 묻는다고 생각했다.

하지만 그건 사실이 아닐 터였다. 마스터가 있는 곳을 발설한다고 해서 블레셋이 날 살려 둘 거라고 순진하게 예단한다면 너무도 안일한 것이다.

그가 아무 일도 없었던 것처럼 날 대하더라도, 그건 위장에 불과할 뿐이니.

"답할 수 없어요."

마스터의 몸에서 흘러나오는 마력이 걸렸으니, 그 정도면 아주 근거리가 아니면 감지하기 어렵겠지. 게다가 숲 속이라면 더더욱.

역시 마스터를 나두고 오길 잘했다. 혹시 나 같이 여관으로 오다가 마주치기라도 했다면 짐이 있는 그땐 지금보다 더 상황이 안 좋았으리라.

난 가늠해 보았다. 여기서 내가, 블레셋을 따돌리고 도망칠 수 있을까? 상대하는 게 아니라, 도주하는 것뿐이라면, 아마.

상아처럼 흰 턱을 치켜든 블레셋이 단정적으로 말했다.

"네가 마스터와 헤어졌을 리 없지. 그가 지금 상황에서 널 놓아줄 리도 없겠고."

"그 무엇도 강제는 아니었어요."

날 휘둘러 다니는 어리숙한 계집애 취급하는 건 사양이다. 마스터에겐 나를 강제할 만한 힘이 없었다. 그는 나와 거래를 했을 뿐이고, 그게 절대적인 조건이라고 말할 수는 있겠지.

블레셋의 입가에 비웃음이 어렸다.

"강제가 아니면, 차고 넘치는 동정심 때문인가?"

"……동정심이 아니라, 도리지요. 은혜고요. 제가 어떻게 마탑에 들어왔을 거라고 생각하세요?"

죽기 직전의 나를 구해 줬던 건 마스터였고, 그 후로 어떤 일이 일어났든 끝날 운명이었던 내 생을 이어붙여준 것 역시도 마스터였다. 부인하고 싶었을지라도, 나는 그 사실을 단 한 순간도 잊어 본 적이 없었다.

내 말은 분명히, 블레셋 안의 무언가를 자극한 듯했다.

"왜, 우리를 아예 후안무치한 배신자들이라고 말하지 그래? 그가 그렇게 속삭이기라도 하든? 기껏 은혜를 베풀어 제자로 삼았는데, 우리가 마탑의 힘을 탐내서 감히 스승인 그를 배신한 거라고."

비틀린 투로 쏘아붙이는 기세가 사납다. 압도할 만치 들고 일어선 마력이 온몸을 짓눌렀다.

나는 슬며시 품으로 손을 밀어 넣어 검 손잡이를 쥐었다. 피할 수 없다면, 최선을 다할밖에.

그러나 무엇을 예비하고 있든 난 티 내지 않으며 반박했다.

"마스터는 제게 변명하지 않는 분이세요."

편드는 것이 아니라, 그것이 사실이니. 마스터는 내게 저들이 악하다고 말한 적이 없다.

불필요하기 때문이 아니라, 무언가를 도덕의 잣대에 올려놓지 않는 자이기에.

그에게 자신의 제자들이 왜 자신을 배신했는지, 그 동기는 중요하지 않다. 그저 배신했단 그 사실 자체, 일어난 결과, 그걸 어떻게 돌이켜야 할지가 중요할 뿐.

그러나 그 사실을, 블레셋이 안다면 결코 좋아할 것 같지 않았다. 나조차 이리 아릿하게 느끼는데.

"너는 아무것도 할 수 없어. 내가 너를 찾아냈듯, 다른 시온들도 그럴 거고 결과는 바뀌지 않을 테지. 모든 건 그저 좀 지체되었을 뿐."

회유로 돌아선 듯 나긋해진 음성이 불길한 예언을 실어 날랐다. 나는 그럼에도 흔들리지 않았다.

블레셋이 모르는 걸 마스터는 알고 있었고, 그는 현재로썬 그걸 실현할 수 있는 유일한 이였기에. 마탑의 힘을 제대로 쓰지 못하는 시온들에겐 기대할 수 없는 것.

"그런 말로는 저를 흔들지 못해요."

일전에 요엘을 물리친 전적도 있으니 블레셋이 내가 가진 힘을 위협적으로 여겨서, 마탑의 마력을 쓸 수 없는 지금 싸움을 회피하려고 드는 건 자연스러운 일일 터.

나 역시 회피하고자 하는 마음은 굴뚝같았으나, 동시에 블레셋과 거래할 생각은 없었다.

"네가 그를 사랑하기 때문에?"

잠시, 말문이 막혔다. 그랬었다. 그리하여 내가 그를 어떤 눈으로 바라보았는지, 오래도록 살아온 시온들이, 전례를 본 적이 있는 그들이 전혀 모르지는 않았으리라.

얼마 전이었다면, 나는 그 질문에 몸둘 바를 몰랐을 것이다. 거짓되거나 가장하기 어려운 마음이었으므로.

하지만 그 마음도 이제는, 다 싹 얼어붙지 않았던가. 언 표피를 어루만지듯 난 차갑고 매끈한 내 안의 한구석을 짚어보았다.

답은 어렵지 않게 났다.

"아니요."

이제는 아니다. 나는 그렇게 말할 수 있었다. 한때는 그랬을지 몰라도, 더는 아니었다. 나는 그 마음을 버리기로 했다. 그리고 어쩌면 이미 버렸는지도 모르겠다.

블레셋은 여전히 나를 완전히 적으로 취급한다기엔 모호한 태도를 유지한 채 말했다.

"넌 정말 멍청하구나. 난 이해가 가지 않아. 마스터가 네게 잘해 준 적도 없는데 왜 그리 몸 바쳐 충성하는 거지?"

그 말엔 좀, 반론의 여지가 있었다.

"그러는 블레셋은 제게 잘해 준 적이 있기나 해요? 마스터는 내 목숨이라도 구해 줬지."

"뭐라고?"

그가 날 도와준 적은 있지만, 그건 내 목숨을 노렸던 걸 되갚은 거니 별로 쳐줄 건 못되었다.

사실 다 상황이 되었다고 보기에도 어렵고. 게다가……. 나는 뒤끝 있게 묻어두고 있었던 사실을 끄집어냈다.

"남의 가슴이나 만졌으면서."

"내가 언제!"

"제가 엘로힘을 부화시키고 기절했을 때요."

나는 주저 없이 적시했다. 깨어났을 때, 분명히 내 가슴에 손을 얹고 있었던 걸로 기억하는데.

허가 찔린 블레셋이 얼굴을 구겼다.

"그건 널 도우려고…… 아니, 애초에 내가 네 납작한 가슴에 흥미가 있을 리 없잖아?"

본인의 눈이 그리 낮지 않음을 강력히 주장해 오는 것에, 난 담담하게 화답했다.

"지금 본인의 발언을 되짚어 보시죠."

성희롱 수준인데? 잘해 주는 것과는 어딜 봐도 거리가 멀잖아. 만담처럼 이루어진 대화와는 달리 난 제법 진지했다. 진지하게 불쾌했다.

곤경에 빠진 블레셋은 날 노려보더니 한숨을 푹 내쉬었다. 그리고 질타하듯 뼈있는 말을 꺼냈다.

"마스터에게 어떤 마음을 쏟든, 허망하기 짝이 없는 일이다."

"블레셋."

"네가 아무리 헌신을 바친다고 한들, 되돌려 받을 수 있을 거라고 생각하나? 네 존재와 그를 배신한 우리들의 의미가 종잇장만큼도 다르지 않음을 모르겠어? 그에게 너는 고작 그 정도의 존재다. 유용한 도구, 소모품, 그걸 알면서도 충성을 다 바치나."

차차 토해지는 음성은 서릿발처럼 찼다. 깨닫지 못하고 있었다면 생채기가 날 만큼 잔인한 진실. 그러나 모르는 바는 아니었다.

"제게 중요한 건, 마스터가 제 목숨을 구해 주셨다는 거예요. 또 제게 힘을 주셨지요. 지금의 제 모든 것을 마스터가 주셨는데 그에게 어떠한 존재가 되기를 바라기까지 하는 것은 과욕 아닌가요?"

일견 합리적이나 나 자신마저도 납득하지 못하는 지적. 머리로는 알고 있다.

그러나 나 역시 예외는 아니었기에. 뻔뻔스럽게도 바란 적이 있었다. 나만은 다르기를. 그런 욕심이 없었다고는 결코 말할 수 없으리라.

하지만 내가 살아온 삶은, 이 세계의 것과 달라서. 순순히 새 세계에 맞춰서 굴종하기엔 부서질망정 굽히지 못하여. 나는 부서지기보단 버리는 것을 택했기에—

"……아니, 너는 모른다. 평생을 섬겨야 하는 자에게 길거리의 먼지만도 못하게 여겨지는 고통을, 그런 자에게 영원토록 종속되어야만 하는 절망을."

다만 지나온 세월이 달라 내가 그들에게 온전히 공감하지 못하는 것 역시도, 사실이라.

"그럴 수도…… 있겠지요."

당신들도, 그럴 수밖에 없었던 거겠지. 나는 적어도 그것을 이해하고 있다. 그러니 당신도 내게 이럴 수밖에 없음을 이해해야 했다.

녹보석 같은 눈을 바라보며, 나는 찬찬히 말했다.

"바라는 것이 있어요. 목숨을 걸 만큼, 바라는 거요. 마스터께서 그걸 이뤄 주시기로 했죠."

그가 마스터를 사랑하느냐고 물었을 때의 담백한 부정과 달리, 이번의 내 목소리엔 열기가 스며 있었다.

진정 원하기 때문에. 실로 그것이 내 전부였다. 내 모든 것이 있는 세계로, 돌아가고자 하는 것. 그에게 내 목적이 무엇인지 말할 수는 없었다. 아니, 누구에게도.

그걸 털어놓는다면, 내 원을 이뤄 줄 순 없어도 방해가 될 수는 있겠지. 때문에 나는 어떤 위험도 감수하지 않기로 했다.

블레셋의 낯이 확연하게 굳었다. 실로 보석같이 차가운 눈빛.

"너는 그가 힘을 되찾고도 네 소원을 그대로 이루어 줄 거라고, 장담하나?"

말을 바꾸어, 남은 유일한 시온을 제거하려고 할지도 모른다. 그가 힘을 준 이들이 그 힘을 바탕으로 그를 배신했으니까.

블레셋이 새겨 넣는 의혹에 난 고개를 저었다.

"마스터는 거짓말을 하시지 않아요. 그러니 제게 약속한 건, 지키실 테지요."

그러자 질문의 양상이 달라졌다.

"너는 그가 두렵지 않은가. 그가 무슨 짓을 해 왔는지 알고서도."

어떻게 그와 함께할 수 있느냐고, 어떻게 인세의 재앙이자 그토록 위협적인 자에게 본신의 힘을 되돌려주려고 할 수 있느냐는……. 당위적인 의문.

"물론, 두렵죠. 하지만 두려움이란 것에도 익숙해져서요. 마스터가 무슨 짓을 해 왔든, 그게 세상에서 일어나는 수많은 무슨 짓들보다 더한 건 아니겠지요."

어차피 마스터는 언젠가 힘을 되찾는다. 난 그걸 알았고 그 언젠가 일어날 일을 앞당겨서 내가 돌아갈 수 있다면, 그 후로 어떻게 되든 아무래도 좋았다. 현재로썬 그 이기심이 너무도 강렬하다. 그렇기에 당신의 어떤 말도 나를 설득할 수는 없다.

나는 확고함을 내보였고, 그건 블레셋도 깨달을 수 있을 만큼 단단했다. 그렇기에 회유가 실패로 돌아간 이상, 이젠 그가 선택해야 할 차례였다.

"……후회하게 될 거다."

차가운 표정으로 블레셋은 짤막하게, 그 말을 읊조렸다. 물러가기 전 악역의 대사처럼.

그것은 유보. 후회란 건 미래에 느낄 감정이지, 당장 느낄 만한 뉘앙스는 아니니까. 그러니 내가 제대로 받아들인 거라면, 그는…….

"나와 싸울 생각이 없나요?"

여기서 날 제압하여 마스터의 위치를 실토하게 만들 생각은 하지 않는 건가.

내가 아무리 의지가 단단하다지만, 고문을 당하면서 끝까지 입 다물고 있을 자신은 없다. 내가 독립투사도 아니고 매 앞에 장사 없는 법이니.

"그럴 필요 없어, 지금은. 넌 어차피 실패할 테니까."

나만치나 그의 확신은 단단했다. 뭔가 방법을 가지고 있는 것처럼. 그것은 내게 섬뜩한 예감으로 자리 잡혔다.

블레셋은 녹음 깊은 눈으로 날 담았다. 드러냈던 무언가를 감추어 낸 듯 바람 없는 숲 같은 시선. 때문에 공정하여, 더 이상 호의를 기대하기 힘든—

그래, 호의. 블레셋이 내게 미미하게 드러냈던 그것. 때문에 지금 나를 공격하지 않게 만드는 것. 나를 설득하려고 든 근간.

나는 아주 잠깐 그를 성추행범 취급한 데에 가책을 느꼈다. 그러나 곧 지워 버렸다. 가책 없는 쪽이 훗날 언제고 그와 마주 서야 할 때에, 더 유리할 터였다.

아마 그땐 정말로 목숨을 걸어야 할 것이다. 내가 죽건, 그가 죽건.

유리처럼 투명해진 눈빛으로, 블레셋이 완전히 감정을 배제한 채 선언했다.

"다음에 나를 보게 될 때는, 이 같은 결과를 기대하지 않는 것이 좋아."

어떤 인사도 더 필요하지 않았다. 전신에서 마력이 뻗어 나와 바람결이 휘도는 양 블레셋의 전신을 타고 돈다. 이동 마법.

내게 물러나는 척해 두고 동료를 소집하러 가는 걸지도 모르지. 그러나 그가 어떤 의도를 품고 있건, 나로선 블레셋을 제지할 수 없었다.

나보다 강자가 싸움을 미루자고 말했는데, 내가 굳이 시작할 건 없지 않겠어?

충분히 오래 자리를 비웠다. 마스터가 제자리에 멀쩡히 있을지, 불안감도 있었다. 내가 블레셋과 대화를 나눈 사이에 마탑 쪽 누군가가 탐색에 나섰을지도 모르고.

블레셋이 은밀한 수단으로 누군가에게 연락을 취했다면, 내가 아무리 그에게 신경을 기울이고 있었다 한들 꼭 눈치챘으리란 보장은 없다.

난 여관을 앞두고 바로 등을 돌려 자리를 떠났다. 주위로 짙은 안개가 드리웠다가 거두어진 것처럼 사람들은 아무것도 모르는 채 길거리를 거닐고 있었다. 방금 이루어진 대화를 전혀 알아채지 못한 양.

알 수 없는 무력감이 발목을 휘감았다. 바다 건너 저 먼 곳에서 서서히 몰려오는 태풍을 바라만 보고 서 있는, 짓누르는 듯한 두려움.

내가 앞으로 닥쳐올 그 거센 파도에 맞설 수 있을까.

깨달음은 항상 나를 괴롭힌다. 내가 블레셋을 공격하지 못한 건 힘의 차이 때문이 아닌, 그 힘의 차이를 상기하라고 강조하는 내 안의 속삭임 때문이니.

만약 그를 공격하는 게 낫단 데 저울이 기울지라도 나는 그 속삭임에 더 마음이 쏠렸으리라.

왜냐하면, 내게 그것이 더욱 손쉽고 안일한 선택이기에.

싸움을 피하고 이 바람이 지나가기만을 기다리는, 겁에 질린 쥐새끼 같은 수동성.

대화로 해결할 수 있다는 낙관적인 믿음이 내게 자리할 리 없다. 그저 난, 두려웠기에. 닥쳐오지 않은 그 무엇을 먼저 모질게 결정하여 행동할 수 없었으므로.

난 각오가 되어 있질 않았다. 그리고 아마 다음에도…… 각오란 걸 할 수 있을지 모르겠다.

블레셋은, 나와 맞서는 데 나를 향한 정체 모를 호감과 부채가 그리 큰 장애가 되진 않겠지. 각오가 되어 있고 아니고를 떠나서 마탑의 시온으로 살아온 그대로, 그는 모든 걸 배제하고 의무에 따르리라.

주먹에 힘이 들어갔다. 손이 저릿했다. 타인의 선택 앞에서 대응만을 고민하는 건 얼마나 무력한 기분인지.

그러나 그건 내가 이 세계에 던져질 때부터 그랬다. 느닷없이 항해를 시작하여 운명의 격류에 휩쓸린 나는 거기서 버텨야만 했다.

위태로울망정 뒤집히진 않은 돛단배처럼 나는 이 바다를 건너고 있는 것이리라.

그 끝에 목적한 곳에 이른다는, 단 하나 희망을 품은 채로.

누군가 나를 쫓는 건 아닌지 빠르게 이동하면서 감지해 내려고 애썼다.

결국 떠난 듯이 보이넌 블레셋 혹은 그 누군가도 날 미행하고 있지 않단 걸 확신하고 나서야 난 돌아갈 수 있었다. 확신엔 다소 시간이 필요했다.

꼬박 한 시간을 채워서야 떠난 자리에 이르렀다.

마스터가 있을 바로 거기에. 워낙 죽은 듯이 가만히 있는데 익숙한 이라 들킬 거란 염려는 품지 않은 터.

그러나 가까이 다가설수록 불길한 예감이 나를 잠식한다. 인기척이라곤 없이, 죽은 듯이 고요한 수풀만 바람결에 흔들렸다.

나는 떨리는 손으로 수풀을 헤쳤다.

"마스터?"

자리는 텅 비어 있었다. 머리가 아찔했다. 혼자 어디로 가진 않았을 텐데.

무력이 가해진 흔적은 보이지 않았다. 혹여 블레셋의 마법을 감지했나. 그래서 자리를 뜬 건가. 일순 하얗게 질려 버릴 만큼 놀랐지만 난 애써 마음을 다잡았다.

수풀 안쪽으로 몸을 들이미니 무언가 보였다.

나뭇가지에 얽힌 하얀 쪽지. 난 손을 뻗어 그것을 펴 들고 내용을 빠르게 읽어 내렸다. 쓰여 있는 내용은 간단했다.

—먼저 가 있겠습니다.

마스터답지 않은 전언이다. 마스터의 필체는 알지 못하지만, 이런 식으로 이런 말투로 메시지를 남길 타입은 아니니.

나는 어렵지 않게 또 한 사람, 이 위치를 아는 자를 떠올려냈다. 뤼비에. 떠난 게 아니라 이리로 되돌아왔나? 어째서. 내가 그더러 떠나라고 했을 땐 납득하는 듯이 보였는데.

하지만 그러면 나와의 대화와는 별개로 마스터와 뭔가 거래를 했을지도 모르겠다. 어쩌면 영생이나 특별한 힘 같은 것을 약속받았을지도 모르고……. 그가 마스터를 납치한 건 아닐까.

나는 고개를 저었다. 뤼비에는 마스터가 진정 어떤 존재인지 모른다. 어떤 힘을 가졌는지도. 바란에서의 일을 기억하고 있는 그가 마스터를 강제할 거라고 생각하긴 어려웠다.

가늠할 수 없는 미지 앞에서 사람은 신중해지기 마련이다. 그러니 나를 따돌리려고 함께 떠난 척한 건 아니겠지. 목적지를 알고 있으니 이제 난 그들을 뒤따라야 했다.

떠난 지 그리 오래 지나지 않았을 터, 엇갈리지 않는다면 곧 따라잡을 수 있겠지. 하지만 목적지까지 마주치지 못할 가능성도 염두에 두어야 한다.

적어도 마스터의 안전은 확보되었기에 난 한시름 놓은 채 빈 수풀을 들여다보았다.

그 텅 빈 자리. 이제는 혼자였다. 곧 다시 만나게 되겠지만, 지금 이 순간만큼은 막막하리만치 홀로…….

"나보단 뤼비에가 도움이 되겠지."

난 애써 긍정적으로 중얼거렸다. 나보다야 그가 더 능숙한 여행자이니.

어찌 보면 짐은 그가 떠맡았는데, 도리어 짐이 얹힌 듯 어깨가 무거웠다. 이 덩그러니 놓인 기분. 이것이 두려워 마스터를 떠나지 못했는지 모르겠다.

난 가슴에 휘도는 공허한 바람을 내몰며 고개를 쳐들었다. 차라리 이편이 낫다. 잠시라도 마스터와 떨어져 있는 것이 내겐 이로웠으니.

이 일이 어떻게 매듭지어지든, 나는 니라야의 늪으로 향해야겠지. 그리 긴 여정이 될 것 같지는 않으니 그동안 별일 없기를 바랄밖에.

난 품에서 지도를 꺼내 들었고, 니라야의 늪으로 향하는 긴 여정을 지도 위에 한 줄로 그었다. 산맥과 강을 넘는 간단한 노선.

아무리 험난한 산행도 내겐 그다지 장애가 되지 않으므로, 갈 길은 뻔했다. 아마도 뤼비에의 행로 역시 내 것과 다르지 않으리라.

그러나 반나절도 지나지 않아, 난 내가 그들과 완전히 엇갈렸단 걸 인정해야 했다.

추적을 해본 적 없는 내가 조금이라도 남았을 그늘의 흔적을 찾아내는 건 불가했으므로 쫓는 건 애초에 포기한 터였다.

순전히 지도에 그었던 최단거리대로 길을 주파했다. 하지만 뤼비에는 나와 생각이 달랐던 모양이다.

신경을 곤두세워 주변을 읽어 내려고 애썼음에도 걷는 내내 그들의 기척이 조금도 잡히지 않았다. 아마 같은 길을 선택하지 않은 듯싶다.

"내가 배신했을 가능성도 염두에 두지 않았을까."

마스터는 바란에 대해서 대화를 나누었을 때, 내게 이후 샤자한으로 향할 거라고 말하지 않았다. 그건 내게 모든 걸 다 말하는 게 이롭지 않을 것이라는 판단 때문.

한편으론 일리 있는 것이었다. 우연히 마주한 블레셋이 날 그리 순순히 보내 주지 않았다면, 더불어 날 굴복시켜 겁박했다면 내가 끝까지 마스터의 목적지를 말하지 않을 거라곤 장담하기 어려웠다.

바란에서 일이 잘 해결될지도 미지수인데, 차라리 말하지 않는 쪽이 나았으리라.

하지만 마스터가 딱히 뤼비에를 믿는 것도 아닐진대, 그와 함께하게 된 연유가 궁금하기도 하다.

그라면 마스터의 비위를 맞추는 데 딱히 어려움을 느끼진 않겠지만, 마스터는 함께 여행하기에 편한 상대가 아니었다.

상전인 양 행세하여 골치 썩이진 않는 상대라도 그 고요하고 위압적인 분위기는 익히 그를 겪어 온 내게도 때때로 낯선 것이다.

그들 간에 무슨 대화가 오갔을지, 잘 상상이 되질 않았다. 사실 갈길을 재촉하는 외에 내가 할 수 있는 일이라곤, 이처럼 상념에 잠기는 것밖에 없다.

그러나 어차피 갈피를 잡지 못하는, 단서 없는 추리로 겉도는 것에 불과할 뿐이니. 뤼비에의 통찰력이 부러웠지만, 그건 내 것이 아니었다.

나는 쉼 없이 걸었다. 내가 먼저 도착하게 되리란 걸 알면서도 전혀 발길을 늦추는 일 없이. 조용하고 쓸쓸한, 산책처럼 느껴졌다.

이 혼자된 시간이 유효한 건지, 몸이며 머릿속을 야금야금 갉아먹던 삿된 것들이 서서히 빠져나가고 향초를 피워 낸 듯한 개운함이 나를 채웠다.

새벽 공기가 밀려든 듯 빈 가슴이 상쾌했다. 비워내어 정화하고 다시금 회복시킨다. 일련의 과정은 나를 번민하게 했던 모든 것에서 벗어나게끔 했다.

홀로 지나는 숲은 어느덧 검어졌다. 어스름이 내리자 그늘진 밝음도 순식간에 사그라지고 이내 인간의 눈으로 꿰뚫어 볼 수 없는 죽음 같은 암흑이 내렸다.

마법사인 내게는 해당하지 않는 일이다. 난 사방이 어두컴컴한 와중에도 구애받지 않고 걸었다. 돌부리와 나무뿌리를 쉽사리 넘나들고, 한 번도 휘청거리지 않으면서.

맹수조차 본능으로 저보다 강한 이를 알아본 것일까. 야들야들한 인간 여자이니 한 번쯤 먹잇감으로 노려봤음 직한데 이 숲에서 나를 가로막는 것은 없었다.

스산하나 그 스산함조차 이 자욱한 어둠에 대해 느낄 만한 감상일 뿐, 인세의 위협에서 벗어난 숲이었다.

머리 위를 온통 메우는 무성한 나뭇가지가 밤하늘에 흩뿌려진 빛들을 죄 흡수하는 건지, 그 빛 한 자락 이 아래로 떨어지질 않는다. 폐부 깊숙이 밀려드는 숲의 공기. 싸늘하게 속이 아렸다.

그토록 오래 달 아래 있었는데, 정작 그 달빛이 내게론 닿지 않으니 기이한 일이었다. 언제나 내리비치고 있지만, 이 어둠이 결국 나를 감싸 안고 있듯이.

불현듯 발이 멈춰졌다. 나는 빽빽한 잎사귀 너머 보이지 않는 달을 응시했다. 웃기는 일이지, 이럴 때조차…….

기껏 얻은 자유. 그러나 의식의 끝에서 그를 떨쳐 낼 수 없음은 명료하다. 마스터는 얼마나 깊이 내게 새겨진 걸까.

그가 없는 삶, 그가 없었던 삶조차 이렇듯 까마득한데 과거를 통해 보이지 않는 미래를 그려 내는 건 희미해진 글씨를 되살리는 것과 같다. 웃고 떠드는, 평범한 학생이었던 나.

그를 사랑하지 않아도, 그림자처럼 스며든 그 모든 걸 떨쳐낼 수는 없다. 그럼에도 난 끝이 다가오고 있음을 직감한다.

"니라야의 늪."

나는 블레셋의 말과 그의 눈빛을 떠올렸다. 바로 몇 시간 전, 내 앞에 선 그의 모습이 당장에라도 그려 낼 수 있을 것처럼 선명하다.

'넌 어차피 실패할 테니까.'

그는 확신했다. 나는 모르나 블레셋이 아는 영역에서 내려진 확신. 그의 예언과 내가 꾸었던 그때의 꿈. 나는 그 접점을 찾아낼 수 없었다.

블레셋이 나를 순순히 놓아 보내지는 않았을 터, 함정이 도사릴 곳으로 걸어 들어가는 발길은 무겁기만 하다.

눈앞의 시야는 칠흑 같은 밤에 에워싸여 있었다. 그러나 거기에는 포기할 수 없는 것이 있다.

나는 뒤를 돌아보았다. 그곳에도 암흑이 아가리를 벌리고 있었다.

혹여 빛이 기다리고 있다면 내가 지나온 곳이 아니라 앞으로 가야 할 방향에 있으리라.

나는 다시 걸음을 시작했다.

나 홀로 서둘러 봐야 소용없단 생각을 한 건 그 후로 두어 시간쯤 흐른 뒤였다.

아무리 마력이 넘쳐나는 몸이라도 휴식이 필요치 않은 건 아니라 편편한 돌 위에 앉아 나무에 등을 기대던 것도 잠시, 얼핏 잠들었던 것 같다.

추적자가 따를까 불안한 마음 탓에 품에 있는 검 손잡이를 움켜쥔 채로.

그렇듯 맞이한 잠은 달았다. 한순간에 수면의 늪에 빨려들었다. 아득한 몰입감에 시간이 정지된 듯하다.

눈을 뜨기 전 난 어떤 풍경을 예견했다. 이제까지 떨어져 있다고 한들 그게 완전한 단절이라고 보긴 어려웠고, 또 얼마간 힘을 찾았으니 꿈속에서 마주하지 않을까.

아무리 마음을 단단히 먹어도 외떨어진 불안을 떨칠 순 없었다.

그러나 정작 내가 목도한 건 다른 풍경이었다.

흙냄새가 물씬 끼쳐온다. 바닥에 무릎이 닿았다. 맨땅이라기엔 푹신한 감각. 난 고개를 들었다.

옅은 초록으로 덮인 초원. 모나게 솟은 것 없이 완만한 지평선으로 수렴하는 대지는 광활하여 하늘과 시야를 양분한다.

바닥에 손을 딛고 몸을 일으켰다. 환하고 말끔하여 이 세상 같지가 않은 풍경. 낮과 밤을 가름하는 선상에 한 사람이 서 있었다.

너무도 눈부셔 일순, 태양이 아닌가 했다. 그러나 태양이 둘일 수는 없는 법이다.

사위는 온통 환했고 구름 너머로 빛이 쏟아져 들어오고 있었다. 그 빛을 머금듯, 혹은 비춰내듯 아름다우나 창백한 순금의 머리카락. 잔잔하게 쏟아지는 폭포수 같은 그것에 난 눈을 빼앗겼다.

고요한 뒷모습. 그자는 지평선을 향해 서 있었다. 여자인지 남자인지 알 수 없으나, 내가 볼 수 있는 건 그 반짝거리는 금발과 검은 로브뿐. 마법사인가.

그러나 모든 마력을 갈무리한 듯 잠잠하기만 한 기척. 보고 있지 않다면 그가 거기에 서 있는 것조차 눈치채지 못했으리라.

그것이 뜻하는 바는— 저자는 틀림없이 나보다 더 강한 마법사라는 것.

"저기."

나는 미동도 없이 선 그를 향해 충동적으로 손을 뻗었다. 꿈에 불과하다는 걸 혼몽한 감각으로 깨달아, 거리낌 없었다.

저자를 돌려세워 얼굴을 보고 싶다. 결말을 확인하려고 성마르게 책장을 넘기듯, 심장이 조였다.

그러나 거리가 멀었다. 나는 손을 거두어 그자를 향해 걸음을 옮겼다. 가슴이 두근거린다.

부름에 화답하듯 그가 서서히 이쪽을 향해 돌아섰다. 드러난 그 얼굴을 눈에 담는 순간, 숨이 멈추었다.

범상치 않은 이일 거라 예상했다. 그러나 그 얼굴은,

"……마스터."

난 탄식하듯 토해 냈다. 성별을 구분할 수 없는 모호한 이목구비. 그러나 섬세하고 고상하여, 신이 빚어낸 듯이 완벽하다.

빛과 어둠 대척점에 놓인 양 그토록 다른 색채인데, 흑을 백으로 바꾸어 그대로 찍어 낸 듯이 그 형상만큼은 한 치의 어긋남이 없다.

스스로 빛을 발하는 듯한 금발이 신성의 후광처럼 드리웠다. 그 때문일까? 같으나 달랐다.

그가 마스터일 리 없다. 난 얼어붙은 채 되뇌었다. 마스터가 그런 눈을 할 수 있을 리 없었으므로. 분명히, 사람의 것 같지 않은 눈동자였다. 황혼 끝자락과 여명의 첫 줄기를 그러모아 놓은 듯이 오묘하여 경이로운 금안.

그러나 화염 같다. 타는 듯한 눈이었다. 모든 것을 녹여낼 만치 뜨거운, 범접할 수 없는 분노가 그 안에 고여 용암처럼 타오르고 있었다.

그의 시선은 나를 향하고 있지 않았다. 아니, 나라는 존재를 아예 인지하지 못한 것처럼 어딘가를 바라보고 있다.

그의 입가가 조금 휘어졌다. 흡사 조소하는 듯이.

"운명이라고."

매끄럽게 떨어지는 그 음성. 나는 몸을 떨었다. 그 역시도 마스터의 것과 꼭 같은—

그러나 마스터가 그런 표정을 지을 수 있던가. 눈앞의 그는 비현실적인 존재처럼 느껴지는 건 같았으나, 살아 있는 양 생생했다. 감정을 느낄 줄 아는 생물처럼.

그의 시선이 내 뒤에 머물고 있었다. 지나치게 가까이 있었던 탓일까. 감각이 마비된 듯 꿈틀거리는 광대한 마력을 그제야 느꼈다.

나는 불현듯 뒤를 돌아보았다.

거기에 무언가 있었다. 시각으로 보고 있되 인지에 닿지 않아, 사고가 멎어 버린 것 같다.

보았으되 무언지 알 수 없었다. 흡사 금기를 차단당하듯이. 그리하여 내게 허락되지 않은 것. 눈멀 듯한 밝음이었다. 그러나 그 또한 찰나—

검은 벽면이 지저로부터 솟아올랐다. 근원으로부터 비롯하여 모습을 갖출 것을 허락받은 양 뿌리에서 양껏 양분을 빨아들이고 자라나 하늘을 향해 몸을 내뻗는다.

순식간에 형태를 갖추어, 몸체를 생성하고 구조물을 이룬다. 벽돌 하나하나 쌓는 것이 아닌, 밑에서부터 물감으로 그려 내듯 만들어지는 것.

창조가 아닌 힘의 구현이며, 마력이 물질로서 형을 입는 과정. 본질적인 변화.

나는 퍼뜩, 내가 보고 있는 광경이 무엇인지 알아차렸다.

그 익숙한 모습. 거대한 검은 탑이 눈앞에서 구축된다. 그것은— 마탑이었다. 나는 마탑이 어떻게 건설되었는지 보고 만 것이다.

어떻게 이런 일이. 난 입술을 깨물었다. 까마득한 과거에 홀로 끼어든 시간의 미아처럼 이 모든 게 지극히 낯설었다.

천 년, 그 이상의 세월을 건너뛴 과거가 눈앞에서 펼쳐지고 있었다. 혼란에 빠져든 나는 그자를 돌아보았다. 그렇다면 그는—

마스터. 나는 더 이상 부인하지 못했다.

빛의 자락이 아지랑이처럼 일렁거리며 그의 전신에서 뻗어 나오고 있었다. 그 마력의 물결이, 거세어 몰아치는 돌풍이 눈에 보일 만치.

그러나 그리 길지 않은 시간 동안 이어진 일이었다. 바람은 잦아늘었고 나부끼던 머리카락도, 옷깃도 고요하게 가라앉았다.

제아무리 찬란하던 빛도, 원천을 잃으면 여전할 수 없다. 빛이 사라진 자리에 생겨난 것은 어둠.

눈부신 금발이 끝에서부터 검은색으로 물들었다. 희게 새어 버리는 것과 유사하게, 완전히 검어진 그 머리카락. 태양처럼 환한 금빛 눈동자가 암흑에 삼켜진다.

흡사 천사가 타락하는 모습을 지켜보는 양 눈앞에서 일어난 기이한 변화에 전율이 인다. 뭔가가 뚝 떨어져 부딪히듯 둔중한 울림. 충격이 나를 점령한다.

이제 내 앞에 마스터가 서 있었다. 그래, 그는 마스터였다.

증오도 분노도 그 모든 감정을 도려낸 검은 눈은 폐허를 닮았다. 오로지 공허만을 안고 살아가는 지금처럼.

일순 휩쓴 화염이 완전히 가신 눈빛. 그 안에서, 뭔가를 비워 낸 듯이.

그리하여 그는 의도대로 그 자신의 운명에서 멀어졌다. 그 변화가 너무도 명백하여, 난 파르라니 굳었다.

내가 본 건, 마스터의 과거였다. 또한 기억이었다. 이걸 내가 어떻게 볼 수 있었던 걸까.

그가 이런 걸 내게 보여 줄 리 없다. 도리어 그라면 꽁꽁 숨겨 두었을, 그런……

거기까지 더듬어 내었을 때, 공기가 바뀌었다. 같은 자리에 있되 시공간을 비껴 있던 난 장벽이 사라짐을 느꼈다. 현재와 과거의 교차였다.

"마스터."

당황한 채 그를 부른 순간 마스터의 눈이 검어졌다. 그것이 뜻하는 바는, 배제.

이젠 또렷하게 나를 바라보고 있는 그 눈빛. 마스터는 나를 인지하고 있었다. 그의 무의식에 침범한 나를!

어디 있느냐는 물음은 목 안으로 삼켜졌다. 내 존재를 이곳에서 몰아내는 게 가장 큰 목적인 양 거센 단절감에 의식이 흐려졌다. 나는 더 이상 무엇도 엿볼 수 없었다.

"헉."

숨을 몰아쉬며 난 튕기듯이 자리에 일어섰다. 머리가 얼얼하다. 숲의 그늘에 에워싸여 있는데도 확연히 밝아진 대기. 낮이었다.

품 안에서 검이 웅웅거리는 소리를 냈다. 또다시 검의 마력을 움직였던가.

난 소스라치게 놀라 손을 떼어 냈다. 밀도 높은 숲 속에선 마력의 흐름을 읽어 내긴 어려우니 그리 문제 될 것 같진 않지만, 무의식적으로 마력을 움직이는 건 위험한 일이다. 그보다…….

"도대체 어쩌자는 거야."

난 이마를 감싸 쥐었다. 찰나지만 접촉했는데, 가타부타 말도 없이 밀어내 버렸다. 그의 기억 속을 파고들었으니, 눈치챈 이상 밀어낼 법하지. 하지만 이미 봐 버린 것, 어쩌겠는가.

"자기가 어디 있는지 말해 줘야 할 것 아니야?"

지금 그보다 중요한 게 어디 있다고. 예측지 못한 상황이라 당황해 버렸던 걸까.

당황이란 단어, 마스터와 어울리지 않지만…….

난 굳어 버린 몸을 펴며 자리에서 일어섰다. 적어도 한 가지 사실은 알 수 있었다.

그는 안전하다. 적어도 무의식에 빠져들어 날 쳐 낼 수 있을 만큼은.

뤼비에와 함께이니 나보다 상황이 더 여유로울지도 모르겠다. 그는 어김없이 목적지로 향하고 있을 테지.

깜빡 잠을 잔다는 게 너무 오랜 시간을 지체한 것 같다. 아마도 정오에 가까운 시각. 나는 몸을 툭툭 털어 내며 걸음을 재촉했다.

마스터의 옛 모습이 뇌리를 스쳤으나, 고개를 흔들어 떨쳐 냈다. 답을 찾아내고자 하는 소망이 그의 과거를 보여 줬을지라도, 그게 무슨 의미가 있지?

마스터가 마탑을 세웠단 건 진작 알고 있었잖아.

그러나 유의미한 것이 있다면ㅡ

마스터가 원치 않아도, 내가 그를 엿볼 수 있단 것. 그의 힘을 쓸 수 있단 것. 다른 시온들에게 불가한 그게 오로지 내게만 허락되었단 것…….

어떻게 그럴 수 있지? 모두가 나를 예외라고, 특별하다고 말했지. 그건 내가 다른 세계에서 왔기 때문일까.

추리를 이어 가며 난 다시 길을 걷기 시작했다. 이 숲이 끝날 때쯤 하나의 실마리라도 붙잡을 수 있길 바라면서.

당연하게도 내 바람은 이루어지지 않았다.

샤자한이다. 지도상으론 확실히. 감회가 새로웠다. 그 후로 내겐 어떤 꿈도 허락되지 않았고, 난 말하는 법을 잊을 만큼 며칠이고 인적 드문 곳을 걷고 걸었다.

그리고 드디어 샤자한의 국토에 발을 딛고 있었다.

놀랄 만치 인연 깊은 나라다. 노예로 납치되질 않나 왕과 인연을 맺질 않나, 온갖 일을 다 겪었지. 그리고 또다시 발을 들였다.

난 아카일을 떠올리곤 잠깐 죄책감에 잠겼다. 경황이 없어 그의 안위를 생각지 못했네. 무사하겠지?

바란이 붕괴 직전까지 갔으니 아마도 강도 높은 지진이 지상을 덮쳤 겠지만, 그는 목숨을 걸고 그를 지킬 만한 수하들이 함께하고 있었다.

다쳤더라도 목숨은 보전했겠지. 외려 그 소란이 그가 목적을 달성하고 바란을 벗어나는 데 도움을 주었을지 모르겠다.

"저길 들러야 할까?"

난 강 건너로 보이는 꽤 큰 도시를 앞두고 고민에 잠겼다.

안전을 기하느라 그간 마을 여러 군데를 목전에서 지나쳤다. 작은 마을일수록 내게 이목이 쏠릴 가능성이 컸기에, 또 다른 시온과 마주칠까 두려워 쭉 사람을 피했었다.

그러나 점점 길이 넓어지고 오가는 이들이 늘어 붉은 로브를 걸치지 않는다면 나쯤은 그리 눈에 띄지 않게 되어 버렸다.

혼자 여행하는 젊은 여자. 흔한 건 아니지만, 바쁜 여행길에 주목할 만큼 드문 케이스인 것도 아니니까.

도시로 가지 않고 저 강을 건너려면 밤에 몰래 배를 훔쳐 타든가 헤엄을 쳐야 할 텐데 그 무엇도 내키는 일은 아니었다.

다른 여행자들과 섞여서 배편을 이용하는 쪽이 나을 것이다. 난 빠르게 결단을 내렸다.

우연찮게 마스터를 만날 수 있다고, 희망을 조금 품기도 했다. 가는 곳은 뻔한데 여태껏 마주치지 못했으니까.

그러나 정작 내가 마주하게 된 건 다른 인물이었다.

저녁 무렵, 사람들 틈에 섞여서 배에 탄 것까진 좋았다. 그러나 강을 건너서 선착장에 도착하기 무섭게 배 주변을 병사들이 에워쌌다. 훈련받은 듯한 움직임, 딱딱하게 굳은 얼굴들. 말이 통할 것 같지 않다.

"신분증을 보여라!"

여행자인 내게 신분증이 있을 턱이 있겠는가. 난 잠시 이대로 강으로 뛰어들어야 하나 고민했다.

정신계 마법은 잘 쓸 줄도 모르거니와 소란 없이 어떻게 해 보기엔 상대가 너무 많았다. 뇌물을 먹이는 것도 상대가 소수일 때 이야기다.

나와 배를 같이 탄 이들도 마찬가지로 동요한 듯 수런거렸다.

"아니, 왜 하필 오늘 신분증을 검사하는 거야?"

"그럴 기간도 아닌데 높으신 분이라도 행차하셨나."

"재수도 더럽게 없지, 하필 딱 오늘인가."

"자네도 없나?"

"사네도'?"

난 불평을 터뜨리며 대화를 나누는 행상인들에게 슬쩍 물었다.

"저어, 저. 신분증을 잃어버렸는데 제시하지 못하면 어떻게 되는 거죠?"

"감옥으로 끌려가겠지. 일단은 그게 원칙이라고."

"감옥으로 끌려가면 어떻게 되는데요?"

"상황에 따라 다르지. 신분을 보증할 수 있는 이가 있거나 별문제 없으면 보석으로 풀려날 테고, 높으신 분이 떠나고 나서 풀어 줄 수도 있고. 원래 신분증 검사에 까다로운 도시가 아닌데 말이야. 치안이 잘되어 있어서, 요 근래 좀도둑밖엔 없었다고!"

난 혀를 찼다. 그냥 강을 헤엄쳐서 건널걸 그랬나. 간만에 편하게 오려고 했더니 또 이런 일이 생긴다.

나는 슬쩍 눈길을 돌려 옆쪽의 강을 보면서 고심했다. 실제로 저쪽에서 뒤가 구린 몇 명은 강에 뛰어들 태세였다.

"엄한 생각은 하지 말게, 아가씨. 아가씨는 눈에 띄어서 탈 때부터 선원들이 다 새겨 두는 눈치였다고. 도주하는 것도 어렵거니와 현상 수배라도 걸리면 곤란해질 거야."

"그래, 신분증 없는 건 별다른 죄가 아니지만, 여기서 도주하다가 잡히면 그건 중죄라고."

내가 잡힐 것 같진 않지만, 제법 설득력 있었다. 현상 수배로 인해 내 존재를 만방에 알리게 되는 건 곤란하다. 난 즉각 도주를 포기했다.

그러나 포기하지 않은 몇 명은 기어이 강으로 뛰어들었다. 바로 병사들 쪽에서 외침이 터져 나왔다.

"화살을 쏴라!"

인상을 찌푸리는 내게 상인 한 명이 어깨를 으쓱해 보였다.

"봤지?"

누군가가 화살을 맞았는지 물 위로 떠올랐다. 곧 그물이 위에서 떨어져 내렸다.

난 그 모습을 보면서 고개를 끄덕였다. 화살 세례가 내게 위협적인 건 아니었으나, 그렇다고 맨몸으로 화살을 맞을 수 있는 건 아니었다.

이 상황을 무마하려면 육체적 능력 하나만 가지고는 될 것 같지 않았다. 적어도, 컴컴한 강물 속으로 뛰어드는 건 피하고 싶은 바였으니.

나는 순순히 병사 앞에 서서 신분증을 잃어버렸다고 답했고, 나와 말을 섞은 상인 몇 명과 함께 손목에 줄을 묶인 채 감옥으로 인도당할 처지에 놓였다.

다행히 나는 얄팍한 붉은 로브를 속에 대충 구겨 넣어서 받쳐 입고 그 안에 모든 짐을 넣어 둔 채였다.

그 위에 평범한 옷을 입고 있었기에 빈손으로 보여, 짐을 압수당할 염려는 없었다.

"어서 따라와!"

위협적으로 으박지르긴 했으나, 그리 거칠진 않았다. 적어도 특별히 날 표적으로 삼는 것 같진 않다.

병사들은 제 임무만 수행한다는 착실한 태도로 이 신분이 불분명한 자들을 감옥으로 이끌었다.

난 가늠해 보았다. 이대로 감옥으로 끌려가서 기회를 노리는 편이 나을까. 아니면 가는 길에 슬쩍 도주하는 게 나을까.

이깟 밧줄 끊는 건 내게 숨 쉬듯이 쉬운 일이다. 일단 육지에 발을 들였으니 이 도시에 머물 이유도 없지. 어차피 니라야의 늪으로 가서 마스터와 합류하면 모든 게 끝인데. 결심한 난 밧줄에 손을 가져갔다.

그때 불쑥 저쪽에서 어떤 남자가 나타나 병사들 앞에 섰다. 병사들은 그에게 즉각 예를 표하며 두런두런 말을 나누었다. 대충 이들은 누구냐, 어디로 데려가느냐. 그 정도의 상황 체크를 하는 걸로 보였다.

난 지루하게 발을 굴렀다. 다시금 고민하고 있었다.

남몰래 감옥에서 빠져나가는 게 그나마 조용한 방법이긴 한데, 병사들이 신경을 빼앗긴 이 기회를 틈타 도망가는 게 좋지 않을까.

그런데 저 남자. 난 불현듯 고개를 들었다. 어디서 본 듯한 얼굴이다. 그리고 내가 어디서 보았다고 말할 만한 이는 극히 드물었다.

바로 떠올리지 않아 눈을 끔뻑이던 난 그가 누구인지, 조금 후에야 알아차렸다. 내 시선을 느낀 듯 그의 눈이 바로 내게로 꽂혔기 때문에.

맙소사, 그가 어떻게 여기에 있지? 달리 말을 나눠본 사이는 아니었다. 그저 스치듯이 본— 그러나 그로서는 나를 기억하지 못할 리 없다.

남자가 내 쪽으로 성큼 다가와 지시했다.

"밧줄을 풀어 주어라."

양손의 자유를 얻은 난 남자를 응시했다. 놀람도 잠시, 그간 풍파를 많이 겪어서인지 내 머리는 침착하고도 신속하게 결론을 이끌어내고 있었다.

병사들이 다시 죄인들을 이끌어 이동하기 시작하자, 난 나직이 물었다.

"당신은 왕의 호위 아니야? 어떻게 여기에 있지."

"제가 있는 곳이, 왕께서 계신 곳이지요."

놀랄 법도 한데, 동요가 담기지 않은 차분한 음성이었다. 짐작한 바였다. 왕이 방문하고 있다면 신분 증명에 철저해진 것도 이상한 일이 아니다. 그러나 추측이 사실이 되자 놀란 건 내 쪽이었다.

"왕이, 어째서 이곳에?"

어떻게 이곳에, 라고 묻는 쪽이 나았을까. 육로로 도달하기엔 바란에서 꽤 먼 위치다.

물론, 그는 마법사이고 마법사를 동원할 수도 있으니 좀 더 시간을 단축할 방법이 있겠지. 바란에서는 무사히 빠져나왔나.

그러나 안도할 기분이 아니었다. 난 아랫입술을 깨물었다. 너무도 공교롭다. 이런 상황에서, 이 시점에서 만나지 않기를 바랐던 상대. 만들어진 듯이 내 앞에 놓여 있었다.

우연의 일치일까, 아니면? 불안감이 나를 사로잡았다.

"공무상의 볼일이 있어 방문하신 겁니다. 당신을 왕께로 인도하겠습니다."

"그럴 필요는—"

난 손사래를 치며 거절하려고 했다. 하지만 그건 결코 권유가 아니었다.

"저는 보고를 올려야 하고, 왕께선 당신을 만나길 원하실 겁니다."

이리스 라하느와는 달리 충실한 종인 양 말하는 것에 감정은 묻어나지 않았지만, 확고함이 느껴졌다.

무력을 행사해서라도 날 끌고 가려고들 거다. 왕의 측근과 소란을 벌이느니 얼굴 한 번 마주하고 조용히 떠나도록 해 달라고 하는 게 낫겠지.

내게 믿음이란 단어는 희미한 것이었지만, 나는 왕을 알았다. 이제 와서 새삼 날 붙들려고 하진 않을 테지.

나는 순순히 남자를 따라갔다. 우리가 향한 곳은 이 도시 내에서 가장 번듯하고 호화로운 저택이었다.

관광할 여유가 없었기에, 혼란한 마음만 가라앉히고 왕에게 할 말을 고르면서 걷던 와중에도 눈에 들어오는 것이 있었다.

붉은 지붕과 정교한 모양새의 첨탑들, 하나하나 각기 마른 조각이 새겨진 기둥들. 격조 있는 아름다운 저택의 모습에 눈이 번쩍 뜨였다. 과연 왕이 머물 만한 장소다.

문지기를 통과하여 저택 안으로 발을 들인 지 얼마 안 되어, 나는 곧 또 한 명의 아는 얼굴을 마주할 수 있었다. 이번엔 누군지 고심해서 떠올려야 할 필요 없는, 결코 잊히지 않는 그녀를.

"저 계집이 왜 이곳에 있지?"

문 앞에서 호위를 서고 있던 그녀는 나를 발견하자마자 눈에 불을 켰다. 물론, 자연스러운 일이다. 그녀는 나를 싫어하니까.

"왕의 손님이십니다. 이리스 라하느."

"하여 예를 갖추라고? 저 계집의 감언이설로 우리가 바란에서 무슨 꼴을 당했는지 생각해야지!"

무슨 꼴을 당했기에? 심드렁하게 생각하다가 자세히 보니 그녀의

233

한쪽 팔목에는 붕대가 감겨 있었다.

심각한 부상은 아니니 저리 호위를 서고 있는 것이겠지만, 험난했던 상황이 읽히는 것 같아 난 눈썹을 치켜들었다.

"그런 주제에 저는 잘도 내뺀 모양이야. 저리 멀쩡한 꼴을 보라고!"

"이만 비켜 주시지요."

왕에게 미안한 마음은 있었지만, 그녀에게 없었다. 게다가 그녀와 얘기하는 건 시간낭비. 서로 감정이 나쁜 판에 좋은 꼴 볼 건 없다.

내 눈짓을 본 남자가 이리스 라하느를 제치고 서서 문을 두드렸다.

이후 안에서 허가가 떨어지고, 문이 열렸다. 이리스 라하느는 사납게 눈을 번뜩이면서도 나를 가로막지 않았다. 그녀는 내게 달려드는 대신 얼음장처럼 차가운 미소를 띠고 속삭였다.

"두고 봐. 넌 대가를 치르게 될 테니까."

난 그녀를 무시하고 지나쳤다. 방 안은 환했고, 일순 그 빛이 안구를 쪼는 듯했다. 따갑다. 난 무표정하게 얼굴을 굳혔다.

이제 난 왕 앞에 서 있었다. 눈부신 적금발의 아카일. 샤자한의 왕. 그리고 내가 다시 만나고 싶지 않았던 사람. 의자에 걸터앉은 채 왕이 내게 시선을 주었다. 진한 호박색 눈동자는 묘하게 가라앉아 있다.

이전에 바란에서 마주했을 때완 또 달랐다. 내게 가진 호감이 완전히 사라진 건지는 알지 못하나, 적어도 지금의 그는 나와 마주하고 있는 걸 달갑지 않게 생각하고 있는 듯했다. 친근히 인사를 나눌 만한 분위기는 아니었다.

"바란에서 무슨 일이 있었나요?"

등 뒤로 문이 닫히자 말을 고르던 것도 잊고, 난 질문을 던졌다.

"지진이 있었지. 건물이 붕괴하고 사람이 많이 죽었다."

"……당신은?"

"보다시피."

그는 손을 들어 보였다. 말끔한 얼굴, 생채기 하나 없는 손은 날 안심하게 하기에 족했다.

그러나 그의 눈빛은 그렇지 못했다. 예기를 띠고, 나를 뚫어져라 보는 눈빛이 흡사 내 안을 들여다보려는 것 같았다. 내가 진실로 어떤 사람인지 다시금 파악해 보려는 것처럼.

내게 실망했나. 당신이 증오하던 마탑의 사람들처럼, 내 목적을 위해서 다른 사람을 해한 것처럼, 그리 생각되어서?

그러나 그가 내게 실망하는 편이, 나을지도 모르겠단 생각이 들었다. 이미 끝난 인연이라고 자각하고 있었기에. 좀 더 그가 끝을 받아들이기 쉽도록.

"그거면 되었어요."

"변명은."

"당신이 위험해질 수 있단 건 예상하지 못했어요."

호위를 주렁주렁 달고 있는 왕이니까. 딱 그 정도로 생각할 만한 뉘앙스였다. 그 외 바란의 다른 사람은 어떻게 되어도 상관없었단 것처럼.

왕이 오해를 품고 있더라도, 내겐 그 오해를 해소할 의향이 존재하지 않았다. 그렇다고 해서 그에게 반감을 사서도 안 되었기에, 난 조용히 말했다.

"미안해요. 무슨 일이 일어날지 일부러 말을 안 한 건 아니었어요. 나도 어쩔 수 없었죠."

"그대는 왜 혼자인 거지."

"그것도 어쩔 수 없었기 때문이라고 해 두지요. 말해 두지만, 난 당신을 찾아온 게 아니에요. 이곳에 당신이 있는 지도 몰랐어요. 우연히 마주친 당신의 부하가 날 이곳으로 데려온 건 유감이군요."

혹여 내가 당신을 이용하려고 찾았단 오해는 접어두었으면 좋겠단 뜻으로 군이 덧붙였다. 실제로 난 그에게 바라는 바가 없었다.

"내겐 용건이 없단 말인가."

"불쾌하실지 몰라도, 그래요."

왕은 자리에서 일어섰다. 나보다 낮은 위치에 있었던 시선이 훌쩍 위로 올라왔다. 그는 내게로 성큼 다가섰다.

세 발자국. 딱 그 정도 거리였다. 이토록 가까이에서 시선을 마주하니 동요하지 않을 수 없었다. 마스터의 위압감만큼은 아니나 능히 누군가를 짓누를 만한 존재감이다.

"그대가 곤경에 처했단 걸 알고 있어."

그의 음성이 무거운 음절로, 긁듯이 파고든다. 미약하게 섞인 염려. 이토록 가까이 서니 나는 그가 날 걱정하고 있단 걸 확연히 알 수 있었다.

호박색 눈동자에 담긴 감정의 색에 호흡이 조인다. 그 색이 내가 그에 대해 느끼는 감정보다 확연히 짙다.

내가 당신에게 새겨질 만큼 자취를 남겼던가. 그건 고개를 갸웃거리게 하는 것.

"알고 계셔도, 모른 척해 주세요."

"어째서."

"당신에게 해가 될 테니까요."

나와 엮이지 않는 게 좋다. 그러기에 당신과 거리를 두고 있단 걸 알잖나.

하지만 알면서도 그는 구명의 은혜를 구실로 나를 놓질 않는다. 그 놓지 않음에 갑갑하면서도, 누구 하나 나를 생각해 주는 이 있단 것에 다잡은 마음도 조금 물러지고 만다.

쉽사리 속내를 드러내는 자는 아니나, 나는 어렴풋이 느끼고 있었다. 그에게 내가 특별하다면 그 의미는……

—그가 나를 여자로 보고 있단 것.

부인하려곤 애써 보았지만, 둔하다 한들 눈먼 것은 아니니.

안다. 알고 있다. 그리하여 내가 배반하지 않았단 것에 당신이 느낀 안도와 내가 기대지 않음에 드는 조바심도. 그 때문에 이리스 라 하느가 나를 증오하고, 그가 내게 어떤 마음을 품었든 결과가 정해져 있단 것까지도.

"저는 그저, 인사를 하러 온 거예요."

당신의 목숨을 구한 건 나인데, 이 기묘한 부채감은 무얼까. 내가 주지 않을 마음을 그에게서 받고 있어서?

그러나 그 또한 내가 어쩔 수 있는 일이 아니다. 내 마음은 이미 빼앗겨 형편없이 짓밟혔다. 내겐 더 이상 누군가를 담을 여력이 없다.

"당신은 샤자한의 왕이고, 이미 죽을 뻔했어요. 더 이상 스스로를 위험하게 하지 말아요."

한층 부드러워진 투로 난 나직이 말했다. 그 어떤 감정으로 나를 돕기 전에 현실을 자각하라는 듯이.

"……그대는 늘 나를 무력한 어린아이처럼 취급하는군."

"마탑은 이제껏 당신에게 재해였죠. 저 역시 마탑의 일원이에요."

재해는 인간의 손으로 통제할 수 없는 것. 그가 왕이라고 해도, 밀려오는 폭풍에 맞설 수 있는 것은 아니다.

"그건—"

왕은 뭔가를 말할 것처럼 입술을 달싹였다. 그러나 그는 얕은 침묵으로 심중에 자리한 말을 가라앉히는 듯이 보였다.

느리게 눈을 감았다 뜬 그가 다시금 말을 이었다.

"내가 그대를 모른 척하길 바라는 건, 내가 위험하지 않길 바라기 때문인가 아니면 그대가 짐을 지고 싶지 않기 때문인가."

"둘 다, 겠지요. 그러니 이젠."

저를 보내 주세요. 나는 허락을 구하듯 속삭였다. 마음을 돌려줄 수 없다면 자존심이라도 채워줄 셈으로.

내 얄팍한 수를 꿰뚫어보았는지 그가 눈썹을 치켜들었다.

"어디로 갈 건지도 말 할 수 없는 건가."

"네."

"정말 꼿꼿한 여자로군."

왕의 손이 내 어깨를 감싸 쥐었다. 온기를 전하듯 따뜻한 손길이었다.

사륵거리며 적금발이 뺨을 스치고, 부드러운 입맞춤이 이마에 닿았다. 날 선 신경은 누그러졌으나 몸이 묘하게 경직되었다. 그가 내 귓전에 대고 속삭였다.

"나는 신을 믿지 않아. 하지만 그대에게 그 가호가 닿기를."

"……당신에게도요."

고맙고 미안하고……. 그리고 말로 표현 못할 감정의 잔재. 지금 이 순간에 피어난 걸까. 그의 눈 속에서 내 눈빛은 흔들리고 있었다.

그러나 무엇인지 알지 못한 여운이 가라앉기도 전에, 거칠게 문이 열리는 소리가 들렸다.

"폐하!"

얼음을 파헤치는 듯한 음성. 아주 잠시, 잊고 있던 그녀가 어느덧 등 뒤에 서 있었다.

퍼뜩 돌아본 난 그 서슬 퍼런 기세에 곧장 왕에게서 떨어져 나갔다. 특별히 나쁜 짓을 한 것도 아닌데, 찔끔하는 건 어쩔 수 없다.

왕이 그녀를 좋아하지 않고 정략적 관계이니 바람이라고 말하는 것도 좀 어울리지 않지만, 어쨌든 이리스 라하느는 그의 약혼녀이지 않은가.

"이리스 라하느, 이 무슨 무례지?"

이별의 순간을 망친 그녀의 행동이 몹시 언짢은 듯 왕의 낯빛에 노기가 서렸다. 이리스 라하느의 눈은 새파랬다. 배신감과 분노가 넘실거리는 눈이었다. 그녀는 물러서긴커녕 나를 향해 손가락질했다.

"저 계집이 폐하의 눈을 흐렸어요! 고작 저런 보잘것없는 여자에게 현혹되어선!"

"말을 삼가라! 내가 그녀를 어떻게 대하든 그대에겐 그런 말할 자격이 없다."

"전하의 약혼녀인 제게, 자격이 없다고요?"

"분명히 말하건대 나는—"

그 순간 왕에게서 결심이 엿보였다. 이미 결정해 두고 있던 것이 그의 입을 통해 기정사실화 된다.

"그대를 단 한 번도 왕비가 될 만한 이라 여겨 본 적 없다. 하여 그대에게 이름뿐인 약혼녀 자리 외엔 무엇도 줄 생각이 없다."

"이름뿐인…… 약혼녀라고요?"

새하얗게 질린 채 뇌까리는 이리스 라하느는 아름다우면서도 섬뜩했다. 그녀 안에서 까드득까드득 절망이란 어둠이 기어오르는 듯이.

그녀가 충격을 받았든 내 알바 아니지만, 치정 싸움을 목격하고 있는 기분이 편하진 않다.

이리스 라하느의 입가에 비틀린 미소가 떠올랐다.

"……그러시겠지요. 헌데 제게 이리 진실을 말씀해 주시고도 그녀에겐 말씀해 주시지 않을 건가요? 바란에서 누굴 만났는지!"

바란에서? 시선이 왕에게로 돌아갔다. 반역자를 쫓는 와중에 지진이 일어, 필경 위태로웠을 상황. 누구를 만났단 거지? 그것도 나와 관계가 있는…….

추론의 끝은 내리꽂히는 창날처럼 내게로 닥쳐왔다. 내가 입 밖에 내기 전 이리스 라하느가 먼저 답을 토해 냈다.

"란델이라는 자."

등골에 소름이 치달렸다. 란델이 바란에? 그래, 그럴 수 있지. 그만한 마력의 여파라면 시온들이 우릴 찾아낼 수 있으리라 예상했으니.

그래서 그를 만났나. 그리고 아마 만남만으로 끝이 아니었을 터. 나는 왕을 똑바로 쳐다보았다.

"그가 말했지요. 저 여자가 탑을 배신하고 도주했으니, 혹시 그녀를 보게 된다면 자신에게 연락을 취하라고요."

"이리스!"

"단지 알려 주는 것만으로도 아무 대가 없이 샤사한에서 손을 떼겠다고도, 했지요."

"네가 그걸 어떻게."

냉정함이 가신 왕의 낯빛에 곤혹이 서렸다. 란델의 온화한 얼굴이 뇌리에 떠올랐다.

그가 그 얼굴로, 어떤 투로 속삭였을지 그리듯이 선명하다. 선악과를 먹으라 뱀이 유혹하듯 위협적이고 설득력 있는 그 음성.

아카일과 내가 만난 적 있단 걸, 그가 과연 눈치채지 못했을까. 어떤 진실도 꿰뚫어 볼 듯한 그의 투명한 눈이 떠오른다. 한기가 몸을 휩쌌다.

"마탑의 손아귀에서 벗어나길 염원하시지 않으셨나요? 그리고 그의 말대로 하시는 것이, 샤자한을 위한 길이에요!"

적어도 그녀에게는, 나를 여기서 치워 버리는 것이 샤자한을 위하는 것보다 중요하단 것만은 분명하다.

충격과 함께 솟구친 놀람도 잠시, 나는 잠잠한 눈으로 그의 이름을 불렀다.

"아카일."

내가 왕을 믿는 이유는 명료했다. 그가 나를 넘길 생각이었다면, 자신에게 도움을 청하라는 듯이 말하지 않았을 것이다. 그리고 이리스 라하느가 그걸 폭로하지도 않았으리라.

"감히 네가, 누구의 이름을 불러!"

폭발할 듯한 외침이 쩌렁하게 고막을 울렸다. 난 낯을 찌푸렸다.

비명처럼 외친 그녀가 전광석화처럼 몸을 움직였다. 나를 공격하려 한 것은 아니었다. 방 한구석에 놓인 협탁 서랍에서 뭔가를 꺼내든 그녀가 보란 듯이 그것을 쳐들었다. 무얼 하려는지 몰라, 제지할 겨를이 없었다.

"이리스, 그걸 내려놔!"

왕이 다가서며 외치자 그녀는 구슬 쥔 손을 감추며 뒷걸음질 쳤다. 무슨 말도 통하지 않을 시퍼런 눈이었다.

"폐하께서 하시지 않겠다면, 제가 하겠어요!"

그녀에게서 스멀스멀 피어나는 마력이 느껴졌다. 마력을 불어넣어 호출하는 방식인가.

생각할 틈도 없이, 난 손을 뻗었다. 단순하고 본능적인 판단이었다. 손을 잘라놓더라도 당장 그녀를 막아 내야겠단.

왕 역시, 나와 같은 생각을 한 모양이다. 옆쪽에서 불길이 인다 싶더니, 화염 같은 기운을 실고 마력이 내쏘아졌다. 거의 동시였다.

내 손에서 뻗어진 마력과 비스듬하게 충돌한 그것은 곧 궤도를 바꾸었다. 그와 나 둘 모두 마력을 조절할 만한 여유 따윈 없었다. 이미 발사된 마법은 회수가 불가능했다.

순식간에 궤도를 비튼 마법이 이리스 라하느를 덮쳐들었다.

―커억.

신음도 거의 들리지 않았다. 시야를 가리는 붉은 기운이 가시고, 내가 목도할 수 있었던 것은―

목이 반쯤 타들어간 이리스 라하느의 모습. 실로 끔찍한 광경이었다. 매캐한 연기에 휘감긴 그녀는 맥없이 바닥으로 쓰러졌다.

털썩. 부릅떠진 눈에는 초점이 없었다. 맥박도, 호흡도 모두 멎어 버렸다. 절명. 마력을 불어넣는 데 집중하느라 방어할 겨를이 없었던 걸까. 나는 소리조차 내지 못하고 그녀를 응시하고 있었다.

또르르. 바닥에 떨어진 구슬은 변함없는 원형 그대로 방바닥을 굴러 벽에서 멈추었다.

난 불현듯 깨달았다. 그녀의 죽음에 대한 충격 이전에, 막아 냈단 안도가 앞서 나를 점령하고 있었단 것을. 그래 마땅한 여자였다. 하지만 그런 내 자신을 깨닫는 건 얼어붙을 듯이 섬뜩했다.

난 천천히 시선을 움직였다. 변명을 해야 할까. 그녀를 죽일 의도가 아니었다고. 그와 나 모두, 실수를 범한 거라고.

그러나 난 놀랍게도, 그늘진 얼굴로 선 왕에게서 내 것과 유사한 감정을 발견했다.

왕의 눈에 비친 것은 안도였다. 제 것이었던, 그러나 진절머리 나던 그것을 마침내 떼어 놓은 양. 끈덕지게 달라붙던 누군가에서 드디어 벗어난 듯이. 그 강렬한 해방감은 일순이나마 후회나 자책감의 자리를 남기지 않았다.

그 사실이 충격적이면서도, 한편으로는 이해하는 내가 있었다. 내가 왕에게 가깝기 때문이 아니라, 만약 나였더라도…….

이리스 라하느의 죽음에 사로잡혀 있던 그는 뒤늦게야 내게로 시선을 주었다. 흡사 내 존재를 일순 잊어버렸던 것처럼.

"괜찮……아요?"

그는 필경 내 목소리, 내 눈빛에서 이해를 읽어 냈으리라.

그러나 왕의 얼굴은 무참히 일그러졌다. 그의 눈빛에 떠오른 것은 배덕감이었다.

그는 바로 선 왕이었고, 제가 충성스러운 부하이자 약혼녀였던 이의 죽음에 안도하고 있단 사실을 납득하지 못할 이였다. 그러니 내 이해심조차 용납이 안 될 터.

"가."

왕이 신음하듯 토해 냈다.

"아카일……."

이런 식으로, 끝나길 바란 건 아니었다. 왕은 손바닥으로 얼굴을 감싸 쥐었다. 괴로움에 젖은 그 모습에 발길이 떨어지지 않아, 난 잠시 머뭇거렸다.

나는 절로 뻗어가는 손을 애써 모아 쥐었다. 얄팍한 자제심 때문이 아니라, 그가 원치 않을 것이기에.

왕이 다시금 말했다.

"가 봐."

원망은 없다. 그러나 떨쳐 내려는 듯이, 내 쪽을 보지 않는다. 한때의 기분이 아니다. 혼란 때문에 잠시 나를 외면하는 것이 아니다.

나는 그에게서 나라는 존재의 의미가 변질되었음을 깨달았다. 이제 그에게서 난 가까이해선 안 될, 죄악감의 증표였다.

왕은 스스로를 부정하고 있었고, 그 감정은 필경 그를 갉아먹겠지. 그래, 내가 예언한대로 나는 그에게 해가 될 존재였다.

"……건강하시길 빌어요."

무의미한 인사말만을 남기며, 나는 마지막으로 그를 눈에 담았다. 그 외의 어떤 말도, 내겐 허락되지 않았다. 당신의 탓이 아니라는 위로, 혹은 미안하다는 사과, 그는 그 모두를 원치 않으리라.

난 이를 악물었다. 말 한마디로 녹일 수 없는 철벽같은 강경함. 닫힌 마음을 적나라하게 내비치는 왕의 모습이 망막에 새겨진다.

―아카일.

나는 속으로 그의 이름을 불러 보았다. 미약한 상실감이 가슴께에 차오른다. 난 도망치듯 등을 돌렸다. 아마도 이것이, 나의 최선이리라.

문을 열고 빠져나와 곧장 거기를 벗어났다. 내딛던 걸음이 빨라져 곧 어디에 이르렀는지도 모르게 되었다.

죽어 쓰러진 이리스 라하느. 약혼녀의 죽음을 우뚝 선 채 바라보는 왕. 그 비극적인 광경은 아마 영영 잊히지 않겠지.

내가 그를 초래했다.

난 자리에 멈춰 선 채, 떨리는 손을 들어 얼굴을 감쌌다. 숨이 가빠 온다.

시계 초침이 느리게 똑딱이는 듯한 감각. 달팽이가 기어가듯 피부에 닿는 모든 감각이 지체된다. 둔중하고 더디게.

그러나 그건 아주 잠시. 가야 할 곳이 있었기에 더는 멈춰 서 있을 수 없었다.

정지한 걸음은 곧 다시 시작되었고, 나는 돌아보지 않았다.

12. 니라야의 늪

늪에 거의 가까워졌다. 나는 삐그덕거리는 마차의 울림 속에서 머리 위 후드를 끌어당겨 더 깊이 눌러썼다.

얇은 후드가 가죽이라도 되는 양 무겁게 실린다. 습도 탓이다. 니라야의 늪에 악명을 더하는 건 가까워질수록 짙어지는 이 안개였다.

마차로 새어 들어오는 안개의 입자가 창백한 손길처럼 내게로 휘감겼다. 뺨에 물기가 묻어난다.

마차에는 마부를 포함하여 나 외에도 일곱 명의 남자가 한시도 긴장을 늦추지 않고 무기를 손질하고 있었다.

난 구석에서 몸을 웅크렸다. 괴물 따위가 날 어쩌지 못 한단 걸 알면서도, 치미는 긴장감은 피할 길이 없다.

끝이 목전에 있었다. 아카일을 떠난 뒤 때때로 일던 상념은 그 '끝'을 생각하면 먼지처럼 흐려지고 만다.

나는 그 순간이 어떨지 조금도 상상할 수 없었다. 그리고 미지는 언제나 두려움을 불러일으킨다.

마스터, 이제 곧. 나는 작게 중얼거렸다. 여기로 오기까지 나는 아무런 문제도 겪지 않았다. 사람과 마을을 피해서 숲 속과 산길을 걷는 그림자처럼 조용한 이동. 소리 없는 진공을 걷듯 고요했다.

그러나 그 고요가 마치 폭풍 전의 그것처럼 느껴져서, 나는—

형체 없는 무언가가 나를 죄여온다. 오로지 내 눈에만 보이는 괴물처럼, 그건 그 구석진 자리에 있었다. 단번에 몸집을 부풀려 일어날지 아니면 그대로 사그라질지 알 수 없으나, 고독처럼 덩그러니.

……아직 나를 잠식하진 못했다. 정신은 또렷하게 깨어 있는 터였다.

나는 유리 날처럼 명료한 이지로 지금 상황에 대해서 생각했다. 이 마차에 올라앉기까지의 상황에 대해서.

얼마 전 난 니라야의 늪에서 가장 가까이 있단 마을에 당도했다. 밤늦게 담을 타 넘는 비밀스러운 입성이었다.

또다시 마주치면 안 될 이들과 조우하게 될까 봐 두려웠기에, 조심스럽게 움직였다.

그리고 나흘간 온 마을을 탐색한 결과, 그 마을에 마스터가 있지 않단 결론을 얻을 수 있었다. 내가 너무 빨리 온 걸까. 아니면…….

뤼비에는 수완이 좋다. 아무리 어린아이 한 명을 달고 있다곤 하나 내가 며칠간 지체한 적도 있으니 나보다 빨리 출발한 그들이라면, 조금 더 일찍 도착했을지 모른다.

그리고 이미 마을을 떠났을지도. 비슷한 시기에 도착했더라도 엇갈렸을 가능성을 무시할 순 없었다.

마냥 마을에서 기다리고만 있는 것도 초조한 일이었기에 난 결정을 내렸다. 니라야의 늪으로 향하기로.

그러나 마법도 쓰지 않고 맨몸으로 헤집기엔 작지 않은 지역이었다.

마스터와 뤼비에가 먼저 그리로 향했다고 한들 그들도 묵을 만한 장소가 필요할 터. 뤼비에라고 해도 수면 중에 습격당하면 도리가 없고, 방심하면 죽을 수 있다.

그들이 안전하게 머물 만한 장소가 저 안개 싸인 늪 인근 어디에 있을까…….

내겐 니라야의 늪에 대해 잘 아는 이가 필요했다. 지도도 없는 그곳을 헤집고 다닐 때 나를 안내할 만한 길잡이. 그리고 난 어렵지 않게 그들을 발견해 냈다.

—사냥꾼들.

마탑에서 주기적으로 소탕한다지만, 니라야의 늪 인근에는 종종 위협적인 괴물들이 출몰하여 사람을 해쳤다.

그 괴물들의 몸에서 나는 부산물은 상당한 값어치를 가지고 있었고 때문에 이곳 니라야의 늪엔 실력 좋은 사냥꾼들이 몰려들었다.

물론, 위험한 일이다. 아주. 하지만 위험을 감수하더라도 벌이가 된다면 뛰어드는 이들은 항상 있기 마련이니까.

식당 귀퉁이에 앉아 오랜만에 식사를 즐기던 도중, 난 그들이 대화를 나누는 걸 들었다. 한 무리의 건장한 사내들이 모여 늪에서 있을 사냥에 대해서 상의하고 있었다.

저들과 함께하면 되겠구나. 난 벌떡 일어나서 그들에게 다가갔다. 그리고 거래가 이루어졌다.

어리고 제 몸 지킬 힘도 없어 보이는 내가 아무 대가도 지불하지 않고 일행에 끼는 건 불가능한 일이었다. 마법으로 실력을 증명해 보일 수 없었던 난 그들을 간단한 방법으로 설득했다. 바로 돈으로.

견습 마법사인데 니라야의 늪이란 미지의 장소를 연구 차 탐색하고 싶다며 적당한 이유를 붙이자 곧장 승낙이 떨어졌다. 귀족 영애나 유복한 집안의 아가씨 정도로 날 바라보는 시선이 제법 색달랐다.

호기심도 잠깐, 사냥꾼들은 언제 죽을지 모르는 위험한 일을 하는 자들답게 다소 사무적으로 나를 대했고 나는 그들이 일러주는 정보를 귀담아들었다.

대개는 단독 행동을 삼가고 조용히 그들을 따르라는 것이다. 그나마도 니라야의 늪에 가까워지면서 모두 말수가 적어졌다. 내겐 퍽 익숙한 침묵이었다.

—히히힝!

덜컹. 달리던 마차가 흔들리며 급속도로 멈췄다. 난 볼썽사납게 바닥에 몸을 부딪쳤다.

무안하게도 쓰러진 건 나뿐. 단련된 사냥꾼들은 균형을 잘 잡았다. 마부가 외치는 소리가 들려왔다.

"누구냐!"

"습격, 습격을⋯⋯."

풀썩, 쓰러지는 소리가 났다. 사냥꾼 두 명이 서로에게 눈짓하며 마차 문을 박차고 나섰다.

나는 철창이 드리워진 마부 쪽 창을 통해 바깥을 엿보았다. 안개 속에서도 시야를 확보하는 건 내게 어려운 일이 아니었다. 사력이 다한 듯한 남자가 맥없이 쓰러져 있었다.

마부가 내려서서 그를 일으켰다. 전신이 피로 젖은 남자의 몰골은 말이 아니었다. 내려선 이들이 남자를 들어 마부석에 올렸다.

그리고 위중한 상처에 약초를 붙이고 붕대를 감아 매었다. 피를 흘리고 지쳤다뿐이지 다행히 생명이 위중해 보이지는 않았다.

뺨을 툭툭 치니 남자가 눈을 떴다. 눈빛에 이지가 돌아오기 무섭게 질문이 쏟아졌다.

"습격을 당했다고? 몇 마리나 왔지?"

"어느 야영지지? 여기서 가까운 라잔인가."

"그, 그래. 맞아. 수는 세 마리. 라잔⋯⋯. 안개가 유독 짙었는데 소리도 없이 덮쳐들었어."

"야영지엔 몇 명이 있었는데?"

"대부분 마을로 돌아간 참이라 사람이 적었어. 총 여섯 명, 전투 인원 네 명⋯⋯. 정찰 나간 한 명이 이미 당했기에 역부족이란 걸 알고 다들 도망쳤어. 몇 명이 살아남았을지⋯⋯."

그가 탄식을 토해 내는 순간 난 자리에서 벌떡 일어섰다.

"전투 인원이 네 명이라면 나머지 두 명은 누구인가요."

눈총이 쏟아졌지만 굴하지 않고 난 남자에게 다가섰다. 남자는 사냥꾼 무리에 낀 낯선 여자를 보고 움찔거렸지만, 곧 느릿하게 답했다.

"젊은 청년과 아이⋯⋯. 청년은 연구 차 방문한 마법사라고 했는데 어떻게 되었는지는 보지 못했어."

"아는 사이인가?"

"라잔이 어디죠?"

동시에 질문이 떨어졌다. 사냥꾼들의 대장인 테론이었다. 나는 똑바로 눈을 마주한 채 다시금 물었다.

"아마도요. 라잔이 어디죠?"

"여기서 마차로 반시간. 멀지 않아. 하지만 지금은 갈 수 없다. 적어도 동이 트면."

"방향만 알려 주세요."

"단독 행동은 곤란해."

"값은 지금 치르죠. 더 이상 안내는 필요 없어요."

"놈들이 아직도 거기에 있다면 이 짙은 안개 속에서 아가씨 어떻게 죽는지도 모르고 죽어."

"……한 놈은 여기에 있군요."

중얼대기 무섭게 말들이 울음을 내지르며 앞발굽을 쳐들었다. 히히힝! 요란한 소리와 함께 마차가 뒤흔들린다.

나는 즉시 마차 문을 열고 뛰어내렸다. 마부가 재빨리 말의 눈을 가렸다. 진정시키기 위함이다.

나는 정면을 쳐다보았다. 뒤를 쫓은 건가. 여유롭게, 어차피 곧 제 배 속으로 들어갈 사냥감이 지쳐 쓰러지길 기다리며.

안개 속에서 붉은 광채가 어른거린다. 족히 코끼리만 한 몸집. 서서히 괴물의 모습이 드러나자 난 눈을 가늘게 떴다. 내가 이라칼을 본 적이 없었더라면 압도당하고도 남았으리라.

가로세로로 부풀리고 좀 더 흉악스러운 껍데기를 갖춘 퓨마와 같은 형상. 놈의 이빨은 칭날보다 두꺼웠나. 그리고 누군지 모를 이의 피와 타액으로 흠씬 젖어 있었다.

"이봐, 미쳤나? 들어가 있어!"

검을 쥔 채 사내들이 뒤따라 마차에서 내려섰다. 난 품으로 손을 집어넣었다. 오랜만에 검 손잡이의 단단한 감촉이 닿았다.

나는 이 검을 몇 번이나 사용했다. 그러나 여전히 검에선 마르지 않는 샘처럼 무한한 힘이 느껴진다. 스스로 생명력을 품은 숲처럼.

난 앞으로 나서며 말했다.

"내가 이 녀석을 잡으면, 라잔으로 안내해 주세요."

"뭐, 그게 무슨—"

어깨를 잡아 뒤로 내돌리려는 손길을 난 앞으로 뛰쳐나가는 것으로 뿌리쳐 냈다.

놈에게 시간을 줄 필요는 없었다. 단순 무식한 방법이면 어떤가. 빠른 결론을 얻어 낼 수 있다면야.

코앞까지 치달은 날 보고 놈은 앞발을 휘둘렀다. 건장한 남자라도 그 앞발에 맞으면 트럭에 치인 양 저 멀리 날아갔으리라. 하지만 내 겐 해당되지 않는 이야기였다.

난 바로 공처럼 튀어 오르며 검을 뽑아 들었다. 매끈한 검은 날이 허공에서 번뜩였다. 놈이 위로 시선을 옮기기도 전에, 난 공중에서 자세를 바꾸어 검 끝을 내리찍었다.

—콰직!

소름 끼치는 소리를 내며 검이 일직선으로 놈의 이마에 틀어박혔다. 충격에 팔이 제법 얼얼하다. 난 이맛살을 찌푸렸다.

머리를 작살에 꿰뚫린 것처럼 관통당한 놈은 그 어떤 저항도 하지 못했다. 괴물은 찰나 후 무너져 내려 옆으로 무거운 몸을 뉘였다. 털썩.

나는 깔리지 않도록 조금 움직여 바닥에 착지했다. 딱딱한 껍질 탓에 피가 튀진 않았다. 검은 여전히 내 손안에 있었다. 반 뼘 이상 박힌 검 날을 뽑아내기 위해서 난 손에 한껏 힘을 주어야만 했다.

간단한 산수를 풀어내듯이 신속하게 이루어진 일이었다. 멍하니 서서 바라만 보던 사내들이 그제야 내게로 다가왔다. 난 대수롭지 않은 투로 내뱉었다.

"사체는 마음대로 처리하세요."

사체가 분해되는 걸 지켜보다 다가온 테론이 무겁게 중얼거렸다.

"견습 마법사 따위가 아니었군······."

"좀 실력 있는 견습 마법사라고 해 두죠."

검을 툭툭 털어 내자 묽은 핏방울이 후두둑 떨어져 내렸다. 제 스스로 불순물을 배제하는 듯이 매끈해진 검을 난 다시 검 집에 꽂아 품에 넣었다.

사내들이 괴물의 시체를 손질하는 걸 흘낏 보며 나는 마치 약속을 한 것처럼 말했고,

"자, 이제 라잔으로 갈까요?"

그들은 홀린 듯이 고개를 끄덕였다.

마차는 곧 다시 출발했다. 공으로 건진 수확물이 마음에 들었는지 사냥꾼들은 조금 들뜬 기색이었다. 그럼에도 한편으로는 내 눈치를 보는지 힐끔거리는 시선이 느껴졌다.

난 아까 앉은 그 자리에 웅크리고 앉은 채, 부상을 입은 남자 쪽을 바라보았다.

그는 괴물이 처리되고 얼마 지나지 않아 잠에 빠져들었고, 나는 그를 붙잡아 질문을 퍼붓고픈 마음을 한껏 억눌러야만 했다.

당장 마을로 옮겨갈 순 없으니 그의 다른 동료들이 라잔을 다시 방문할 때까지 이 일행과 함께해야 할 테지.

"긴장 늦추지 마. 아직 두 마리가 남았어."

테론이 사냥꾼들을 향해 단단히 일렀다. 이제 곧 라잔에 도착할 것이라 여겨질 즈음이었다. 내 존재를 믿고 느슨해지는 걸 방지하기 위한 말이리라.

경고해 둔 그가 내게로 다가와 앉았다. 낮은 음성이 실문을 쏟아 낸다.

"샤자한이 정체 모를 마법사들과 협약을 맺고 늪을 관리케 했다는 이야기를 들은 적 있소. 그들의 일원이오?"

"아니오. 저런 괴물이 이 근처에서 흔한가요?"

테론은 내 말이 미심쩍은지 고개를 젓다가 답했다.

"……아니, 원래라면 외곽의 야영지에는 잘 출몰하지 않소. 늪에 가까이 가야 한두 마리 나타나지. 괴물이 가장 들끓을 시기에나 이 근처까지 오는데 이상한 일이오."

예외적인 피습이라. 나는 입을 꾹 다물었다. 마스터는 이라칼에게 그리했듯이 괴물을 부릴 수 있다. 의도한 것일지 모른다는 생각이 스친다.

그러나 뭘 의도하여? 답은 빠르게 산출되었다.

뤼비에가 더 이상 필요 없어져서, 그를 떼어 놓으려고.

괴물 한둘 정도 상대한다고 뤼비에가 죽진 않겠지만, 그 틈을 타서 마스터는 그에게서 벗어날 수 있었다.

그게 나의 추론이었고, 나는 그것을 곧 확인하게 될 예정이었다.

삐그덕거리며 마차가 멈춰 섰다. 훈련된 말들이 착실히 달려주어, 테론이 말한 것과 비슷한 시간에 도착할 수 있었다.

나는 망설일 것 없이 바로 마차에서 뛰어내렸다. 누구도 나를 막아서지 않았다.

야영지는 엉망진창이었다. 오두막 지붕이 반쯤 부서지고 위쪽 벽이 허물어져 뻥 뚫린 구멍이 보였다. 이곳저곳에 혈흔이 남아 있었다.

난 주변을 슥 돌아보았다. 괴물들 특유의 위협적인 기운이 느껴지지 않는 걸 보니 이미 물러난 것 같다. 오두막 안쪽에서 희미한 인기척을 감지한 난 가볍게 벽을 타 넘고 안으로 들어섰다.

바스락 소리가 울려 퍼지자 안쪽에 누워 있던 인영이 화들짝 놀라 고개를 쳐들었다.

"누, 누구. 사냥꾼이오?"

"아니오. 당신 혼자인가요?"

"그렇소만."

테론이 날 따라 벽을 넘어서 안으로 들어오는 기척이 느껴졌다.

"다른 이들은?"

"마법사님이 이 안으로 들어가 있으라고 하기에 따랐소. 다른 이들은…… 나도 모르겠소."

급박한 상황을 입증하듯 사내의 몸 이곳저곳엔 상처가 남아 있었다. 난 나직이 물었다.

"마법사는 어느 방향으로 갔죠?"

"모르오. 같이 있던 아이가 사라져서 찾으러 간 것 같소."

그것만으로도 어느 정도 설명이 되었다. 난 입술을 깨물었다. 경계심 어린 태도로 주변을 돌아보던 사내들이 하나 둘씩 오두막으로 모여들었다.

마차에 있던 부상자가 오두막 안에 숨어 있던 이와 상봉하는 걸 지켜보며 난 테론에게 약속한 돈을 건네었다.

"여기까지면 충분해요."

뭔가를 묻고 싶은 듯한 눈이었지만, 오래도록 사냥꾼 생활을 해 온 이답게 침묵으로 나를 배웅했다.

다시 오두막 밖으로 나온 나는 니라야의 늪 쪽으로 시선을 돌렸다. 마력석이 생산되는 곳답게 이 자욱한 마력. 가까워질수록 강력해져 피부가 찌릿할 지경이다. 이 안개 역시도, 단순히 늪 때문에 이렇듯 자욱한 건 아니리라.

뤼비에, 그리고 마스터. 상황이 아무래도 내 예상대로 흘러간 모양이었다.

난 잠시 머뭇거렸다. 늦은 밤, 안개가 더욱 짙어지는 방향, 괴물이 튀어나오는 장소. 이 모든 요건이 발길을 붙잡았다.

미법을 사용하지 않고 가기엔 나라도 망설여지는 스산함이 있었다. 어둠을 두려워하듯 본능적인 것.

그러나 고민은 길지 않았다. 저 멀리서, 오두막으로 걸어오는 인영이 있었다.

흐릿한 안개에 휩싸여 처음에 그는 마치 유령처럼 보였다. 등골이 오싹했다. 마침내 그가 시야에 들어왔을 때, 나는 그 이름을 불렀다.

"뤼비에."

안개가 환각을 보여 주는 건 아닐 테지. 그는 날 발견하자마자 미소를 띤 채 손을 들었다.

그를 보니 가슴속에서 반가움이 차올랐다. 나도 몰랐던 갈증이 목구멍에 차 있었단 걸 깨달았다. 그간 대화를 나눌 만한 이가 고팠나 보다.

"오랜만입니다, 아힌 님."

흘낏 뒤를 돌아보니, 사내들은 오두막을 정비하고 있는 것 같았다. 나는 그에게로 다가갔다.

"마스터는?"

"걱정보다는 뭔가 짐작하는 표정이군요."

나는 빠르게 그의 면면을 훑었다. 여유 넘치는 얼굴도, 읽기 어려운 눈빛도 여전하다. 전보다 조금 마른 듯했지만, 안색이 어둡진 않다. 딱히 마스터와의 여행길에 곤란을 겪은 기색은 없었다.

"늪으로 가신 건가."

"예, 여러 녀석이 습격해서 정신이 팔린 사이 종적도 없이 사라지셨습니다. 괴물에게 당했다면 핏자국이라도 남아 있었겠지요. 뒤를 쫓다가 도중에 돌아왔습니다. 시야가 확보되지 않는데 괴물이 우글거리는 곳으로 들어가는 건 자신이 없어서 말입니다."

"그래."

난 잠시 그의 등 너머로 시선을 주었다. 괴물들이 자신에게 위협이 되지 못한단 확신이 있기에, 그리로 갈 수 있었던 거겠지.

마스터는 니라야의 늪에서 나를 기다리고 있을 것이다. 침착해지자고 속으로 되뇌며 나는 숨을 느리게 들었다 놓았다.

"그동안 어떻게 지냈어?"

"당신과 헤어진 뒤 저는 그분께로 갔습니다. 당신에게 문제가 생

겼으니 먼저 출발해야겠다고 했지요. 더 묻지 않으시더군요. 후에
돌이켜보니 이상한 일이지만—"

뤼비에의 눈이 묘하게 빛났다.

"달리 말을 하지 않았음에도, 당신이 이곳에 당도할 걸 확신하는
눈치였습니다."

추적자와 마주쳤다고 한들 내가 뿌리칠 수 있을 거라고 생각한 건
가. 마탑의 힘을 쓸 수 없는 시온들에 비해 내겐 마검이 있으니까.

걱정 따윌 해 줄 사람도 아니지만, 묻지도 않았단 것에 입맛이 썼다.

"어떻게 이렇게 빨리 도착한 거지?"

"지름길을 택했거든요. 그리고 그분은 한동안 죽은 듯이 잠드셨습
니다. 이동에 문제될 만한 요인이 없었지요."

짐처럼 들쳐 업고 이동했단 소리인데. 잠든 채 먹지도 마시지도
않는 마스터……. 바란에서 회수한 힘이 마스터에게 변화를 가져
다준 것 확실한 것 같다. 난 속 모를 그 얼굴을 응시했다.

"당신은 왜 그를 도운 건데?"

"그저 선의였다고 한다면, 믿지 않으시겠지요?"

빙긋 웃는 얼굴이 제법 상큼하다. 다만 난 그 상큼함에 넘어갈 만
큼 녹록하지 않았고, 그와는 서로 주저 없이 솔직해질 수 있는 관계
였다.

"당연히."

"물론, 쉽게 놓기 어려운 인연이긴 합니다만. 제 평탄치 않은 인생
에서도 이런 경험은 또 하기 어려울 겁니다."

"마법사 길드에 쫓기는 것보다 더?"

"그건 예견된 일이었으나, 이 만남은 아니었죠. 여하간 저는 바라
는 게 있었습니다. 그리고 그분께신 들어주시기도 했지요. 뭐, 별로
어려운 건 아니었으니까요."

"바라는 게 뭐였는데?"

"간단합니다. 제 생명에 위해를 끼치지 말아 달라는 것. 아시다시

피, 별로 저를 살려 두려는 생각이 없으신 것 같아서요."

……정말 현명하다고 해야 할까.

나 역시 마스터가 그를 살려 둘 것 같지 않다고 생각한 적이 있지만, 그가 어느새 거기까지 파악했단 게 놀랍다. 뤼비에의 통찰력은 항상 인상적이었다.

다시 내 시선이 안개 쪽으로 옮겨졌다. 마스터가 거기 있단 게 확실해지자, 머뭇거림이 사라졌다. 한시라도 빨리 모든 일을 종결시키고픈 조바심이 들어찼다.

그 전에, 난 그에게 말해야만 했다.

"당신과는 이 이상 함께 갈 수 없어."

"알고 있습니다."

"몰래 따라와도 안 돼."

"그럴 생각 없습니다. 믿어 주시지요."

미심쩍게 그를 바라본 난 혼잣말하듯 말했다.

"묶어 둘까."

"……안 그러셔도 됩니다. 정말 안 따라갈 거거든요. 저도 어디에서 멈추어야 하는지는 압니다."

"당신은 호기심 때문에 목숨 걸 수 있는 사람이지. 그 때문에 우리와 함께했던 것 아닌가."

"호기심 때문이 아닙니다. 당신이 날 움직였던 거죠."

"내가?"

그의 눈빛이 변했다. 꼬집어 말할 수 없는, 기묘한 빛. 유사처럼 빠르고 잔잔한 음색이 막힘없이 흘러나왔다.

"당신의 모순이 나를 움직였습니다. 복종하지 않으면서 따르고 무엇도 감수할 수 있을 듯하면서도 연연하고 흔들리면서도 당신의 중심을 놓지 않는."

한달음에 치고 오듯이, 공기에 무게가 실렸다. 아니, 이건……. 말의 무게다.

"사람은 때로 사람을 움직입니다. 마음을요. 저는 바람에 몸을 싣 듯이 거기에 따랐습니다. 그건 아주 특별한 경험이었습니다. 제가 느낀 것에 비하자면 호기심이라는 표현은, 너무 얕지요."

숨이 턱 막힌다. 홀로 싸워왔다고 믿었는데, 누군가가 그저 알아 준 것처럼. 무엇도 주지 않아도, 그것만으로도 족할 때가 있다. 그게 바로 지금.

"바라던 것을 이룬다면 좋겠지만, 그게 쉬울 것 같진 않군요. 혹여 길을 헤맬 때 필요하다면 도움을 드리고 싶습니다."

뤼비에는 품에 손을 집어 넣어 뭔가를 꺼내들었다.

반투명한 회색의 구슬에선 희미하게 그의 마력이 느껴졌다. 거절 하려고 했지만 미묘한 아쉬움이 목에 걸렸다. 그는 아카일과는 달리 제 일신의 안위를 좀 더 생각할 것이다. 난 구슬을 받아들면서 삐죽 거렸다.

"당신이 내게 당연히 도움 될 것처럼 말하네."

"그 점엔 이견의 여지가 없을 거라고 생각합니다만."

"그래."

뤼비에는 빙긋 웃었고, 나는 마지막까지 얄미운 것도 여전하다며 눈썹을 치켜들었다. 돌아선 것은 그가 먼저였다.

"부디 하시려는 일이 순조롭기를."

깔끔한 이별을 택한 쪽은 그였고, 미련을 남긴 건 내 쪽이었다. 결 국 이렇게 하나씩 멀어져 간다.

몇 걸음 걸어간 것뿐인데 짙은 안개가 뤼비에의 뒷모습과 나 사이 의 간극을 메웠다. 포말이 인 물밑으로 사라져 가는 듯이, 그가 순식 간에 흐려졌다.

나는 그가 완전히 사라지기 전 눈길을 집있나. 그리고 오두막과 반대되는 방향으로 걸음을 옮겼다. 그것은 니라야의 늪으로 향하는 방향이기도 했다.

안개가 한층 자욱해진다. 열이 없다뿐이지 화재로 연기 그득한 건물로 걸어 들어가는 양 시야 닿는 곳이 온통 뿌옇다. 폐부 깊숙이 밀려드는 습기에 숨이 다 막혀온다.

아무리 굶주렸다고 한들 괴물들이 이런 안개를 넘어서 야영지까지 왔다면, 거기에 인위의 힘이 개입하지 않았다고 보긴 어렵겠지.

"마스터."

나는 들리지 않을 걸 알면서도 입안에서 굴리듯이 발음했다. 펠. 펠이라고 했지. 난 몇 번 입 밖에 내보지 않은 그 이름에 갑자기 신경이 쏠렸다. 그건 정말로 당신의 이름일까.

가장을 위해 툭 던지듯이 뱉어 낸 그 이름이. 그 이름과 더불어 지난 날 꿈속에서 보았던 광경이 생생히 떠올랐다.

칠흑 같은 밤을 적시는 만월의 빛처럼 그 차갑고 시린 금발. 새벽에 깃드는 날빛인 양 그 눈부시던 모습. 이윽고 암흑에 먹혀버린 그것이 단지 꿈일 순 없었다.

당신의 운명이 무엇이기에 당신을 움직였을까. 그건 인력보다 더 강력하고 절대적인 힘.

나는 마스터가 열망 없는 자일 거라 여겼다. 그러한 강함을 지니고도 공동에 자리 잡고 똬리를 튼 뱀처럼 고요하게 머물러 있었기에.

그러나 멈춰 있던 시계가 초침을 움직이듯, 그는 이제 움직이고 있었다. 모든 걸 빼앗겼으나 실지로 무엇도 빼앗기지 않은 그가.

나는 그의 운명이 이 모든 흐름에 관여하고 있는 것처럼 느꼈다. 그리고 고여 있는 둑을 허물어, 그 흐름을 가능케 한 것은 바로 나였다.

힘을 되찾은 당신은 과연 그 흐름을 돌이키듯 봉인되기 전의 모습으로 돌아갈까. 아니면…….

고민하는 찰나, 발밑이 푹 파였다. 순식간에 발목까지 축축하고 질척한 감촉에 잠겼다. 간담이 서늘해진 난 본능적으로 발끝에 마력을 실었다. 가벼운 부유감과 함께 발이 건져 올려졌다.

"늪이구나."

점점 땅이 물러지고 있다고 느꼈지만, 이렇게 갑자기 빠져들 줄은 몰랐다. 이제부터 본격적으로 늪이 시작되나 보다.

니라야의 늪은 지도상으론 바란의 열 배가 넘는 면적을 차지하고 있는 꽤 넓은 지역이었다.

그러나 난 어디로 가야 할지 알 것 같았다. 사위에 피어오른 안개만큼이나 농밀한 마력이 이 진득한 늪 전체에서 피어오르고 있었다. 간단한 부유 마법 정도는 사용해도 티 나지 않을 만큼.

그리고 아마도 마력이 가장 짙어지는 곳에서 마스터가 기다리고 있을 것이다. 그건 필시 늪의 중심부.

마법사인 내게 마력의 근원으로 향해 가는 건 손에 잡힐 듯이 쉬운 일이었다. 하지만 동시에 결코 쉽지 않은 일이 될 것이다. 아까와 같은 괴물들이, 저 늪 어디서든 솟아올라 덮쳐들 수 있었기에.

발을 털어 낸 내가 막 늪으로 발을 떼려는 순간, 예감을 가시화하듯 옆쪽에서 뭔가가 터질 듯이 솟구쳤다.

정말, 소스라치게 놀랐다. 롤러코스터를 타듯 튀어 오른 심장이 제자리를 찾기도 전에, 난 다짜고짜 마법을 퍼부었다.

쾅! 폭음과 함께 사방으로 파편이 비산한다. 괴물로 짐작되는 놈은 산산조각 난 채 늪으로 회귀했다.

역한 광경일 게 분명하나 안개가 짙어 그 끔찍한 사태를 볼 수 없단 게 천만다행이었다.

한계치까지 내달렸던 심장엔 근육통처럼 뻐근함이 남았다. 난 가슴께를 어루만지며 숨을 몰아쉬었다.

"아, 뭐야. 놀랐잖아."

괴물이라지만 딱히 공격하려는 의도가 아닐지도 모르는데 그대로 황천으로 보내 버린 것 같아 묘한 죄책감이 들었다.

하지만 곧 쓸데없는 고민이라는 걸 깨달았다. 떠올려 보건대 튀어 나온 기세가 결코 내게 호의적인 분위기는 아니었던 것이다.

난 혀를 차며 혹시 파편이라도 튀었을까 옷깃을 툭툭 털었다. 놀란 마음이 완전히 가라앉은 건 아니었지만, 움직이지 못할 만큼 놀란 것도 아니었던 터라 다시 이동을 시작할 요량으로 발길을 떼었다.

그 발이 늪 표면을 가볍게 누르는 찰나,

뒤에 누군가 서 있었다. 소리 없는 기척. 차가운 숨결이 목 뒤에 닿았다. 전신의 피가 식어 떨어져 내리듯 오싹했다.

너무도 가까이, 모든 허점을 드러낸 듯 아찔하리만치 무력하게. 내게 방비할 시간은 주어지지 않았다. 서늘한 속삭임.

"움직이면, 네 목숨은 장담하지 못해."

"블레셋."

익숙한 음성에 난 이를 악물었다. 그와 나의 격차를 드러내듯, 나는 블레셋의 접근을 조금도 눈치채지 못했다.

어떻게 그가 여기에 있지? 날 추적한 건가. 그런 낌새는 전혀 느끼지 못했는데…….

섬광처럼 하나의 생각이 궤적을 긋는다.

계속 쫓은 게 아니라 혹여 조금 전 내가 마법을 사용한 것 때문에 그가 날 찾아낼 수 있었던 거라면, 블레셋은 이전부터 니라야의 늪에 와있었단 게 된다.

"내가 여기 올 줄 알았던 거군요."

짐작은 확신이 되어 입 밖으로 발해진다. 누군가 움켜쥔 듯 심장이 덜컥 죄여 온다.

절박하여 절망적이다. 내가 여기 올 줄 알았다면, 마스터가 여기 있단 것 역시 알고 있었으리라. 그리고 블레셋이 여기 있다면 다른 시온들은.

곧 잡힐 것 같던 희망이 밟혀 으스러진 듯 충격이 몸을 마비시킨다. 그러면 마스터는. 마스터는…….

그를 걱정할 일 따윈 이제 두 번 다시 없을 것 같았는데, 재만 남은 불씨에 확 불길이 인 듯 뜨겁다. 속이 타들어가듯 홧홧하다. 그러나 함부로 움직일 순 없었다.

블레셋이 가볍게 팔로 내 목을 둘러 안았다. 금방이라도 꺾어 내 숨을 앗아 가 버릴 듯이.

그리고 내겐 저항할 수단이 없다. 손가락 하나라도 까딱했다간 그가 나를 죽일 것이다. 그 섬뜩한 결론은 나를 마비시키기에 족했다.

난 팔과 함께 드리워진 블레셋의 새하얀 옷깃을 내려다보았다. 예견한 대로, 이미 시온답게 냉혹한 결심을 끝마쳤는지 그의 태세는 견고했다. 블레셋이 감정 없는 목소리로 고했다.

"미루어졌던 일이 다시 시작되는 것뿐이야. 이번에는 빠져나가지 못할 거다."

"어떻게 알았죠?"

마스터의 목적지가 여기란 것. 그게 추론할 수 있는 바던가?

나는 그 물음을 통해 깨달았다. 아니, 마스터의 목적지를 어림짐작한 것이 아니라 그들은 알아낸 것이다.

마스터가 여기로 향할지 알고 있는 그 누군가를 통해서!

그리고 블레셋이 차분하게 내 깨달음을 확인시켜 줬다.

"마스터가 유권을 불러들일 거란 건 짐작한 바였지. 우리는 모든 수단을 다해 유권을 추적했다. 그리고 유권에게 그의 일족과 마스터 둘 중 하나를 선택하게 했지. 우리는 이곳에서 진작부터 준비하고 있었다. 널 그 마을에서 찾아낸 건, 그저."

블레셋이 말을 골랐다.

"……네게 기회를 준 거야. 넌 보란 듯이 기회를 걷어찼지."

"난, 나는……."

내가 실패할 거란 게, 이런 의미였구나. 어째서 예견치 못했을까. 내 세계로 돌아갈 수 있단 장밋빛 희망에 젖어 그의 경고를 흘려 넘겨 버린 걸까. 꼼짝없이 덫에 걸려, 허우적거리는 짐승. 그게 딱 나였다.

"기회를 걷어찼으면, 그걸로 끝 아닙니까?"

앞쪽에서 인영 하나가 느릿하게 다가왔다. 구름 위를 걷듯 푹푹 빠지는 늪에서 가볍게 거니는 발걸음.

빛 한 점 투과할 것 같지 않은 안개를 몸에 휘어 감고서도 그의 은 발은 거미줄처럼 반짝거렸다. 나는 얼어붙은 듯이 그를 응시했다.

요엘. 섬세한 미형의 얼굴에 한기가 가득하다. 나는 그런 눈으로 나를 바라보는 이가 어떤 감정을 품고 있는지 안다. 이리스 라하느를 통해서 체감한 바 있었으므로.

살의. 그는 나를 죽이고 싶어 한다. 내가 그를 패퇴시켰기에, 날 얕보던 그로선 자존심에 크나큰 상처를 입었으리라.

"살려 둘 이유가 있을까요. 그녀는 이미 한 번 우리를 방해했습니다."

"그 결정은 네가 아니라 내가 한다."

"그러시다면야."

요엘이 입꼬리를 비틀었다. 꼼짝할 수 없는데 내게 살의를 품은 이를 눈앞에 두고선 기분이란 말할 것이 못되었다. 맹수의 아가리에 머리를 들이미는 것 같다.

그대로 심장을 꿰뚫을 것 같이 새하얗게 빛나는 초승달 같은 손이 내 옷깃으로 다가왔다. 뒤로 몸을 물리고 싶었지만, 블레셋이 가로막고 있었다.

"그래도 무기는 회수해야 하지 않겠습니까."

블레셋이 고개를 까닥였는지 공기가 움직였다. 요엘은 그대로 내 옷깃을 잡아 뜯듯이 벗겨 내렸다.

희롱하듯이 의도적으로 거칠게 구는 거다. 휘어진 눈매 사이로 차갑게 빛나는 눈동자에서 수치심을 주려는 의도가 읽혔다. 지독히도 자명하여 난 그를 노려봤다.

찢어진 겉옷 사이로 속에 받쳐 입은 붉은 로브가 드러난다. 그가 차지하지 못했던 시온의 로브.

요엘의 눈매가 가늘어진다. 불쾌감이 치솟았는지 그의 낯이 묘하게 어그러졌다. 요엘은 거침없이 손을 내 가슴 쪽으로 움직였다. 그러나 닿기도 전에 팔목을 잡아 채였다.

"뭐하는 짓이지?"

"수색하는 것뿐입니다만."

"네 열등감은 알 만하지만, 부러 치욕을 주는 건 허락하지 않겠어."

"아주 역성을 드시는군요. 그녀에게 반하기라도 하신 겁니까?"

멸시하듯 날 훑어보며 비웃었으나, 블레셋은 도발에 응하지 않았다.

"그녀는 나와 같은 시온이다. 그리고 너는 아니지."

사실을 일러주는 듯한 투였다. 그러나 그 말은 요엘을 자극하기에 족했다. 그는 웃는 표정의 가면을 뒤집어쓴 듯 스산하게 미소 지었다.

"마탑의 힘을 쓸 수 없는 지금, 시온과 아모스의 차이란 무의미합니다. 물론, 저는 그것을 증명할 용의가 있습니다만."

숨을 고르듯 요엘이 눈을 감았다 떴다.

"……엘리야 님이 바라지 않으실 테니, 기회가 닿는다면 후에 증명토록 하지요."

말을 마치자마자 요엘은 사납게 블레셋의 손아귀를 뿌리쳤다. 그의 손이 내 로브 허리춤을 파고들어 그 안에서 목표한 것을 찾아냈다. 로브의 아공간 속에서 빼 들린 검이 안개에 휘감겨 검은 날을 드러냈다.

난 요엘이 가져간 검을 뚫어지게 바라보았다. 당장이라도, 손을 뻗어 저걸 움켜쥐고 싶었다. 막대한 힘을 품은, 배움이 일천한 내가 시온을 상대할 수 있게 해 주는 검. 이 목을 둘러싼 손만 없다면.

잔뜩 힘이 들어간 내 기색을 알아챈 요엘이 같잖다는 듯이 코웃음 쳤다. 그의 손에서 검은 죽은 듯이 얌전하고, 또 아무런 힘도 없는 무기물처럼 보였다.

그러나 불현듯 나는 알았다. 어떻게 알 수 있었는지 설명할 수 없이, 그건 난시 본능에 가까운—

나는 '허락된 자'였다. 그리고 오로지 이 세상 유일하게 나만이, 저 힘을 다룰 수 있었다. 그렇지 못한 자가 검에 손을 대면, 그 결과는.

—배척.

명료하게 그 단어가 뇌리에 새겨진 동시에, 검의 날이 검게 물들었다.

빛조차 삼켜 버리는 암흑. 그리고 그 이후에 찾아든 건 세상을 암전시키는 강렬한 빛이었다. 어둠을 말살하는 양 강렬하여, 망막조차 태워 버릴 듯이. 동시에 무시무시한 마력의 폭풍이 단숨에 공간을 지배했다.

일순 새하얘진 시야가 돌아왔을 때, 난 내가 선 채로 기절한 듯 그 자리에 우두커니 서 있단 걸 깨달았다.

이끌리듯 손을 뻗어 눈앞에 둥둥 떠 있는 검을 잡아 쥐었다. 그 충만한 힘, 주인에게 복종하듯 손안에서 용솟음치는 마력을 죽인다. 모든 걸 해쳐도 나만은 해치지 않을. 그 사실이 선연하게 느껴져 낯설었다.

난 안개조차 날아가 버려 말끔해진 사위를 돌아보았다.

그들은 어떻게 되었을까. 요엘, 블레셋.

발을 내디디려던 난 검이 있던 자리 질척이는 늪에 떨어진 잿빛 천조각을 보았다. 타다 남은 재같이, 형체가 거의 남아 있지 않은 그것.

등골에 소름이 기어올랐다. 손이 덜덜 떨렸다. 저게 요엘의 흔적이라면, 그렇다면 블레셋은.

나는 황급히 블레셋이 서 있던 자리를 돌아보았다. 목을 감고 있던 촉감이 사라졌단 걸, 왜 바로 알아채지 못했을까.

눈에 보이는 건 펼쳐진 늪뿐이라, 나는 마법을 펼쳤다. 날붙이로 헤집듯 혼란하게 긁어진 뇌리에 이성이 돌아왔다.

그가 무사하든 아니든 그의 행적을 알아야만 했다. 난 곧바로 블레셋의 마력의 자취를 찾아낼 수 있었다. 저 아래, 늪 밑바닥에서.

"블레셋?"

부름에 응답하지 않는다. 전언을 보내 봐도 응답은커녕 반응조차 없다. 의식을 잃었나.

나는 마력을 뻗어 늪을 파헤쳤다. 홍해가 갈라지는 기적처럼 늪이

반으로 갈리며 입을 벌렸다. 나는 그 안에서 엉망진창이 된 채 널브러져 있는 블레셋을 건져 올렸다.

시체가 아닌지 의심이 드는, 활력이라곤 남아 있지 않은 몸. 늘어진 형태를 보니 팔이나 다리, 아니면 둘 다 부러진 것 같다. 장기는 멀쩡한지 모르겠다.

시온의 로브에 공기를 공급하는 기능이 있는지 다행히 그에게선 미약하나마 호흡이 느껴졌다.

반사적으로 마력의 폭풍을 피하려고 늪바닥으로 이동한 건가. 요엘은 시온과 아모스의 차이가 무의미하다고 말했지만, 블레셋은 살아남았고 그는 그렇지 못했다.

아니, 블레셋은 간격을 두고 있었기에 좀 더 여유를 벌었는지 모르겠다. 딱 그의 목숨을 건질 정도만.

마력을 죄 소진했는지, 그에게서 느껴지는 마력은 아주 미미한 수준이었다. 그러나 시간이 지나면 언제고 회복되겠지.

어쨌든 그는 살았다. 그것이 미약하나마 내게 안도를 가져다주었다.

요엘은 한 번 죽었다고 생각한 이였고, 블레셋은 그렇지 않았다. 그리고 블레셋은 비록 적이더라도, 죽지 않길 바라는 상대.

어떤 시온인들 죽길 바라진 않는데……. 그들에게 공감하면서도 결국 반대편에 선 내 처지가 우스웠다. 난 그를 살피며 갈등에 잠겼다.

……이대로 내버려 두면, 괴물에게 잡아먹힐지도. 블레셋을 걱정해 줄 상황이 아니었지만, 나는 못내 작은 결계를 만들어 그의 몸 위에 덮어씌웠다.

부유와 은신, 가벼운 두 개의 기능만 있는 결계였다. 의식을 차리면 제 몸 정도는 건사할 수 있을 만한 자다. 당장 움직여서 방해하려고 들면 곤란하니 회복 마법까지 씨 줄 필요는 없겠지.

그의 모습을 보면서 언뜻 진흙 위에 피어난 흰 꽃 같다는 생각이 들었다.

실제로 그는 비정한 마탑에서 유일하게 내 편이 되어 준 자였다.

조금 전만 해도 그는 나를 살리려 했다. 죽이는 것이 더 손쉬웠을 테고, 그랬다면 이런 꼴을 당하지도 않았을 텐데.

나는 블레셋을 물끄러미 바라보다 진흙에 젖은 금발에 손을 가져갔다. 마법을 사용하자 더럽혀진 머리며 얼굴이 말끔하게 깨끗해진다. 그것이 내가 보일 수 있는 마지막 성의였다. 빚을 졌든 그렇지 않든, 그는 나를 위하고 존중해 준 사람이었으므로.

그러나 두 번 다시 만나지 않았으면 좋겠다고, 나는 되뇌었다. 내가 마스터와 얽힌 이상 불행을 초래한다면 그건 아카일에게만 해당되는 이야기는 아닐 터. 깨어나면 부디 멀리 도망쳐서 살아남기를.

나는 그를 거기에 둔 채 자리에서 일어섰다. 이제 서둘러야 한다. 내가 가는 곳에 다른 시온들이 있으리라. 그리고 마스터 역시도.

마법을 사용하여 허공으로 날아오른 난 돌풍처럼 늪 위를 빠르게 스쳐 지났다. 도취할 듯한 속도, 강렬한 해방감이 전신을 휩싼다.

더는 감출 것도, 도망칠 것도 없다. 내 안에서 한동안 웅크리고 있던 마력이 날뛰면서 몸 밖으로 흘러나온다. 내게서 풍겨 나는 기운에 압도당한 괴물들이 본능적으로 길을 비켰다. 흡사 썰물처럼 물러난다.

나는 내가 접근하고 있단 걸 만천하에 알리며 늪의 중심부로 향하고 있는 것이었다. 그건 의도한 바였다. 거기서 난 무슨 일이 벌어지고 있을지 알고 있었다.

봉인. 이전에 내게 방해를 받아 중단되었던 그 일이 다시 시작되고 있겠지.

마탑의 시온들은 어차피 마스터를 죽일 수 없단 걸 안다. 허깨비 같은 존재로나마 살아남은 마스터는 오랜 세월을 소요할망정 그 언젠가 힘을 찾아 나타날 테니, 위험을 감수하고 싶진 않겠지.

당장 그를 어쩌기보단 봉인하여 마탑과 분리하는 게 그들이 바라는 바일 터. 불사의 마력. 영생을 가져다주는 마탑의 힘을 포기할 수 없는 그들이 당장 마스터를 해치진 않으리라.

그때와 같은 양상으로 나는 오늘도 그들을 막아서야만 했다.

안개는 도리어 중심부로 갈수록 옅어졌다. 내 몸에서 흘러나오는 마력에 닿자 증발되어 버리듯 희미해지며 존재를 잃는다.

시야가 차츰 말끔해진다. 감각을 흐리는 안개가 잦아들자 나는 피부에 닿듯이 선연하게 느꼈다.

이 니라야에 늪에 녹아들어 있는 거대한 힘의 자취를. 용암이 흐른 곳에 남은 절리처럼 유성이 떨어져 영원히 흔적을 남긴 듯이.

여전히 지상에 영향력을 떨치는 그 힘은 늪의 중심부로 갈수록 진해졌다.

바란에서 느꼈던 것과 유사하나 다른, 근원이 존재하는 것이 아닌 방사능처럼 기나긴 세월을 영존하는 그 어떤 순간의 흔적.

그리고 금빛으로 물든 늪 위에 그들이 있었다. 하나같이 중력의 영향과 무관하게 끝 간 데 없이 빠져들 표면에 가볍게 올라선 채로.

신화 속 인물들처럼 하나같이 아름답고 하나같이 강력한 마력을 전신에 품고 있다. 에스겔, 란델, 엘리야. 그들은 지상에 드리워진 암흑을 영구히 지저에 봉인해 버릴 빛의 사도처럼 보였다.

마스터를 가운데 두고 가두듯이 서 있던 그들이 일제히 내 쪽으로 시선을 주었다. 알 수 없는 눈빛들. 분노라기엔 가볍고 담백하나 결코 무의미한 것은 아니다.

오랜만에 마주한 그들은 놀랍도록 낯설었다. 친밀하게 나누었던 대화들이 모두 없었던 것처럼. 비밀을 감추고 있었던 때와는 달리, 아예 갈라져 다른 길을 간 이들과 우연히 한 자리에서 만난 듯이.

그러나 그들과 내가 대척점에 서 있단 건, 부인할 수 없는 일이리라.

하나의 시선이 더해졌다. 그들 틈 사이에서, 검은 눈동자가 내게 똑바로 박혔다.

금빛으로 물든 늪 표면에 선을 그은 듯 생성된 마법신. 그곳에 사지가 결박당한 채 앉아 있는 마스터.

조금도 당황하거나 동요하는 기색 없는, 고요한 눈빛이었다. 그에게 찾아오지 않을 죽음의 낫이 목전에 드리워도 마스터는 그토록 담담할 것이다.

나는 빠르게 눈에 보이는 상황을 파악했다.

헤어지기 전과 같은 형체를 유지하고 있는 것, 그리고 은은히 깔린 세 명의 마력을 보건대 봉인을 이어 가던 과정의 초입에서 내 접근을 느끼고 중단한 듯하다.

그렇단 얘긴 이 셋 모두가 자유롭단 것.

시온 셋이 상대라. 난 근거리에서 멈춰 선 채 로브에 손을 넣어 바란에서 가져온 목걸이를 어루만졌다.

내겐 마스터가 준 힘이 두 개. 능히 도시를 멸할 힘이었다. 그러나 해일을 마주하고 있는 듯한 압박감이 날 그 자리에 못 박았다.

가진 마력은 도구의 힘을 빌 수 있는 나보다 적을지언정 무수한 세월 동안 마법전의 경험을 쌓아 온 마법사들.

감히 승리를 장담할 수 없는 상대들이었다. 함부로 달려들 상황이 아니라, 난 틈을 찾아내려고 눈치를 살폈다.

"블레셋은?"

차분한 물음. 엘리야였다. 보랏빛 황혼의 눈동자가 나를 비춰낸다. 금빛 로브를 두르고 선 기막히게 아름답고 성스러웠다.

그의 앞에선 내 세계로 돌아가고자 하는 바람 따윈 이기적인 욕망으로 전락해 버리고 만다. 내가 그에게 검을 들이댄다는 게, 가당한 일일까.

그의 마력은 매혹의 속성을 띄나 거기에 사로잡히지 않는 나라도 죄악감을 피할 길은 없었다.

내가 정당하듯 그들 역시도 정당하다. 이해하기에 망설임이 있다. 증오하지도 않는데 어째서 싸워야 하는가. 그러니, 싸울 이유를 만들 수밖에.

나는 블레셋의 죽음을 암시하기로 했다.

"그는 저를 막지 못했죠."

엘리야가 희미한 미소를 머금었다. 그 우아한 낯이 내보인 동요에 가슴이 아릿하다.

　사실 블레셋은 죽지 않았다고, 나도 모르게 고백해 버릴 것 같았다. 거짓을 간파당하지 않기 위해 난 얼굴을 굳혔다.

　"그런 것 같구나. 그 힘, 마스터가 네게 준 건가."

　"그래요. 그리고 저는 마스터의 봉인을 풀 거예요."

　나는 다짐하듯 말했다. 그건 설득되지 않는 오롯한 결심. 나는 내 세계로 돌아가야 하고, 그러기 위해서 마스터와 거래했다. 그걸 위해서 뭐라도 감수해야 했다. 그것이 목숨을 걸고, 나와 함께했던 시온들을 상대하는 것일지라도.

　내겐, 선택지가 그것밖에 없었으므로.

　"안타깝구나. 네가 우리와 함께하기를 바랐건만."

　손에 쥔 검이 아득하게 무거웠다. 내가 과연 그들을 상대로 이 검을 휘두를 수 있을까.

　그 증거로 난 선공을 가하지 못하고 있었다. 승리를 장담할 수 없기 때문이 아니라, 이 망설임이 바로 나였다.

　그래, 뤼비에가 말했듯이 어떤 상황에서도 나는 나였다. 앞서서 누군가를 해치고 목적을 달성하는 그 몰인정한 적극성은 내게 없다. 먼저 시작하는 건 그들이어야 했다.

　그를 향해 겨누어진 검을 보고도, 엘리야는 웃었다.

　"알다시피 마법사의 강함은 가진 바 마력의 양으로만 결정되지 않는단다."

　……블레셋과도 정면으로 싸웠다면 이기지 못했겠지. 하지만 내가 가진 마력은, 마탑의 것. 거기엔 상당한 격차가 있었다. 나는 블레셋과 요엘을 패퇴시키고 이 자리에 왔다. 그리고 당신들도 예외는 아니다.

　엘리야의 보랏빛 눈이 가늘게 좁혀졌다.

　"그걸 네게 보여 주마."

　다음 순간, 한기가 흘렀다. 엘리야를 주시하는 사이 내 감각이 그들을 놓쳤다.

불현듯 하얀 손이 코앞에서 나타나 대기에서 맞부딪혔다. 쩽! 진공이 울려 고막이 얼얼했다.

내가 반응한 것이 아니라, 검의 마력이 나를 보호한 것이다. 에스겔. 코앞에서 마주친 비취색 눈동자가 서늘하다.

첫 공격에 대한 인지를 마치기도 전에 몰아치듯 뒤쪽에서 마력이 터져 나왔다. 쾅! 등 뒤를 직격한 마력에 난 앞으로 나가떨어졌다. 란델인가……

난 바닥을 구르다시피 몸을 세웠다. 타격은 크지 않다. 원래대로라면 형체조차 남지 못했을 터. 하지만 몸을 휘감은 마력이 모든 충격을 최소화했다. 편할 만치 알아서 보호해 준다.

자잘한 공격이 이어지는지 쩌정, 쩽 유리 깨지는 소리가 뒤를 이었다.

난 이를 악물었다. 마력의 구현 속도가 인식의 범위를 초월한다. 나는 그들의 움직임을 볼 수조차 없었다. 격차라는 게 이런 건가.

상태를 가늠하듯 떨어져서 슥 선 란델의 푸른 눈과 시선을 마주치자 난 움찔했다.

호수 같은 온화함은 온데간데없어지고, 새파랗게 언 눈빛. 가장된 다정함이나마 지워 버리고 날 완전히 없애야 할 적으로 규정한 그 간극이 빙하처럼 찼다.

내가 어떤 표정을 지었는지 알지 못한다. 란델의 음성이 허공을 갈랐다.

"너는 우리를 택할 수 있었다."

"틀렸어요. 제겐 선택의 여지가 없었죠. 처음부터요."

마스터가 내게 나를 돌려보낼 수 있는 이가 있다면 자신뿐이라고 말했을 때부터, 내 운명은 정해져 있었다. 그건 내가 결코 포기할 수 없는 단 하나.

에스겔이 좌측에서 모습을 드러낸다. 옆구리를 찔러 오는 마력의 기세를 난 튕겨 내듯 받아쳤다. 그러나 가볍게 피해 낸다.

란델이 공격을 재개했다. 태풍에 휩쓸린 듯하다. 쉼 없이 몰아치는, 치명적이진 않은 공격들. 난 이상한 기분을 느꼈다. 아무리 마탑의 마력을 쓸 수 없다 쳐도 그들은 시온이다. 고작 이 정도일 리가 없을 텐데?

―이건 마치, 내 신경을 흐리려는 듯한.

그들의 목적이 다른 데 있단 게 눈에 보였다. 마스터!

날 공격하는 란델과 에스겔과는 달리, 엘리야는 아직 그 자리에 있었다.

난 다급히 검의 마력을 이끌어냈다. 시방으로 뻗어 나간 마력이 결계를 확장하여 그들을 내 주위에서 밀어낸다. 그 직후 난 바로 엘리야에게로 치달았다.

예상대로 마스터를 결박하던, 바닥에 그려진 마법진은 사라진 채였다.

부력을 잃고 늪에 빠져들려는 마스터를 엘리야가 붙들어 올렸다. 얼핏 보기엔 감싸 안는 듯한 동작. 그러나 그것이 의미하는 바는 저항할 수 없는 결박이다.

엘리야의 손아귀에 붙들린 마스터를 보면서 난 멈칫거렸다. 봉인은 저지된 상태. 그러나 마스터는 엘리야의 손에 있었다. 그렇다면 난 뭘 할 수 있지?

줄에 묶인 인형처럼 팽팽히 곤두선 공기가 날 붙잡았다.

엘리야의 희고 섬약한 손가락이 누군가의 목을 부러뜨리거나 목숨을 앗아 가는 건 상상조차 하기 어려웠다.

그럼에도 난 더 이상 나아갈 수 없었다. 내 상상을 넘어서는 그 어떤 일이 일어날 수 있단 걸 인지하고 있었던 탓이다.

손아귀에 산뜩 힘이 들어갔지만, 더 나아가지 못한 채 검이 정지된 상태로 허공에 고정되었다.

양옆에 란델, 그리고 에스겔이 그려지듯 내려섰다. 포위된 듯한 압박감에 가뜩이나 예민해져 있던 신경이 바짝 일어난다. 투명한 벽에 가로막힌 듯 막막함에 심장이 조였다.

정작 마스터는, 그를 배반한 제자의 품에 사로잡히고도 무표정한 낯이었다. 전연 위기를 느끼지 못하는 양 새카맣게 물든 검은 눈은 공동에 고인 암흑 같다.

여유를 가장한 것이 아니라 애초에 그 무엇도 그를 위협할 수 없는 것처럼 부재한 동요. 그는 진정 불사자다웠다.

도리어 이를 악문 건 내 쪽. 그의 여유는 내게 닿지 못했다.

그 없인 내 세계로 돌아가지 못한다. 그 말을 명제처럼 되뇌면서 난 뻣뻣하게 긴장된 숨을 쉬었다. 그게 아니면 이 미칠 듯한 두려움이 설명되지 않는다.

마스터의 음성이 느릿하게 흘러나왔다.

"이 봉인, 너희가 이 정도 경지에 이르렀을 줄은 예상하지 못했다."

"감읍할 따름입니다, 마스터. 저희도 기대 이상을 보여 드리고자 노력했지요."

나긋하게 대꾸하며 엘리야가 부드럽게 눈을 휘었다.

"그러니 오랫동안 당신을 따른 이 제자들에게 상을 주시지 않겠습니까."

농을 던지듯 가벼운 투였으나 엘리야의 보랏빛 눈동자는 차가웠다.

그러나 그의 낯을 스치고 지나간 열기. 갈망, 증오, 원망, 회한, 염증…… . 퇴색되어 버린 그것이 부싯돌에 인 섬광처럼 찰나에 나타났다가 사라진다.

그 기나긴 세월도 그에게서 그 모든 걸 지워 내진 못했다. 잔재는 여전히 불씨로 남아 그를 움직여 결국 이 자리에 있게 했다.

"유권은 그의 일족들의 안위 앞에서 돌아섰고, 그녀에게 무엇을 약속했는진 모르나 당신에겐 이제 남은 것이 없습니다."

이 이상 귀찮게 굴지 말라는 듯, 엘리야가 나긋하게 타일렀다. 우위에 선 자의 오만. 그의 눈은 모든 감정이 가신 양 다시금 말끔했다.

두 시선이 허공에서 얽힌다. 극히 희소한 보석처럼 오묘한 보랏빛 눈동자가 심연을 비춰낸다.

그 설명할 길 없는 정적을 담담한 말문이 깼다.

"아니, 내게 남은 것이 있다."

마스터의 손가락이 엘리야의 손목을 움켜쥐었다.

"너는 내 첫 번째 시온이지."

잡아 떨쳐 내려는 것이 아닌, 도리어 붙잡는 듯이…… 새카만 눈에서 풍겨 나는 불길함이 짙어졌다. 그 손으로부터 뻗어 나온 금빛 광채가 일순 어둠을 삼켜낸 듯 점멸한다.

어쩌면 나만이 보았는지 모른다. 영혼을 빼앗긴 인형처럼 엘리야의 몸이 뻣뻣이 굳었다.

에스겔과 란델이 멈칫했다. 그 나약하고 작은 손, 고작 그의 가슴께에 오는 소년의 손아귀를 엘리야는 뿌리쳐 내지 못했다. 삽시간에 그의 얼굴에서 핏기가 사라졌다.

"네가 내게 속했을 때부터, 네 모든 게 내 것인 것을."

―그 영혼마저도.

마스터가 입을 달싹였다. 전신에 일렁이던 짙은 향취의 마력이 싹 걷혔다.

엘리야는 그 자리에 무너져 내렸다.

부력이 사라지고 진창 속에 그들이 잠기려는 찰나,

동시에 세 명이 움직였다. 다른 두 명이 목적한 대상은 나와 달랐다. 그러기에 엇비슷한 타이밍에 난 그를 확보할 수 있었다.

단숨에 낚아채고 스치듯이 달렸다. 그 잠깐, 의식 잃은 엘리야의 낯이 정지된 화면으로 박혔다. 시체와 같은 모습. 그가 숨을 쉬고 있던가.

닌 품 안의 여린 육신을 단단히 힘을 주어 붙들며, 엘리야의 상태가 어땠는지 떠올리려고 애썼다.

금빛 옷자락이 진흙에 채 젖기도 전에, 에스겔이 그 등을 받치고 포말 같은 백금발이 흐드러져 떨어져 내리고⋯⋯. 란델이 그의 뺨을 짚었던가. 깨진 유리 조각 같던 푸른 눈동자.

거기까지 상기해 내기 무섭게 마스터가 속삭였다.

"멈춰."

난 말 잘 듣는 어린이처럼 우뚝 섰다. 어느새 가빠진 숨을 골랐다.

난 이토록 심장이 뛰는데 내게서 벗어나 내려서는 그는 평온하기만 하다. 아무 일도 일어나지 않은 것처럼. 어쩐지 그게 숨 막힐 만치 거슬렸다.

난 조급히 물었다.

"뭘 하신 거예요?"

"그가 내게 접촉하여 영혼을 잠재울 수 있었다."

"잠재웠다는 건⋯⋯ 죽진 않았다는 건가요?"

"그만한 일에 죽는다면 첫 번째 시온이라 할 수 없겠지."

난 천천히 이마를 짚었다. 적나라하게 나는 엘리야의 생존을 바라고 있었다. 조금 전까지 그와 싸울 마음을 품었으면서 바보같이.

검을 만지작거리며 마음을 추스르던 난 불현듯 간과하고 있던 걸 깨달았다.

유권이 배신했다면, 세 번째 조각은 갖춰지지 못한다. 그렇다면 마스터의 봉인은 어떻게⋯⋯. 일순 아득해진다.

"이젠 어떻게 하죠?"

왜 여기서 멈추라고 한 걸까. 의문을 품은 채 쳐다보자 마스터가 손을 내밀었다.

"조각을 내게 다오."

"하지만, 세 번째 조각은."

"시간이 없다. 이대로 시도한다."

머뭇거림을 허용치 않는 확고함. 난 입술을 깨물면서도, 그의 뜻에 응해 목걸이와 이어 검을 건넸다.

두 개의 무기를 잃고 나니 이젠 맨손이다. 내게서 그로, 중심축을 옮겨갔을 뿐 질척한 늪 위에 설 수 있게끔 우리를 휘어감은 마력은 여전하다.

마스터는 한 손에는 검을, 한 손에는 목걸이를 가뿐히 쥐고 내게서 몇 걸음 떨어져 섰다.

"그들이 곧 올 거예요."

난 초조하게 중얼댔다. 엘리야 때문에 잠시 공황에 빠졌다곤 하나, 곧 다시 추적해오리란 건 기정사실이다.

당연한 걸 말한다는 듯이, 마스터가 턱을 들었다.

"네가 그들을 막아라."

답하기도 전, 곧바로 의식이 시작되었다.

내리깔린 흰 눈꺼풀이 심연을 삼키고, 두 개의 조각이 그의 손에서 공명하기 시작한다.

검과 목걸이는 모래처럼 스러져 형체를 잃고 빛으로 화한다. 아름다운 순금빛. 그 빛살 속에서 흐트러진 검은 머리카락이 돌풍에 휘말린 듯 나부낀다.

그 작은 몸에 새겨진 수많은 마법진이 문신처럼 새파랗게 드러난다. 빛의 선을 죽죽 그어 낸 듯 선명하다. 그것이 봉인.

그러나 완전하지 않다. 내겐 그것이 마치 균열이 인 그릇처럼 보였다.

온전히 몰두된 정신이 힘의 흐름을 한데 모은다. 각기 떨어져 있던 두 개의 힘이 서서히 하나로 녹아들고, 이 늪의 기운이 물과 기름을 섞듯 그 힘을 둘러싸 화합을 돕는다.

그래, 유권은 여기 없다. 그러나 여기 두 개의 조각. 그리고 이 늪, 이 대지 자체가…….

나는 비로소 마스터가 왜 이곳 니라야의 늪으로 오기로 결정했는지 깨달았다. 이곳이어야 했기에.

난 빠르게 기억을 더듬었다. 니라야의 늪이 어떻게 생겨났다고 했지? 그래, 란델이 말하기로는—

이세계에서 비틀린 차원의 틈을 비집고 온 마수가 죽어서 깃들었다고.

희미하게 되짚어 가던 회상이 멈추었다. 강대한 마력의 결집체가 내게로 쇄도하고 있었다. 난 이전에 하던 것처럼, 무심코 손을 뻗어 가로막았다.

쾅! 눈앞이 새하얘진다. 엄청난 격통이 머리끝까지 마비시켰다. 난 신음도 내지 못하고 헐떡였다.

시야가 돌아왔으나, 눈에 보이는 게 없었다. 너무 아프다.

깜빡 놓은 정신을 차렸을 때 난 달려오는 트럭에 치인 양 늪에 처박혀 있었다. 통증에 통증만이 이어진다.

난 팔을 움직였다. 엉망으로 꺾인 손이 처참하다. 그나마 마력을 끌어 올리지 않았다면, 손이 아니라 목이 꺾였을 것이다. 무자비한 공격이었다.

그제야 익숙한 모습을 발견했다.

"에, 에스겔……."

쫓아왔다. 난 이를 악물었다. 검이 없는 나로선 마탑의 힘을 쓰지 못하는 시온이라도 잠시도 상대할 수 없다. 도대체 나더러 어떻게 막아서란 거야?

그대로 돌아봐 완전히 숨통을 끊어 낼 수 있을 텐데도, 몇 발짝 떨어진 곳에 선 에스겔은 내 쪽에 시선을 두지 않았다.

오롯이 선 그는 내 존재는 안중에도 없이 마스터를 응시하고 있다. 비취색 눈동자에 한데 모여 가는 금빛이 비친다. 아직 봉인을 푸는 과정은 끝나지 않았다.

난 자리에서 몸을 일으키려고 해 보았다. 그러나 충격 탓에 뭔가 고장 났는지 마력이 원활하게 돌지 않는다. 마비된 채 허덕이는 것만으로도 벅차다.

부유 마법이 사라지자 납으로 된 추가 달린 양 몸이 서서히 아래로 빠져든다. 난 망연히 에스겔을 올려다보았다. 이대로 봉인을 풀도록 내버려 둘 수 없음은 자명하다.

에스겔의 눈에 어떤 결심이 서렸다. 나는 그 결심이 어떤 것인지 곧 눈치챌 수 있었다.

자물쇠를 풀어낸 양 그에게서 마력이 흘러나온다. 그 기세가 자못 강렬하여 아지랑이처럼 뻗어가는 모습이 그려지듯이 보인다.

마법이었다. 봉인이고 뭐고, 통째로 부숴 버릴 셈이다. 난 무력한 심정으로 완성되어 가는 마법을 바라보았다.

이 상태로…… 내가 뭘 할 수 있지? 이대로 지켜만 봐야 하는 건가.

손가락이 꿈틀 움직였다. 절박감이 발끝부터 팽팽하게 곤두선 채 전기처럼 타고 오른다.

안 돼. 무엇을 의미하는지도 모르면서 부정했다. 절박하도록 두려웠다. 흩어져 사라져 버렸다고 생각한 열기가 타는 듯이 인다. 그저 일어나서는 안 되는 일이었다. 나는 무슨 수를 써서라도 저걸—

마력은 소망에 감응한다. 하여 굳은 듯한 몸에 마력이 돌았다. 나는 늪에서 몸을 건져 올렸다.

에스겔의 마법은 완성되었고 내가 이 비루한 몸뚱이로 할 수 있는 건 단 하나뿐이었다. 나는 공간을 뛰어넘어 몸을 던졌다.

등이 화끈하다. 전신이 부서지는 듯한 통증이 닥쳐왔다. 결계가 바스라지고 온몸의 마력이 산산이 흩어진다.

불현듯 시선이 닿았다. 우물처럼 깊고 고요한 눈이었다.

어째서. 그의 입모양이 그리 움직여 묻는 듯했다. 화답할 수 있는 단 한 번의 기회, 나는 충동을 이기지 못했다.

처음이자 마지막으로, 뜨겁게 타오르다 얼어붙고 끝끝내 불씨를 숨기지 못한 마음을 내보인다.

─사랑하니까.

통속적인 한마디. 내 입술의 달싹임이 그에게 제대로 전해졌는지 알 길 없다. 나는 이내 의식을 잃고 말았으므로.

……기절한 게 아니라면 죽었을 터이다. 그러나 눈꺼풀 아래 암흑에 잠겨 든 다음 순간, 나는 환한 빛 속에 잠겨 있었다. 몽혼한 안개 같은, 흡사 밤에 뜬 달무리에 잠겨 있는 듯이.

정지된 시공간의 무의식 속에서 멍하니 상념이 흘렀다. 아마도 죽음은 정신의 영속을 의미하는지도 모른다. 아니면 사신이 영혼을 거두어 가기 전, 잠시라도 생을 정리할 시간이 주어지는 걸까.

에스겔에게 공격당하더라도, 마스터는 죽지 않았으리라. 단지 그의 육체가 부서졌을 뿐이겠지.

그러나 나는 죽는다. 그걸 알면서도 나는 움직여야만 했다.

과연 당신이 목숨을 걸고 지킬 만한 가치가 있는 그 무엇인진 모르겠다. 그러나 삶을 재어 보는 이성도 잊고 부나방처럼 뛰어들게 하는 이 강렬함엔 나 자신을 바칠 만한 가치가 있었다.

썩 나쁜 죽음은 아니었다. 이것이 의미 없지 않기를 바랄 수밖에.

나는 끝을 기다렸다. 죽음을 인지하자 체념은 빠르게 찾아들었다. 무얼 위해서 바르작거렸는지 무의미해지는 기분.

그러나 사방을 잠식한 은은한 빛이 내게로 좁혀들어 다시금 어둠이 덮쳤을 때, 의식이 급속도로 하강했다. 낭떠러지 아래로 떨어지는 듯한 추락감이 섬뜩하다.

이어 내 앞에 어떤 영상이 펼쳐졌다. 유체 이탈한 양 나는 허공에 떠서 어떤 광경을 바라보고 있었다.

쓰러져 흐트러진 검은 머리카락, 흐려진 얼굴, 곱게 내리감긴 눈. 그건 나였다. 헌데 내 곁에 선 것은—

두 개의 조각은 온데간데없었다. 충만하여 완전하다. 만월의 달이 지상에 내린 양 지독한 마력. 교교한 빛을 품은 금발이 어른거린다. 몽환적일 만치 차갑고 투명한 금안. 만월의 달처럼 선명하다.

암흑을 벗어던지고 빛을 덮어쓴 양, 이제는 완전히 성체로 돌아온 비현실적인 미형의 남자가 나를 내려다보고 있었다.

어떤 낯선 것을 바라보는 듯이, 미지를 관조하는 그 시선. 그러나 그 완벽한 낯엔 흐트러짐이 있었다. 일찍이 내가 본 적 없는 균열.

느릿하게 뻗은 손이 널브러진 내 몸을 가볍게 안아 들었다. 몸이 두 쪽 날 듯한 고통을 겪은 것에 비해, 죽음에 맞닿은 육신은 생각 외로 온전했다.

눈을 떠야 한다고 생각했지만, 내겐 그 몸으로 돌아갈 방도가 없었다. 나는 그저 지켜보기만 했다.

마스터의 시선이 비껴 움직였다. 굳은 얼굴로 서 있는 에스겔.

그가 나를 죽음에 몰아넣은 건 본의가 아닐 터였다. 그는 실패했다. 그리고 여기 서 있는 건 봉인을 푼 마스터.

결과는 정해져 있었다. 도주하든가, 죽든가.

아무래도 전자의 선택지는 그에게 주어지지 않은 모양이다.

에스겔은 그 자리에 못 박힌 듯이 미동도 없이 서 있었다. 그건 단언컨대 그의 의지가 아니었다. 주변에 가득한 금빛 마력이 사슬처럼 그를 허공에서 가두었다.

마스터는 날 안아 든 채 미끄러지듯이 그에게 다가섰다. 결연함이 깃든 비취색 눈동자.

아마 내가 그의 공격 앞에 뛰어들었듯이, 에스겔 역시도 망설이지 않았으리라. 때문에 후회는 없다. 마스터는 에스겔에게 손을 뻗으며 속삭였다.

"네게 준 모든 것을 회수한다."

가볍게 내밀어진 손끝이 그의 얼굴에 닿았다. 은은한 빛에 희게 젖은 손은 눈부시게 창백하다.

우웅. 잔떨림이 일고, 뿌리로 양분을 빨아내듯 에스겔에게서 마력이 뽑혀 나온다. 흡사 영혼을 흡수하는 것 같은 모습.

에스겔은 제 죽음을 오연하게 목도했다. 오래된 육신을 지탱하는 마력이 모조리 빨려 나가 재가 되어 부스러지는 그 길지 않은 시간 동안에, 그 눈이 단 한 번도 흔들리는 일은 없었다.

전율 속에서 내가 알던 이가 재가 되어 사라졌다. 시온이 죽었다.

마스터는 날 늪 위에 내려놓았다.

상극의 자력으로 띄워 내듯 온통 금빛에 젖어 표면과 가까운 허공에 부유하는 육신은 어느덧 상처 하나 없이 말끔했다.

마력이 내게로 모여들어 복잡한 선으로 결계를 그려 냈다. 그는 알 수 없는 눈빛으로 내 육신을 바라본 뒤, 그대로 발길을 움직였다.

나는 이제 그가 어디로 향할지 알고 있었다. 내 의식이 이끌리듯 마스터를 좇았다.

그는 단 한 걸음 내딛는 것만으로 공간을 넘어 그를 위기에 직면케 했던 자리에 섰다. 그리고 그곳엔 두 명의 배신자가 있었다.

마스터의 모습을 보자마자 이동 마법을 펼치려던 란델은 마스터의 가벼운 손짓에 종잇장처럼 나가떨어졌다.

나는 란델이, 그런 식으로 누군가에게 당할 수 있을 거라곤 상상도 하지 못했었다. 피를 토하는 그의 모습에 에스겔의 마법에 직격당한 내 모습이 겹쳐진다.

마스터는 감흥 없는 얼굴로 쓰러져 있는 엘리야를 응시했다. 파동에 의식을 차렸는지 란델의 마력에 휩싸여 있던 엘리야가 옅은 신음과 함께 눈을 떴다.

"그 모습, 당신의 본신입니까."

모든 것을 한순간에 통찰해 버린 눈동자에 빛이 감돌았다. 야음을 앞둔 황혼처럼 짙게 물든 그 눈에 공포감은 없다.

그러나 코앞까지 다다른 죽음에 대한 숙연함이 있었다. 그 역시, 그의 선택이 가져다준 결말 앞에 비굴해지지 않을 자였다.

엘리야가 희미하게 웃었다.

"당신의 가장 오랜 제자, 당신 손으로 거두시는군요."

가장 오래도록 그의 곁을 지키고, 그를 배신한 제자를 앞에 두고도 마스터의 무표정한 낯에 드러난 감정은 없었다. 그대로 아로새겨진 조각인 양 완벽하다.

힘을 찾은 그는 아까의 균열이 거짓인 양 틈 없는 빙산 같았다. 그의 어둠에 빛이 씌워진다 한들, 그의 본질은 결코 변하지 않음을 증명하듯이.

"네 욕심이 과했다."

짧은 한마디. 마스터는 여지없이 손을 들었다. 금빛 마력이 피어오르는 손끝에 절대적인 죽음이 담겼다.

엘리야에게 이어져 있는 계약의 자락이 부스스 사그라지며 자취를 감추었다. 오랜 결속은 파훼되고, 계약을 어긴 이에게 대가가 치러질 터였다.

—엘리야.

나는 그 보랏빛 눈동자와 허공에서 시선을 마주쳤다.

기실 엘리야는 실체 없는 내 존재를 눈치채지 못했다. 그러나 그 눈빛, 죽더라도 후회하지 않을. 그를 죽여도, 그를 깨뜨릴 순 없으리라. 저를 따르는 자들의 염원을 위해 나섰고, 자비를 구하지 않는다.

물결에 비친 빛살 같은 백금발이 여전히 휘광처럼 그를 휘감고 있었다. 매 저녁 유일한 황혼의 정경처럼 그 숭고하기까지 한 아름다움.

시린 조각이 내 안에 미끄러지듯 파고들었다. 그의 소파에 앉아 이야기를 나누었던 그 순간들, 찰나처럼 나누었던 온기. 그것이 내게 보이지 않는 끈으로 남아 사슬을 채웠다.

아마 나는 그에게 매혹된 걸지도 모른다. 엘리야는 그 시간 동안 내게 뭔가를 심었고, 그 때문에 난 에스겔에게 일어났던 것과 같은 일이 그에게도 일어나도록 내버려 둘 수 없었다.

현실감이 훅 뻗쳐 왔다. 몸이 절로 움직여, 난 막아섰다. 무얼 어떻게 했는진 알지 못한다. 나는 그저 마스터를 멈추고 싶었고, 그 마음이 간질하도록 상력했다. 그리하여 마스터는 우뚝 멈춰 섰다. 우연의 일치였을까.

그 찰나의 멈춤을, 누군가는 놓치지 않았다. 눈앞이 단숨에 환해졌다. 압도적인 마력이 열화와 같은 기세로 뻗어 나온다. 단 한 순간

제 모든 생명을 불사르는, 뒤를 생각하지 않은 마법. 그렇기에 강력하다.

마스터는 방어해야 했고, 때문에 틈이 생겼다. 엘리야의 모습이 그 자리에서 지워진다. 그의 존재감을 더 이상 읽어 낼 수 없었다. 이동 마법인가.

마스터는 천천히 돌아보았다. 내 시선도 따라 움직였다. 한 쪽에서, 모든 마력을 쏟아 낸 란델이 간신히 일으켜 세운 다리를 무너뜨렸다. 그는 웃고 있었다.

"제게 가치 있는 죽음을 주셔서…… 감사합니다."

입에서 끊임없이 피가 흘러나왔다. 그 생명을 불살라, 그가 선택한 주인을 구한다. 어차피 엘리야의 다음 차례가 그였다지만, 그 사실이 목숨 건 희생을 훼손할 만한 것은 아니리라.

그는 마침내 쓰러졌다. 란델의 동공에서 완전히 빛이 사라졌다. 티끌만 한 생의 기운도 남지 않은 육신.

차마 눈을 뗄 수 없었다. 전신에 오한이 흐른다. 란델. 엘리야보다, 블레셋보다 그는 내게 가까이 있었다. 슬픔이라기엔 옅다. 그러나 섬뜩하고 참혹하다.

마스터는 잠시 그의 시신을 굽어보았다. 이내 손끝을 타고 마력이 흘렀다. 불에 타 버린 양 늪에 잠겨들던 육신이 회색의 재로 사르르 무너져 내렸다. 시체조차 남기지 못하고 그렇게……

허공을 돌아든 시선이 내게로 꽂혔다. 그 고요한 금안과 마주한 난 움찔거렸다. 우연히 맞닿은 것이 아니다. 내가 거기 있다는 걸 알고 있는 눈빛.

나는 무언가 말하려고 했다. 그러나 여기 있는 내가 실체가 아니듯, 소리 또한 나오지 않아 나는 입술만을 달싹였다.

무언가 깃든, 그러나 그 속엣 것을 내비치지 않는 금빛 시선. 최면에 걸린 양 마주 보던 어느 순간, 바람 앞의 촛불처럼 의식이 꺼져 들었다.

부드러운 촉감이 뺨을 간지럽힌다. 향긋한 풀잎 같은 것⋯⋯.

나는 몸을 뒤척였다. 눈을 뜨고 싶으면서도, 눈을 뜨고 싶지 않았다. 왠지 모르겠다.

하지만 호불호를 가릴 정도로 의식이 돌아왔단 것만은 알 수 있었다. 이상하리만치 몸이 안온했다. 아늑한 이불에 덮여 있는 듯이.

그러나 의식의 가닥이 암흑에 잠기기 전 광경을 되살려, 나는 몸서리치며 눈을 떴다.

환한 빛이 시야를 잠식한다. 나는 움찔 몸을 떨었다. 달빛처럼 조요한 시선이 짓누르듯 무거웠다.

늘 눈을 감고 곁에 있어도 눈길조차 주지 않던 그가 바로 옆에 가만히 자리한 채 날 내려다보고 있었다. 햇살을 머금은 금색 속눈썹 아래 박힌 눈동자가 빛의 조각을 심어 둔 양 찬란하다.

언제나 그러했지만, 금빛을 덧입은 그는 정말 사람 같지 않았다. 게다가 이 낯선 구도. 간지럽다 못해 거북하기만 하다.

난 부리나케 일어나 앉았다. 놀랄 만치 몸이 가뿐하다. 꼼짝 없이 죽었다고 생각했는데⋯⋯. 꿈을 꾼 건 아닐 터였다. 그리고 내가 완전히 의식을 잃은 사이 또 무슨 일이 일어났을지 모르겠다.

에스켈, 그리고 란델. 난 그들의 죽음을 스치듯이 짚어 냈다. 엘리야는 안전할까.

그리고⋯⋯ 블레셋. 그래, 마스터는 아직 블레셋이 살았단 걸 모른다. 내가 그의 죽음을 암시했으므로.

난 주먹을 쥐었다 펴며 눈치를 봤다. 나를 걱정해서 곁을 지키고 있었다기보단, 뭔갈 추궁하려 한단 쪽이 더 가능성 있겠지.

"힘을⋯⋯ 되찾으셨나요?"

시선이 부담스러워 고개를 반쯤 숙인 채로, 그에게 물었다.

답은 이미 알고 있었다. 대놓고 마력을 흘려 내곤 있지 않더라도, 자취를 느끼는 것만으로도 피부가 저릿할 만치 압박감이 있었다. 그 안에 대해를 품고 있는 듯 무시무시한 마력이었다.

마스터는 말없이 내게로 몸을 숙였다. 단박에 좁혀지는 거리감에 난 화들짝 놀랐다. 어깨를 감싸 쥐어 끌어당긴다. 뿌리쳐 낼 수 있음에도, 그가 무얼 하려는 건지 몰라 난 멍하니 바라만 봤다.

무슨 일이 일어나는지 인지하지 못했다. 시야에 금빛이 들어찼다. 그리고—

부드러운 촉감이 입술을 적신다. 나를 가둔 품이 넓었다. 마력을 불어넣으려는 건가. 당혹해 하면서도 경험을 빌려 생각했다. 그러나 이전과는 달랐다.

말캉한 덩어리가 입안으로 흘러들어와 헤집었다. 치열을 스치고 혀를 휘어 감는 주도적인 움직임. 살갗이 맞닿는 습기 찬 소리가 색스러웠다.

마스터가 뭘 하는 건지 눈치챈 순간, 얼굴에 열이 올랐다. 난 그를 확 떠다밀며 소리쳤다.

"무슨 짓이에요!"

난 입술을 틀어막았다. 손바닥 안쪽이 축축하게 묻어났다. 귀가 후끈거리고 정신이 혼미하다.

맙소사! 도대체 왜 이러시는 거야? 난 잠깐, 마스터가 제정신인지 의심했다. 그 의심은 지금 이게 현실인지까지 이어졌다.

밀려남도 잠시, 마스터는 다시금 내게로 몸을 기울여 왔다.

바닥으로 쓰러지다시피 한 내 위로 무게가 실렸다. 이게 무슨 상황인 건지 머리가 돌아가질 않는다. 뻣뻣하게 굳어 있는 날 향해 드디어 마스터가 표정 없는 얼굴로 입을 열었다.

"네가 무어라 말했지."

내가 뭐라 말했느냐니? 하나의 기억이 쐐기처럼 박혔다. 나는 그에게……

'사랑하니까.'

얼굴이 화끈거린다. 그 스치듯한 고백. 죽음을 목도하자, 느슨해진 빗장 밖으로 진심이 흘러나왔다. 이후를 생각지 않고서. 꼭꼭 닫아걸고 부인하여 삭이고 얼려 가둬 둔 내 마음. 어떤 절제도 생의 끝 앞에선 무효했다.

죽음을 예감했기에, 마지막이기에 말했다. 그건 다시 말해, 죽을 거 같지 않았다면 결코 마스터에게 고백하지 않았을 거란 소리다. 고백한 이후로 마스터와 마주하게 된 이 상황은 명백히 예상 범주 밖이었다.

난 당혹스럽게 고개를 돌렸다. 내가 감히, 그에게 고백해서 혼이라도 내겠단 건가. 아니면⋯⋯.

난 곧 답을 알 수 있었다. 마스터가 다시금 내게로 얼굴을 붙여 왔으므로. 극심한 혼란이 치달았다.

마스터는 조금도 서두르지 않았으나, 그의 행동엔 망설임도 부재했다. 부드럽게 입술을 훑고, 틈을 갈라 파고든다. 뒷머리가 바닥에 바짝 눌렸다. 도망칠 곳은 없었다.

지나친 혼란이 사고를 마비시켰다. 나는 겁에 질린 짐승처럼 그를 올려다보았다. 입술을 떼어 낸 마스터가 속삭였다.

"네 입으로 나를 사랑한다 말했다."

그것으로 모든 게 설명되는가. 적어도 마스터의 태도는 그러했다. 내가 그를 거부한 게 그저 실수였다고 단정 짓듯이 그는 멈추지 않았다.

마스터의 손이 헐겁게 열린 로브 틈으로 움직였다. 그가 뭘 하려는지 이번만큼은 선연히도 알 수 있었다.

삽시간에 두려움이 몰아쳤다. 마스터가 원한다면, 막아설 자는 없다. 저항이 무의미한 상대였다. 난 눈을 질끈 감았다.

"그만둬요!"

거칠게 그를 밀쳐내며 고슴도치처럼 몸을 웅크렸다.

손끝이 덜덜 떨린다. 마스터가 날 여자로 보는 상황을 상상으로나마 그려 본 적 없는 건 아니었다. 그러나 이런 식인 것도 아니다.

마스터는 흡사 내가 사랑한다고 말한 게 몸을 바치겠단 뜻인 것처럼 굴고 있었다. 몰이해 위에 치욕감이 덮였다. 어떻게 죽음을 앞두고 한 고백을 그따위로 받아들일 수 있는지 이해가 안 간다. 이런 취급을 당하고 있단 것도!

물결처럼 밀려온 손끝이 어깨에 닿았다. 아주 억센 손길에 쥐어 잡힌 양 난 가볍게 뒤돌려졌다.

어느새 맺힌 눈물이 뺨을 타고 흘러내렸다. 감정을 헤아릴 수 없는 금빛 눈동자가 냉담하게 나를 직시한다.

"네가 날 거역할 때마다, 네 손목을 부러뜨리고 강제로 따르게 할 수 있었다."

차가운 음성이 잇따랐다.

"이제까지 그렇게 하지 않음은, 앞으로도 그렇게 하지 않을 거라는 소리다."

그 말은 마치, 위협처럼 들렸다. 아니…… 반대인가. 결코 다정하게 들리지 않는 음성이었다.

의중을 알 수 없어 난 그를 살폈다. 그러나 읽을 수 있는 그 무엇도 그의 낯엔 드러나 있지 않았다.

다만 마스터는 손을 거두었다. 그 행동이 뜻하는 바는, 나를 강제하지 않겠다는 것.

"어째서요?"

왜 내 말대로 그만두는 거냐고? 얼빠진 질문이라 생각했다.

하지만 마스터에겐 그럴 이유가 없었다. 사랑한단 말이 바로 육체적 결합으로 직결되는 것도 이상했지만, 마스터가 내 뜻을 존중하는 건 더더욱 이상한 일이었다.

힘을 되찾은 그에게 나 따윈 손가락으로 눌러 죽일 개미 정도에 불과한데.

아니, 애당초 왜 내게……. 성욕을 느꼈다기엔 흥분도 열기도 그 어떤 격동도 느껴지지 않는 눈이었다. 그러기에 곤혹스럽다. 마스터와 난 연인 사이가 아니었다. 내 고백은 의미 없는 말로, 공기 중에 흘러나간 채 모래알처럼 흩어져야 했다.

"너는 어째서 나를 사랑하지."

민망하여 얼굴이 확 붉어졌다. 이걸 이렇게 대놓고 물어보다니⋯⋯.

기뻐한다기보단, 흡사 탓하는 듯이 들린다. 내 마음이 마음대로 되나. 그러게 날 왜 구했느냐고 내쏘려다가 난 입술을 꾹 깨물었다.

누가 당신을 사랑하냐고, 안 사랑한다고 쏴 버리고 싶은데 이미 한 번 더는 아니라고 생각했었다가 되돌린 적 있는 나로선 또다시 부인하는 게 몹시 찔렸다.

마스터를 구하기 위해 몸을 내던졌다. 그만한 충동으로 이어질 만한 무게의 감정인지, 나조차도 회의적이었으나 그게 어떻게 비쳤을진 명확했다.

설마 그렇기에, 내게 응해 주려고 했던 건가. 내가 그걸 원한다고 생각하기에. 어처구니가 없어 뒷골이 당겼다. 물론 마스터는 그런 착각을 할 만한 이였다.

나는 그 오류를 반드시 수정해 줘야겠다고 마음먹었다.

"제 감정은, 제 감정일 뿐이니 신경 쓰실 것 없어요."

기대하지 않는다. 어떤 색을 띠건 마스터의 눈빛은 여전하다. 온기라곤 깃들지 않은 눈으로, 감정이 결여된 양 그저 사물처럼 바라본다.

그 눈빛을 보고, 어떤 기대감을 품을 수 있겠어. 새삼 참담함을 느끼진 않았다. 그렇기에 묻어두기로 했다. 그게 끄집어내져 보였다고 한들 달라지는 건 없다. 무엇도 바라지 않을 테다. 난 다짐하듯 되뇌었다.

"아니, 단지 그뿐이었다면ー"

마스터의 눈에 기이한 빛이 감돌았다.

"아무것도 달라지지 않았겠지."

수수께끼 같은 말. 곱씹어 보다가 이내 포기했다. 의문을 파헤치고 파헤쳐서 캐내고. 니는 거기에 시져 있었다. 대신 물었다.

"무엇이 변했는데요?"

마스터가 몸을 일으킨다. 그를 따라 시선을 올린 난 그제야 여기가 어디인지 알아챘다.

바람 부는 초원, 스치는 바람에 풀잎이 흩날리고 있었다. 저편에 그림자를 드리운 탑의 몸체가 거대했다. 인적이라곤 느껴지지 않은 고요함.

시온도 아모스도 룻도 아무도 없었다. 죽거나 힘을 잃었거나. 그럼에도 떠났을 때와 다르지 않게 거성과 같은 위용으로 침묵에 잠겨 있는 탑은 영원히 그 모습일 것 같았다.

마스터의 입에서 단언이 떨어졌다.

"이제 내게 더 이상 이 탑은 필요가 없다."

나는 그를 응시했다. 그의 권속들이 더 이상 존재하지 않을지언정, 그것이 그가 탑을 세운 이유와 결부되는 건 아니었다.

"보아라."

무엇을. 질문이 따르기도 전에 그가 움직였다. 내딛는 보폭과 이동한 거리가 달랐다.

마스터는 단박에 탑 근저에 다다라 멈춰 섰다. 아득하게 높은 검은 탑의 그림자 속에서 별이 떨어진 것처럼 금빛이 눈부셨다. 어둠에 삼켜지는 것이 아니라 도리어 사르는 듯이.

빛의 세기가 강해졌다. 이제는 마치 하늘에 박혀 있는 것 같다. 암흑을 압살하는 빛이었다. 깊고 강대한 마력의 흐름이 느껴졌다. 파괴도 창조도 아닌, 그저 변화.

이지러지는 듯하던 탑의 표면이 위에서부터 연기처럼 무너져 내렸다.

폭음은 없었다. 산등성이의 안개가 쓸려나가듯 가시적인 형상에서 흩어져 암흑의 입자로 화한다. 마스터의 모습은 어느덧 그 속으로 사라졌다.

난 홀린 듯이 그 광경을 바라만 보았다. 소리는 없으되 눈앞에서 펼쳐지는 초월적인 마법의 행사가 경이를 낳았다. 나는 이 탑이 어떻게 세워지는지 꿈속에서 목도한 바 있었다.

그 반대의 과정을 눈앞에서 목도하는 건 새삼 놀랄 일이 못 되었다. 그러나 그 생생함이 실로 압도적이다.

그리고 그 아래, 안개처럼 흩어진 어둠 속에 뭔가가 있었다. 자욱한 흑빛 안개가 중심부로 빨려 들어가고 있었다.

탑으로부터 환원된 마력을 흡수하는 어떤 거대한 형체. 구름에 가려진 태양처럼 은은한 금빛이 어슴푸레 비친다. 저건……

이윽고 그것이 완전히 모습을 드러냈을 때, 난 눈을 홉떴다.

그늘이 드리웠다. 위용이라 표현할 만한 거대한 몸체였다. 그저 태산 같다. 나는 개미가 된 듯한 기분에 사로잡혔다.

유선형의 날개가 하늘을 향해 뻗었다. 몸을 떨치듯 퍼덕임에 거센 돌풍이 인다. 물결처럼 빽빽이 자리한 비늘이 날붙이처럼 반짝였다.

기다란 목, 상아처럼 흰 이빨, 세로로 찢어진 동공. 완벽한 균형으로 빚어진 거대한 피조물. 온통 금빛이었다.

난 그와 유사한 모습을 어디선가 본 적이 있었다. 책이나 영화 속에서나 등장할 법한, 단 한 번도 직면하는 걸 상상해 본 적 없는 존재.

"용……?"

마력을 모두 흡수한 그것이 내게로 고개를 숙였다. 온몸의 솜털이 곤두섰다.

하얀 이빨 너머로 공동 같은 목구멍이 언뜻 비쳤다. 코앞에서 숨결이 와 닿자 모골이 송연했다. 나 정돈 몇 번의 씹힘 만에 갈가리 찢겨져 그 뒤로 넘겨질 터였다. 난 그 최악을 상상하지 않을 수 없었다. 그것의 정체를 짐작하고 있으면서도.

어떤 모습을 하고 있건, 마스터의 위험성은 불변할 터였다. 기실 눈앞의 용이 마스터라고 생각하는 건, 퍽 자연스러운 흐름이었으나 동시에 매치가 되지 않는 것이기도 했다.

분명한 건 마스터는 인간이 아니었다. 난 그것을 진작 알고 있었다.

하산의 숨결 같은 것이 훅 끼쳤다. 마력이 열기처럼 흘러나오는 그 숨에 안면이 떨렸다.

"마스터."

확인하듯 불러 보았을 때, 용의 눈이 가늘게 좁혀 들었다. 우웅. 용에게서 새어 나오는 빛이 일순 짙어졌다. 바람과 함께 눈앞의 거대한 형체가 작아지며 꺼지듯이 푹 가라앉았다.

나는 느리게 눈을 깜빡였다. 달의 모양이 변한 듯 같은 색채로 형태만이 달라진 마스터가 그 자리에 서 있었다.

내가 무엇을 보았는지 실감이 났다. 나는 인간이 아닌 마스터의 정체가 궁금했었다. 그리고 그 답을 오늘에서야 비로소 알게 된 것이다.

놀란 건 사실이나, 마음 한편으론 기묘하리만치 차분했다. 충격의 연속이라 좀 내성이 생겨 버린 걸까. 얕게 들썩이다가 제자리를 찾아간 심장이 조금 빠르게 뛰고 있었다.

금빛이 한가득 시야를 채웠다. 밀어내기엔 멀고, 가까워지니 압박감이 실렸다. 뒷걸음치려는 내 어깨를 그가 붙잡았다. 그의 입술이 느리게 움직였다.

"불러 보아라."

"뭘요?"

"내 이름."

언제, 말해 준 적이 있었어? 난 긴장한 채로 눈을 굴렸다. 그래, 펠이라고 했지. 하지만 그게 정말로 마스터의 이름일 거라곤 생각하지 않았다.

"루키페로스."

혼을 담고 있는 듯이, 그의 음성이 미끄러져 내게로 스며들었다. 저도 모르게 천천히 따라 읊조렸다.

"루키페로스……."

그 순간, 덜컥 뭔가가 맞물렸다. 목구멍 깊숙한 곳에 열이 올랐다. 영혼에 사슬이 채워지듯 정체 모를 결속. 저 안 깊숙한 곳에서, 하나로 이어졌다.

마스터의 존재감이 돌연 선명해져 가슴이 철렁하다. 덫에 걸린 듯한 예감.

"제게, 뭘 하신 거예요?"

어쩐지 불안해져 난 소리를 높였다.

"이게 뭔데요. 절 돌려보내 주시기로 했잖아요!"

"나는 너를 돌려보낼 생각이 없다."

차분하나 무섭도록 단호하다. 그가 말한 것이 이해되지 않았다. 전신의 피가 싸늘하게 식었다. 그게 우리의 거래였잖아?

"약속— 약속하셨잖아요!"

"네가 나를 돕기에 너를 돌려보내야 한다고 했지."

마스터의 눈은 여전히 차가웠다. 초월적인 생명체답게, 지독히도 관조적이다. 소리쳐 매달려도 반응 없을 벽처럼.

"그렇다면 같은 논리로 내가 너를 다시금 살렸기에, 너를 돌려보내지 않기로 할 수 있겠지."

"그게 말이 돼? 내가 원한 게 아니야! 이 세계에 떨어진 것도, 당신을 만난 것도!"

난 악을 쓰며 손을 들어 올렸다. 미칠 것 같다. 눈시울이 뜨거웠다. 멱살을 틀어쥐고 싶은데, 그럴 용기 또 없다는 게 우습다. 허공에서 틀어쥔 손이 바르르 떨렸다.

눈을 내리깐 마스터가 담담히 말했다.

"나 역시 원치 않았다. 하지만 그것이 운명이니."

"운명이라고요!"

내지른 소리가 고막을 찔렀다. 돌아들어 날 후려치는 듯하다. 마스터의 눈빛이 일순 변했다.

"그래, 위성의 운명."

유혼하게 물든 두 눈이 나를 사로잡는다. 몸에 힘이 빠졌다. 그의 손이 내 뺨을 움켜쥐었다. 마스터기 나직이 속삭였다.

"나는 언젠가 네가 나타날 걸 알고 있었다."

느리게 수면을 기는 뱀처럼, 매끄럽고 스산한 그 음성.

"하여 그 시기가 최대한 늦춰지도록, 운명의 흐름이 한동안 나를 비껴가도록 탑을 세워 본신을 가두었다. 영(靈)으로 움직여 마법사를 모아 어떤 변수에도 대비할 수 있게끔 이 세계를 손안에 두었다. 그렇게 예비했다."

영영 그림자만 비칠 거라 여겼던 진실이 그로 하여금 본모습을 드러내고 있었다.

"무수한 세월을 지나, 너를 처음 봤을 때 단숨에 알 수 있었다. 이제야 비로소 네가 나타났다는 것을."

그의 눈 속에서 금빛이 일렁였다. 그건 단언컨대, 어떤 감정이었다. 두려움이나 위협감, 그와 닮고 그보다 희미한 것.

"너는 죽어 가고 있었지. 곧 잦아들 것처럼 희미한 생명력이었다."

말소리가 쉼 없이 이어졌다.

"죽게 내버려 두려고 했었다. 하지만 네가 날 붙잡았지. 나는 절실히 소원 빈 자에게 손 내밀지 않은 적이 없다."

이토록 가까이서, 운명에 대해서 말하는 마스터는 어딘지 인간 같았다. 나는 숨죽이고 그의 얼굴을 뚫어지게 쳐다보았다. 낯설고, 그렇기에 기이할 만치 눈을 사로잡는다.

"그럼에도, 나는 너를 뿌리칠 수 있었다. 하지만 그러지 않기로 했다. 아마 내가 그마저도 지배할 수 있다고 자만했는지도 모르지."

"왜 저를 살린 순간, 돌려보내지 않은 건데요? 제가 나타나는 걸 원치 않으셨다면서요."

"너를 살린 이유와 마찬가지로, 아무 대가 없이 너를 풀어 줄 순 없었다. 처음에는 그 이유였다. 어느 순간부터 뭔가가 나를 구속하고 있단 걸 깨닫기 전까지는."

격랑이 일다 평온해진 눈빛. 내가 낯선 곳에서 마법을 배우려고 허덕이는 동안, 고요하기만 했던 그 안에서 어떤 파도가 치고 있었던가.

"침묵하던 운명이 움직여 언젠가부터 나를 얽어매고 있었고, 깨달았을 땐 이미 늦었다."

늦었다. 그 말의 울림이 무거웠다. 내 안에서 서서히 알 수 없는 감정이 일기 시작했다.

"하지만 아직 미약할 뿐이었다. 그러나 그 미약함에서조차 나 스스로 벗어날 수 없었기에—"

"……."

"지켜보았다. 이미 흘러가기 시작한 운명에서 선택할 수 있는 건 내가 아니라 너였으므로."

그가 나를 지켜보는 건 아닌가 하고, 어렴풋이 느꼈던 때를 떠올렸다.

무심하게만 여겨졌던 그였으나, 위급할 때에 나를 마냥 버려두진 않았다. 꿈속에서조차 혼자가 아니었던 그 순간들.

칠흑 같은 밤에도 당신은 흡사 달처럼 날 내리비추고 있었다. 비록 그 무리가 검어, 내가 그것을 눈치채지 못했을지라도.

"너는 마탑을 벗어나고 싶어 했지. 네가 나를 배반하고 떠나갔다면,"

"……."

"나를 얽어매던 구속도 약해졌겠지."

이내 차분히 떨어지는 가혹한 진실.

"그리하면, 나는 너를 죽이려 했다. 허나 너는 끝끝내 도망치지 않았다. 마지막의 마지막까지 그러했지. 그것이 네 선택."

내가 선택한 거라고? 손끝이 파르르 떨린다.

그래, 나는 결국 도망치지 못했다. 겁먹어서, 당신이 나를 죽일까 봐. 그리고 이제 보니 그게 아주 잘한 선택이었던 듯싶다. 내 생존 본능이 제대로 발목을 붙잡아서, 이제까지 내 숨이 붙어 있는 모양이다.

귀를 막고 싶은, 그러나 간절히도 알고 싶었던 이야기가 계속되고 있었다.

"네가 에스겔을 막아서 죽음을 앞둔 순간,"

그을리듯 깊어진 그 눈빛.

"내 의지는 사라지고, 나는 완벽하게 무력해졌다. 그리하여 깨달았다. 너를 살린 건 내 선택이라고 믿었건만, 그조차 실은 어쩔 수 없었음을."

결국 운명에 손아귀에 사로잡힌 그는 나를 살렸다. 그러기 위해 봉인을 풀고, 오랫동안 감춰 왔던 모습을 드러낸 채 지금 이 자리에 서 있었다.

몽환적인 금빛 눈동자를 마주하며 난 전율처럼 깨달았다. 그렇다면 그의 봉인이란 건 애초부터.

"애초부터 위기를 맞았던 적도 없었던 거지요? 시온의 배반도, 유권 역시도, 그 모두가 당신의 안배였던 건가요?"

내가 공격당한 직후, 너무도 빠르게 봉인을 풀어냈다 생각했다. 그리 쉽사리 풀 수 있는 봉인이었다면, 처음부터 유명무실한 건 아니었을까.

강렬한 직감이었다. 단숨에 사고가 급진하게 나아갔다.

"그들은 기회를 노리고 있었고, 나는 그것을 흘려주었지. 유권에겐 제 일족을 도외시하고 나를 따를 의무가 없다."

차라리 부인하지. 거짓말을 할 필요도 느끼지 못하는 양 무감하게 긍정한다. 가엾은 시온들. 끝의 끝까지 그의 의도 아래에서 놀아났구나.

물론, 그것이 마스터에게 어떤 감흥도 줄 리 없다. 그래, 당신이 운명이라고 말한 나 역시 마찬가지.

"……그게, 저를 보낼 수 없는 이유인가요. 내가 당신의 운명이라서."

"그래."

"그게 뭔데요? 그 운명이란 게요?"

가슴이 차갑게 식었다. 한기가 맴도는 몸이 시리다. 흘러나온 음성이 싸늘하여 나조차 몸을 흠칫하게 만든다. 난 똑바로 그를 쳐다보았다.

말 그대로 운명적인 고백을 듣고도, 감동 따윈 씨알만큼도 없다.

아니, 어떤 의미론 지독히도 감동적이다. 이런 엿 같은 상황은 정말, 태어나서 처음이거든. 운명이라니, 참 로맨틱한 단어지.

"위성의 운명이라고 했지요."

뭐든, 캐묻지 않고는 배길 도리가 없었다. 조금이라도 이해가 필요했다.

"그게 무슨 운명이기에, 그렇게까지 하면서 벗어나려고 하셨는데요?"

"종속."

짤막한 답. 놀랍도록 친절해진 마스터가 차분하게 말을 이었다.

"네가 죽으면, 나도 죽는다. 나는 영영 네게서 영향을 받겠지. 너는 내 약점이고 숨이고, 하나의 생이다. 그렇게 되었다."

그렇게 되어 버렸다, 고 들렸다. 거역할 수 없는 흐름에 휩쓸린 듯이.

"나는 인간과 용 사이에서 태어났다. 용은 혼혈로서 존재함이 불가하니, 온전한 용으로 태어났음에도 내겐 어딘가 인간인 부분이 남아 있었던 모양이다. 용으로서 나는 내 운명에 따라야 했지만, 한편으로 인간인 내 부분은 용납할 수 없었다. 언젠가 내게 절대적일 누군가가 존재하게 되리란 사실을."

고요한 물음이 떨어진다.

"너라면 용납할 수 있겠나."

냉정하게 그지없는 금안. 최후에는 그 용납할 수 없는 상황마저 받아들인. 그래서 그걸 내게도 받아들이라고 말하는 그 눈빛.

"그래요, 그렇군요……."

난 그의 손을 뿌리쳐 뒷걸음질 쳤다. 쏟아진 진실에 정신이 다 아찔하다. 어지럽고, 가슴이 욱신거린다. 통증이 번져 나가 배 속 깊은 곳까지 다 아파 온다. 그래, 그렇겠지. 당신은.

사람을 언제까지 후벼 팔 건가. 날 어디까지 비참하게 만들 셈이지? 날 조금이라도 좋아하긴 해?

사랑은커녕 마음도 없으면서, 그게 운명이기에, 그렇게 정해졌기에, 이제는 받아들이겠다고? 팔려간 노예가 순응하듯 그렇게.

머리가 뜨겁다. 아주, 넌덜머리가 났다. 누가 그런 걸 바라는데?

'아무래도 좋아. 당신이 날 받아들인다면 그걸로 난 충분한 걸.' 온 마음으로 외칠 수 있는, 순진하고 풋풋한 사랑.

그건 내 것이 아니다. 나는 고작 그런 거에 만족할 수가 없었다.

날 사랑하지 않아도 당신만 있으면 된다는 소원 따위 빈 적도 없어. 아니, 새삼 이제 와 당신이 사랑을 말한대도 마찬가지고.

왜냐하면……. 나는 이 자리에 있기까지의 피의 무게를 알거든. 당신이 에스겔과 란델을 죽였단 것도. 그 모든 것을 잊고, 내가 돌아가고픈 세계마저 버리고 당신이 말한 운명을 받아들이라고? 엿이나 먹으라지.

뒤틀린 속내를 감출 수가 없어, 난 차게 웃었다.

내 사랑은 그렇게까지 지대하지 못하다. 그렇게 홀딱 반해 제정신이 아니었으면 애초에 당신이 죽이라는 대로 죽이고, 하라는 대로 하고……. 꼭두각시처럼 살았겠지. 나는 그렇게 되지 않았다.

하지만 적어도, 당신을 위해서 죽을 순 있었다. 지금 이 순간 그게, 죽도록 후회가 되었다. 그 마음을 품었단 걸 아예 도려내고 싶었다. 내가 어떤 기분인지 이해조차 하지 못할 당신을.

돌부리에 걸려 넘어지면 돌부리에 화를 낼 순 있다. 하지만 그 때문에 깊이 상처받거나 감정에 휩싸이진 않겠지.

나는 그가 돌부리에 가깝단 걸 안다. 용이란 원래 그런 생물인지도 모르지. 그렇다곤 해도, 그는 내게 그냥 돌부리가 아니었다.

만약 처음부터 알았다면. 그가 용이란 걸 알았다면, 다른 종이기에 코끼리가 개미를 사랑할 수 없듯 결코 내게 마음 줄 수 없단 걸 알았다면―

그러나 그 '만약'은 그토록 의미 없는 것이다.

나는 웃었다.

"루키페로스."

아이러니하게도, 끝끝내 알게 된 그 이름을 입 밖에 내어놓자 넘실거리는 힘의 물살이 고통을 잠재웠다.

뚜렷한 마력의 파장. 그에게서 비롯된 마력이 내 안을 충만하게 채우고 있었다. 이 강력하고 지고한 힘. 그의 존재감이 선명했다. 보이지 않는 실이 연결된 것처럼 뭔가가 그와 나 사이를 이었다.

나는 질끈 눈을 감았다 떴다.

당신이 내게 이름을 숨기고, 무엇도 말하지 않으려 했던 까닭을 알겠다. 또한 내가 무엇을 할 수 있는지도.

나는 그에게 다가섰다. 바짝 붙어서 찬찬히 얼굴을 뜯어본다.

검은 눈동자, 검은 머리카락의 그가 눈에 선하여 달빛의 한 자락처럼 몽환적이고 화려한 금안과 금발의 그는 사뭇 낯설다. 자연이 균형을 이뤄 낸 양 기가 막히게 아름다운 얼굴이다.

저 감정 없는 눈, 한 번도 다정해진 적 없는 저 눈이 날 안달 나게 했다. 한껏 고요한 겨울밤의 정적이며 발자국 하나 없는 순백의 눈밭에 매혹되듯이. 사람이 가질 종류의 것이 아니었기에.

나는 그의 목뒤로 손을 감았다. 금빛 머리채가 손목에 휘감겼다. 발꿈치를 들어 올리자 기운 시선이 수평에 가까워졌다. 핏기를 띤 엷은 색의 유려한 입술.

나는 처음으로, 그에게 먼저 입을 맞췄다. 촉촉하고 부드럽다. 가슴 안쪽이 뻐근해질 만큼, 달콤하게 조여든다. 사고로 먼저 입을 맞춘 적은 있었지만, 거기에 내 의지는 없었다. 그러니 이번엔 달랐다.

가까이서 시선이 맞춰진다. 나는 눈을 감지 않았고 그 역시 마찬가지였다.

내 돌발 행동에도 동요 한 점 없다. 거부하긴커녕 그저 지켜보듯이, 내가 하는 대로 내버려 두었다.

그래, 나는 그를 가질 수 있었다. 내가 그를 세워 놓고 연인 놀이를 하더라도, 그 이상을 요구하더라노 들어주리란 확신이 일었다. 다만, 내게 필요하지 않은 확신.

난 그에게서 입술을 떼어 냈다. 마스터, 루키페로스는 내가 자신을 사랑한단 걸 알고 있다. 사랑을 말했더라도 의심은 따르기 마련이나, 나와 연결된 그라면 자연히 알 수 있을지도 모른다.

어쩌면 그저 이성적으로 얼마 전에 자신을 위해 목숨을 던진 내가 벌써부터 마음이 식진 않았을 거라고 판정한 걸 수도 있겠지.

그건 퍽 옳았다. 마음을 죽일 순 없으니까. 그런데 내겐 사랑 말고도 따로 돌아가는 심장이 있는 모양이다. 당신에게 조금도 응하고 싶은 기분이 들지 않는 걸 보면.

나는 언제 그랬냐는 듯 그에게서 떨어져 섰다.

위성의 운명. 위성은 행성 주위를 돌기 마련이니, 당신은 나를 분리해 내 돌려보낼 수 없겠지. 원하건, 원하지 않건.

그러나 그 강제력이 행성인 내게 적용되는 건 아닌 듯하다. 돌아가고자 하는 소망이 여전하다 못해 이토록 확고하니.

그리고 위성에게 행성의 영향력은 절대적이리라. 나는 그에게 어떤 방식으로 영향을 미칠 수 있을지 알았다. 아니, 진작 알았어야 했다. 나는 그의 의지에 반하여, 마탑의 힘을 자유롭게 쓸 수 있는 단 한 명이었으므로.

어째서 눈치채지 못했던가.

"루키페로스, 나를 찾지 마세요."

혀끝으로 또렷하게 발음하며 난 이동 마법을 펼쳤다. 내 단호한 말이 강제력을 담아 그를 옭아매는 것이 느껴진다.

얼마간, 그는 나를 따르지 못하리라. 그게 얼마 동안 될진 모르겠지만, 언령의 파장이 제법 생생하다.

이번에야말로 도망치듯이 완성된 마법이 나를 휘감았다. 눈앞이 지워지고 공간을 건너뛰어 난 니라야의 늪을 벗어났다.

어딘지 모를 평원의 땅이 나를 맞았다. 진흙 내가 아닌 푸릇한 향이 콧속으로 스며들었다. 광활한 지평선. 난 불현듯 이동해 온 방향을 돌아보았다.

마스터, 늪에 남겨져 있을 그의 모습이 잔상처럼 뇌리에 남았다. 난감하겠지. 내가 그를 묶어 두고 이렇게 도망쳐 버렸으니.

미안해할 것도 없건만, 마음이 무거웠다. 결국 약속을 어긴 건 그이니, 동정받아야 할 건 내 쪽인데.

하, 소리 내어 웃자 눈에서 눈물이 뚝 떨어져 내렸다. 기껏 매몰차게 떠나와 놓고 내 심지도 퍽 무른지 눈물이 난다. 이런 내가 싫었다.

난 손바닥에 얼굴을 묻었다. 잠시 흐느껴 울었다. 울음은 모든 감정은 해소하게끔 한다. 손바닥이 흥건해지자 마음이 좀 가라앉았다.

이대로 어디로 가야 할까. 난 갈피를 잡지 못하고 구름 한 점 없는 하늘을 올려다보았다.

마스터가 돌려보내 주지 않는다고 해도, 다른 방법이 있을 것이다. 세상을 떠돌아다니면서 그 방법을 찾아내는 것, 한때 계획했었지.

문득 날 도와줄 만한 이가 떠올랐다. 난 다급히 품에 손을 넣어 뒤적였다. 곧 반투명한 회색의 구슬이 밖으로 모습을 드러냈다.

잠시 그걸 뚫어지게 들여다보며 고민했다. 과연 이게 옳은 선택일까. 그러나 내겐 다른 선택지가 없다. 무엇보다도 외로웠다. 적어도 나를 아는 누군가와 말을 섞고 싶었다. 아주 약간이라도, 온기를.

이제 난 마스터를 제재할 수 있으니까. 그러니—

난 손에 힘을 주어 구슬을 깼다. 구슬의 마력이 나를 어딘가로 인도한다.

나는 그 흐름대로 또다시 이동 마법을 펼쳤다. 부디, 방법을 찾길 바라면서.

처음 나 스스로 한 이별이었다.

13. 선택

난 천장에 빽빽한 종유석과 거기서 툭툭 떨어지는 물방울을 보며 고개를 기울였다.

어스름이 깔린 양 사방이 퍽 어두웠다. 군데군데 뚫린 천장에서 빛이 새어들지 않았다면, 한 치 앞도 보이지 않았을 것이다.

이동한 것까진 좋았는데, 장소가 좀 색다르다. 동굴이라니. 마법사 길드도 작살났겠다 뻔뻔한 얼굴로 어딘가 마을에 들어가 있을 줄 알았는데. 흑마법사답게 굴에 처박혀서 연구라도 하는 걸까?

니라야의 늪에서 그와 헤어진 지는 그리 오래되지 않았으나, 뤼비에는 아마 멀찍이 도망갈 셈인 듯했고, 이동 마법에 소모된 마력이 꽤 큰 걸 봐선 예상이 적중한 것 같았다.

내가 온단 건 알았을 테지만, 그에게 준비할 시간을 주고 싶었으므로 나는 느릿하게 이동했다.

타이밍이 묘해서, 목욕 중인 그의 모습을 보거나 하는 건 실례이기도 했거니와 내게도 그리 달갑지 않은 일이었다.

축축하게 이끼 낀 바닥은 미끄러워 걷기 힘들었다. 난 마법으로 허공에 몸을 띄워 올렸다. 이런 곳에 사람이 살 것 같진 않은데……

뤼비에의 기척이 느껴지는 쪽으로 향하고 얼마 되지 않아, 그의 뒷모습이 눈에 들어왔다. 종유석 기둥에 기대어 선 그는 어딘지 모르게 불편해 보였다.

내가 다가서자 뤼비에의 몸이 흠칫 떨렸다. 난 의아하게 그의 이름을 불렀다.

"뤼비에?"

뤼비에가 그 자세로 손을 들어 보인다.

"공교롭게도 이런 상황이지만, 마침 잘 오셨습니다."

후, 한숨을 내쉰 그가 몸을 일으켰다. 날 돌아보는 얼굴이 미묘하다. 촛불이라도 켠 듯이 그의 뒤가 밝아 역광이 졌다. 은은하나, 자연적이지는 않은⋯⋯.

그제야 나는 그의 앞에서 퍼덕이는 작은 마력의 기척을 느낄 수 있었다. 기시감이 들었다. 일전에 접해 본 적 있는 듯한— 기억을 더듬으며 난 미간을 좁혔다.

그게 무엇이든 내게 위협이 되진 않았다. 두려움 없이, 그러나 신중하게 발을 움직였다.

뤼비에가 곤란한 얼굴로 어깨를 으쓱했다.

"제가 납치를 당했거든요. 이유를 좀 알고 싶군요."

그의 어깨로 뭔가가 포르르 날아와서 앉았다. 나비라기엔 크고, 생명체 같지 않은 흐릿한 가벼움. 나는 불길처럼 일렁이는 붉은 새를 보며 단박에 기억 속에서 그 이름을 끄집어냈다.

"엘로힘?"

─오랜만이야. 아마도, 인간의 시간으로는?

멋대로 남의 어깨에 주저앉아서 홰치는 모습이 태연자약하다. 난 그에게 반갑게 화답할 수 없었다. 엘로힘에게 딱히 나쁜 감정이 있어서가 아니다. 단지 놈은 마법 생물이었고, 때문에 마스터의 지배를 받고 있었다. 경각심이 내 말투를 뾰족하게 만들었다.

"내뺄 땐 언제고 이제 와서 무슨 목적으로 나타난 거지?"

마지막 만남을 상기해 보자면, 엘로힘은 그의 부화를 돕다가 기절한 날 놔두고 도망친 괘씸한 녀석이었다. 아주 이용할 대로 이용해

먹었지.

얼어붙어 멸망해 갈 기드온을 녹인 건, 그를 위해서가 아니었다. 다만 그 결과로서 초래된 일이 떠올리기도 싫은 것이었기에, 가슴이 먹먹해진다.

엘로힘의 날개가 다소곳이 자리를 잡았다.

─내가 별로 반갑지 않아? 난 반가운데, 왕비님.

"누가─"

왕비란 거야? 화가 치밀어 내쏘려다가, 호기심 어린 눈초리로 제 어깨에 앉은 새와 날 번갈아보는 뤼비에를 의식해 입을 꾹 다물었다.

어떻게 알았지? 그사이, 마스터와 접촉했던 걸까.

내 의심을 알아챈 듯 엘로힘이 말해 왔다.

─나는 아득히 오랜 세월을 살아왔지. 왕보다도 더 오래, 이 세계에서. 그래서 느낄 수 있었지. 너는 결국, 그를 변화시켰구나.

예측한 대로 되었단 그 말이 거슬려, 목울대가 쇳덩이처럼 뜨겁게 달아올랐다. 나는 입술을 달싹여 뱉어 냈다.

"……그는 아무것도 변하지 않았어."

여전히 무심하기에 잔혹하지.

더는 그에 관해 말하고 싶지 않았기에 난 빠르게 화제를 돌렸다.

"어째서 뤼비에를 납치한 거야? 잡아먹으려는 건 아닐 테고."

─농담은. 난 인간을 먹지 않아. 니라야의 늪은 내가 엿볼 수 있는 장소지. 모든 게 끝에 가까워졌고, 나는 네가 그를 찾아올 거란 걸 알 수 있었어.

세월이 가져다준 통찰, 혹은 예지일까. 머리를 굴려 보려고 하니, 전쟁을 치러 낸 듯 피로감이 몰려왔다. 많고도 많은 일들이 있었다.

나는 추측해 보려던 시도를 중단했다. 그리고 가장 중요한 것에 대해 물었다.

"왜 나를 찾았어?"

─난 은혜를 잊지 않아. 그리고 넌 나를 도와줬지. 비록 그간 왕이

두려워 네게 접근하지 못했지만, 난 언제고 기회가 올 거라고 생각했어. 너에게, 진실을 말할 수 있는 기회가.

은혜라니. 설핏 웃음이 나왔다. 나는 너를 도운 게 잘한 일인지조차도 모르겠는데. 그 때문에 엘로힘의 탓이 아니란 걸 알면서도, 말이 날카롭게 나왔다.

"날 도울 정신이 있으면서 기드온에 남겨진 사람들은 왜 구하지 않았지? 그것도 그가 두려웠나?"

그들은 엘로힘을 믿고 도왔다. 그런데 기드온을 해동하는 대가가 그들 전부를 사르는 것이라니. 그 얼마나 참담한 결과인가.

찾아온 봄을 만끽하기도 전에 내린 절망 같은 죽음. 고통은 없었을까. 무의식적으로 떠올리지 않으려고 억누르고 있던 감정이 문득 복받쳤다. 난 숨을 몰아쉬었다.

그러나 곧 엘로힘의 부리에서 흘러나온 것은, 예상치 못한 소리였다.

─그들은 죽지 않았어.

"나는 분명히, 죽었다고 들었어."

블레셋이 그리 말했었지. 난 의혹에 찬 시선을 보냈다. 엘로힘이 노래하듯이 부인했다.

─탑의 마법사들은 설산을 통째로 붕괴시켰어. 거기에 있었던 건 무력한 인간들뿐이니, 죽었다고 믿는 것도 무리가 아니겠지.

"네가 기드온의 사람들을 구했다면, 어째서 마탑에서 눈치채지 못했지?"

엘로힘의 눈이 가늘어졌다.

─너, 날 얕보는 것 같아. 왕의 마력으로 구현되는 마탑의 마법이 대단하기는 하지만, 나는 마법 생물이야. 다시 말해, 아주 오랜 세월을 살아온 마법사지. 마법사 몇 명 속이는 건 일도 아니라고. 격차가 심한 상위의 마법사가 은밀히 마법을 펼치면 그보다 수준 낮은 마법사가 읽어 내기 어렵다는 건 알 텐데.

그건…… 틀림없는 사실이었다. 엘로힘이 내겐 퍽 무능한 모습을 보였지만, 그는 강력한 마법 생물이다. 가뜩이나 그를 부화시키느라 마력을 쏟아부어, 폭풍이라도 친 듯이 대기가 온통 혼란한 장소. 시온도 아닌 마탑의 마법사들 정도야 그리 어렵잖게 속일 수 있었을 터.

게다가 내가 퍼부은 마력을 한 몸에 받았으니 힘이 넘쳐나기도 하겠지. 지금은 희미하게 기적을 가렸지만, 나는 그 너머에 불길처럼 흐르는 강대한 마력을 느낄 수 있었다.

한시름 놓았다. 엘로힘의 말을 전적으로 믿을 수 있는 건 아니지만, 나를 위로하거나 변명하려고 거짓말 할 이유도 없을 터였다.

─여하간 그들은 모두 안전해. 하나같이 봄이 찾아온 기드온에서 감사히 살아가고 있지. 탑의 마법사가 사라졌으니 기드온이 영주의 폭정에서 벗어날 날도 머지않았어. 그건 인간의 일이지만.

"다행이네. 하지만 넌 어떻게 행동할 수 있었던 거야? 그가 모르진 않을 텐데."

─눈치채셨겠지. 그러나 내가 인간들을 살려 내건 말건, 왕께 그리 중요한 일은 아니었을 거야.

이후 시온들이 그를 배신하려는 움직임을 보였으니, 나서서 뭘 할 수도 없었으리라.

그때 검을 회수하라 나를 내보냈던 건, 마력을 보충하기 위해서가 아니라 시온들에게 행동할 기회를 주기 위해서였나. 약해진 것처럼 위장하면서.

거기까지 떠올린 순간, 속이 끓었다. 차라리 미리 알아내어 징죄하는 쪽이 나았으리라. 제자란 이름으로 그들의 생과 의지를 저당 잡곤, 도구 다루듯 손안에 놓고 이용한다.

시온들과 짧은 기간 대척점에 서 있었음에도, 또한 내 입으로 그들을 비난한 적 있음에도 마음으론 도무지 그들을 탓하지 못했다.

나 역시 같은 상황에서 세월이 지나면 그들과 같아졌을 것이므로.

움직이지 않았다면, 그들은 영원히 도구였을 것이다. 그가 내리는 살해와 파괴에 따르면서. 그를 제어할 수 있단 것 외에 죽어 간 시온들과 내가 얼마나 다르지?

마스터는, 루키페로스는 그 운명이란 걸 도려낼 수 있다면, 그리고 허락된다면 주저 없이 나를 살해하겠지. 더 이상 참담할 것도 없다.

난 뻑뻑해진 눈을 서서히 내리감았다 떴다. 한차례 쏟아 내서 비워진 눈물샘은 말라 있었다.

"그래서 네가 어떤 식으로 내게 은혜를 갚을 수 있는데."

—옛이야기를 들려줄까 해. 아마도 네가 알고 싶어 할 내용일 거야.

난 새삼스레 힐끔 시선을 던졌다. 뤼비에가 신중한 얼굴로 대화를 귀담아듣고 있었다. 아주 생기가 도는, 흥미진진한 눈빛이다. 둘만 이야기를 나누기엔 좀 늦었다. 이렇게 된 바에야 납치된 그에게도 알 권리가 있지 않겠어?

난 결국 고개를 끄덕였다. 엘로힘이 나직하게 이야기를 풀어놓기 시작했다.

—나는 불꽃의 정에서 태어났어. 아주 미약한 생명에서 시작하여 점차 이지를 갖추어, 수천 년의 생을 살아왔지. 이 세계에 귀속된 존재로 그 흐름을 줄곧 지켜봐 오면서.

이 새가 그렇게나 오래 살았단 말이지? 난 새삼스러운 눈으로 눈앞의 자그마한 새를 내려다보았다.

말투도 그렇거니와 엘로힘에겐 어딘지 모르게 세월이 가져다주는 연륜이라던가 하는 것들이 느껴지지 않았다. 놈은 도리어 천진하기만 했다. 그건 인간과는 달리, 흘러가는 세월에서 자유롭기 때문일까.

이어진 말에 정신이 번쩍 들었다.

—그리고 어느 날, 그가 나타났어. 나타났다기보단, 하늘을 가르며 떨어졌다는 표현이 맞겠지. 그는 마치 유성 같았어.

"유성이라고? 넌, 나한테도 그 말을 했었잖아."

의미심장한 소릴 하고 떠나 버린 그 때문에 나는 그 말의 의미를 곱씹고 곱씹어야만 했다.

─그래, 이 세계에 떨어진 최초의 유성은 네가 아니었어.

내가 최초가 아니었다면, 그 전에는……. 묻지 않아도 답을 알 것 같았다.

─내게도 먼 옛날이었어. 창공을 가르고 온 천지를 울리며 황금빛 용이 이 세계에 나타났지. 그래, 니라야의 늪이라고 말해지는 바로 그 장소에.

마수가 나타난 흔적이 남아, 그 잔존 마력만으로도 마력석이 산출되는 니라야의 늪. 그리고 봉인을 풀어낼 장소로 지정되었던 그곳.

왜 하필 거기였는지 이제야 이해가 되었다. 그래, 루키페로스 역시도 이 세계로 왔던 것이다. 바로 그 자리에.

─내 생을 통틀어 그보다 인상적인 광경은 본 적이 없어. 경계는 부서지고 세상은 온통 금빛이었어. 거기에 그 아름답고 강대한 존재가 날개를 펼치고 있었어. 이 세상을 멸망시킬 수 있는 어마어마한 마력을 품은 용. 나는 본능적으로 깨달았어. 나아가 그의 앞에 경배를 바쳤지. 나뿐만 아니라 이세계의 모든 마법 생물이 그랬어. 모두가 깨달은 거야.

여운에 잠긴 엘로힘이 날개를 잘게 퍼덕였다.

─왕이 이 세계에 도래했다는 걸.

다른 세계에서 온 지배자. 그의 모습을 실제로 본 나로선 엘로힘이 말한 광경을 그려 낼 수 있었다. 그 생생한 영상이 나를 잠시 압도시켰다.

침묵하고 있던 뤼비에가 입을 열었다.

"그건 저도 고서에서 읽은 적이 있는 사건 같군요. 그때 발생한 마력 폭풍 탓에, 십 년이나 기상이변이 계속되었다고 역사상에 기록이 남아 있습니다. 물론 거기선 원인이 규명되지 않았다고 했지만요."

이야기 계속하시죠, 라며 그가 어깨를 으쓱했다.

용이란 게 도대체 어떤 존재이기에. 내 세계엔 인간 외의 지능을 가진 무언가도 존재하지 않는다. 돌고래나 원숭이가 그나마 인정받는 종류였지만, 인간과 동등하거나 그 이상이란 평가를 받진 못했다. 그러니 그토록 대단한 어떤 생물이 존재할 수 있단 것 자체가 낯설게만 여겨졌다.

내 의문을 눈치챘는지 엘로힘이 설명을 보탰다.

−용은 초월적인 힘을 품은 존재야. 그들은 인간들이 말하는 신과 유사한 힘을 가졌지. 무한에 가까운 마력과 권능을 가진 그들은 한 세계에 오직 혼자서만 머무를 수 있지. 한 세계에 오직 하나의 용. 이 세계는 언제나 용에게 복종을 바쳐 왔어. 아득히 먼, 내가 태어나기도 전 과거에 이 세계엔 이미 용이 들었단 적이 있었어. 그때의 파급은 엄청났고, 때문에 이 세계는 새로운 용이 찾아왔단 것에 빠르게 순응했지. 이전의 경험으로 뿌리에 각인된 것처럼.

하도 스케일 큰 이야기라 감이 잘 오지 않는다. 나라도 아니고 세계를 옮겨 다니는 생물이라니.

하긴 내 세계에도 용에 관한 전설이 전해진다. 여러 나라에서 저마다 다른 형태로. 그런 걸 보면 내 세계에도 용이 있는 걸까. 난 의문을 더했다.

−오랜 세월은 내게 초자연적인 지식을 체득하게 해 주었지. 거기엔 용에 대한 지식도 있었어. 어디선가 태어난 용은 마력이 충만한 세계를 찾아와, 그곳에 둥지를 틀지. 머무르는 시간은 일정하지 않아. 영원토록 머물 수 있고, 영영 떠나가기도 하지. 이번에 찾아든 그는 천 년이 넘는 긴 세월, 이 세계에 머물러 있었어. 이해할 수 없는 일을 벌이면서.

"이해할 수 없는 일?"

−그는 육신을 분리하여 봉인하고 탑으로 결계를 세웠지. 그것도 모자라 제 힘을 흩어 놓고, 마력으로 제 영의 물질화된 형태를 만들어 고정된 모습으로 살아왔어. 그저 강력한 힘을 가진 인간 마법사인 것처럼.

그건 나도 어느 정도 알고 있는 바다. 난 고개를 끄덕였다.

─물론, 그가 단순한 마법사는 아니었지. 왕은 마법적 재능을 가진 이들에게 계약이란 방법으로 마력을 부여하고, 그들을 통해 인세에 개입했어. 마탑의 손길이 닿지 않은 땅이라곤 없었지. 그는 그렇게 번거로운 방식으로 세계를 제 수중에 놓았어. 뭔가를 빼앗거나 지배욕을 충족시키길 원한다면, 좀 더 간단한 방식을 선택할 수 있음에도. 왜 그런 짓을 벌이는 건지 아무도 추측하지 못했지. 우리는 다만 침묵했어.

"그 이유는, 바로 나였지."

나는 침중하게 중얼거렸다. 나는 그게 '나'라는 데 주목한 반면 엘로힘은 그 역할에 주목했다.

─그는, 숨죽이며 준비하고 있었던 거야. 자신을 다스릴 제약이 언젠가 나타나리란 걸 알았기에.

"제약?"

─용에겐 제약이 있어. 초월적인 힘을 가지고도 생명이기에 살아 숨 쉬는 이상, 반드시 가지고 있어야 할 제약. 모든 것엔 인과가 따르기 마련이지. 막강한 힘을 가진 존재에겐 함부로 그 힘을 행사할 수 없도록 족쇄가 채워지는 거야.

그는 그것을, 운명이라고 불렀다.

─그런데 이번에 찾아온 용은, 그것을 가지고 있지 않았어. 그는 자유롭고 온전했지. 어린 용이라서 아직 제약이 걸리지 않았던 거야. 그리고 제약이 찾아오는 것을 늦추기 위해, 그는 스스로를 사슬에 묶어 철저하게 제약했지.

그는 사신이 인간과 용 사이에서 태어났다고 말했다. 때문에 뭔가에 얽매이는 것에 강렬한 거부감을 품었다고 했지. 그래서 언제고 찾아올 그 제약에서 벗어나기 위해 준비했다.

마탑의 마법사들이 인세에 개입하는 데 한정적이었던 건, 그게 제약을 부르지 않는 방식이었기 때문일지도 모른다.

-일 년여 전, 또다시 세계의 흐름이 움직였어. 나는 그 작은 파문을 알아챘지. 그때는 그게 뭔지 알지 못했어. 하지만 널 본 순간, 난 바로 알 수 있었지. 드디어 변화가 시작되었단 것을.

"……."

-용은 무한한 힘의 주인이야. 세계를 부수지 않는다면 넌 그를 통해 무엇이든 가질 수 있어. 나는 인간의 탐욕을 알지만, 동시에 그게 인간의 전부가 아니란 것도 알아. 그를 떠나온 걸 보면, 네겐 그 사실보다 더 중요한 게 있겠지. 어쩌면 그런 인간만이 용의 운명이 될 수 있는 건지도 몰라.

내가 탐욕스럽게 그의 힘을 휘두를 인간이었다면, 나는 그 운명에서 자유로울 수 있었을까?

저 위에선 퍼즐을 맞추듯 나를 그에게 맞물린 조각으로 놓았다. 나는 하늘을 원망해야 하는 걸까.

거대한 흐름 앞에서 나 자신의 무력함을 실감하는 건, 실로 뼈저린 일이었다.

-너는 네 세계로 돌아가고 싶은 거겠지?

추측하기 어려운 일은 아니었다. 엘로힘을 응시하며 난 짤막하게 말했다.

"그래, 돌아가고 싶어."

담담하게 나온 말과는 달리, 간절함이 목 끝까지 치민다. 처음부터 끝까지 변하지 않은 건 그 하나였다.

"잠깐, 다른 세계에서 오셨습니까?"

침묵하고 있던 뤼비에가 갑자기 끼어들었다. 그 눈빛이 꼭, 내 피를 뽑아서 연구라도 하고 싶은 것처럼 이글거렸다.

난 정색하며 잘랐다.

"날 연구 대상으로 삼을 생각은 꿈도 꾸지 마."

그리고 다시 엘로힘을 돌아봤다.

"방법을 알아?"

나는 초조하게 입술을 깨물었다. 그가 모른다면, 누구에게 물을 수 있을까. 세계를 넘나들 수 있는 방법을 알 만한 이가 달리 생각나지 않았다.

이윽고 엘로힘이 부리를 움직였다.

─모든 생명은 태어난 세계에 일부로서 귀속돼. 너는 용의 운명이기에 거기에서 벗어나 이곳에 떨어졌지만, 네 세계는 여전히 너를 끌어당기고 있을 거야.

"나는 차원의 틈을 통해서 이 세계에 왔어."

정말 난데없이, 재앙이 닥치듯 일어난 일이었다. 차원의 균열에 끼어서 죽어 가던 날 마스터가 꺼내주었지.

그래, 그가 나를 살렸다. 그 또한 운명의 흐름이었다는 것이 우습지만.

─먼 옛날, 용 루키페로스가 떨어진 자리에 그 흔적이 남았지. 그것이 니라야의 늪. 그러니 네가 떨어진 그 어딘가에도 자취가 남아 있겠지. 차원의 틈은 경계에 난 상처 같은 거야. 낫기 전엔 인위로 닫을 수 없어. 이물질과 같은 네가 이곳 세계에 있으니, 그 세계의 인력으로 상처는 끊임없이 덧나겠지. 아마도, 그곳으로 가면 넌 돌아갈 수 있을 거야.

돌아간다고. 그 희망찬 말에 전율이 흘렀다. 찌릿하다. 내가 겪은 모든 게 그 하나만 이뤄진다면 족하다고, 생각했다.

다만 문제가 있었다.

"나는 거기가 어디인지 몰라. 너는 알지 않아?"

눈을 떴을 때 내가 본 것은 어느 여관방. 그리고 마스터. 그 이전에, 죽어 가며 바르작거렸던 거긴 어디였을까. 기억을 더듬어 보아도, 차디찬 바닥의 기운밖에 생각이 나질 않는다. 그건 필시 죽음의 감각이었을 터.

─그거 유감이네. 용처럼 거대한 마력을 품은 존재가 온다면 모를 수 없겠지만, 네가 이세계로 온 건 아주 작은 파문에 불과했지. 나는

전혀 감지하지 못했어. 하지만 네가 근처에 이른다면, 자연히 알게 되겠지.

"근처란 말이지."

얼마만큼 근처인진 모르겠지만, 이 세계는 결코 좁지 않다. 망망 대해를 휘젓고 다녀야 한다는 통보를 받은 듯 막막했다. 그나마 바다 가 아닌 육지란 게 다행일까.

"저는 압니다."

그때 뤼비에가 불쑥 나섰다. 무슨 수작을 부리나 싶어서, 나는 눈 썹을 치켜들었다.

"일 년여 전이라면 생각나는 게 있군요. 알펜 왕국의 웬 작은 마을 에 흑마법사가 나타난 적이 있었지요. 사람을 죽여서 마법사 길드에 서 우르르 몰려갔는데, 몰려간 마법사들이 도리어 떼죽음을 당했다고 들었습니다. 그 후로 마법사 길드 쪽에서 추적을 포기한 듯하더군요. 아마 상대가 마탑이기 때문일 거라고 생각했지요. 그렇게 노골적으로 무력을 행사하는 건 마탑답지 않은 일이지만 말입니다. 그 덕분에 제 게 쏠린 신경이 흩어져서 좀 편했습니다만, 아시는 사건입니까?"

그의 통찰이 놀라웠다. 그래, 알펜 왕국, 그리고 그 마을. 여관 주 인이 말했던 기억이 있다.

'그런데 손님은 며칠 전에 마법사님이 처음 오셨을 때 못 뵌 거 같 은데…… 그 이후로 방에서 나오신 적도 없고. 흠, 실례지만 외모를 보아하니 먼 곳에서 오신 듯한데?'

……그건 마스터가 처음 여관에 들어섰을 때는 혼자였단 뜻.

이동하여 나를 데리고 다시 여관으로 돌아갔을 것이다. 거처를 멀 리 둘 필요는 없으니 그게 그 여관에서 먼 곳은 아니었겠지.

그 여관이 있는 마을. 거기만 알면—

난 득달같이 물었다.

"그 마을이 어디지?"

"그 마을이…… 뭐, 알려 드리는 건 어렵지 않습니다만."

뤼비에는 잠시 뜸을 들였다. 뭔가 있나? 난 살짝 긴장한 채 그가 입 열기를 기다렸다.

"피를 좀 뽑아 주신다면요."

뤼비에는 아주 진지한 표정으로 말했고, 그건 내 분노를 자극하기에 족했다. 난 그를 한 대 후려칠까 하다가 이내 고개를 끄덕였다. 마지막으로 선심 한 번 쓴다고 생각하자.

그리고 뤼비에는 바로 제 몸을 뒤져서 어디서인지 모를 곳에서 작은 호리병을 꺼냈다.

병이 너무 큰 거 아니냐고 내가 핀잔을 던지자, 뤼비에는 '그 정도는 상관없으시잖습니까.'라며 생명에 지장이 없단 이유로 내가 겪을 고통을 아무것도 아닌 것처럼 치부해 버렸다.

결국 그는 단검으로 내 손을 째서 줄줄 쏟아지는 피를 받아 낸 뒤, 보물이라도 다루듯 호리병을 품속으로 소중하게 밀어 넣었다. 난 회복 마법을 써서 낫게 한 손을 이맛살을 찌푸린 채 들여다보았다.

뤼비에는 그제야 순순히 마을의 이름과 위치를 말해 주었다. 날개를 펼친 엘로힘이 허공으로 날아올랐다.

—내가 널 그곳으로 보내 줄게. 그게 내 선물이자 보답이야.

은혜 갚는 까치라니, 새에게 은혜를 지우는 건 여러모로 좋은 일 같다. 타산적인 생각을 하면서도 가슴엔 잔잔한 여운이 남았다.

엘로힘이 모든 진실을 말해 주었기에 루키페로스가 그에게 해를 끼치진 않을까 생각했지만, 그렇지 않을 것 같았다. 이미 모든 계획은 끝났고, 그는 더 이상 무수한 비밀을 품은 마탑의 주인이 아니었다. 남은 것은, 그의 뜻대로 되지 않는 운명—

나 하나뿐.

"정말 안녕이군요. 바라는 바를 이루시기를."

목적을 달성한 뤼비에가 미묘한 아쉬움이 남은 얼굴로 가볍게 손을 흔들었다. 날 뜯어서 해부해 보고픈 눈빛이다. 난 환히 웃으며 그의 정강이를 힘껏 걷어찼다.

으악! 소리를 지르며 몸을 웅크리는 꼴에 아주 속이 시원하다. 한 번쯤 이래 보고 싶었어. 아쉬움을 남기고 가는 건, 역시 아닌 것 같거든.

"이왕 흑마법사가 된 김에 욕심껏 잘 살아."

난 어르신이라도 된 양 훈화를 던졌다. 뤼비에가 떨떠름한 표정을 지으며 '예, 아힌 님도 잘 사시길 바랍니다…….'라고 말을 맺었다.

엘로힘은 자리를 옮겨 내 어깨 위로 날아 앉았다. 불새의 날개에서 불길이 일듯 서서히 마력이 피어올랐다. 그때 불현듯 한 가지 생각이 스쳤다.

"니라야의 늪을 지켜보고 있었다면 혹시……."

살짝 머뭇거린 난 마른 입술을 움직였다.

"블레셋과 엘리야가 어떻게 되었는지 알아?"

"엘리야라는 자는 모르겠지만, 블레셋이란 자가 늪을 떠나는 걸 보았어."

그걸로, 답이 되었다.

엘로힘의 마력이 내 몸을 휘감았다. 나는 안녕, 하고 중얼거렸고 동시에 따뜻한 기운이 전신에 번졌다. 언 몸을 녹여 기력을 전해 주는 듯이.

그리고 다음 순간, 나는 평지 위에 사뿐히 내려섰다.

마을이 보인다. 난 불과 오백 미터도 떨어져 있지 않은 그 마을을 뚫어지게 응시했다. 단 한 번도 여관 밖으로 나서 본 일 없는데, 놀랍도록 기시감이 인다.

그래, 바로 이곳이다. 내가 처음으로 발을 들인 마을.

추억을 되새길 요량이 아니라면 굳이 저길 다시 방문할 필요는 없었다.

마을에 인접하자마자 투명한 실 자락이 휘감아 오듯 기묘한 인력이 나를 당겼다. 마력이라곤 하나 없었던 그때의 나와는 달리, 기감에 민감해진 지금 나는 나를 이끄는 힘을 인지할 수 있었다.

그저 이끌리는 대로 걸음을 옮겼다. 심장이 두근거려 박동이 빠르게 뜀에도 차분하게, 엘리야의 나비를 따르던 그때처럼. 조급해하지 않아도 되었다.

마을에서 떨어진 으슥한 숲 쪽이었다. 발밑에서 잔디와 나뭇잎이 바스락 소리를 내며 밟혔다. 한동안 정신이 사로잡힌 것처럼 멍하니 걸었다. 더 깊고 깊은 숲 속으로.

그러다 문득, 무심코 시선을 든 난 내가 다다른 이곳이 내가 꿈에서 줄곧 보았던 광경과 유사하단 걸 깨달았다.

그 금빛 잔잔하고 나무가 무성한 꿈속의 아름다운 숲. 비록 그때와 같은 빛은 없었지만, 잎사귀의 모양이며 바람에 산들거리는 윤곽이 낯익었다. 저 앞, 갈라진 틈새로 비치는 파랗게 고인 샘까지도.

나는 전율에 잠겨 눈앞의 광경을 바라보았다. 내 무의식은 이곳을 기억하고 있었던 것이다. 내 세계가 나를 부르듯 내게도 내 세계로 귀환하고자하는 본능이 새겨져 있었기에.

향취처럼 진하게 스며드는 기운이 친숙했다. 가슴 속에 그리움이 벅차올랐다. 꿈속에서 내가 손가락을 담갔던 그 샘에 빛이 어른거리고 있었다. 용이 내려온 니라야의 늪과는 비할 데 없이 작은 자취.

수면에 언뜻 비치는 풍경을 난 홀린 듯이 응시했다. 평범한 풍경이었다. 그러나 이 세계에선 결코 평범하지 않은 현대식의 방.

마치 조금도 시간이 흐르지 않은 듯이 어둠에 잠겨 있는 방 안에서, 달빛이 맺힌 침대가 눈에 박혔다. 누군가가 누웠다가 사라진 흔적만이 남은, 이불보가 구겨진 침대. 내가 있었던 자리.

목줄을 매어 잡아당기는 듯이, 끌림이 지독히도 강렬했다. 나는 샘 쪽으로 걸음을 내디뎠다. 발끝이 차가운 물에 잠겨 들었다. 그 선연한 감촉이 이것이 꿈이 아님을 실감케 했다. 정말로 돌아갈 수 있는 것이다.

막상 물 앞에 서자 쉽사리 발이 움직이지 않았다. 그토록 염원하던 게 눈앞에 있는데, 이상하리만치 망설여진다.

나는 망설임의 이유를 떠올리지 않으려고 했다. 미련이다. 어리석은 미련. 돌아가면 잊혀 기억에 희미한 잔상으로만 남을, 그리고 언젠가 추억이 되어 버릴.

내가 선택할 수 있는 양자에서 선택하기로 결정한 건 이것이니 망설일 이윤 없었다. 명료하고, 돌이킬 수 없는 이유로 나는 돌아가야 했다.

눈을 질끈 감았다 떴다. 무겁게 짓눌리던 심장이 이내 아프도록 조여 왔다. 애써 통증을 누르며 샘 속으로 걸어 들어가는 찰나, 등 뒤에서 존재감이 실렸다.

무형의 힘이 뻗어 오듯 그 기척이 날 사로잡았다. 그리고 차분한 음성.

"아힌."

불안이 덩굴처럼 삽시간에 자라올랐다.

나는 서서히 뒤를 돌아봤다. 열 걸음 정도 떨어진 자리에 그가 서 있었다. 금빛이 사라진 그늘진 숲에서, 밤하늘에 뜬 달처럼 찬연하고 태양이라기엔 차가운 금빛을 머금은 채로.

내가 사라진다 한들 그 빛이 가실까. 나는 말없이 흠 없이 아름다운 그를 바라보았다. 돌아갈 곳이 코앞에 있는데 나를 막아설지도 모르는 그를 두고도, 그가 날 막을까 두려운 것보단 애가 탔다. 이제 그가 내 의지에 반할 수 없단 걸 알고 있기에 그런 건지도 모른다.

"루키페로스."

그는 눈썹 하나 까딱하지 않고 미동도 없이, 조각상처럼 날 바라보았다. 여전히 내 언령이 영향을 미치는지, 그는 더 이상 다가서지 못했다.

그 금안이 비춰 내는 건 오직 나 하나. 그 특별함이 가슴이 사무친다.

배신감도 분노도, 그 어떤 감정도 백지인 양 느껴지지 않는 그는 지독히도 아름다웠다. 기꺼이 매혹되어 목숨을 바칠 만큼.

……주저 없이 떠날 수 있다고 믿었는데, 나는 지금 놀랍도록 주저하고 있었다.

이별을 실감하자 떨림이 가시질 않는다. 아득하고, 소중한 것을 놓쳐 저 낭떠러지로 떨어뜨리는 듯이.

태어나서 처음으로, 내 목숨을 바칠 수 있을 만치 사랑한 이였다. 인간도 아니고 나를 사랑하지도 않으며, 그저 원치 않는 운명으로 내게 얽혀진 존재.

그러나 많은 일들이 있었다. 그리고 함께한 시간이 있었다.

그동안 그는 나를 번민과 혼란으로 몰아넣으며 진득이도 지배했다. 지난 생보다 그 시간이 내겐 더 강력하게 느껴졌다. 흡사 그라는 존재에 온통 잠겨 든 듯이.

그러나 아무리 그가 내게서 차지하고 있는 자리가 크다고 한들 내가 떠나온 세계와 비등할 리 없다. 그러니 나는 여기서 떠나야함을 알았다.

내게 허락된 건, 이별의 인사일지니.

"나는……."

"네게 말할 것이 있다."

간신히 나온 말을, 마스터가 가로챘다. 어떤 표정을 지었는지 모르겠다. 가슴이 터질 듯해서, 나는 그가 말하도록 내버려 두었다. 그리고,

"내게 주어진 것은 위성의 운명. 나는 네게 귀속된 존재이니, 내 생은 너에게로 귀결한다. 그러므로—"

비현실적인 소리가 고막을 파고들었다.

"네가 떠난다면, 나는 죽게 되겠지."

참으로 차분한 협박이다.

나는 망연히 그를 바라봤다. 죽음이란 그 단어가 마비된 이지를 넘어 섬뜩한 충격으로 느리게 닥쳤다. 심장이 까마득한 아래로 곤두박질쳤다.

나는 뒤늦게 귀를 의심했다. 너무도 선명한 소리라, 되물을 수 없었다. 되묻고 싶지 않았단 것에 가깝다.

"……그 또한 내 운명이니."

말을 맺은 그는 나를 고요하게 마주 보았다. 그는 나를 설득하려 하거나 회유하려는 그 어떤 시도도 내비치지 않았다. 피할 수 없는 운명에 순응하는 양. 그것이 죽음이라도, 제 눈으로 끝까지 지켜볼 듯한 초연함. 그건 그의 시온들이 보였던 태도와 유사했다.

그러나 그 초연함은 내 것이 아니었다. 떨림이 더 커졌다. 이전과는 다른 의미로.

듣지 않을 걸 그랬다. 그냥 아무것도 모른 채 떠나갈 것을. 그러나 후회는 늦었고, 나는 이미 알고 있었다. 알고…… 있었다. 그가 말한 것은 진실.

나는 얼굴을 감싸 쥐었다. 그저 형언할 수 없어, 뜨거운 눈물이 뺨을 갈랐다.

완고하고 철벽처럼 단단한 결정이 일시에 모래성처럼 허물어져 내렸다. 내 안에서 선택이 종잇장처럼 뒤집혔다.

그건 강제에 가까운. 그만큼이나 저항할 수 없는—

그가 나를 죽이지 못한 것이 운명이라면, 이 또한 내 운명이었다. 내가 잃은 것들에 대한 그리움, 그 무게를 평생을 짊어져야 할 것을 알면서도 나는,

마스터를 죽일 수 없었다. 그를 죽게 할 수 없었다. 그것은 절대적인 명제. 그가 죽는 것을 볼 바엔, 내가 죽는 게 나았다. 언젠가부터 그렇게 되었던 것이다.

아무리 비정하고 냉혹하고 무심하여 밉고, 원망스럽고, 이해할 수 없이 날 고통스럽게 만들지라도,

그는 내게 그런 존재였다.

그는 진실로 마스터, 내 심장의 주인이었다.

마탑에서 그의 손을 잡고 도망쳤을 때부터, 아니 그 이전부터 정

해져 있는 사실.

그러니까 나는 진작부터 알고 있었는지도 모른다. 모든 것이 적으로 돌아선 상황에서 내가 마스터의 손을 놓을 수 없단 걸 알았을 때부터, 앞으로도 난 결코 그럴 수 없으리라는 것을.

……나는 아마 평생, 이 순간을 후회하게 되겠지. 죽을 목숨을 살려 준 데에 이 순간, 진정으로 대가를 치르는 듯하니.

눈물은 멎었고 새롭고 참담한 결정이 가슴속에서 돋아났다. 나는 손을 내려 주먹을 아프도록 굳게 틀어쥐었다. 다른 방향으로 남은 미련이 나를 그 자리에 붙박았다. 차가운 물속에 오래도록 머무른 다리에 감각이 없었다.

이윽고 난 수정 구슬 너머의 세계를 엿보듯 마지막으로 내가 포기한 세계를 돌아보려고 했다. 눈과 기억에 꼭꼭 새겨 둘 셈으로.

몸을 돌리려는 찰나, 굳어 버린 다리가 휘청거렸다. 나는 거짓말처럼 완전히 균형을 잃었다.

철썩, 몸이 수면으로 무너지며 요란한 마찰음이 울려 퍼진다. 순식간에 옷이 젖어들며 얼굴까지 튄 물이 차갑다.

당황스러웠다. 나는 마스터 쪽을 쳐다보며 몸을 일으키려고 했다. 그러나 마음먹은 대로 되지 않았다. 강력한 인력이 물귀신처럼 나를 빨아들이고 있었다. 제게 귀속된 일부를.

애써 일으킨 마력이 속절없이 스러져 갔다. 소용돌이처럼 강력한 힘이었다.

마스터는 샘에 삼켜져 가는 날 보면서도 움직이지 않았다. 아니, 움직이지 못했다. 달빛 같은 금빛이 산란하듯 이지러졌다. 난 도와 달라고, 그를 부르려 했다.

그러나 입안으로 밀려든 물이 말을 막았다. 목구멍까지 빽빽하게 들어찼다.

허덕이던 난 까마득한 추락감을 느꼈고―

다음 순간, 탄력 있는 바닥에 부딪혀 몸이 퉁겼다.

몸을 흠뻑 적시던 물기가 어디로 갔는지 축축함이 전혀 느껴지지 않는다.

무늬 없는 베이지색 천장. 난 벌떡 몸을 일으켰다. 내 방, 내 침대 위였다. 놀랍도록 낯선. 마치, 악몽을 꾸고 일어난 듯이 변함없는 그 모습 그대로의. 어디에서건 마스터의 모습도, 저쪽 세계의 모습도 찾아볼 수 없었다.

벼락이 내려치는 듯한 혼돈. 공황에 빠진 채 텅 빈 허공을 향해 손을 휘젓던 난 불현듯 깨달았다.

나는 돌아왔고, 때문에 균열이 닫혔다는 것을.

전신이 경련하듯 떨렸다. 아아……. 흐느낌이 입술을 비집고 새어 나온다. 눈앞이 흐렸다.

미칠 듯한 상실감이 가슴을 메운다. 숨을 쉴 수가 없다.

난 그를 잃었다. 아마도 영원히.

그리고 간절하게 바라던 현실 속에 홀로 남겨졌다.

에필로그

　나는 몰랐다. 행성이 위성에 절대적이듯, 위성도 행성에 영향력을 떨친단 것을. 그리하여 달이 사라진 지구는 결코 이전 같을 수 없단 것을.

　내가 정신을 차리기까지 꼬박 1주일이 걸렸다. 의식을 잃고 쓰러져 깨어나지 못했다면 차라리 나았을 것을.

　그저 나는……. 아무것도 할 수 없었다. 무기력이 전신을 지배했다. 세상은 정지했고, 내 안에서 뭔가가 죽었다.

　나를 이루던 그 중요한 무엇, 가장 깊은 곳에서 자리를 차지하고 있던 그것이 연소되어 버린 듯이 모든 게 의미를 잃었다.

　그들의 시간으로 하루 만에 식음을 전폐하고 틀어박힌 날 가족들은 이해하지 못했다.

　무리도 아니다. 나 역시, 생이별해서 영영 볼 기약 없던 그들을 오랜만에 다시 만났는데 아무런 감흥이 일지 않는 나 자신이 이해 안 되있으니.

　이 현실 자체가 내겐 비현실적이었다. 제자리로 돌아왔는데, 떠나기 전과 달라진 건 아무것도 없는데, 정작 내가 변했다. 나를 이루는 일부가 재구성되어 완전히 변화했고 그런 내겐 도리어 예전 같은 모습, 예전 같은 눈빛의 가족들이 이질적으로 느껴졌다. 완벽하게 맞쥐진 퍼즐에서 나 혼자 어긋난 조각인 것처럼.

극심한 거부감이 일었다. 뭔가를 용서할 수 없었다, 그게 나 자신인지, 이렇게 되기까지의 그 무엇인지, 둘 다인지……. 그냥 나는, 여기 이러고 있어선 안 됐다.

어째서 돌아오고 싶어 했었지? 이깟 게 뭐라고.

대기 중에 희박한 마력. 어떤 기적도 남아 있지 않은 세상. 나는 이제 이 잿빛 속에서 살아가야 한다. 영원히 오지 않을 새벽을 기다리며.

어느샌가 내 안엔 유사 구멍이 자리하고 있었다. 끊임없이 흘러내리며 채워지지 않는 그 감각이 나를 좀먹는다. 그건 공허다. 아가리를 벌리고 있는 수렁이다. 무엇으로도 채울 길 없는.

내가 대가로 치를 것이 침대 위를 뒹굴게 만드는 끔찍한 고통이라면, 적어도 나는 아무 생각도 할 수 없었을 테다.

차라리 잘된 거라고, 언젠가 잊힐 거라고, 이게 맞는 거라고, 어쩔 수 없지 않았느냐고, 수도 없는 위로의 말들이 스스로에게 건네졌다. 그러나 그 어떤 말로도 나는 나를 다독일 수 없었다.

나를 사랑하지 않으면 어때. 그의 운명은 나인데.

대다수의 사람은 평생을 살아도 그토록 특별한 하나를 만나지 못한다. 그러나 나는 만났다.

냉정하게, 나를 위한 선택이라고 믿었던 그것이 실상 나를 위한 것이었나. 그는 악인이었으나 인간의 잣대로 댈 수 없는 존재였다. 인간이 아닌 그를 이해하려는 시도가 뒤늦게 북받쳤다. 그와 함께하는 고통이 그를 잃은 고통보단 낫지 않았을까.

그가 변할 수 있단 건 꿈같은 일이라고 생각했지만, 그를 잃은 후엔 그 꿈조차 꿀 수가 없다. 모든 가능성은 소실되었고, 내 부정에 응답하듯 남은 것은 절망이었다.

잃은 것이 너무나 커서, 그건 달랠 수 없는 감정이라. 그 순간 발을 헛디딘 내가 죽도록 원망스러워서. 문득 숨이 막히고 눈물이 쏟아졌다. 도돌이표처럼 나는 그의 마지막 모습을 되새기기를 반복한다.

시간은 고통을 잊게 한다고 했다. 그러나 이것들을 망각하기까진 얼마나 오래 걸릴까. 무뎌질 때까지 이 시간들을 견뎌 내야 한다는 게 아득하기만 하다.

어느 순간, 거기에 머물러 있는 것조차 숨이 막혔다. 허공을 응시하며 다시금 닫힌 균열이 열리길 바라는 기대감을 도저히 견딜 수 없었다.

난 1주일 만에 집을 나섰다.

비척거리며 움직이는 내게 가족 중 누군가가 어딜 가느냐고 물었다. 잠깐 바람 쐬러 나가겠다고 하자 코트를 입히고 핸드폰을 쥐어 줬다.

정신과에 끌려가지 않은 게 용했건만, 사춘기를 심하게 앓는 거라고 단순하게 생각하는 것 같다. 문자며 부재중 전화 표시가 그득한 핸드폰을 난 확인하지 않고 외투 주머니 속으로 밀어 넣었다.

"잘 다녀와. 너무 늦지 말고."

모든 것이 꿈같다. 내가 발 딛고 선 이 세계가 어떻게 이토록 낯설 수 있을까.

발길이 한적한 곳을 향해 움직였다. 땅거미가 지는 시각이었다.

나는 텅 빈 공원에 앉아 가만히 하늘을 바라보았다.

끄트머리만 남은 주홍빛 황혼이 서서히 서녘으로 자취를 감추었다. 붉게 물들었던 하늘은 어느덧 색을 잃고 어둠에 잠겨 든다. 희게 남아 있던 월면이 차츰 선명해졌다.

뿌연 빛을 두른 달은 둥글었다. 젖어들듯 어슴푸레 흩뿌리는 빛이 시렸다. 달은 무언으로 누군가의 모습을 비췄다. 금빛의 그보단 암흑을 닮은 그가 내겐 친숙했기에, 기억 속의 그 역시 검은 눈과 검은 머리카락을 가지고 있다.

내게 아로새겨진 기억 속의 그를 끄집어내 박제해 두고 싶었다. 간혹 들여다보고 추억하는 것조차 고통이 될지라도, 그를 잊는 게 두려워서. 그쪽 세계에서의 시간이 존재하지 않았던 것처럼 되어 버리는 게……

나는 밤하늘을 향해 손을 들었다. 그 빛을 어루만져 보고픈 충동. 세계와 세계는 실로 별과 별사이처럼 멀고도 멀다.

그때 불현듯, 하얀 궤적이 손끝을 스쳤다. 불꽃이 튀는 듯이 별이 떨어졌다. 찰나처럼 시야에 담긴 별의 흔적을 난 곧 놓쳐 버렸다.

기이한 상실감. 움켜쥘 엄두도 내지 못한 빈 손바닥을 난 망연히 들여다봤다. 아무것도 가지지 못한 손은 단정하고 희었다. 내 안은 이렇게 엉망진창인데.

별똥별을 보고 소원을 빈대도 그는 돌아오지 않을 것이다. 뺨을 적시는 뜨거움이 가슴을 파고들었다.

나는 그 자리에서 하염없이 울었고, 다음 날 완전히 사라진 듯했던 마력이 돌아왔단 걸 깨달았다.

옷장 속에 밀어 넣은 붉은 로브와 함께 마력은 내게 남은 몇 안 되는 그 세계의 흔적이었다.

터질 듯이 치미는 감정에 얽혀 잠조차 제대로 자지 못했던 나는 놀랍도록 평온해졌다.

여전히 뭔가를 하고픈 의욕은 나지 않는다. 내일 죽을 것처럼 오늘을 살라는 말과는 정반대의 삶.

내일 있을 죽음이 좀 더 찾아오기를 바라는 것처럼 즐거움이며 욕망 따윈 흔적도 없었다. 그저 싸늘하게 비었다.

그러나 시간은 고통을 무디게 하니 나 역시도 조금씩, 나아졌던 것 같다.

며칠 후 엄마가 내게 조심스레 물었다.

"내일이 개학인데, 학교는 갈 거지?"

아마 그동안 방학이었나 보다. 그 소리를 듣는 순간, 정신 나간 것처럼 굴던 날 가족들이 내버려 둔 게 이해가 되었다.

나는 고개를 끄덕였고, 그건 이제껏 살아온 대로 살아가겠단 타성에 불과했다.

오랜만에 방문한 학교는 여름의 열기가 가시지 않아 후끈하다. 난 어색하게 교복을 매만졌다. 고2, 새 학기의 들뜬 분위기 속에서 착 가라앉은 난 홀로 괴리되어 있는 듯했다. 학교를 다니며 또래의 친구들과 한 공간에 앉아 수업을 듣는, 십여 년을 해 온 그것이 내겐 새삼 낯설었다.

이름도 얼굴도 흐릿해져 기억을 더듬어야 했던 친구들이 날 맞았다. 말랐다. 무슨 일 있었냐. 어째서 잠수를 탔냐. 각기 힐난과 걱정의 목소리가 쏟아졌다.

나는 미소로 답하며 말을 삼갔다. 다행히 내가 겪은 일들을 설명하지 않을 만큼은 제정신이었다.

수업은 지나치게 쉬웠다. 비약적으로 향상된 기억력, 사고력. 교과서를 몇 번 들춰 보는 것만으로도 모든 게 쏙쏙 머릿속으로 들어왔다. 예전 같았으면 탐냈을 능력인데 전혀 감흥이 일지 않았다.

부쩍 조용해진 난 시냇물에 휩쓸려가는 나뭇잎처럼 이렇게 시간을 스쳐 보낼 수 있다면, 그것으로 족하다고 생각했다.

"아힌아, 내일 봐. 힘내구!"

"응, 내일 봐."

하굣길. 나는 쾌활함을 꾸며낸 목소리로 늘 같이 하교하곤 하던 친구를 보냈다.

형식적으로 맺혔던 미소가 입가에서 스러진다. 나는 표정 없는 얼굴로 걸었다.

해질녘의 불그스름함에 젖어든 길은 끝으로 갈수록 깊은 어둠에 잠겼다. 내 앞에는 까마득히 멀고 깜깜한 길이 잔재하고 있었다. 그것은 흡사 삶도 죽음도 아닌 림보(Limbo).

살아 있는 한, 나는 그 길을 가야만 하겠지.

어쩐지 참을 수 없어져서, 난 자리에 멈춰 서서 마른세수를 하며 숨을 들이켰다.

죽은 이를 따라 목숨을 끊는 건 어리석은 짓임을 안다. 나는 그런 선택은 하지 않을 테다. 그만치 모질지 못해서, 이 공허를 안고 그저 살아가겠지.

속을 긁어 대는 비탄에서 헤어나오기까진 시간이 걸렸다. 절망에 닿았다가 다시금 기어올라 조금 희미해진 자리에 이른 나는 다시 발을 움직였다.

콘크리트가 깔린 바닥, 네모반듯하게 선 아파트, 듬성듬성 선 가로수.

제법 서늘해진 공기 속에서 고개를 숙인 채 오늘 아침에도 걸었던 길을 멍하니 걷고 있었다. 묘하게 사람이 없다고, 어렴풋이 생각했다. 그런데,

나는 우뚝 멈춰 섰다. 어깨에 맨 가방이 힘없이 떨어졌다. 투둑. 그 소리가 아주 희미하게 들렸다. 뚜렷한 어떤 기운이 내 감각을 온통 차지하고 있었기에.

……믿기지 않는다. 내가 느끼고 있는 이것이 진실일까.

나는 눈을 들었다. 저 멀리 선 인영이 보인다. 군데군데 켜지기 시작한 환한 조명이 숫제 먹혀 들어가는 듯한 어둠. 그 어둠을 두르고 선 그가 만월처럼 선명하다.

아파트 단지에서 보이는 신기루라니, 말도 안 돼.

그러나 그 눈빛 그 얼굴……. 내 기억이 그토록 세밀한 그림을 그려 내는 게 가능한 걸까. 나는 혼란에 빠졌다.

그가 다가와 내게 장미 꽃다발을 내밀었다. 역시 이건 환각인 게 분명하다. 장미라니, 이상하잖아.

난 손을 뻗어 꽃다발을 받아 안았다. 진한 향취가 확 풍겼다. 바스락거리는 촉감. 이상할 만치 생생하다. 너무도 생생해서……. 현실 같았다. 그럴 리 없는데.

"어떻게."

미지근한 막이 서린 시야가 굴절된다. 한데 고여 일그러지다가 뚝 떨어진다. 앞이 트였다. 물기를 머금어 속삭였다.

"어떻게 여기 있죠."

내가 떠나면 죽는다고 해 놓고선.

"네가 나를 떠나지 않았으니, 내 생은 온전하다."

그의 모호한 설명은 놀랍도록 충분했다. 나는 깨달았다. 그가 말한 떠남의 의미는. 그래, 나는 그를 끝끝내 마음에서 놓아 버리지 못했다. 내게 주어진 마지막 선택의 순간에도, 그리고 지금도.

놀랍도록 모든 것이 빠르게 맞물리며 균형을 찾았다. 내 안 깊은 곳에 난 구멍이 조명처럼 터지는 환희로 메워진다. 아찔하다. 나는 도저히 견딜 수 없었다.

몸을 던져 그를 와락 끌어안았다. 마주 안는 손길은 차분하기만 하다. 예정되었던 운명에 다다른 양. 그것이 미치도록 싫었던 적이 있다.

그러나 그는 내 앞에 있었다. 영원히 잃은 줄 알았던 것이 다시금 내게.

가슴 안쪽이 뻐근하다. 사랑이라고 하기엔 부족할 만한 도취. 고작 그런 감정일 리 없다. 고작 그런 게 나를 죽이고 살릴 리 없다. 낮이 돌아온 듯 회색이던 세계가 환한 색채를 덧입는다. 동트는 햇살이 비치는 양 환영처럼 빛이 어른거린다.

지독하게 목이 메었다. 난 그의 품에 고개를 묻고 가까스로 물었다.

"왜 이렇게 오래 걸렸어요."

"세계를 넘나드는 건 내게도 쉽지 않은 일이니."

머리카락에 가볍게 닿는 손길에서 묘하게 다정함이 느껴졌다. 착각일까. 그것이 나와 같은 감정은 아닐지라도, 나는 그에게 의미이다. 그와 연결된 오로지 단 한 명의 인간이다. 하여 그는 세계를 넘어 내게로 왔다.

나는 눈을 맞추고, 눈앞에서 일렁이는 암흑을 향해 물었다.

"내 곁에 있을 건가요?"

"생이 다하는 날까지."

누구의 생이냐고 물어볼 필요는 없다. 그가 죽으면 내 생도 의미를 잃고, 내가 죽으면 그도 죽는다. 지독하리만치 절대적인 결속이다. 두렵긴커녕 벅찰 만큼 가득 채운다. 배 속 깊숙이 그득그득 충만해진다.

그는 용이었다. 지상에서 가장 강력한 생명. 이 세계에서 지극히 낯설고 이질적인 존재이며 통제할 수 없는 괴물.

그러나 운명이란 이름 아래, 나는 그의 족쇄가 되었다. 그게 견딜 수 없이 싫었던 순간도, 이젠 까마득하다. 함께할 수 있다면 다 된 거라고. 그 말의 의미가 뼈저리게 닿아 온다.

엘로힘은 내가 그를 변화시켰다고 말했지만, 사실 나는 그에 대해서 잘 알지 못한다. 어떤 것을 느끼고, 어떻게 생각하는지. 뭘 좋아하고 싫어하는지.

그러나 다시 만난 그는 어딘가 미묘하게 달라진 것도 같다. 미세한 감정 같은 것을 얼핏 머금은 얼굴.

나는 홀린 듯이 그를 응시했다. 어느덧 숨결이 얽혀 들고 누가 먼저랄 것 없이 깊게 입을 맞췄다. 마치 보통의 연인처럼.

흉내에 불과할지라도, 지금은 그것만으로도 족하니. 남은 시간을 함께하다 보면 언젠가 그도 나를······.

희망이 앞선 부정보다 낫다는 것을 난 이제 안다. 갈 길은 태산같이 멀고, 그는 원하든 원하지 않든 또다시 나를 괴롭힐지도 모른다.

하지만 나는 그리 현명한 사람이 아니다. 어리고 멋모르고, 때문에 감정이 휘둘리고 만다. 그럼에 불구하고 이 불가항력에 저항할 수 없기에—

고된 시간을 건너 나는 한때 결코 이루어질 수 없을 거라 믿었던 그, 나의 마스터와 함께하기로 했다. 기꺼이, 이 기적이 영원하기를 바라면서.

뭉그러진 장미 꽃다발에선 현기증 날 만치 짙은 향이 났다.

　발끝이 금빛으로 녹아든다. 잔금처럼 남아, 모래알처럼 반짝이는 어떤 자취. 그는 투명한 물 밑을 내려다보았다. 그의 다리는 물속에 있었지만, 차가운 물기는 조금도 그의 옷깃을 침투하지 못했다.

　당연한 일이다. 그의 권능은 강력했고, 때문에 그는 어떤 세계에선 절대로 여겨지는 물리법칙조차 통제할 힘을 가지고 있었으므로.

　그러나 단 하나, 그를 무력하게 만드는 것이 있었다.

　블랙홀에 빠져든 양 물속으로 빠져들어 눈 녹듯 사라진 한 소녀의 상이, 뇌리를 스친다. 삽시간에 팽창한 공허가 그를 집어삼킨다.

　그는 그 낯선 감각을 버텨 냈다. 실낱같이 남아 있는 끈. 그리고 '거의' 닫혀 버린 통로. 그래, 거의. 완전히는 아니다.

　그리고 그의 손에, 잠시나마 그 닫혀 버린 통로를 벌릴 수 있는 열쇠가 있었다.

　그것은 한 병이 피였다.

　'당신의 권속들에게 몸뿐만 아니라 영혼의 자유를 주십시오. 그것이 대가입니다.'

　조금 전, 감히 그를 앞두고 거래를 걸었던 자를 기억한다. 단숨에 그 숨을 끊고, 원하는 걸 강탈한다고 한들 저항하지 못할 상대 앞에서.

　그러나 대수롭잖은 일이었다. 배신은 그에게 터럭만 한 상처도 가져다주지 못했다. 모든 것이 예견한 대로, 그가 의도한 대로 이루어졌다. 그러나 그 결과만큼은.

……과연 뜻대로 되지 않았던가. 나는 이 흐름을, 전혀 예상치 못했나. 답을 낼 수 없는 질문을 삼키며 그는 미미한 의문을 끄집어냈다.

'너는 그를 통해 무엇을 얻는가.'

그 물음에, 남자는 웃었다. 한때 함께했던 순간이 있었다. 비록 거래가 있었다곤 하나, 남자가 그에게 도움이 되었던 것은 사실. 원하는 바를 충족할 수 있다면, 들어주지 못할 이유도 없다. 그러나 지금 이 의문은,

'특별한 추억에 대해 보답이라고 해 둘까요. 물론 그뿐만은 아닙니다. 제게는 마법사로서 얻을 수 있는 게 있지요. 어떻습니까?'

그의 몸에 밴 희미한 마력의 자취가 누구의 것인지 읽혔다. 블레셋. 마탑의 지식과 마법을 고스란히 가지고 있는 그. 목숨을 건졌음은 알고 있었다. 하지만 굳이 쫓지 않았다. 그보다 중요한 문제가 있었고, 그들은 충분히 용도를 다했다. 그를 배신한 제자들…….

그들의 배신이 감흥을 주지 못했듯, 그는 그들에게 응당한 죽음을 안겨 주는 데 적극적이 될 만한 동기— 배반감도 느끼지 못한 터였다.

그러나 그럼에도 그는 항상 인과의 의무를 다해 왔던 자였다. 소원을 이루어 주고 힘을 준 주인을 배신하였다면 그들은 마땅히 대가를 치러야 했다.

……우선순위에서 비켜났다고 한들, 그럴 마음이 전혀 들지 않는 건 왜일까. 그는 가늘게 눈을 뜬 채 손안에서 놓인 병을 내려다봤다. 병을 벗어나고 싶은 듯 미세하게 출렁이는 핏물.

이 피조차 저 세계에 귀속된 것. 하여 틈은 완전히 닫히지 않았고, 제게 귀속된 그것을 줄곧 끌어당기고 있었다. 인력이라 이름하는 그 힘. 그것을 이용해 그는 틈새를 비집고, 세계를 연다.

그러나 고작 이 한 병으로는 충분치 않을지도 몰랐다. 그는 지나치게 강대한 생명체였고, 틈은 좁았다. 일전에 이곳 세계로 건너올

때도 그는 막대한 마력을 소요했다.

더군다나 저곳은 마력이 희박한 세계. 오로지 본신의 힘만으로 열어야 하는 난점이 있었다. 이만한 질량의 마력이 빠져나가는 데 이곳 세계에서도 저항이 있으리라.

용은 한 세계의 재앙이며 동시에 선물이었다. 마력의 근원으로서 세계를 풍요롭게 하지만, 그 세계를 파괴할 만한 힘을 가지고 있었으므로.

하지만 그렇다 한들 결론은 바뀌지 않는다. 온몸을 부서뜨리더라도, 그는 그 좁은 통로를 지나야 했다. 그것이 그의 운명이었다. 암석처럼 확고한, 거부할 수 없는.

―운명.

그는 그 단어를 읊조렸다.

평생 동안 저항해 오던 그것에 잠식당한 순간을 잊지 못한다. 몸속에서 산산이 부서지고 다시금 꿰어 맞춰져 치달아 온 금빛의 그것은 달콤한 속박이며, 자유의 환희였다.

혈관을 타고 뻗어 나가며 전신을 잠식하는 감각이 지독했다. 세포 하나하나를 메우고, 전류가 영혼을 일깨운다. 진저리 날 것 같았던 그것이 도리어 뼈저리도록 충만하여―

만족스러웠다.

그는 진실로 기이한 일이었다. 왜냐하면, 그것은 이제껏 그에게 영원한 감옥에 갇히는 것처럼, 쇠사슬로 목을 졸리듯이, 그리 여겨졌던 것이므로.

그것이 그가 용이기 때문이라면, 한 방울의 피도 남기지 않고 뽑아내어, 자신을 파헤쳐 갈아엎는 일도 감수할 수 있었다. 그토록 지독한 것이었다.

누군가에게 제약당할 운명, 그 운명이 자신에게 짐 지워졌단 걸 증오스러울 만치 용납할 수 없었다. 그토록 무한하고 강대한 힘을 가지고도 그 누군가에게 예속되는 삶.

피할 수 없는 일. 하지만 적어도 늦출 수는 있었다. 가능한 한 오래, 그리하여 뒤늦게 닥칠 그것을 파괴할 수 있게 될 때까지.

　먼 옛날, 시간도 공간도 다른 그 어떤 세계에서 그는 어린 시절을 보냈다. 그를 낳은 것은 은빛의 용, 그리고 인간. 눈부신 금빛 머리카락을 가진 아름다운 인간 여자. 그는 자신의 비늘 색이 누구로부터 유래한 것인지 알아챘다.

　그 여자, 그의 어머니는 용의 주인이었다. 은빛 용을 소유했단 건, 인간인 그녀에게 무한한 힘을 가져다줬다.

　하지만 그들의 삶은 평범하고 조용했다. 어머니는 다정했고, 아버지는 무심했다. 어머니는 그에게 '스스로 빛나는 자'란 뜻의 루키페로스란 이름을 지어 줬다. 그리고 인간 어린아이를 키우듯 그를 돌보았다.

　그녀의 곁에서 세상을 멸할 그 강대한 힘을 가지고도 은빛 용은 숨죽이듯 기운을 감춰 내며 고요히 머물렀다. 맹수 중의 맹수이면서 그녀 앞에선 충실한 개라도 된 듯이.

　처음부터 걸렸던 건 아니다. 그저 약간의 의아함, 거기에 더한 미묘한 감정. 은빛 용은 마치 어머니를 위해서 존재하는 것 같았다.

　그는 위성이었고 그림자였다. 그녀의 미소, 말소리, 호흡 하나조차도 놓치지 않고 반응하고 담았다. 그는 흡사 그녀를 제하곤 존재할 수 없는 존재처럼 여겨졌다.

　이상한 건 은빛 용이 그 사실에 대해서 완전히 복종하는 듯이 보였단 거다. 애초에 노예로 태어난 듯이 일말의 저항감도 비치지 않고.

　그의 근원, 은빛의 용은 의문을 내비치는 그에게 무심한 눈으로 말했다. 이는 운명이니, 언젠가 네게도 그러한 존재가 나타날 거라고.

　그 말은, 흡사 저주처럼 들려왔다. 본능적으로, 그는 뿌리로부터 깨달았다. 은빛 용의 말이 언젠가 이루어지리란 것을. 그것은 필경 해일이 덮쳐 오는 듯한 격변이리라.

　하지만 재해 앞에서 불가항력에 빠지는 건 저 지상의 생명들. 그는 용이었다. 동시에 그는, 용으로 태어났으나 인간의 혈육이었다.

양자 중 어느 쪽의 영향일진 알 수 없으나 그는 그 사실을 받아들일 수 없었다.

나약하고 미약하여 백 년도 지나지 않아 지상에서 스러질 인간에게도 존재하는 자유가 그에겐 주어지지 않았단 진실은 그에게 처음으로 감정의 격동을 느끼게 했다.

모든 용이 그 운명을 받아들인다 한들, 그는 아니리라. 그는 스스로 빛나는 자, 이름 지어진 그대로 자신을 오롯하지 못하게 하는 그 어떤 것도 용납하지 않을 것이다. 차가운 분노가 일었다. 그리고 빙하처럼 얼어붙었다.

그리고 생겨난 열망. 그에게 주어진 운명이란 족쇄를 부수고, 완전한 자유를 찾겠노라고. 그 열망을 위해선, 본신을 봉인하고 힘을 조각내어 흩뿌리는 지난하고 번거로운 일조차도 감내할 수 있었다.

존재를 가리고 흩어 숨기면 용인 그를 제약에 놓을 운명은 더욱 늦게 찾아들 터. 그 '운명'이 나타나면 완벽하게 손에 넣고 통제하여 말살할 의지가 그 안에서 다져졌다.

그는 모든 것을 시작하기 위해 새로운 세계를 찾았다. 그리고 탑을 세워 본신을 봉인하고 용이 아닌 존재로서의 자아를 구축했다.

하지만 그는 어린 용이었고 본신의 마력은 날이 갈수록 강해졌다. 세월이 지나면 지날수록 그는 자신의 마력을 나누어야만 했다. 강해지면 강해질수록 그는 세계에 더욱 위협적인 존재가 되어 갔기에.

운명의 이목을 피하고 피하여 언젠가 그의 눈앞에 '그 존재'가 나타나는 그 순간까지 그는 준비해야 했다. 이곳은 이제부터 그의 지배하에 놓인 세계.

하여 그는 세계를 손에 넣기로 했다. 어떤 변수나 예외도 허용치 않고, 그 뭔가가 나타난다면 완벽하게 손아귀에 넣고 짓뭉갤 수 있도록.

그리고 그가 지상에서 발견한 것은, 염원. 가슴속에서 타는 듯한 불꽃이었다. 그는 그 염원을 이루어 주고픈 욕망에 사로잡혔다. 그 염원은 제 운명에서 벗어나고자 하는 그의 열망과 닮아 있었으므로.

그것이 그를 움직였다.

염원을 들어주어 수족을 만들고 그 수족들로 하여금 그의 마력을 소모하게 했다. 무수한 운명을 엮고 가지를 뻗어 세계를 완전히, 그의 지배하에 넣었다.

그 모든 것은 준비였으며, 또한 용이란 존재에게 어울리는 삶이기도 했다. 그는 강했고, 강한 것이 약한 것을 지배하는 것은 그 어느 세계에서건 지극히 당연한 법칙이므로.

모든 게 순조롭던 어느 날, 예기치 않은 시공간의 균열이 모습을 드러냈다. 그의 가지 중 하나의 눈을 통하여 그는 그 사실을 눈치챘다. 그리고 깨달았다.

그날이었다. 드디어, 비로소 그의 '운명'이 그에게 도래한 날.

그는 준비가 되었다. 이상하리만치 평온했다. 그는 완성되어 있었고, 그의 준비는 완전에 가까웠다. 잠든 본신은 완벽하게 배제되어 정신체로서 존재하는 그에게 어떤 영향을 끼치지 못하리라.

깊은 숲 속이었다. 그리고 얕게 고인 샘 하나. 육안으로는 아무런 이상을 볼 수 없되 허공에서 일그러진 마력의 흐름이 선연하다.

거기에 있었다. 그의 피부 결을 스치고 세포를 낱낱이 일깨우는 듯한 그 뭔가가.

그는 냉정하리만치 차분했다. 비틀린 공간의 입구를 강제로 열고, 만신창이가 된 한 인간 소녀를 끄집어내는 순간에조차도.

뼈와 근육이 비틀려 온몸이 피멍으로 물든, 죽어 가는 인간이었다. 나약하게 헐떡이는 생명. 그가 돌아선다면, 친히 숨을 끊지 않아도 죽음을 맞으리라. 너무도 쉬운 종결.

그가 상상했던 그 어떤 본능과 이성의 사투도 일어나지 않았다. 그를 강제하는 것은 없었다. 그의 심장엔 언 피만이 돌았다.

"고작 이것이."

그는 잠시, 그 자리에서 죽어 가는 인간 소녀를 내려다보았다. 제게 운명으로 배정된 그것이, 실상 무력하고 무가치한 존재란 걸 되확인하듯이.

이내 그는 등을 돌렸다. 굳이 짓뭉갤 것 없이, 떠나 버릴 셈으로.

그러나 그 순간,

"……살려…… 주세요."

그의 옷자락을 잡아채는 그것이, 그 필사적인 부름이 그를 붙잡았다. 생의 단말마를 내지르듯 간절하나 상반되게 미온처럼 가벼운 접촉.

그는 의식을 잃은 소녀에게 다시금 시선을 주었다. 그녀의 존재감이 색다르게 다가오는 것은 사실이나 여전히 그의 심장은 차가웠고, 깊은 호수처럼 고요하기만 했다.

그의 운명은 그에게 '전혀'라고 해도 좋을 정도로, 감흥을 주지 못했다. 하찮고 보잘것없다. 하지만 그녀가 일순 내비친 그것은, 이제껏 그가 보아 온 염원을 닮았다.

그는 그에게 그러한 염원을 보이며 소원 빈 자를 외면한 적이 없었다. 가장 인과율에 부합하며 그의 바람과도 닮아 있는 방식. 그것을 이뤄 주는 대가로 삶을 종속시켜 뜻대로 움직이는 것으로, 그는 힘을 직접적으로 행사하지 않고도 세계를 지배할 수 있었다.

하지만 그 모든 것은 운명을 피하려 함이니. 그에게 그 모든 일을 하도록 만든 이 소녀에게 그럴 필요가 있던가. 가당치 않은 일. 분 단위의 시간이 지나면 저 숨은 잦아들 것이다. 그는 그것으로 목적을 이룬다.

유일하고 오롯한 존재. 완전하고 자유로운 용. 그 순간을 위해서 이 모든 걸 준비해 오시 않았던가. 거의 코앞까지 다다라 있었다. 그저 죽도록, 내버려 두기만 한다면—

그러나 그때 이미 뭔가가 시작되었던 것 같다. 얄팍한 이유 하나가 심연에서 기어 나와 지독히도 매혹적으로 그를 당겼다.

그의 세계에서 어째서 오로지 저 소녀만이 예외가 되어야만 하나. 언제든 앗아 갈 수 있는 목숨일진대, 그 삶을 받아갈 기회가 떨어진 것은 아닌가.

지금 눈앞의 상황에 대해서 아무것도 하지 않음은 흡사, 그의 지배력을 해치는 일처럼 여겨졌다. 제가 종속되어야 할 별을 제게 종속시킬 기회가 주어졌다. 그렇게 함으로써 그는 운명을 진정으로 정복할 수 있었다. 이토록 쉽게, 회피할 것이 아니라.

　그것은 도전이라 이름하는 충동. 그는 용이되 인간의 태를 타고 인간에게서 났다. 그렇기에 그가 운명에서 벗어날 수 있다면, 그 운명을 지배하는 것조차도 가능하리라. 그 사실은 그의 무정한 심장조차도 움직였다.

　그는 그녀를 살렸다. 그리고 깨어나기를 기다렸다.

　"저기요."

　두려워하고, 경계하며 그를 응시한다. 제아무리 감추려 해 봐도 살아온 세월만큼이나 얄팍한 가장. 속이 뻔히 들여다보이는 맑은 눈동자였다.

　그는 그녀에게, 그녀가 치러야 할 대가에 대해서 말해 주었다. 거부하고, 그를 거역한다면 그것으로 족하다. 미룰 것도 없이 그에겐 승리가 주어질 터.

　하지만 소녀는 받아들였다. 그리하여 그에게 불필요한 기다림이 주어졌다. 확실한 건, 그녀는 그를 좋아하지 않았다. 그건 대수롭지 않은 일이었다. 그의 제자라고 일컬어지는 수족들이 그에게 품어 왔던 감정이었으므로.

　그를 향한 누군가의 증오나 사랑, 혹은 감정 따윈 얼마나 강렬하건 그에게 감흥을 주지 못했다. 그에게 감정이란 걸 주는 건, 오로지…….

　'마스터를 사랑해요.'

　'네 감정은 내게 하등 쓸모가 없다.'

　'저를 사랑하시지 않아도 돼요. 그냥, 알아주시면 안 되나요? 저는 마스터를 사랑해요. 당신을 처음 본 순간 운명이라고 믿었어요. 저항할 수 없었죠. 그러니―'

　'진정 저항할 수 없는 걸 네게 주마.'

역하게 제 안에서 꿈틀거리는, 후려치는 바람처럼 폭급한 분노. 사랑을 속삭여서가 아니다.

그는 용이었고 두려움을 불러일으키는 만큼이나 매혹적인 존재였다. 그의 지배에 놓인 것들은 하나같이 그에게 단 한 순간이라도 매료되지 않은 적이 없었다. 그러나 그 말이, 그 운명이란 단어가……. 지독히도 거슬렸다.

모든 것이 순조로운 와중에도 그 흐름을 단박에 뒤집을 단어란 걸 인지하고 있었기에.

결과적으로 그는, 그 단어의 힘을 실감하게 되었던 것이다.

기나긴 생. 그 나날들이 비록 목적을 담고 있었다 한들 과연 무료하지 않았을까. 그러니 언제든 없앨 수 있는 그 소녀는 그에게 자극적인 흥밋거리였다. 처음에는 분명히.

'죽일 것까진…… 없었잖아요. 죽이진 않아도 되었잖아요!'

질색하고 분노하는 그 눈빛. 그녀 앞에서 첫 살인을 자행했을 때.

기이한 감각이었다. 자신에게 오롯하게 드러내는 감정이 의미가 있었던 것이. 저 눈이 드러내는 그것이 증오라 할지라도 흡족할 듯한 감각. 이성과 사고를 배제한 채, 몹시도 끌리는 느낌이 있었다.

그리고 힘. 우연히 일어난 짧은 접촉을 통해, 그는 불가사의한 하나를 알아챘다. 마력의 충원. 애초에 그에게서 난 마력으로 채워진 미약한 몸뚱어리의 소녀였다. 이 세계의 평범한 인간들과 다를 바 없는.

그리고 그의 마력은 이미 마탑에 봉인되고 나누어져 제한된 형식으로밖에 사용할 수 없건만, 그 비고 비어서 나누어 버린 마력이 그에게서 새롭게 일어났다. 정신체에 불과한 현재의 그가 본신과 합체되었을 때에만 가능했던 일이, 그녀가 곁에 있음으로써 가능해졌다.

마력 생명체, 스스로 마력을 자아내는 존재. 그 일은 같은 공간에 존재한다는 이유만으로도 이루어지고 있었다.

사실 마력을 불어넣는 데 꼭 그 방법만 있었던 것은 아니다. 하지만 구실이 있었고, 그 입맞춤이, 그 숨결이……. 그를 그렇게 행동하게끔 했다. 용은 마력의 생물. 그러니 그가 거기에 이끌리는 건 필연.

어느 날, 다른 권속들과 마찬가지로 그녀를 잠시나마 떠나보내야 할 순간이 찾아왔다. 예외를 두지 않기 위해 그녀를 데려왔었다. 그러니 임무를 주어 내보내는 것 또한 자연스러운 일이니.

그녀가 자리를 비운 그 공백이 그를 움직여 몇 번이고 꿈속을 찾아들게 했다. 원래의 세계로 돌아가고픈 그녀가 그려 낸, 그들이 처음 만난 장소를 구현한 그 무의식 속으로.

쏠린 듯이 움직였으되 그것은 초조함과는 달랐다. 그의 심장은 차가웠다. 하지만 그를 그렇게 만드는 뭔가가 있었다. 그는 주기적으로 그녀의 존재를 인식해야만 했다. 숨을 쉬는 것처럼 자연스러웠다. 그러나 몽(夢) 중 방문이 그녀와 그를 잇는 데 더욱 큰 영향을 미쳤음은 자명하다.

그를 바라보며 청할 때면 그 원을 들어주고 싶었다. 하여 어떤 거부감을 느끼지 못하고 그리했다. 그리고 그녀에게 해를 끼치려는 것들을 뒤에서 죽여 없앴다.

그 과정에서 그의 자각은 늦었다. 그에게 나타난 이상 징후를 깨달았을 때. 그가 예외적으로 그녀의 의지에 따르고 있고 보호하고, 그녀가 죽음을 맞도록 내버려 둘 수 없단 걸 깨달았을 때—

느리지만 깊숙하게 충격이 파고들었다.

침묵하는 운명이 소리 없이 움직여 어느덧 그를 얽매고 있었다. 유희처럼 즐겼던 그 모든 것에 서서히 중독되듯이. 이미 그는 늪에 잠겨 들고 있었다. 어리석게도 그는 너무도 늦게 그 사실을 알아챘던 것이다.

그에겐 이미 선택권이 없었다. 그 손을 뻗어 잠든 소녀의 목을 꺾어 버리는 그 간단한 일이 더 이상 가능하지 않았다. 가능했던 순간의 임계를 넘어 이제 그는 지켜봐야 했다. 그토록 뿌리쳐 내려고 애썼던 운명이 그의 사지를 옭아매고 있는 것을.

그건 생각만큼 증오스럽거나 고통스럽지는 않았다. 하지만 여전히 그는 거기에 굴복할 생각이 없었다. 그에게 선택권이 존재하지 않을지라도.

하지만 아직, 그를 점령하기엔 미약하다. 뭔가를 할 수는 있으리라. 자신이 아니면 그녀가 선택해야 했다. 인간인 그녀에겐 선택권이 주어졌으므로.

그녀가 죽도록 거부하는 일은, 그 역시도 행할 수 없게 되었을지라도 아직은 돌이킬 수 있었다. 이 세계는 그의 것이었다. 그리고 그에겐 계획이 있었다. 이용할 수 있는 것들이 있었다.

그녀가 그를, 운명을 버려야 했다. 적어도 그 운명에는 이루어졌다고 하기엔 불완전한 부분이 있었기에.

하지만 그게 어떻게 가능할까. 용은 위험하고 잔혹하며 두려움을 불러일으키는 존재였다. 그러나 그만큼 매혹적이었다. 그 성질이 어떠하건, 그를 보며 어떤 감정이 속에서 넘실거리건, 본능과도 같은 영역에서 그녀는 그에게 끌렸다.

허물 같은 영(靈)의 상태, 그러나 외피만큼은 죽음처럼 아름답다. 그 모든 매혹을 외면하고 그녀가 그를 버리게끔 하려면…….

증오란 극단에서 솟아난다. 꾸며 내거나 조장할 필요가 없었다. 이제껏 살아왔던 대로, 그의 본연의 모습을 보여 주기만 하면 되었으므로. 거기에 더하여 그의 시온들.

간단하다. 그의 힘이 흔들리고 있고, 그에게도 틈이 있단 걸 인지하게만 한다면— 그 어떤 시도도 하지 못하고 흘려보낸 오랜 기다림. 그 속에서 찰나같이 주어진 기회를 그의 권속들은 놓치지 않으리라. 그는 시온들이 소녀에게 접근하도록 내버려 두었고, 그걸로 모든 상황은 순탄히 만들어져 갔다.

과정은 쉽지 않았다. 외면하는 건 더더욱 결박당한 듯이 불가했다. 소녀의 의지는 강했고, 그는 거기에 응하지 않기 위해서 무수히 자신을 억눌러야만 했다. 그 의지에 반하지는 못할지언정, 거부하며 침묵하고 형벌이 형벌이 되지 않게 했다. 그 수동성이 그에게 허락된 전부였다.

그를 향한 눈빛이 어떻게 바뀌건 감정의 색이 어떻게 달라지건, 의미를 두지 않았다. 아니, 의미가 되어서는 안 됐다. 차라리 그 눈은 증오여야만 했다. 하지만,

'왜 옳은 일을 하시지는 않나요?'

'마스터가 끔찍해요.'

'아무렇지 않게 사람을 죽이고, 그걸 명령하고, 따르고. 이 마탑이란 건 미친 집단이야. 당신도 제정신이 아니고.'

그 날선, 끓는 듯한 눈빛이―

'네가 뭐라도 되는 것처럼 착각하고 있구나.'

'착각하지 않게 모른 척하지 그러셨어요!'

'내가 거기서 죽든 말든, 버티든 버티지 못하든 그냥 내버려 두지.'

'……기대 같은 거 하게 하지도 말지.'

그의 안, 깊숙한 심연을 자극했다. 그 어떤 단서도 주지 않고 침묵하고 침묵하여 떨쳐 내야만 했다. 그러나 삽시간에 통제할 수 없을 만치 분노가 피어올랐다. 비록 완전하게 표출되진 못할지라도. 그 목을 꺾고 싶었다.

그러나 그의 손엔 힘이 들어가지 않았다. 운명이 기어이 그를 막아섰다. 차가워진 이성이 뇌리로 내려앉았다.

'내가 정말로 너를 죽일 수 없다고 생각하느냐.'

'죽일 수 있다면, 왜 죽이지 않으세요?'

'처음에 저를 왜 살리셨어요.'

그래, 그의 오만함이 그를 이 자리까지 오게끔 했다. 얼음을 조각하여 만든 듯한 낯에 균열이 일었다. 허무만을 드러내던 눈빛이 일순 변모했다.

평생, 단 한 번도 느낀 적 없는 지독한 기분이었다. 그런데도 그는 눈앞의 소녀에게 무엇도 할 수 없었다. 강력한 결박이 그를 본능으로

부터 잡아 세웠다.

'네게 임무를 내리마.'

그는 그것으로 그녀를 뿌리쳐 보냈다. 돌아오지 않는다면, 그것은 배신이고 완전치 못할지는 몰라도 그것은 이 결박에서 그를 어느 정도 자유롭게 하리라. 만약 돌아온다면⋯⋯.

그는 그녀가 자신을 택하리라고 생각하지 않았다. 상극의 존재. 그는 효율과 이성을 따르도록, 누군가의 피 흘림에 아무런 감흥을 느끼지 못하도록 태어났다. 그것이 그의 본질이었다.

몰이해는 따스한 심장도 싸늘하게 하며 종종 증오를 동반한다. 거기까지 치닫지 않더라도, 그를 증오하여 배신의 칼날을 빼 들 만한 성품이 못되더라도 최후의 순간 그를 외면하는 것은 어렵지 않을 터.

결과적으로, 그는 실패했다. 제 앞에 내밀어진 손쉬운 선택을 걷어차고 그녀는 그를 택했다. 완벽에 가깝다고 믿었던 계획은 어긋났고 그는 만약을 위해 준비해 두었던 새로운 계획을 따라야만 했다.

어리고 무력한 몸을 가장한 채로 그녀와 도피하는 것. 그가 쌓아 온 모든 것을 내버리고.

그의 사고를 이해시킬 만한 근거는 없었다. 마탑에서 충동적으로 그를 구할 수밖에 없었을지도 모른다. 그토록 우유부단하고 감정에 휘둘리는 소녀였으니.

허나 이성이 살아나기 족한 시간이었다. 살고 싶어 그의 옷자락을 붙잡고, 반항심을 죽이고 고개를 수그려 그를 따랐던 그녀이지 않던가. 더군다나 그는 그녀에게 그를 떠날 이유를 줬다.

하지만 시온들을 적으로 돌리는 위험을 감수하면서 그녀는 그의 곁을 지켰다. 어미처럼 그를 감싸 안고, 대립할 때마다 분노하고 상처받으면서도 끝끝내 떠나지 않았다.

그로선 불가해한 영역. 단지 그걸 애정이라고 보기에는 설명이 부족했다. 그조차도 저항하기 힘든 운명에 휘둘리는 것이 아니라면, 다른 이유가 있을 터. 그녀가 원하는 것 중에 그가 아직도 가지고 있는 것이라면 단 한 가지, 귀환. 그토록 그것을 간구하는가.

분명, 그녀를 돌려보낼 수 있는 건 현재로선 그뿐이었다. 하지만 엘리야에게도 불가능하진 않았다. 만약 엘리야에게 모든 진실을 말했다면, 그는 기꺼이 그녀를 도와주었을 거다.

엘리야가 그녀를 도울 거란 확신이 없었기에 그렇게 하지 못한 거라면 그가 그녀를 도울 거란 보장은 어디에 있는지. 그 역시 답이라 하기엔 모호한 추측이었다.

굳이 이해할 필요는 없었다. 이제 그에게 남은 것은 간단한 도박. 계획이 실패한다면 그는 본신으로 돌아가야만 할 테고, 거부할 수 없는 운명에 지배당할 것이다.

하지만 계획이 성공하여 그녀가 그를 배신하게 하는 데 성공한다면 운명의 제약은 약해진다. 봉인이 그를 돕고 있었다. 본신과 연결이 끊어진 이 약해진 몸뚱이는 그것으로 자유를 찾으리라.

그러면 그는 그가 처음 그녀를 보았을 때, 이루어졌어야 했을 일을 할 수 있었다. 인간은 쉽게 죽는다. 직접적이 아니더라도 그녀의 목숨을 앗는 건 그에게 어렵지 않은 일이었다.

변수가 생겨났다. 그녀가 그에 대해서 알게 되면 될수록 그녀는 더 많은 영향력을 얻어 갔다. 점점 더 그녀를 거스르는 것이 어려워졌다. 미약해진 육신은 운명의 제약을 떨칠 기회를 주었지만, 그만큼 그에게서도 저항력을 앗아 갔던 것이다.

그는 그녀가 그의 마력을 운용하는 걸 막을 수 없었다. 그 사실을 그토록 감추려고 애썼음에도. 이미 통제를 벗어난 상황 속에서 그는 그녀가 자신을 증오하여 배신하게끔 만들어야 했다. 진득한 늪이 발목을 휘감아 잡아당기는 불유쾌한 감각.

그가 할 수 있는 행동은 적었다. 이미 그는 도박을 하고 있었다. 도박에 모험이 더해지는 것은 사소하다. 그는 하나의 약속을 했다. 만약 그녀가 그를 돕는다면 그녀를 돌려보내 주겠노라고.

약속을 빌미로 그녀를 이용하는 듯이 보이고, 몰아붙여 마음을 돌아서게 만든다. 그리고 마지막에 이른 순간 그녀에게 알려주면 된다. 그 약속은 무의미한 것이고, 그는 그녀를 돌려보내지 않을 거라고.

그 말을 굳이 꺼낼 것 없이 흐름은 그의 예상대로 이루어졌다. 차가워진 눈빛, 심지어 증오에 찬. 온기 어린 애정이 씻은 듯이 사라진 무표정한 얼굴. 그녀가 그를 증오하게 되었다고 생각했다.

하지만 마지막의 마지막에 가서도, 그녀는 그를 버리지 않았다. 돌아설 기회, 내버려 두고 도주할 기회가 있었음에도. 무수한 기회 속에서 단 한 번의 배신도 일어나지 않았다. 그의 모든 예상과 계획은 깨어지고, 어그러졌다.

—어째서.

그는 그를 향한 공격을 몸으로 가로막은 그녀를 향해서 물었다. 물을 수밖에 없었다. 정제되지 않은 혼란이 해일처럼 몰아닥쳐 그를 부수고 있었다. 그 균열은 도저히 하나로 맞춰지지 않는 것이었다. 그가 아는 논리로 이해가 불가능했다.

그러나 놀랍도록 답은 간단했다.

—사랑하니까.

그건 설명되지 않는 이유였다. 그러나 모든 것을 끼워 맞추는 유일한 이유였다. 뭔가가 그의 안에서 살아나고 부서져 녹아들었다. 그는 이해할 수 없었던 그것을 그 순간에야 비로소 이해하게 되었던 거다.

눈앞에서 또다시 그녀가 죽어 가고 있었다. 그녀가 공격당하는 건, 그가 막을 수 없었던 일. 하여 돌이키는 것이 강제되지 않는 결말. 이제 그에게 놓칠 뻔했던 자유가 주어질 터.

저 미약한 생명력이 끊기고, 마지막 호흡을 다하여 육신이 영혼을 떠나는 그때에—

얼마나 그것을 원했던가. 자유를 위해 살아왔다고 해도 과언이 아닌 삶이었다. 잠시, 손에서 놓칠 뻔한 것이 목전에 있었다. 그러나.

그는 그녀에게 손을 뻗었다.

그것은 그을음이었다. 그라는 존재를 덮어쓴 재 같은 허울. 털어

내고 무결한 상태로 돌아갈 수도 있겠지. 하지만 그것을 그는 바라지 않았다. 그 바라지 않음이 지독히도 강렬하여 스스로에게 놀라움이 일었다.

정말로 그녀에게 아무것도 느끼지 못했던가. 그 답이 이 안에 있었다.

어쩌면 알고 있었던 것 같다. 그의 도박이 실패할 것을. 은빛 용이 담담하기 짝이 없는 투로 이는 운명이라고 말했던 그 말, 그때의 분노, 그때의 기억이 불 보듯 선연한데.

그래, 운명. 어째서 은빛 용이 기꺼이 거기에 굴종했는지 그는 불현듯 깨달았다. 용에게 운명이란 그 치명적인 단어가 비단 의지를 옥죄고 자유를 앗아가기만 하는 뭔가가 아니란 것을.

단 하나, 그에게 뭔가를 느낄 수 있게 하는 존재. 차가운 피와 심장을 가진 위대한 용에게 그가 가지지 못한 단 하나의 감각을 선사해 줄 수 있는 존재. 그것이 그를 유한하게 만들지언정, 뿌리칠 수 없는.

벼락이 내리꽂히는 듯한 깨달음이었다. 그의 영혼이 진동한다. 길고 무료한 삶에서 어둠 속에서 반짝이는 섬광처럼 유일하게 튀는 불꽃.

그는 알아야 했다. 만약 저걸 잃는다면 그의 완벽하고 무한한 삶은 빛 한 점 존재하지 않는 암흑에 잠길 것을. 그가 뭔가를 느끼고 이 지상의 생명처럼 호흡할 수 있다면 그것은 바로 그 단 하나를 통해서임을.

그에게 허용된 단 하나의 기적이 있다면 그것이 운명이란 이름의 이 소녀일 거라고.

돌이켜 생각해 보면, 돌아서려던 그 처음에조차도 그 찰나의 반짝임이 그를 사로잡고 움직였다. 그것은 그가 생각한 족쇄라기보단 매혹이었다. 그렇게 하지 않고는 배길 도리가 없었던 것이다.

살아나 움직이는 그녀를 보는 것은 실로 경이로웠다. 그 경이를 느끼는 스스로가 낯설었다. 미미하게 일어나고 있던 변화는 이제 물살을 탈 것이다.

그는 용이되 이제 심장을 가진 용이었다. 그는 본능이 이끄는 대로 운명과의 결속을 마무리 지어야만 했다.

그 입이 움직여 그의 이름을 담는 감각.

'루키페로스.'

오랫동안 봉인되어 있던 그 이름이, 허공에서 꺼내 놓아질 때 이는 충만감. 그가 아는 진실을 고해하는 것은 당연한 순서였다. 그는 그녀에게 어떤 거짓도 내놓아서는 안 되었기에.

그러나 살려 낸 그녀는 그를 거부했다.

'루키페로스, 나를 찾지 마세요.'

증오 어린 눈빛이 유리 파편처럼 박혔다. 최초나 다름없는 초조감이 그에게 흘러들었다. 이 마지막에, 그녀가 그를 버려서는 안 되었다. 이미 돌이킬 수 없는데.

그는 자신이 준비했던 모든 것이 돌아들어 치닫고 있음을 느꼈다. 그의 바람대로 그녀는 그를 떠나려 하고 있었다. 모든 게 끝나고 그가 운명을 받아들인 이 순간에!

그는 막아설 수 없었다. 그의 생사가 온전히 그녀에게 쥐어졌다. 언령은 주박처럼 그를 얽어매었다. 하지만 그에겐 남은 말이 있었다. 그것이 그를 처음, 그들이 마주했던 세계와 세계를 잇는 균열 앞에 선 그녀에게 가까스로 이르게 했다.

'네가 떠난다면, 나는 죽게 되겠지.'

그것은 틀림없는 진실.

'……그 또한 내 운명이니.'

마지막에, 그녀가 뒤도 돌아보지 않고 떠났다면, 그는 그 자리에서 말라 죽었으리라. 별을 잃은 용은 근원을 잃는 것이나 다름없어, 서서히 마력이 빠져나가 죽음을 맞는다. 기이하게도 그 순간은 담담했다.

암흑 속에서 빠져나온 그는 더 이상 윤곽만을 더듬는 삶을 살 수 없었다. 기나긴 절망 대신 빠른 죽음이라면 차라리 달가우리라.

그는 곧 그녀의 눈에서 흘러내리는 눈물을 보았다. 그것이 언 표면을 녹이고 그의 심장으로 흘러드는 것 같았다. 모든 걸 알기 전에도 그를 배신하지 못한 그녀였다. 그가 어쩔 수 없었던 것만큼, 그녀도 어쩔 수 없는 것이다. 이는 운명이니.

시간이 그들을 사슬로 얽었고, 마음으로부터 자라난 끈은 잘라 내 끊어 버릴 수 없었다.

다음 순간, 바람이 휘몰아치는 듯했다. 세계의 흐름에 이끌린 그녀는 속절없이 물속으로 빠져들었다. 그 아찔한 모습을 그는 단지 바라보기만 했다. 너에게 상실이란 게 무엇인지 느껴 보라고, 외치는 듯한 그 광경을.

그녀는 완전히 물거품 아래로 가라앉았다. 서서히 세계의 틈이 좁아졌다. 얼어붙은 듯 서 있던 그는, 조금 후 제 몸을 억누르고 있던 언령의 제약이 사라졌음을 깨달았다.

그녀는 떠났다. 그러나 그는 여전히 잃지 않았다. 그는 자신의 가슴 안에서 고동치는 맥박을 들었다. 그것이 전하고 있는 바는 명백했다. 그는 실낱같은 세계의 균열을 응시했다. 저곳으로 가야 한다. 그가 살아 있는 한은.

왜 균열이 남아 있는지, 어렵지 않게 짐작할 수 있었다. 그녀의 흔적이 어딘가에 남아 있었기 때문에.

그리 번거로울 것 없는 과정을 통해 그는 그녀의 피가 든 병을 손에 넣었다. 저 틈이 없었다면 그는 한참 더 고되고 긴 시간을 소요했어야만 했을 것이다. 헤매고 헤매다, 결국 그녀에게 이르지 못하고 사멸했을지도 모른다.

병을 들여다보던 그는 이내 손에 힘을 주었다. 쩌적. 얕은 소음과 함께 부서지는 병에서 흘러나온 핏물이 손을 적셨다. 아릿한 혈향이 허공으로 번져 난다. 그는 주먹을 쥐었다. 피부 위로 흐르는 액체엔 미세한 온기가 남아 있었다. 심장으로 파고드는 듯한 그 미온이 아찔할 만치 달았다.

지독히도 그리웠다. 아마, 그리움이란 감정이 지금 그가 느끼는 이것이라면.

그는 시선을 들었다. 다시금 아가리를 벌리고 제게서 난 산물을 탐욕스레 먹어 치우려는 세계의 틈이 눈앞에 있었다.

마음의 준비는 필요치 않았다. 용으로 화한 그는 곧장 그곳을 향해 몸을 던졌다. 용이란 거대한 생명체를 붙잡아 두려는 세계의 저항이 시작됐다. 사지를 꺾는 듯한 저항을 견디며 비좁은 통로를 지나야 하는, 험난한 싸움의 시작이었다.

너덜너덜해진 채 그가 떨어진 세상은 밤이었다. 부서질 듯한 통증을 견디며 인적 없는 사막에 내려선 그는 이제는 익숙해진 인간의 형상을 취했다. 별자리의 모양은 달라졌으나, 아득하도록 높은 하늘에 성성이 박힌 별빛들은 여전하되 한 줌의 마력도 느껴지지 않는 황폐한 세계. 마법이 일어난다면 기적일 이 세계 어딘가에 그녀가 살고 있었다. 그것으로 모든 것이 충분했다.

서두를 것은 없었다. 자신이 성급하게 말한 진실이 반향을 불러일으켰단 건 인지하고 있다. 이 세계를 파악하고 지식을 습득한 후에, 서서히······.

빈 우물에 차오르는 물처럼 근원으로부터 샘솟는 마력이 지친 그의 육신을 녹였다. 그는 곧 어딘가를 향해 시선을 돌렸다. 본능이 그를 이끌었다. 여명이 깃든 땅이었다.

아마 곧, 그는 거기에 이를 수 있으리라.

이제야 기나긴 여정을 마치고 종착지를 목전에 두었다. 용이 내린 사막은 무수한 세월을 그래 왔듯이 적막에 잠겨 있었다. 그 광활한 고요 속에서 그는 호흡 한 번 흘리지 않고 가늠하듯 먼 허공을 직시했다.

이윽고 한차례 몰아친 모래바람이 그 자리를 휩쓸고 지나갔을 때, 그의 모습은 그 자리에서 찾아볼 수 없었다.

외전 2 새로운 삶

햇살이 눈부신 오후였다. 유리 가루가 섞인 양 반짝이는 대기가 아스라하다. 간밤에 눈이 내려, 바람이 몹시 찼다.

따스한 볕을 쬐며 나는 숨을 들이마셨다. 폐부 깊숙이 얼음 입자가 박혀든 듯이 차가운 공기가 스며든다. 머릿속이 초승달처럼 맑아졌다.

나는 문득 주변을 돌아보았다. 구름이 가신 청명한 푸른 하늘 아래에서, 눈 쌓인 풍경이 그림같이 아름답다. 은은한 감동이 스몄다.

새삼 내가 누리는 이 풍경, 이 시간이 생생하게 실감 난다. 재색으로 흐릿하던 때가 까마득하게 느껴질 만치 눈앞의 세상은 밝고 선명하기만 하다.

벌써 몇 개월이 지났다. 빛을 되찾은 세상은 유속으로 흐른다. 비록 내가 살아가야 할 흐름이 다른 사람의 것보다 길지라도, 아직 특별한 느낌은 없다. 평온하되 특별한 하루하루. 그저 이 나날을 살아갈 뿐.

다만, 조금 서둘러야 할 필요가 있었다. 멈추었던 발을 옮겨, 걸음을 재촉한다. 방학을 맞이하여 친구들과 어울리다 보니 늦어 버렸다. 일찍 갈 거라고 얘기했었는데······.

주변을 슬쩍 둘러보다가 근처의 골목으로 빠져들었다. 이곳엔 CCTV가 설치되지 않았단 건 파악해 뒀지. 여고생이 그런 걸 안다는 게 좀 위험해 보이지만, 불순한 의도는 아닌데. 내가 갈 곳은 그리

가깝지 않으니.

추적이라도 당할까 봐 괜한 과민함에 핸드폰을 끄고, 한 호흡 만에 공간을 건너뛰었다.

버스로 서너 정거장 지나는 거리, 부촌으로 소문이 자자한 고적한 단독주택가의 한 집 앞에 서서 난 문 쪽으로 손을 가져갔다.

사소한 마법도 기적으로 남는 세계, 내 힘은 아주 특별하다. 나는 이것을 숨겨야만 한다는 걸 잘 안다. 들킨다면 내 삶은 다시 폭풍에 휘말릴 테지.

아니, 그도 아닌가. 나와 비할 수 없이 강력한 존재인 그조차, 동굴에 몸을 숨긴 듯 스스로를 잘 감춰 내고 있으니.

재벌집의 총수가 머물 만한 크기는 아니나 고급스럽고 널찍한, 아마 시가가 수십 억에 이를 이 집은 드나드는 사람 없이 고요하기만 하다. 어쩐지 발길을 머뭇거리게 되거나 접근하기 꺼려지는, 우묵한 데 고인 어둠. 그 같은 분위기가 흐른다.

마탑은 그토록 거대했는데도, 그 안을 쓸고 닦을 인력이 필요치 않았다. 하여 이 집 역시 따로 도우미를 쓰는 게 아님에도 완벽한 청결 상태를 유지하고 있었다.

띠릭. 지문을 인식함과 동시에 철컥하고 문이 열렸다. 과학기술과 마법이라는 극히 상반된 두 가지 요소가 함께하는 장소. 그것이 이 집이다.

신발을 벗고 안으로 빠르게 걸어 들어갔다. 이젠 내 집만큼이나 익숙해진 이곳에, 그가 있었다.

마력의 감각. 이곳에 밀도 높게 고인 마력은 일반인이라도 거북하게 느낄 만하다. 공기로 호흡하며 들숨 날숨을 내쉬듯 예민해진 피부에 걸려 오는 그 존재감. 감추고 있다 한들 그 강대함이 존재하지 않는 것이 될 순 없다. 도리어 한데 응축된 밀도 높은 금속처럼, 강한 중력처럼 그 왜곡된 가운데서 풍겨 오는 존재감이 솜털이 피부에 닿듯 은근하게 나를 자극한다.

"기다렸어요?"

나는 활짝 웃으며 다가서 그의 앞 탁자에 가방을 내려놓았다. 코트를 벗어 놓고 그에게서 가까운 자리에 편안하게 걸터앉았다.

내 말이 신호라도 된 양, 내리감겼던 눈이 느릿하게 뜨인다. 깊은 곳에 빠져들었다가 다시 깨어난 듯이, 창백하게 흰 눈꺼풀이 열리고 나락처럼 새까만 동공이 나를 마주 본다. 세상이 색을 달리 입는 듯이 이채롭고 섬뜩한 눈이다. 지독하게 아름다운, 빠져드는 검음. 심장이 두근거린다.

반쯤 열린 커튼 사이로 설핏 햇볕이 들어오는 거실에서, 그는 명상에 잠겨 있었다. 나는 그에게 잠시 시선을 빼앗겼다. 새하얀 셔츠와 대조되는 이전보단 부쩍 짧아진 검은 머리카락. 완벽하게 조화된 섬세하고 성별이 모호한 이목구비는 흡사 마네킹 같다. 그대로 사진을 찍는다면 화보가 될 만한 모습, 기적처럼 아름답다.

장소는 달라졌으나 그의 삶은 거의 달라지지 않았다. 달라진 것은 단 하나, 내가 없는 동안 그의 삶은 멈추고 내가 나타나면 다시 시작된다.

흡사 정지된 표상처럼 보였던 그가 말없이 내게로 손을 뻗었다. 그 손을 마주 잡기 무섭게, 끌려가 일인용 소파에서 바짝 붙어 앉게 되었다.

나는 코앞에서 그와 숨결을 마주하고 있었다. 얼굴이 확 붉어진다. 서늘하고 고요한 우물 같은 눈. 그가 느리게 입을 맞춰 왔다. 어깨를 끌어당겨 안으며 입안을 탐닉한다.

익숙해졌다 생각하면서도, 심장은 여전히 철렁하고, 또 맥박을 빨리해 뛴다. 그의 손안에서, 내 존재를 확인해 보려는 듯이. 그가 나를 느낄 수 있는 방법은 이런 것밖에 없단 듯이.

'꽃다발은 왜 가져왔어요?'

'연인에게 선물하는 것 아닌가.'

다시 만난 그에게 던진 내 물음에 그는 당연하다는 듯이 답했다.

나는 그 말이 이상하다고 생각하면서도 웃어넘겼다. '연인'이라니. 어색하기도 하지.

하지만 나는 서서히 그 말의 의미를 알아가게 되었다. 그의 태도는 너무도 많이 달라졌다. 낯설 만치.

그는 때때로 이상적인 연인처럼 보였다. 그것이 모사에 불과할지라도, 거기에 진심이 있을까 생각하면서도, 유일하단 건 진심을 대체할 수 있단 생각도 든다. 그 안에 자리한 것이 오로지 운명과 본능일지라도 내게 진심이 있다면 그걸로 족하다. 욕심 많은 나지만, 그가 내게로 온 기적에 감사해야 한단 건 안다.

"펠."

어깨를 안은 손이 등허리를 쓸어내리고 그의 입술이 목덜미를 훑은 순간 난 재빨리 그의 이름을 불렀다. 무슨 생각을 하고 있는지 알 수 없는 검은 눈으로 날 바라본 그가 순순히 입술을 떨어트렸다. 그 단정한 얼굴로 잘도……. 뺨에 열이 오른다.

……부러 튕기려는 건 아닌데. 그를 밀어내는 것이 항상 거북하게 느껴진다. 늘 정해진 것처럼 같은 시도를 하는 그도 문제가 있다. 하지만 그러는 이유를 알 것 같았다. 아마도 이것이 단계겠지.

펠은 그가 내게 종속되었던 순간부터 나와 육체적으로 결합하길 원했다. 그땐 단순히 내 감정에 그런 식으로 응한다고 생각했지만, 그게 아니었다. 내게 이름을 부르라 했듯이, 그는 본능처럼 내게 가까워지려는 거다. 가장 직접적인 방식으로.

거기까지 가길 망설이는 건, 단순히 내가 어리기 때문은 아니었다. 그 어떤 흉포한 짐승보다도 위협적이고 끝 모를 숲처럼 미지의 존재. 그에게 날것으로 모든 걸 맡기는 일이 두렵지 않을 리 없다. 그와 함께 살아가기로 마음먹었음에도.

난 그의 어깨에 머리를 기대었다. 건전한 교제 좋잖아? 교과서에 나오는 것처럼.

"방학이라고."

그 현대적인 단어가 그의 입에서 발음되자 퍽 괴리감이 느껴진다. 이 세계와 동떨어진 기이하고 밀도 높은 기운이 그의 전신에 상존하고 있었다. 이 현대식 가구로 가득한 방 안에서 친숙한 옷차림을 하고도 그는 흡사 물 위를 겉도는 기름 같다.

신화 속에서나 나올 법한 존재, 드래곤(Dragon). 혹은 용. 그는 이 세계에 좀처럼 녹아들지 않았다. 마력이 희박한 이곳 세계의 대기에서 마력 생명체인 그가 도드라지게 느껴지는 것처럼.

……아마, 나만 느낄 수 있는 것일 테지. 이 세계에서 난 유일한 마법사니까.

"네, 방학이에요! 우리, 어디 여행이라도 갈까요?"

고3 수험생으로 접어드는 겨울이면서, 난 공부 따위 아랑곳하지 않는 것처럼 불성실하게 말했다.

이맘때쯤이면 슬슬 수험생으로서의 압박감에 시달리게 될 거라고 생각했던 적이 있는데, 막상 이 순간이 오자 별다른 감정은 들지 않는다. 담담해졌다기보단 내가 더 이상 평범한 학생이 아니게 되었기 때문이리라.

하루만 공부해도 수능 만점을 받을 수 있고, 하다못해 시험지를 빼돌리는 것도 어려운 일이 아닌 내게 수능까지의 여정은 고3에게 주어진 혜택을 누릴 수 있는 긴 여유 시간에 불과하다. 이 시기의 삶은 지금 이 순간밖에 누릴 수 없는 것. 그 때문에 마스터는 내가 인간으로 살아가도록 내버려 두었다.

그가 있기에 나는 여전히 불사의 마법사이지만, 그 외의 나를 낳고 자라게 한 모든 것은 변화 없었기에 내 대외적인 신분은 평범하기만 하다.

"여행이라……."

그 단어에 몹시도 마음이 끌렸다. 이왕 방학도 했겠다, 평소처럼 차나 마시고 집 안에 있는 것보단 아무래도 외출을 하고 싶은데.

어디 보자, 드라이브? 마스터와 새로운 경험을 해 보는 데 열중하고 있었기에 난 인터넷에서 뒤져 본 지식을 떠올렸다.

전에 그 카페는 갔었고, 그 레스토랑은 조망은 좋지만, 음식이 좀 느끼했지. 바다에 가서 조개구이나 먹을까. 겨울이니 함께 스키장을 가는 건 어떨까 싶었지만, 좀 망설여진다.

마스터는 그리 몸 쓰는 걸 즐기지 않는다. 정확히는 힘 조절에 별로 능숙하지 않지. 전에 배드민턴을 치자고 했다가 공이 그 자리에서 박살 나 산산이 흩어지는 걸 본 직후, 나는 그가 의도치 않게 누군가를 사망시킬 수 있단 위험성을 떠올려야 했다.

스키장이라면 스키나 스노우 보드를 타면 되는 거잖아. 아주 어릴 적에 스키 캠프에 갔다가 넘어져서 눈밭을 뒹굴며 엉엉 울었던 기억이 있지만, 그건 꽤 무난한 선택지로 보였다.

"쇼핑하러 가죠."

결정을 내린 나는 일어나며 그를 향해 손을 뻗었다. 장비는 빌린다 쳐도 옷은 좀 사야겠다. 그도 겨울옷을 좀 마련해야 할 테지. 추위를 타지 않는 그라도 말이야.

얼마 지나지 않아, 차에 올라탄 나는 앞좌석에 앉아 등을 푹 기대었다. 편안하다. 클래식한 디자인의 차 내부는 고급스러웠다. 나는 차종에 대해서 잘 모르지만, 이 차가 고급이라는 건 안다. 물론 내가 고른 차는 아니었다. 나와 처음 만났을 때 그는 이미 이 차를 가지고 있었으므로.

그뿐만 아니라, 뭘 어떻게 했는지 몰라도 이 세계에서 완전히 자신의 자리를 만들어 놓은 상태였다. 집도 재산도 신분도, 완벽하게.

그는 '이 세계의 체계를 이해했다.'고만 말했지만, 어떻게 그게 단기간에 가능하게 되었는지 나로선 알지 못한다. 사실, 알기를 포기했다. 그는 설명하는 데 재능이 빈약한 편이었다.

시동을 거는 소리에 난 그를 돌아보았다. 검은색 롱 코트를 입고 차를 모는 그의 옆모습이 흡사 화보의 한 장면을 따온 듯하다. 그만큼이나 아름답고, 또 비현실적이다. 외형뿐만 아니라, 그 자체가 이곳, 여기에 숨 쉬고 있단 것조차.

이전 세계에서 손가락 까닥하지 않고 살았듯 차를 운전하는 일에도 기사를 따로 둘 것 같았는데 이곳에서의 그는 모든 것을 손수 해결했다. 그와 나 사이에는 놀랍도록 누군가의 존재가 불필요했다. 온전한 둘만의 시간.

발레파킹을 맡기고 차에서 내려섰다. 그가 손을 내밀자 나는 냉큼 다가서서 팔짱을 꼈다.

"우선 4층으로 갈까요?"

쇼핑 먼저 하는 게 낫겠지? 여기 식당가 레스토랑이 괜찮다는데. 나는 그의 곁에 붙어서 스키장에 대해서 재잘거렸다. 처음엔 바깥에서 붙어 있는 것조차 어색했는데, 이젠 좀 자연스러워졌다.

지나가는 우리에게 시선이 쏟아진다. 소곤거리는 소리들. 마법으로 어느 정도 존재감은 숨겨 내고 있다지만, 평균 신장을 훌쩍 뛰어넘는 키에 완벽에 가까운 조형미를 띤 얼굴. 도저히 사람 같지가 않아 시선을 피할 길이 없다.

난 의문의 외국인 모델에게 붙은 껌 딱지 정도로 보이겠지? 나름 옷도 갈아입고 꾸미고 왔는데.

내심 투덜거리며 난 그와 함께 모 캐주얼 정장 스타일 브랜드에 들어섰다. 점원이 정중하게 고개를 숙였다. 마네킹에 휘감긴 핏이나 재질이 예사롭지 않은 건 당연히 여기가 명품 브랜드이기 때문이다. 셔츠 한 장의 가격이 수십만 원을 호가하는.

처음엔 이곳에서도 근거 없이 여전한 그의 경제관념을 의심했다. 돈도 없으면서? 하지만 난 곧 그가 한도가 억 단위인 카드를 가지고 있단 걸 알게 되었다. 어느 세계에서 살건 용은 재물에 부족함이 없나 보다.

"오늘도 여기서 사시게요? 스포츠 패딩 같은 건……"

그가 내게 지그시 시선을 주었다.

"아, 안 내키시겠죠. 알아요."

난 점원이 이 이상적인 모델에게 이 옷 저 옷 보여 주는 것을 뚱한 눈으로 지켜보았다. 그래, 곧 죽어도 정장 스타일이라 이거지.

재회한 지 얼마 되지 않았을 때 난 그에게도 취향이란 게 존재한다는 걸 알고 놀랐다. 그는 무채색을 선호하고, 선이 단정하며 클래식한 스타일을 선호했다. 옷을 입을 때도 캐주얼 한 청바지나 힙합 복장은 거들떠보지도 않았다. 내가 조르고 조르면 입겠지만 본인이 불편하지 않다는 데, 뭐.

그래도 장례식 갈 것도 아닌데 올 블랙의 패션을 고수하는 건 좀 마음에 걸렸다. 옆에 선 나도 괜히 갖춰 입어야 할 것 같잖아.

나는 그의 옆에 서서 열심히 그가 좀 더 부드러운 색감의 웃옷과 바지, 알파카 코트를 사도록 유도했다. 부츠까지 사고 나니 돌아본 곳도 몇 없는데 진이 빠진다. 쇼핑백만 한 가득이었다.

보통 여자가 쇼핑하면 남자가 기다려 주지 않나? 대개의 경우, 우리는 딱 반대였다. 틀에 박힌 생활을 하는 학생인 난 필요로 하는 게 적었고, 반대로 그에겐 꽤 많았다. 아주 사소한 생활용품부터, 천천히 갖춰 나갔다. 적어도 인간의 것처럼 보이는 삶을 가장하기 위하여.

"네 것은."

"전 됐어요. 어차피 학생이라 입고 나갈 일도 많지 않아서요."

어차피 이전 세계에서도 그의 돈을 펑펑 쓰고 살았으니, 새삼 내 외할 것 없다. 하지만 내 용돈 수준이 빤한 게 문제였다. 새 옷을 입고 집에 갔다가 엄마한테 걸려서 추궁이라도 당하면 어쩌려고. 여기가 우리 집과 거리가 꽤 있는 편이니 망정이지.

"슬슬 배가 고픈데, 식사하러 갈까요?"

그가 고개를 끄덕였다. 우리는 위층으로 가는 에스컬레이터에 올라탔다. 저절로 움직이는 계단이라. 문득 마탑이 생각난다. 거기도 이동 시스템 하나는 잘 갖춰 놨었지.

그래서인지 이쪽 세계의 문물에 대해서 그는 별반 신기해하지 않았다. 이미 모든 것을 숙지한 상태로 내게 왔기 때문인지도 모른다.

이곳 세계와 이전 세계가 많이 달라 혼란스럽지 않았느냐고 물었을 때, 그는 '네가 있는 곳이 내 세계이니, 혼란스러울 것 없다.'고 말했었다. 나는 그런 의도로 말한 게 아닌데……

갑작스레 떠오른 기억에 뺨에 열이 오르는 듯했다. 난 살살 뺨을 어루만졌다. 그는 세계를 건너뛰는 용이니, 적응하기 어렵지 않은 거겠지.

"식사하고 스키복 보러 가요. 장비도 좀 보고…… 재미있을 것 같아요."

날 마주 본 그가 짧게 화답했다.

"그래."

별로 의욕 없는 눈치다. 물론, 그는 만사 의욕이 없지만 내가 하려는 일에는 거의 이견 없이 잘 따라와 주었다. 그건 때때로 너와 함께하는 것이 기쁨이라는, 상투적인 문구를 떠올리게 했다.

나는 괜스레 코를 긁적였다. 같이 눈밭을 구르는 것도 재미있겠지. 거기서라면 얼굴을 가려도 어색하지 않으니, 이목도 좀 덜 쏠릴 거다.

식당가로 올라가면서 '스키복 브랜드'라는 검색어로 휴대폰 화면을 두드리고 있는 참이었다. 에스컬레이터에서 내려서 막 레스토랑으로 들어서려던 그때,

"얘, 아힌아!"

누군가가 이름을 불렀다. 귀신에게 덜미를 잡힌 듯 오싹했다. 모른 척할 새도 없이 내 쪽으로 달려오는 소리가 들렸다. 팔을 잡아 오는 손길에 난 화들짝 놀라 그쪽을 돌아보았다. 중학교 때 친구인 예영이었다.

"오랜만이야."

학교가 갈리긴 했지만 방학 때면 종종 보는 사이였다. 얘가 이 동네는 웬일일까. 말 그대로 오랜만이다. 하지만 별로 달갑지 않은 상황. 소문이라도 나면 어떡하지? 까마득해지는 심정을 누르며 나는

애써 웃어 보였다.

"응, 오랜만이네."

그리고 곧장 옆을 돌아보며 말했다.

"저, 먼저 들어가 있겠어요? 잠시만 얘기를 좀……."

내 쪽을 흘끗 본 그는 꼼짝도 하지 않았다.

"여기 사촌네가 근처라 잠깐 놀러온 건데, 너는 여긴 어쩐 일이야?"

답하기 전에 물음이 뒤이었다.

"그리고 옆엔 누구야, 설마 남자 친구?"

"남자 친구는 무슨. 저, 내가 과외받는 영어 선생님이셔. 차 태워다 주셔서 같이 왔는데."

임기응변으로 술술 뱉어 낸 말은 제법 그럴듯했다. 예영이 눈을 빛내며 날 쳐다보았다.

"진짜? 너네 선생님, 외국인이지? 너무 멋있으시다. 나 좀 소개해 주면 안 돼?"

"아, 저. 다음에."

내가 곤란한 듯 손을 내젓자 흐음, 소리를 낸 그녀가 그의 쪽을 쳐다보았다.

"그래, 다음에. 연락해!"

손을 흔들고 재빠르게 떠나는 그녀를 본 대답이 궁색해졌다. 그녀가 떠나자마자 직설적인 물음이 내리꽂혔다.

"왜 나와의 관계를 숨기지?"

"아니, 저 그게…… 저, 그냥 좀 당황해서."

딱히 설명할 방법이 없어 입술을 달싹였다. 사실 그간 그와 만나오고 있단 걸 누구에게도 말한 적은 없었다. 매일같이 쏘다니는 내게 언니만 수상하단 눈으로 '너 요새 자주 나다니네?' 추궁하는 걸, 친구네 집에서 공부한다고 얼버무린 터였다. 성적이 올라서 그 이상 터치당하지 않았었다.

이번에 나는 마스터에게도 같은 것을 하고 있었다.

"설명하기 어려운데요."

"설명할 때까지 기다리지."

그리 말한 직후, 그는 침묵으로 나를 주시했다. 그건 내 말이 부족하다는 뜻이었다. 순순히 넘어가 주지 않을 것 같아서, 난 빠르게 머리를 굴렸다. 수백 가지의 변명이 머릿속에서 메아리친다. 어떻게 하지? 뭐라고 하면 좋을까.

불현듯 펠의 눈빛을 본 나는 깨달았다. 내가 그와의 관계를 밝히기 꺼린다는 걸, 그가 눈치챘단 것을. 그것이 내게 찔러 드는 듯 다가왔다.

"너는 나를 받아들였다."

검게 번지듯, 폐부를 잠식하는 음성.

"그건 나를 네 삶으로 편입시킨단 소리지."

마침내 그가 묻는다.

"언제까지 나를 그림자로 둘 거지?"

지난 6개월간, 침묵하고만 있던 것에 대해서. 나는 이마를 짚으려는 손을 오므려 쥐었다.

"여기서 이러지 말아요."

그렇게 추궁당하면, 뭐라고 할 말이 없잖아. 힐끗거리는 시선들이 신경 쓰인다. 하지만 장소가 문제는 아니다. 그냥 이 대화 자체가 싫었다.

나도 안다. 내가 그에게 솔직하지 못하고 있었단 것을. 내가 말하고 싶지 않은 것조차도 그는 안다. 차마 입 밖에 내지 못한 건 그의 기분을 상하게 할까 봐서가 아니라, 옛 감정을 끄집어내는 깃 자체가 내게 버거웠기 때문이다. 나는 준비가 되지 않았다.

그 준비가 되지 않은 마음 너머에는 끓는 듯한 속삭임이 있었다.

당신을 어떻게 믿고 내 삶으로. 내 가족, 내 친구들에게로.

당신은 이미 모든 걸 망가트렸는데.

어차피 저쪽 세계에서 그 모든 건 내 것이 아니었다. 언젠가 잃어야 한단 걸, 내 삶과 분리될 것을 알았던 터라, 떠나갈 내가 준 마음은 크지 않았다. 하지만 이곳에서도 같은 일이 벌어진다면……

그의 주인은 나이니, 그런 일이 벌어지진 않을 거라고. 위로하는 속삭임 속에서도 끔찍하고 두렵고, 형용하지 못할 수많은 감정이 일어나 내 안에서 삭여졌다.

사랑으로 외면할 수는 있어도 존재를 부인할 수 있는 감정은 아니다. 사랑하지만 신뢰는 없다. 당신을 잃고 살아갈 수 없음은 깨달았지만, 그와 별개로 당신을 온전히 받아들인다는 건 지독히도 어려웠다.

시간이 쌓아 올린 감정만큼이나 깊게 팬 골이 있었다. 그리고 이런 마음을 꺼내고 싶지 않은 내가 있었다.

"돌아가지."

시선을 피하고 선 내게 그가 선언했다. 나는 군말 없이 그를 따라 돌아가기로 했다.

미끄러지듯이 달리는 차 안에서 나는 그의 옆얼굴을 훑었다. 그이후, 잠잠하도록 말이 없었다. 그는 내 침묵에 대해서 더 이상 추궁하지 않았다. 그러나 그것이 납득은 아닐 터.

나는 차츰 초조해졌다. 그의 감정 폭은 얕다. 대개의 상황에서 그는 거의 감정을 느끼지 못한다. 그러나 상대가 내가 되면……. 나는 그 좁은 진폭을 넓힐 수 있는 유일한 사람이었다.

차는 이내 차고로 미끄러지듯이 진입했다. 그때까지 깊은 침묵만이 이어졌다. 정차된 차에서 시동이 꺼지고 정적이 들어찼다. 그의 손이 운전대 위에서 정지된 듯이 머무르고 있었다. 골격이 아름다운 흰 손에서 난 미동도 읽어 낼 수 없었다. 호흡조차 고요한 그는 흡사 영원에 아로새겨진 조각처럼 보였다. 아마도 잃지 못할, 내게 소유된.

하지만 나는 그의 죽음을 엿보았던 적이 있었다. 그리하여 그가 내 곁에 존재하는 것만으로도 기적 같았던 때가 있었다.

찰랑찰랑 차올라 넘쳐날 듯하던 물은 투명한 벽에 가로막혔고, 결국 내 안을 그득 채운 채 고였다. 그것을 눈물처럼 쏟아 내는 것이,

답답할 만치 어려웠다.

내가 뭔가 말하길 기다리는 듯한 그를 향해 난 입을 달싹였다. 하지만 무어라 말해야 할지 몰라, 결국 마른 입술만 축였다.

미풍이 일듯 그가 움직였다. 담백한 음성이 떨어졌다.

"네가 바란다면."

건조하다시피, 감정을 담지 않은.

"인간으로서의 네 삶이 끝날 때까지 기다릴 수 있다."

나는 흠칫 고개를 들었다. 정면을 응시하는 그의 검은 눈이 가라앉아 보였다. 그가 바라지 않는 것이 나를 편안하게 한다면 그림자로라도 살아가겠다. 그것이 답 내지 못하는 내 갈등에 대한 그의 답이었다.

이런 걸 바란 게 아니었는데. 덜컥 목이 메었다. 가슴 한구석이 아릿해졌다. 박히듯이 파고드는 감정이 배 속을 조였다.

아이러니하게도 나는 그의 답이 마음에 들지 않았다. 그가 포기하게 하고 싶지 않았다. 그게 무엇이라도. 나를 욕심내고, 내 모든 걸 욕심내길 바랐다.

그를 잃었다고 생각했던 순간들이 되살아났다. 그때의 날 점령한 건, 그 어떤 모진 과거든 상처든 그를 되찾는 것만으로도 모든 걸 용서할 수 있는 마음이었으리라.

어떤 충동이 나를 움직였는진 모르겠다. 정신을 차렸을 때, 차 문을 열고 내려서려는 그의 옷깃을 붙잡고 있었다.

"기다리지 않아도 돼요."

내게 비겁한 건 니쁜 거였다. 이제껏 외면했던 그것들을 비로소 난 마주 보기로 했다.

"우리, 여행 갈까요?"

난 생긋 웃었다. 그리고 그의 말을 듣기도 전에 핸드폰을 뒤적여 전화를 걸었다. 전에 알아 둔 펜션에 전화해서 방을 알아보고 바로 예약을 잡았다.

"가요."

내가 뭘 하고 있는지 모르겠지만, 하나는 확실하다. 이제는 부딪혀 볼 때라는 것.

두어 시간가량 달려 도착한 곳은 안면도의 바다가 보이는 펜션이었다. 다행히 비수기라 좋은 방이 남아 있었다.

먼저 들어선 난 가볍게 방 안을 돌아보았다. 모던한 스타일의 내부는 깨끗하게 청소되어 있었다. 이미 해가 뉘엿뉘엿해질 무렵, 창문 너머로 붉게 물든 바다가 출렁였다. 그 풍경에 기분이 어수선해진다. 또 생각이 많아지려고 한다.

……이렇게 함께 여행 온 건 처음이지. 나는 저도 모르게 목 아랫부분에 손을 가져다 대었다. 손가락 끝에서 전해지는 온기가 마음을 조금 진정시키는 것 같았다.

서늘한 바람이 불 듯, 등 뒤로 다가온 기척이 느껴졌다. 그가 내 뒤에 서 있었다. 어깨에 닿아 온 손마디가 이내 팔을 쓸고 내려와 내 손을 감아쥐었다. 세거나 약하다고 말할 수 없는 미묘한 중간쯤의 힘으로 잡아 오는 손마디의 감촉이 불에 닿듯 선명하다.

다른 손이 자연스럽게 허리를 휘감는다. 나는 그의 품에 갇혔다. 아득한 숲에 갇힌 듯 호흡이 조인다. 뒷머리에서 그의 숨결이 느껴졌다. 그 미온에 현기증이 일었다. 나는 눈을 꾹 내리감았다.

내가 왜 이곳으로 오자고 했는지, 그 역시 모르지 않을 터였다.

"방으로…… 갈까요."

떨리는 목소리였다. 여린 새처럼 파르르 떠는 심장이 간지럽고 낯설었다. 도망치고 싶은 기분이 솟구쳤다. 더 이상, 그러지 않기로 했었지. 결심이 가까스로 나를 붙들었다.

경직된 나를 그가 이끌었다. 완력이라기보단, 차라리 인력이라고 표현함이 어울릴 것이다. 삐걱이는 몸은 충실히 그를 따라 방에 들어섰다. 나와 달리 그에게는 주저함이라곤 없었다. 단숨에 고개가 치켜 들렸다. 그가 내게 깊숙이 입을 맞추었다.

혀 위를 맴돌던 말은 입안으로 먹혀 들고, 질척한 혀와 함께 감겼다. 지독히도 검은 눈이 내게 파고드는 듯했다. 그에게 열정이란 게 있다면, 이런 것일까.

근원 모를 열기가 가슴을 달군다. 천천히 기울어 마침내 푹신한 감촉에 등이 닿았다. 아마도 나는, 떨고 있었다. 영문 모르게 두려워서. 무슨 일이 일어날지 알면서도.

"아힌."

떼어 낸 입술에서 흘려 낸 그 저음이 단숨에 나를 사로잡는다. 부름에 응하듯, 불붙이듯 내 안에서 뭔가가 일어났다. 두려워할 것 없단 듯이 시선을 맞춘 그가 다시금 내게로 고개를 숙였다. 얕게 입술을 머금고 숨을 나누었다. 아찔하도록 달았다. 나를 사르르 무너져 내리게 할 만큼.

그가 손을 움직였다. 성급하다기엔 모호한 침착함. 그러나 서두른다고 말해도 좋을 만큼 빠르고 정신없었다. 나는 팔을 끌어 올려 드러난 살결을 가렸다. 얼굴에 화끈거리며 열이 올랐다. 난 이렇게 부끄러운데, 그토록 차분한 얼굴이라니.

깨문 입술에 단정한 손끝이 와 닿았다. 살짝 힘준 것만으로도 다시금 열린 입술을 살포시 머금어 축인다. 그 움직임이 기묘하게도 다정하다.

나는 그간 그가 은연중에 보여 왔던 이 다정함에 중독되어 있었다. 다신 그의 냉대를 견딜 수 있을 것 같지 않다. 그 때문에 그와 또다시 대척점에 서는 걸 감당하기가 어려워, 나는……

"펠."

뭔가를 참을 수 없어, 이름을 불렀다. 이걸로 충분한 걸까. 이대로면 되는 걸까. 내 불안에 응답하듯 그의 고개가 움직였다. 예정된 순간을 앞두고 그에게 동요란 없었다. 그 오래된 유물이 잠긴 호수 같은 검은 눈. 내게 남겨진 망설임을 앗아 가는 광석의 불변함이 그 안에 깃들어 있었다.

손마디가 빠르게 움직여 단추를 빼냈다. 허공에 상반신이 드러났다. 흠결 하나 찾아볼 수 없는, 윤곽이 아름다운 육신. 허울에 불과하더라도, 매혹되지 않을 수 없는 완벽한 외형이었다.

이내 그의 손이, 내 어깨를 쓸고 팔을 치워 냈다. 난 몸을 움츠렸다. 실려 오는 무게도, 날 바라보는 그의 시선도, 그 모든 것이 짓누르듯이 날 위축시켰다. 그가 다시금 속삭였다.

"아힌."

입 맞추어 혀를 얽고, 예민해진 피부를 어루만진다. 신경을 앗아 가고 정신을 흐트러트리는 동작. 허벅지 사이로 파고드는 손길이 낯설어 눈을 찡그렸다. 겁을 먹고 주춤거리는 허리를 단단한 손길이 잡아끌었다. 그는 조급해하지 않았다. 굳은 채 삐걱대는 문을 열 듯 서서히 열고, 내 안으로 깊이 파고들었다.

"아……!"

비명처럼, 소리를 내질렀던 것 같다. 아프단 감각 외의 다른 무엇도 느낄 수 없었다. 질끈 눈을 감고 앓는 소리를 내는 내게 그가 무언가 속삭였다. 흐릿해진 정신으로 그 말을 이해하기도 전에 그가 움직였다.

입 밖으로 쉼 없이 신음이 새어 나왔다. 뜨끈한 눈물이 뺨을 타고 흘렀다. 원망이 내 안에 싹텄다. 그는 멈추지 않았고 나는 견뎌야 했다. 그러나 어느 순간 통증은 잦아들었다. 그리고 몸 안쪽으로부터 그슬리듯 열기가 밀려 올라왔다. 그것이 몰아치듯 나를 휩쓸었다.

모든 것이 혼몽해진 와중에 난 불현듯 어떤 환영을 보았다. 눈이 부시도록 환한 금빛. 흡사 태양과도 같은 형상이었다.

그 신비로운 금빛의 근원으로부터 내린 빛이 내게로 흘러들어 깊숙이 적셨다. 피부로 스며들어 안으로 녹아드는 듯한 감각. 문득 내려다본 손이며 발은 온통 금빛이었다. 그 빛의 일부가 된 듯이.

불현듯 난 깨달았다. 내 안에서 일어난 변화를. 둘로 나뉜 조각이 합쳐져 하나의 구를 이루듯이 무언가가 완전해졌고, 그로서 우연히 겹친 듯 제각각 나뉜 흐름이 하나로 맞물렸단 것을.

그 일치됨의 조화가 감동적일 만치 충만하게 나를 잠식해 온다. 세포를 재구성하듯 낯선 감각이 나를 점령한다. 생경하고, 또 벅차다.

그러나 그 감각을 뒤로하고 나는, 곧 수챗구멍에 빨려들 듯 빠르게 의식을 잃었다. 마치, 갑작스러운 소용돌이에 휘말려 어딘가로 빠져든 것처럼.

어느 순간, 시야가 확 트였다. 아래로 떨어지는 듯하던 난 공중에 붕 떴다. 부유감에 휘말려 눈을 깜빡였다.

명료해진 시야에 익숙한 배경을 두고 어떤 얼굴이 잡혔다. 부서지는 햇빛 같은 화사한 금발을 휘날리며 선 그는 흡사 대지에 발 디딘 천사처럼 보였다. 어딘지 공허한 눈으로 폐허를 내려다보는 그는, 내가 익히 아는 자였다.

블레셋. 가슴이 쿵 내려앉는 듯했다. 쓰러진 그를 남겨두어 그렇듯 이별하고, 부러 떠올리지 않으려 했었다.

살아 있었구나. 알고는 있었지만, 새삼 안도가 들이찼다. 모든 게 물살에 휘말려 사라진 줄 알았는데, 남아 있는 하나를 발견한 것처럼.

눈부실 만치 하얀 순백색의 로브를 입은 그는, 폐허 위에 서 있었다. 지금은 검게 부스러진 재만이 남은, 한때 하늘을 꿰뚫을 듯이 우뚝 솟아 있던 탑의 자리. 마력의 잔재만이 남아 떠도는 그곳에.

그는 혼자가 아니었다.

"감회가 새로우신가 보군요."

변한 듯 변하지 않은 흐릿한 인상의 얼굴. 속내를 읽어 내기 어려운 모호한 미소를 배어 문 채로 뤼비에가 그에게 다가섰다. 그는 내가 조금 더 가벼운 감정으로 바라볼 수 있는 사람이었다. 조금은 반가운 기분도 들었다. 내가 홀로 남아 있다 느꼈을 때, 나를 지지하여 다독여 준 이.

그러나 곧 의문이 피어올랐다. 어떻게 둘이 함께인 걸까. 그들의 곁에서 괴조가 그림자를 드리우며 날개를 푸르르 떨었다. 블레셋이 무표정한 얼굴로 그를 돌아봤다.

"이곳이 이렇게 될 거라곤 상상도 해 본 적 없었지."

읊조리며 바닥을 짚은 손이 창백하도록 희었다. 그러나 거기에 담긴 마력은……

나는 그의 마력이 눈에 띌 만치, 이전보다 강해졌음을 깨달았다. 일시에 죽음까지 이르렀던 육신은, 거기서 헤어 나와 다시금 삶을 얻었다. 죽어 사라져 자신을 잃은 이들도 있었으나 적어도 블레셋은 얻은 것이 있었다. 비록, 그가 바라던 것이 아닐지라도.

"하지만 자유를 찾으셨잖습니까."

"대신, 다른 것들을 잃었지."

블레셋은 어두운 그늘에 잠긴 듯 가라앉아 보였다. 눈 떴을 때, 그와 함께한 모든 시온이 죽고 그만이 살아남았단 걸 깨달은 기분은 어떤 것일까.

심장이 아릿하게 울린다. 그의 모든 것을 앗아 간 펠과 함께하는 내게 블레셋을 동정할 자격이 있는 걸까.

"마법사에겐 마법만 있으면 되는 겁니다."

위로라고 하기엔 여상한 대꾸였다. 실제로 마법을 위해서 모든 걸 버린 뤼비에가 할 만한 소리이기도 했다. 블레셋이 어처구니없단 듯, 실소를 머금었다.

"네놈에겐 그렇겠지."

세상에서 가장 강한 마법사가 되었더라도, 가족 같은 동료들과 삶의 터전 그 모두를 잃는 대가로 얻어진 것이라면 누구든 기뻐할 수는 없을 거다. 하지만 그 '누구든'에 명백한 예외가 되는 한 명이 뤼비에란 것도 부인할 수 없는 일이었다.

"당분간은 할 일도 있으시잖습니까. 우울한 과거는 이만 잊으시지요. 어떻습니까, 이곳은? 뭔가 남아 있는지요."

이젠 폐허가 되어 버린 자리라곤 하나, 마탑이 세워졌던 장소다. 마탑에는 무수한 재화와 보물, 마법서와 같은 것들이 보관되고 있었다.

마탑이 붕괴했다고 해서 그 모든 게 이 세상에서 깨끗이 지워져 버린 건 아닐 터. 마탑의 내부는 무수히 많은 아공간으로 존재하고 있었으니, 시온이었던 블레셋이라면 여기서 물리적 입구를 잃고 같은 장소에서 수없이 뒤엉키고 교차된 아공간들을 찾아낼 만하다. 시간이 좀 걸리겠지만.

블레셋이 혀를 찼다.

"노예 생활을 끝냈더니, 새로운 간수를 만났군."

"복수란 명목으로 굳이 죽을 자리 찾아 들어가 죽겠단 당신을 말리고, 자유까지 찾아 준 제게 너무 박한 평가 아닙니까."

"그 대가로 네 일을 돕게 되었지. 무기한으로."

뤼비에가 어깨를 으쓱해 보였다.

"아시다시피 제겐 당신에게 강요할 힘이 없지요."

"네 말대로, 어차피 달리 할 일도 없으니 당장 내겐 이것뿐이지. 탑의 소산이 이대로 묻히게 내버려 두는 것도 아까운 일이니."

중얼거린 블레셋이 다시금 남아 있는 마탑의 흔적에 제 마력을 불어넣었다. 쓸쓸해 보이는 눈빛이 흡사 길 잃은 어린아이 같았다. 앞으로 어떻게 해야 할지 막막하기만 한. 그가 일단 뤼비에와 함께하게 된 건, 나쁘지 않은 일일 거다. 적어도 뤼비에는 목표 의식 하나만은 투철한 자였으니.

"잘 부탁드립니다."

그 말을 끝으로, 불현듯 바람이 일어 시야를 할퀴었다. 공간을 숭덩 잘라간 듯이 깨끗해졌던 시야가 이번엔 다른 색채로 들어찼다. 이전의 광경이 무채색에 가까웠다면, 지금 내가 보고 있는 이 모습은…….

초록빛 융단이 끝없이 펼쳐진 초원이었다. 금모래 같은 햇빛을 머금은 눈앞이 환해지는 녹음. 온화하고 녹녹한 대기는 어떤 얼어붙은 마음도 녹일 듯했다. 산들바람이 이는 나무 그늘아래, 이름 모를 흰 꽃이 점점이 피어난 잔디 속에 푹 파묻혀 있는 한 사람이 있었다.

동화 같은 풍경이 순식간에 그를 꾸미기 위한 배경으로 전락할 만치 기적처럼 아름다운 남자. 흰 셔츠를 입고 백금빛 머리카락을 후광처럼 휘감고 있는 그 주변엔, 홀로 떼어다 붙인 한 폭의 그림처럼 비현실적인 분위기가 감돌았다.

반쯤 감긴 희디흰 눈꺼풀 아래에서 깊고 그윽한, 빨려드는 듯한 보랏빛 눈동자가 오묘한 색채를 머금었다. 오수를 즐기듯 나른함에 잠긴 얼굴이었다. 그것이 기이하게도 평화로워, 나는 잠시 그와 마지막으로 마주했던 혼란하고 파괴적인 기억을 잊었다.

그러나 곧 하늘을 쳐다보는 시선이 그를 장식한 평화와는 어울리지 않는 희미한 공허감을 담고 있단 걸 깨달았을 때, 내겐 다시 과거가 찾아들었다.

란델의 희생을 대가로 펠의 손길이 미치지 않는 저 먼 곳, 어딘가의 세계로 이동했던 그, 엘리야. 무사한 듯이 보이는 것만은 다행이나 낮게 파고드는 무게가 있었다.

"엘리야!"

어디선가 들려온 앳된 음성이 그를 부르자, 그의 눈빛이 좀 더 또렷해졌다. 저쪽에서 다섯 살에서 열서너 살쯤 되어 보이는 아이들이 우르르 달려오고 있었다.

체크무늬 리본을 맨 양 갈래 머리의 여자아이, 무릎이 흙투성이인 뺨이 붉은 남자아이, 챙이 달린 모자를 쓴 소년. 이 그림 같은 풍경에 걸맞은 천진하고 평화에 젖은 아이들이었다.

"엘리야, 떠난다면서요?"

"가지 마세요!"

작달막한 아이들이 우는 소리를 내며 그에게 매달렸다. 와르르 쏟아지는 아이들을 받아 내며 엘리야의 입가에 미소가 맺혔다. 빛의 입자를 흩뿌리는 듯한, 단숨에 정신을 빨아들이는 매혹적인 미소였다. 그걸로 나는 순식간에 엘리야가 어떻게 지냈는지 해답을 얻었다.

외따로이 떨어진 낯선 세계. 그러나 그 말대로 엘리야는 누구나 그를 사랑하게 만든다. 적응하고 서서히 힘을 회복하는 건 어렵지 않앉을 거다.

상체를 일으킨 엘리야가 부드러운 손길로 아이들을 다독였다.

"이런, 울면 얼굴이 미워진단다."

"그럼 떠나지 않으면 되잖아요!"

"엘리야, 가지 말아요!"

"미안하다. 하지만 이젠 떠날 때가 되었단다."

매끄러운 음성이 힘을 실은 채 대기를 울린다. 그를 둘러싼 아이들이 울상이 되어 질문을 쏟아 냈다.

"왜, 왜 떠나는 거예요?"

"그냥 여기서 살면 안 돼요?"

"어디로 갈 건데요?"

그의 낯빛엔 그림자를 찾아볼 수 없이 현혹할 만한 빛이 어른거렸다. 하지만 그의 눈엔 거역할 수 없는 단호함이 깃들어 있었다.

"예전에 말했었지? 내겐 나를 따르는 이들이 있다고."

빙긋 웃은 채 그가 말을 이었다.

"불의의 사고로 헤어졌지만, 이제는 그 아이들을 찾으러 가야지."

저 너머, 먼 곳을 응시하는 시선에는 흔들림이 없다. 태풍이 모든 것을 휩쓸고 지나가 가까스로 몸뚱이만 살아남은 난파한 배. 그는 그가 도착한 이 고요한 육지에 내려서 새로운 삶을 시작할 수도 있었을 것이다.

하지만 그에게선 이 안온한 대기로도 녹여 낼 수 없는 결정 같은 의지가 배어났다. 흡사 구도의 길을 걷는 성자처럼. 온화하나 확고한 눈빛. 그 모습에 불현듯 파도처럼 밀려오는 깨달음이 있었다. 아아, 그렇구나. 하얗게 이는 포말이 내 안으로 번져 갔다.

나는 어렴풋이 엘리야와 그를 따르는 시온들이 펠의 목적을 위한 희생양에 불과하다고 생각했던 것 같다. 그리하여 그들을 동정하고 마음의 빚을 짊어졌다.

하지만 엘리야를 동정하는 건 내 오만과 무례에 불과했다. 그는 그의 선택과 삶의 무게를 능히 감당하고 걸어 나갈 자였다. 비록 그로 인해 초래된 결과가 이런 것일지라도……. 엘리야는 살아 있는 한, 그가 짊어졌던 것들을 포기하진 않을 테지.

다시 시작할 수 있는 강함. 나는 부서지지 않은 그를 보았다. 그에겐 도리어 청량한 바람이 휘도는 듯 다시 태어난 듯한 새로움이 깃들어 있었다.

엘리야가 허공을 향해, 누군가에게 들려주듯 속삭였다.

"어떤 연유인지는 모르나 이제 나는, 자유의 몸이 되었으니. 기적은 언제든 일어나는 것이 아닌가 한단다."

착각일까. 일순 시선이 마주쳤던 것 같다. 선선히 웃는 얼굴에 아릿함이 스민다.

엘리야는 수없이 많은 세계를 건너, 그를 따르던 이들을 찾겠지. 그 웃는 얼굴과는 달리 무수한 세계를 헤집고 원하는 것을 찾아내는 건 결코 쉽지 않은 일이다. 아마도 그의 여정은 끝없이 길고 고단할 테지.

하지만 그것이 엘리야의 길이었다. 그 역시, 그가 선택한 길.

아이들의 말소리가 섞여 흘러드는 동안, 일순 눈앞이 흐려진다 싶었다. 모래벽이 무너지듯 눈앞이 일시에 와르르 무너져 내렸다. 또다시 시야에 들어오는 모든 것이 뒤바뀐다. 의식이 꿈결을 따라 알 수 없는 힘으로 인도되었다.

아, 여기는……. 조요하고, 달빛을 흩뿌려 낸 듯한 금빛이 내 앞에 잔잔하게 깔려 있었다. 내가 보고 있는 것은 숲이었다. 그 안에 하늘을 떠내 담아 둔 듯 자그맣게 고인 샘까지. 신비롭고도 낯익은 풍경. 나는 이곳에서 나타나 이곳에서 떠났다.

나는 숨도 쉬지 않고 조용히 눈앞에 펼쳐진 광경을 응시했다. 무수히 많은 좋고 나쁜 추억을 새겨 둔 세계였다. 내 평생보다 더욱 강렬하게 간직될 기억들이 그곳에 남아 아직도 선명하게 내 안에 살아 숨 쉬고 있었다.

파열될 듯이 아팠다가 고스란히 아물어 버린 심장이, 내 안에서 쿵쿵 뛰었다. 내가 느꼈던 감정이며 감각, 그 모든 것들이 지독히도 생생하다.

언젠가 이 모든 것들이 아스라한 과거 속에 잠기겠지. 문득 떠올리며 슬며시 미소 짓게 하는 기억이 될 수도 있을지도 모른다.

어쩐지 눈시울이 붉어지는 것 같았다. 뜨거운 물이 퍼지는 양 배속이 달아올랐다. 나는 느릿하게 눈을 내리감았다. 지금 내가 누리는 감정을 찬찬히 음미하고, 그것이 내 안에 새로운 물결로 자리하게끔.

다시 눈을 떴을 때 내 의식은 제자리에 놓였다. 시야가 맑게 돌아왔다. 푸른빛이 은은히 감도는 새벽. 이번엔 정말로 현실이었다. 잠에서 깨어난 것이다.

이유 모를 아쉬움과 허전함이 가슴 한구석을 적셨다. 나는 천장을 바라보며 물었다.

"왜 내게 이걸 보여 준 건가요?"

참 오랜만에…… 현실과 맞닿은 꿈. 세계를 건너고 머나먼 시공간을 지나, 나는 알기를 원했고 그만큼이나 원치 않았던 것을 보았다. 상체를 일으킨 채, 내 곁에 앉아 있던 그가 입술을 움직였다.

"너의 바람이, 너를 이끌었으니."

나직한 음성과 함께 건네 오는 시선이 심연처럼 깊었다.

"나의 힘이, 그를 실현한 것에 불과하다."

저 검은 눈. 지금은 오로지 나를 향해 꽂혀 있는, 저 눈이 얼마나 차갑고 무감정해질 수 있는지 안다. 나는 인간의 기준으로 많은 이들에게 불행을 안겨 준 악하고 잔혹한 그를 사랑한다. 그리고 불가항력이었을지라도 그와 함께하기로 한 것에 대해 죄책감을 느끼고 있었다.

하지만 내가 본 것은, 글쎄……. 내가 생각했던 최악은 아니었다. 그가 망가뜨렸다고 믿은 자들. 그러나 그들은 진정으로 망가지진 않았다. 제 나름의 삶을 찾고, 내 눈길이 닿지 않는 어딘가에서 새로이 제각기의 길로 뻗어 나간다. 다신 그들과 내 삶이 닿을 일이 없을 수도 있건만, 가장 무겁게 느끼던 것을 내려놓은 듯하여—

후련하다시피 마음 한구석을 채우던 짐이 덜어진다. 가뿐하다. 나를 가라앉히던 추의 끈이 풀려 이제야 해방된 듯이. 그리하여 과거가, 나를 놓아주었다.

이전이었다면 그가 내가 바라는 환상을 보여 준 것에 불과할지 모른단 의심을 품었을 것이다. 하지만 내가 본 것이 진실일 거란 확신이 섰다. 혈관에 타고 도는 피가 그와 이어진 듯한 이 단단하고 견고한 결속이 그를 내게 더 가까이 놓았으므로. 흡사 그가 나의 일부인 것처럼.

생경한 교감에 몰입되어, 나는 잠시 그와 시선을 마주하고 있었다. 지극한 안온함과 도취감이 지배한 위에서 좀 더 가벼운 감각이 나를 사로잡았다. 보드라운 솜털이 피어오르는 듯, 갓 움튼 새싹을 보듯 애틋하고 사뿐하다.

나는 손을 뻗어 그에게 닿으려 했다. 하지만 팔을 들던 난, 화들짝 놀라 이불을 끌어올렸다. 맙소사. 뺨에 확 열이 오른다. 나는 이불에 싸인 채 알몸이었다. 그리고 그 역시도. 나는 베갯잇에 얼굴을 묻었다.

사실, 내가 떠올린 발상은 퍽 단순했다. 충동적이긴 했으나 몸부터 열면 자연스레 마음이 열리지 않을까, 하는 뭐 그런……. 그리고 그 생각은, 잘 맞아떨어진 듯하다. 이 충만한 결속감, 가슴속에 부드럽고 벅찬 물결이 넘쳐난다. 이것이, 이걸 바라서 그가 내게…….

뻗어 온 손길이 내 얼굴을 천 속에서 끄집어냈다. 그가 내게로 몸을 기울여 간격은 좁혀지고 눈앞이 어두워졌다. 뺨을 잡아 올린 손마디의 감촉은 덮어 온 입술에 희미해졌다.

그는 탐닉하듯 내 입술을 머금고 입안을 노닐었다. 그와 나는 곧 완전히 맞닿아 있었다. 정신적인 교감과 별개로 물리적 거리를 제로로 만드는 순간.

무심코 손을 뻗어 그의 목을 힘껏 끌어안았다. 세상엔 사랑을 확신하지 못하는 수많은 사람이 있다. 나 또한 그랬었다. 하지만 지금에 와선 회의가 든다.

어떻게 이것이 사랑이 아닐 수 있을까. 어떻게 나는, 이걸 지워 버릴 수 있다고 생각했던 걸까. 목이 메일 만큼 간절하고, 심장에 칼을 찔러 넣듯 치명적이다. 그는 이미 나를 차지했다.

수도 없이 나를 죽였던 당신이지만, 지금의 당신은 나를 살게 한다. 그러니 당신 또한, 나를 통해서 살기를. 내가 그의 별이라지만, 위성의 운명은 결코 일방적인 관계가 아닐 터.

그는 흡사 달처럼 내게 인력을 미치고, 썰물과 밀물로 나를 휩쓸어 표변하게 한다. 나를 지옥 끝까지 떨어뜨렸다가 천상으로 날 날아오르게 하는 것, 모두가 그의 몫이니.

나는 곧 그가 주는 감각 속으로 깊숙이 잠겨 들었다.

"너는."

귓가에 말소리가 울렸다. 이불 속에 파묻혀 잠시 그와 시선을 나누고 있었던 것 같다.

"이제 무얼 하고 싶지."

잠시, 질문의 의미가 이해되지 않아 눈을 깜빡였다.

"무슨 소리예요?"

펜션으로 내려오는 이후의 데이트 계획은 생각해 본 적 없는데. 앞으로 뭘 할 거냐고 묻는 건가. 이 동네에서 뭘 할 수 있지? 난 새삼 골몰했다. 마냥 침대에 있기도 그러니, 해변을 산책하는 게……

하지만 그가 의도한 건 다른 의미였다.

"이제 너는, 내 힘으로 무엇도 할 수 있다. 네가 태어난 이 세계를 지배하거나 파괴하는 일조차도."

나는 고개를 기울였다. 역시 그런가. 내 안에 이해가 들어찼다. 나와 그는, 결합함으로써 완전히 이어졌고 그 때문에 그는 그의 무한한 마력을 나와 공유하게 되었다. 나는 이전보다 더 그의 마력을 자유롭게 사용할 수 있게 된 거다. 내 것처럼. 이젠 정말로, 평범한 인간 따위 아니게 된 거겠지.

그것이 생각보다 담담하게 받아들여졌다. 어차피 내 운명은 궤도를 이탈한 지 오래. 흔히 말하는 마법 같은, 또는 기적 같은 일들 속에서 내게 일어난 사소한 변화란 건 새삼 특별하게 여길 게 못 되었다.

하지만 하필 예로 든 게, 세계를 지배하거나 파괴하는 일이라니. 지구가 멸망해 버렸으면 좋겠다며 평소에 고3의 고충을 토로하는 걸 들었던 걸까. 살벌하게 들리는 소리였다. 나는 생긋 웃었다.

"그런 거창한 짓은 안 할래요. 설마 하는데, 그런 건 생각도 하지 마세요."

난 굳이 엄포를 놓았다. 내 바람을 들어준답시고 그가 행동에 나서기라도 하면 곤란하다. 평화롭게 조용히, 평범한 인간의 삶을 만끽할 수 있을 때까지 만끽하는 게 내 목표라고.

"너는 나를 통하여, 네가 바라는 걸 이룰 수 있다."

"내가 바라는 게 뭔데요?"

"바로잡는 것."

번갯불을 맞은 듯했다. 심장 한구석이 따끔하다. 퍼뜩 정신이 들었다. 그거야말로, 내가 잊고 있었던 거였다. 그곳에서의 나는 강력한 힘을 가진 마법사였고, 그 때문에 그른 일을 하지 않고, 내가 구할 수 있는 사람들을 구하고 싶었다. 그 마음은 여전히 변하지 않았다.

그리고 그곳 세계 못지않게, 내 세계에서도 수많은 부조리와 억압과 재난…… 온갖 악하고 추한 일들이 자행되고 있었다. 비록 내 시야 밖에서 벌어지는 일이고 내가 안온함에 젖어 그것을 잊고 있었을지라도.

딱히 약자의 편에 서려고 했던 건 아니다. 구원자로 나선다거나 평화를 위한다는 거창한 명분을 가지고 있었던 것도 아니다. 그저 내게는, 그럴 수밖에 없었던 순간이 있었다. 그 순간이, 이곳에서 찾아오지 않을 거라는 보장은 없다.

그리고 이제 내겐 법과 사회의 규율을 초월하는 힘이 있었다. 진정 모든 걸 이룰 만한 힘이.

나는 느릿하게 말을 꺼냈다.

"그건, 앞으로 생각해 봐야겠네요."

용은 세계의 흐름을 헤집을 수 있는 이물질 같은 존재다. 그는 외계에서 날아든 운석이었다. 어쩌면 내가 개입하는 것으로 많은 것이 뒤틀려 버릴 수도 있다. 그저 조용히, 알아서 올바르게 되길 기다리며 세상 속에 녹아드는 게 나을지도 모른다.

내가 가진 힘이 너무도 거대하고 광포하여 그것을 휘두르기가 두려웠다. 나는 그와는 달리 완벽하게 냉정하지도 공정하지도 못한 사람이니까. 하지만 그렇다고 하여 침묵하고만 있는 것도, 내게 퍽 맞지 않는 일이니.

"원더우먼이라도 사칭해 볼까요?"

난 소리 내어 웃었다. 한 번 사는 인생, 슈퍼 히어로가 되어보는 것도 보람차지 않을까? 이왕이면 내 삶을 조금 더 특별하게 만들어 볼 수 있을 거다. 내가 엇나가면 바로 잡을 사람은 나 하나밖에 없단 게 문제지만.

새로운 고민거리가 얹혀 정돈되지 않는 상념 속에서 나는 줄곧 그의 심연 같은 눈을 마주하고 있었다. 그처럼 든든하게 지지받는 것은 충만하면서도 무거웠다.

그는 내가 옳든 그르든, 절대적인 내 편이 되어 주겠지. 하지만 그는 초월적인 힘을 가진 흡사 신과도 같은 존재. 운명에 복종하여, 내 곁에 머물기로 하였으니.

아득한 심해 속에서 어른거리던 한 줄기 빛처럼, 깊이 숨겨 놓았던 외문이 불현듯 수면 위로 고개를 들이밀었다. 충동과 같은 결심이 외면하고자 하는 마음을 이겼다.

"……그보다 묻고 싶은 게 있어요."

이 질문을 꺼내기 위해선 심호흡을 해야 할 것 같았다. 하지만 나는 무거워지는 기분과는 상반되게 다소 가벼운 투로 그 질문을 혀에 올렸다.

"당신은, 나를 사랑하나요?"

어려움을 헤집고 꺼낸 말의 무게가, 확 치달아 온다. 듣고 싶었다. 당연히. 애써 죽이고 있던 마음이 확 살아나 넘쳐난다.

확인받고 싶었다. 눈빛만으로, 행동만으로 족하지 않은 게 있다. 나는 그의 입으로 사랑한다는 말을 듣고 싶었다. 비록 그가 내게 품은 그것이 흔히 말하는 사랑이 아닐지라도. 그가 인간의 사랑을 알지 못할지라도.

"날 보면 어떤 감정이 느껴져요?"

어쩔 수 없는 운명이 그를 옥죄기에, 내 곁에 있는 것. 오로지 그뿐일까. 특별하다는 건 감정을 불러일으키기에 충분한 조건이다. 그 차가운 심장이 나에게 조금이라도 뭔가를 느끼긴 하는 걸까.

나는 이제 그가 완벽하게 무감정한 인형에 불과하지 않는다는 걸 안다. 그가 욕망하고 바라고 원하고, 분노하고 증오하고 뭔가를 견딜 수 없어 한단 걸 안다. 좋아하고 싫어하는 취향이 있단 것도 안다. 그렇다면, 나를 향하여 그가 느끼는 감정은 어떤 걸까.

그와 닿아도, 심장을 매만지듯 그의 감정을 그려 내는 것은 불가하다. 그가 나를 싫어하지 않는다는 건 알지만, 어쩌면 호감을 품고 있을 수 있단 것도 알지만, 그 막연한 앎으로는 만족할 수가 없다.

내가 느끼는 감정의 백분의 일이라도 그가 느낄 수 있었으면 좋겠다. 나를 볼 때면 심장이 뛰고 아릿하고 열기가 오르고…… 그 어떤 강렬함이 그를 사로잡길 바란다. 그것이 사랑이라고 이름할 수 있는 것이길 바란다.

그 바람은 내가 가진 그의 무한한 마력으로도 이룰 수 없는 것이었다. 억지로 빼앗거나 만들 수 없는, 그가 내게 줘야만 하는 거. 그 스스로만이 내게 줄 수 있는 거.

침묵에 잠겨 있던 그가 이윽고 입을 열었다.

"내가 너에게 느끼는 건……"

그는 모호한 것을 설명하는 걸 잘하지 못한다. 검은 눈동자가 더 깊게 잠겼다.

"호흡 같고, 때로는 미온의 물 같고, 어떨 때는 불꽃 같지. 어떤 말로 설명하기 어려우나—"

"……."

"이 끝 모를 이끌림을 배제하고 본다면, 어느 순간부터 네 감정이 느껴져."

마치, 심장에 숨을 불어넣듯이. 입을 달싹이며 그의 손끝이 가슴을 짚었다. 심장이 위치한 그 자리를.

"그것이 내게로 전이될 때면, 이 안에서 어떤 파동을 느끼지. 작은 새의 숨처럼 미약하게 퍼져나가 울리는 무엇을. 그건 아마도 내가 뭔가를 느끼고 있단 거겠지."

"……."

"그건 내게 이제껏 존재하지 않던 감정. 내 힘이, 네 것이 되었듯 네 모든 것은 서서히 내게로 녹아들 거고, 언젠가는 그게 무엇인지 알 수 있게 되겠지."

그가 그토록 길게 무언가를 설명하는 건 드문 일이었다. 그리 친절한 투도 아니고, 피상적인 말에 불과하다. 하지만,

"부족한가."

그 말에 나는 성급히 고개를 저었다. 내가 바라던 대답이냐면, 아니다. 하지만 그것으로도 지금 이 순간만큼은 충분한 기분이 들었다. 대답을 짜내라고 이 이상 그를 괴롭히는 것도 못할 짓이니.

그는 내게 거짓말을 하지 않는다. 내가 '사랑한다.'고 말하라고 요구한다면 그렇게 말할 수는 있겠지만, 그게 진심이랄 수는 없을 거다.

빈말이라도 사랑한다는 말을 듣길 원했던 마음은, 우습도록 쉽게 누그러졌다. 그가 미미하게 일기 시작한 그 감정을 언젠가 사랑이라고 이름 짓게 될 그때까지, 그가 나를 기다렸듯 나 역시도 기다릴 수 있었다.

"나 또 할 말이 있는데."

어쩐지 웃음이 나서, 나는 한껏 미소를 베어 문 채 말했다.

"이다음에 할 일 생각해 봤는데, 우리 부모님 만나러 갈래요?"

이 말을 꺼낸 건 다분히 충동적이었다. 임신한 건 아니지만, 일부러 치고 부모님께 소개한다는 점이 약간 찔리긴 했다.

하지만 그의 말이 맞았다. 나는 그를 그림자로 둬선 안 되었다. 내 연인이고, 남편이 될 사람인데. 비록 프러포즈는 아직 받지 못했고, 내가 아직 고3이라는 점이 마음에 걸리지만.

……뭐, 설마 엎어 놓고 볼기짝을 때리시진 않겠지. 불길한 기분이 들긴 했으나, 나는 요령껏 상황을 무마해 보기로 했다. 펠은 잘생겼고 능력 있는 남자다. 사람은 아니지만, 숨길 건 숨기고 어필해 보면 납득하시지 않을까.

천천히 이곳에서의 내 삶에 그를 편입시켜 가는 거다. 미루는 것은 이제까지로 충분하다. 새로운 모험이 시작되는 듯이 가슴이 두근거린다.

"네가 원하는 바라면."

그의 답은 간결했다. 난 만족스레 고개를 끄덕였다.

"그럼, 그렇게 해요."

우리 앞에 평범한 삶이 약속되진 않을지라도 그조차 용의 반려가 된 내가 감당해야 할 몫이겠지.

나와 그에겐 다른 이들에게 허락되지 않은 영원에 가까운 시간이 기다리고 있었다. 지금 내 곁에 있는 이들은 결국 늙고 쇠약해져 먼지처럼 스러지고, 오로지 그만이 남게 되겠지. 그러나 그렇게 되기까지 내 남은 인간으로서의 삶을 그와 함께 걸어갈 셈이었다. 밀회처럼 함께하던 둘만의 시간을 깨고, 내 삶 속으로 그를.

돌연 밀실에서 광장으로 던져지는 듯 아득하고 낯설다. 하지만 어쩐지, 행복해지는 기분이 들었다. 나는 고개를 움직여 그에게 입을 맞추었다. 가슴 저릿한 달콤함이 밀려들었다.

그렇게 궤도를 벗어난 삶이 다시금 시작된다.

검은 달무리, 금빛 숲 3 완결

펴낸날 2016년 6월 30일 초판 1쇄

지은이 해연
펴낸이 차보현
펴낸곳 연필

출판등록 제2015-000007호
경기도 동두천시 동두천로 63, 402-1004
전화 070-7566-7406 팩스 0303-3444-7406
www.bookhb.com

'연필'은 출판사 '에이치비(HB)'의 브랜드입니다.